ACTES SUD – PAPIERS
Éditorial : Claire David

Toutes les illustrations à l'intérieur de cet ouvrage sont de Simon Falguières.

Illustration de couverture : *Le Nid de cendres* © Simon Falguières

ISBN 978-2-330-16293-1

Également disponible en livre numérique

LE NID DE CENDRES

Simon Falguières

ACTES SUD-PAPIERS

À mon père.

PERSONNAGES

Lorenzo, comédien de la troupe du théâtre des campagnes
Sarah, fille adoptive de Lorenzo et Dorine
Un médecin
Deux infirmiers
Deux infirmières
Une femme de ménage
Jean
Julie
Un stagiaire
Le Roi
Une accoucheuse
L'Architecte
L'Astrologue
La Reine
Un valet
Gabriel, fils de Jean et de Julie, fils adoptif d'Argan et de Bélise
Monsieur Badile
Un groupe d'aveugles
Louison, comédienne de la troupe du théâtre des campagnes
Didi, comédien de la troupe
Argan, chef de la troupe, mari de Bélise
Bélise, comédienne de la troupe, femme d'Argan
Dorine, comédienne de la troupe
Une jeune femme
Un vieillard
Un groupe d'incendiaires
Le président de la République, grimé en voyante
Le Temps
La cour du Roi et de la Reine
Œrine, la nourrice

Coroll, un balayeur
Garon, un balayeur
Trois médecins : un gros, un grand, un petit
La princesse Anne, dernière-née du Roi et de la Reine
Henri, fils aîné du Roi et de la Reine
Jules, fils cadet du Roi et de la Reine
La Clémentine, femme du royaume et fiancée de Garon
Mariette, femme du royaume et femme du grand médecin
Juliette, femme du royaume
Brock, fils de Bélise et Argan
Étoile, fille adoptive du président
Le Comptable
Lanie et Manie, femmes du royaume
Shakespeare
Homère
Sophocle
Sophie
Dionysos
Éros
Zeus
Jacquotte
Thibault
Auguste, fille de Brock et Étoile
Le Conducteur du traîneau
De nombreux conseillers
Le Voisin de Brock et Étoile

Cette pièce peut être interprétée par neuf comédiens et huit comédiennes.

PARTIE 1

LE CHANT DE L'ABANDONNÉ

"L'aventure n'a pas besoin de jambes, a besoin de « Je t'aime »."

Ou comment un jeune couple fuit une révolution, un embrasement et abandonne son enfant au pied d'une roulotte de comédiens.

— Prologue —

Le vieux Lorenzo et sa fille Sarah descendent les gradins du théâtre.

SARAH. Papa !

LORENZO. Sarah, ma fille… Comme j'aime cela, quand la lumière est basse et qu'ils attendent comme dans la gueule d'un loup.

SARAH. Où allons-nous ? Lorenzo, vieux fou de père ! Papa, tu marches trop vite !

LORENZO. Et toi, tu te traînes. À ton âge ! Dépêchons !

SARAH. Que faisons-nous ?

LORENZO. De l'alpinisme !

SARAH. Comment ?

LORENZO. Nous descendons le versant nord de la colline silencieuse.

SARAH *(regardant l'ombre du public)*. Qui sont tous ces yeux que je distingue à peine ?

LORENZO. Ça ? Des moutons !

SARAH. Des moutons ?

LORENZO. Ils sont venus brouter leur gazon. Dépêchons !

SARAH. Quand arrivons-nous ?

LORENZO. Bientôt nous serons au plateau des lumières.

SARAH. Le plateau aux fantômes !

LORENZO. Silence, petite folle. Veux-tu qu'ils se réveillent avant le commencement ? *(Le plateau du théâtre s'allume. Une chaise est seule sur le plateau.)* Regarde comme ça s'allume…

SARAH. Nous avons tant marché…

LORENZO. Voici tout mon drapeau.

SARAH. Notre pays !

LORENZO. L'errance et le monde nu ont fait de notre histoire notre unique pays, et voilà qu'il s'allume. Maintenant…

SARAH. Oui ?

LORENZO. C'est à toi ! Viens ! Monte sur cette chaise.

SARAH. Cette chaise ?

LORENZO. Oui, dépêchons ! Nous en avons pour assez de temps, ne plombons pas notre début. *(Sarah monte sur la chaise en vitesse.)* Que tu es belle, ma fille ! C'est ma fille qui est là devant moi…

SARAH. Que faut-il que je fasse ?

LORENZO. Raconte-moi l'histoire que j'ai tant racontée.

SARAH. Ce soir nous parlerons d'un fruit.

LORENZO. Pas dans mes yeux, parle dans les yeux du monde.

SARAH *(parlant aux yeux du monde)*. Ce soir nous parlerons d'un fruit, d'une pomme coupée en deux. En deux mondes. Deux mondes comme deux moitiés qui flottent sur l'océan de la marmite à confiture. Notre histoire est une marmite à confiture où deux gros hémisphères de pomme, pas pelés, pas coupés, refusent de compoter, de rendre leur jus, de faire tambouille, de se fondre dans la masse pour finir au fond du pot et attendre. Deux moitiés ! Deux mondes qui se laissent flotter… Se laissent flotter. Espèrent une réunion magique. Espèrent que la chair embrasse à nouveau l'autre chair, que la peau se recolle sans cicatrice tout heureuse. Et que les deux mondes ainsi retrouvés redeviennent pomme.
Mais il est très rare que le homard coupé en deux par la Bretonne d'Armor se recolle dans l'eau bouillante, fasse claquer ses pinces et

coure au caniveau pour rejoindre la mer. Très rare que deux cerises jumelles, séparées à la cueillette, se retrouvent au saladier et réunissent leurs queues. Très rare que deux frères déchirés se réconcilient. Très rare que les âmes sœurs se trouvent et se reconnaissent. Très rare ! Notre monde est peuplé de moitiés malades. La moitié qui ne trouve pas de quoi protéger son cœur est malade. Et l'homme ne peut plus entendre. Il ne peut plus entendre. Il est bien bête. Il n'est plus plein. L'histoire de ce soir parle bien de deux moitiés malades. Qui pour commencer accouchent, l'une et l'autre, d'un espoir à deux noms dans la marmite à confiture.
Le Nid de cendres : épopée théâtrale !

Mouvements. Machines théâtrales.

— L'hôpital —

SARAH *(dans les yeux du monde)*. Sur la première moitié de pomme, dans l'Occident blessé : un hôpital. Folie et cris de toutes parts. Les brancards passent, traversent la scène à grande vitesse. Les perfusions sont tenues haut.

LE MÉDECIN. Ce n'est que le début.

UN INFIRMIER *(tenant un brancard)*. Laissez passer !

UNE INFIRMIÈRE. Dépêchez-vous !

UN DEUXIÈME INFIRMIER. Passez !

Une blessée hurle dans un brancard.

L'INFIRMIÈRE. Docteur, elle hurle.

LE MÉDECIN. Montrez-la-moi. *(L'infirmière soulève le drap pour montrer la blessure. La blessée hurle.)* Garrottez ! Faites attendre ! Les cas les plus graves devant !

LE DEUXIÈME INFIRMIER. Docteur, elle saigne.

LE MÉDECIN. Je le vois bien qu'elle saigne. Tout le monde saigne ici ! L'ordre se fait au diagnostic. À tout le monde de recoudre, de presser, d'agrafer. Que voulez-vous que je fasse de mieux ?

L'INFIRMIER. Docteur…

LE MÉDECIN. Endormez-les tous. Mettez-les en sommeil ! Dépêchez ! Qu'ils s'endorment… Qu'ils s'endorment… Qu'ils s'endorment… Qu'ils rêvent.

Une infirmière entre, du sang sur les mains.

UNE DEUXIÈME INFIRMIÈRE. Ils arrivent par cars entiers… Des paniers de blessés remplis jusqu'à ras bord.

LE MÉDECIN. Ouvrez le réfectoire ! Mettez en rang d'oignons ! Les blessés les plus graves à côté des fenêtres ! Appelez toutes les infirmières en congé. Chacun sa bobine de fil et son aiguille ! Qu'est-ce que vous faites ?

LA FEMME DE MÉNAGE. J'éponge le sang, m'sieu.

LE MÉDECIN. Pensez-vous vraiment que nous avons le temps d'éponger ?

LA FEMME DE MÉNAGE. Je suis femme de ménage, m'sieu.

LE MÉDECIN. Alors lavez les plaies ! Piquez ! Donnez les masques ! Faites ventiler ! De l'air ! De l'air… Ouvrez les fenêtres et les portes.

L'INFIRMIER Nous n'avons plus de brancards.

LE MÉDECIN. Allongez-les sur les tables à manger.

L'INFIRMIER. Nous n'avons plus de perfusions pour perfuser.

LE MÉDECIN. Des sacs plastique, des pailles, du scotch feront l'affaire.

La première infirmière entre avec un jeune couple, Jean et Julie. Julie est enceinte. Elle souffre de contractions et peine à marcher.

L'INFIRMIÈRE. Docteur…

LE MÉDECIN. Arrêtez de me parler ! Laissez-moi travailler.

L'INFIRMIÈRE. C'est ce couple… Je ne sais pas quoi faire.

JEAN. Bonsoir, je m'appelle Jean Faillon. Ma femme a perdu les eaux… Les contractions… Elle dit qu'elle va accoucher ! Elle le sent sortir.

LE MÉDECIN. Vous voyez bien que ce n'est pas le moment !

JEAN. Je sais bien. Je vois bien. Mais on ne choisit pas le moment.

JULIE. Jean, je n'en peux plus.

LE MÉDECIN. Nous sommes complets.

JEAN. Vous n'avez pas de place pour une naissance ?

LA DEUXIÈME INFIRMIÈRE. Des cars encore arrivent !

Le médecin va pour sortir.

JULIE. Ça s'ouvre !

JEAN. Julie !

JULIE. Jean, il faut que je m'allonge.

LE MÉDECIN. Vous ne pouvez pas, madame. Pas ici, pas au milieu des cris. Vous seriez piétinée. Toi !

LE STAGIAIRE. Oui, monsieur ?

LE MÉDECIN. Amène ces gens au grenier. Prends des draps, de l'eau chaude, débrouille-toi !

LE STAGIAIRE. C'est pour quoi ?

LE MÉDECIN *(montrant Julie)*. Regarde et ne pose pas de questions stupides.

LE STAGIAIRE. Mais je n'ai jamais fait d'accouchement.

JEAN. Quel âge as-tu ?

LE STAGIAIRE. Seize ans, monsieur.

JEAN. Ce n'est pas possible.

LE MÉDECIN. Tu l'as étudié à l'école ?

LE STAGIAIRE. Un peu.

LE MÉDECIN. Alors tout va bien.

JEAN. Vous plaisantez ?

LE MÉDECIN. Pardon ?

JEAN. Vous nous laissez à un stagiaire ?

LE MÉDECIN. Il y arrivera très bien.

JEAN. Je connais des gens haut placés et je peux vous assurer…

LE MÉDECIN. Les gens haut placés, à cette heure, je m'en cogne. Dépêche-toi, petit ! Je te fais confiance. D'où viens-tu ?

LE STAGIAIRE. De Bretagne !

LE MÉDECIN. Et tu as déjà écaillé un bar, écorché une anguille ?

LE STAGIAIRE. Oui, monsieur, mon père était pêcheur.

LE MÉDECIN. C'est ce que je dis ! Un fils de pêcheur breton ne peut pas défaillir.

Les cris, les hurlements redoublent.

LE STAGIAIRE *(emmenant Jean et Julie)*. Par là…

— L'antichambre de la Reine —

SARAH *(dans les yeux du monde)*. Sur la seconde moitié de pomme, de l'autre côté du monde, au royaume des contes et des présages, on s'affaire.

Un roi entre.

LE ROI. Qu'en est-il de la Reine ?

L'ACCOUCHEUSE. Sire, c'est imminent.

LE ROI. Imminent ?

L'ACCOUCHEUSE. Ce sera pour demain.

LE ROI. En êtes-vous sûre ?

L'ACCOUCHEUSE *(parlant fort).* Absolument certaine ! L'enfant cogne comme un dératé ! Moi-même j'ai voulu poser l'oreille sur le ventre, je me suis pris un coup ! Sire… Elle siffle encore. Je n'entends plus ! On dirait qu'il se bat pour sortir !

LE ROI. Ce sera le plus fort de mes trois fils !

L'ACCOUCHEUSE. La Reine m'a confié que, la nuit, elle l'entendait hurler déjà ! Hurler…

LE ROI. Comme c'est heureux !

Le Roi fait un geste. L'accoucheuse sort.

— Le grenier —

On entend une respiration et des bruits de pas. Le bois d'un escalier qui craque.

LE STAGIAIRE *(dans le noir).* Allez-y marche par marche. Faut prendre le temps. Faut respirer. Ça va bien se passer. L'ampoule de l'escalier qui mène au grenier a grillé le mois dernier. On ne l'a pas changée, pas le temps, je suis désolé. Mais là-haut, il y a une petite lumière.

JULIE. Ah ! Quand arrivons-nous ?

LE STAGIAIRE. C'est là ! *(On entend le grincement d'une porte. Quelques pas. Une ampoule s'allume. Lumière faible dans un grenier plein de cartons et de papiers.)* Ce sont les archives de l'hôpital. Des siècles entassés là… Des siècles de malades, de morts, d'oubliés.

JEAN. Où allons-nous l'allonger ?

LE STAGIAIRE. Sur les papiers ce sera très bien ! Et puis c'est confortable. C'est ici que je viens faire mes siestes en cachette. Mettez-vous sur le dos tranquillement. Il ne peut rien vous arriver ici. Je vais chercher de l'eau et des draps propres ! Je me dépêche ! Je cours !

JULIE. Quel est ce silence ?

LE STAGIAIRE. N'est-ce pas que c'est calme ? Ici, c'est calme, c'est comme coupé de tout le reste.

JEAN. Dites-moi franchement… Vous n'avez vraiment jamais fait ça ?

LE STAGIAIRE. Franchement ?

JEAN. Franchement.

LE STAGIAIRE. Franchement, non. Je vous avoue même, je n'ai jamais vu une femme nue de ma vie. Mais je sais que ça va bien se passer. Aucune peur. Je vous assure, tout va bien se passer, je le sens !

Le stagiaire sort.

— La fille —

Dans la chambre de la Reine. L'Architecte entre.

LE ROI. Ah ! Monsieur l'Architecte ! Comme c'est heureux. Qu'avez-vous donc prévu pour l'accouchement public ? Je veux que ce soit grand !

L'ARCHITECTE. J'ai entendu, Votre Altesse.

LE ROI. Alors ?

L'ARCHITECTE. Voyez… Nous allons d'abord casser ce mur-là, voyez ! Et puis ce mur-là, voyez ! Et ce mur-là. Ne laissez que celui-ci et le lit à baldaquin.

LE ROI. Grandiose !

L'ARCHITECTE. Et puis, voyez ! Casser aussi tous les plafonds jusqu'au dernier étage ! Pour le puits de lumière, une grande coupole, voyez ! Voyez ! *(Il fait de grands gestes sphériques.)* Là, donc… Quarante mètres sous plafond !

LE ROI. Merveilleux !

L'ARCHITECTE. Et puis, on enlèvera le toit pour mettre une verrière, voyez ! Ce qui nous permettra, voyez ! Là… Face au lit… D'ériger un gradin !

LE ROI. Un gradin…

L'ARCHITECTE. Cinq cents marches à droite, cinq cents marches à gauche, voyez ! Bien sûr, niveau profondeur, ce ne sera pas... Non vraiment pas... Alors ça sera pentu ! Oui, très pentu, marches courtes, un mur. Il faudra prévenir les gens de ne pas tomber.

LE ROI. La jauge.

L'ARCHITECTE. Trois mille âmes !

LE ROI. Comme c'est heureux.

L'ARCHITECTE. Et tout en bois vernis pour le style !

LE ROI. Ce sera prêt pour demain.

L'ARCHITECTE. Pour demain ?!

LE ROI. Je vous fais confiance.

L'ARCHITECTE. Mais...

LE ROI. Oui ?

L'ARCHITECTE. C'est-à-dire...

LE ROI. Eh bien...

L'ARCHITECTE. C'est-à-dire que pour demain... J'y pense.

LE ROI. Alors...

L'ARCHITECTE. Le vernis ne sera pas sec !

LE ROI. Ah ?

L'ARCHITECTE. Pour le gradin... Le vernis.

LE ROI. Ah.

L'ARCHITECTE. Ça, voyez... Je n'y avais pas pensé... Non ça... Le vernis... Non, je ne vois pas... Vraiment pas comment...

LE ROI. Ah.

L'ARCHITECTE. Mais en bois brut, ça peut être très beau ! Très à la mode ! Et moins glissant.

LE ROI. Tant mieux.

L'Astrologue entre.

L'ASTROLOGUE *(criant)*. Sire, les étoiles parlent !

LE ROI. Non !

L'ASTROLOGUE. Je vous jure !

LE ROI. Elles parlent ?

L'ASTROLOGUE. Oui.

LE ROI. Il ne manquait plus que ça ! Qu'on réunisse le conseil !

L'ASTROLOGUE. Non, sire ! Vous faites erreur. Je veux dire qu'elles parlent par leur dessin…

LE ROI. Ah ! Je me suis emporté.

L'ASTROLOGUE. Regardez plutôt… Voici le dessin du ciel d'hier. Voici le dessin, tout fraîchement reporté, du ciel de ce soir. Eh bien, sire, que voit-on ?

Le Roi regarde les dessins.

LE ROI. Des étoiles…

L'ASTROLOGUE. Oui ! Mais encore…

Le Roi regarde les dessins.

LE ROI. Je ne vois pas. C'est vous l'astrologue !

L'ASTROLOGUE. Regardez, je vais vous montrer… Si avec ce crayon, je relie les étoiles au potentiel le plus lumineux qui apparaissent ici sous la forme d'une petite croix penchée… Vous suivez ?

LE ROI. Je vous suis. Oui. Je vous suis.

L'ASTROLOGUE. Alors je trace sur le dessin du ciel d'hier. *(Il relie les étoiles.)* Et vous voyez que…

LE ROI. Je ne vois rien.

L'ASTROLOGUE. Bravo, sire ! C'est exactement cela ! Vous voyez que vous ne voyez rien.

L'Astrologue et l'Architecte applaudissent le Roi.

L'ARCHITECTE. Je l'avais vu aussi.

L'ASTROLOGUE. Maintenant je trace sur le ciel de ce soir. *(Il relie les étoiles.)* Et que voyez-vous apparaître ?

LE ROI. Un bateau !

L'ARCHITECTE. Si je puis me permettre, je dirai plus exactement : un trois-mâts barque dont le mât d'artimon est gréé avec une voile aurique. Un vaisseau rare et d'une belle facture.

L'ASTROLOGUE. C'est la première fois, sire. La première fois que les étoiles nous dessinent un fruit du génie humain aussi précisément.

LE ROI. Et ça veut dire quoi ?

L'ASTROLOGUE. Pardon ?

LE ROI. Ça veut dire quoi ?

L'ASTROLOGUE. C'est-à-dire que les hypothèses sont nombreuses…

L'ARCHITECTE. Votre fils sera peut-être un grand architecte de voilier.

L'ASTROLOGUE. Ou un océanographe.

LE ROI. Océanoquoi ?

L'ASTROLOGUE. Océanographe. C'est une profession en devenir que j'ai lue dans les étoiles. Je ne peux pas vous dire en quoi ça consiste, mais ça touche à la mer.

L'ARCHITECTE. Ou découvreur !

La Reine entre, suivie d'une cour la soutenant, l'éventant, l'humectant.

LA REINE. Mais lâchez-moi ! Je ne suis pas malade ! Foutez le camp ! Ne me touchez pas, ne me soutenez pas, je ne suis pas malade !

L'ACCOUCHEUSE. Madame, mangez des fraises.

LA REINE. Ah, je n'en peux plus de vos fraises et de vos framboises à longueur de journée ! Lâchez-moi !

LE ROI *(accourant).* Mais déguerpissez ! Déguerpissez puisqu'elle vous le demande. *(La petite cour sort en courant. Suivie par l'Astrologue et l'Architecte.)* Mon amour, ma grandeur, ma beauté, comment vous sentez-vous ?

LA REINE. Mal !

LE ROI. C'est un moment à passer…

LA REINE. Il fait de mon dedans un grand tambour ! Je n'en peux plus ! Il faut qu'il sorte !

LE ROI. L'accoucheuse a dit que ça viendrait demain.

LA REINE. Demain ?

LE ROI. Ouais ! On organise tout pour l'accueil du public. Ce sera grandiose. Même les étoiles en parlent.

LA REINE. Demain ?

LE ROI. Il y aura un gradin en échelle comme un mur. Et on dit que notre enfant sera… euh… onléophographe ou quelque chose comme ça…

LA REINE. Demain ?

LE ROI. Les étoiles ont dessiné un bateau, mon amour. Un bateau ! C'est tout nouveau ! Ce sera mon fils le plus fort. Il sera bon nageur.

LA REINE *(hurlant).* Demain ? Mon homme, allez fermer la porte, je ne veux pas qu'on entre.

LE ROI. Pardon ?

LA REINE. La porte !

LE ROI. L'homme de science a dit : "Il faut assouvir les désirs de la femme engrossée, même les plus farfelus." Alors la porte… *(Il se dirige vers la porte qui vient d'apparaître et la ferme à double tour.)* Voilà ma reine ! C'est fermé on ne peut mieux…

LA REINE. Jetez la clef par la fenêtre !

LE ROI. Mais non…

LA REINE. Par la fenêtre !

LE ROI. Ma reine, je sais bien que l'homme de science a dit…

LA REINE *(hurlant).* La fenêtre !

Le Roi se précipite vers la fenêtre, l'ouvre en grand, jette la clef.

LE ROI. Voilà, voilà ma reine… C'est jeté on ne peut mieux…

LA REINE. Auprès de moi, mon roi. Comme il pousse ! Ah !

LE ROI. Ça ne va pas ?

LA REINE. Tenez-moi la main !

LE ROI. Oui, oui, oui.

LA REINE. Les eaux !

LE ROI. Quoi les eaux ?

LA REINE. Ça s'ouvre !

LE ROI. Non ! Vous êtes toute mouillée…

LA REINE. Ça vient !

LE ROI. Ma reine doit retenir encore un peu, ce n'est pas le moment ! Rien n'est encore prêt !

LA REINE. Mais sors ! Sors ! Sors !

LE ROI. Je ne peux plus sortir, la porte est…

LA REINE. Pas toi…

LE ROI. Non ?

LA REINE. Ah !

Le Roi court à la porte et tambourine.

LE ROI. Au secours ! Au secours ! La Reine accouche ! La Reine accouche ! *(Il court à la fenêtre.)* La Reine accouche !

LA REINE. Mais viens là, au lieu de m'abandonner !

LE ROI. Vous saignez ? Au secours…

LA REINE. Tais-toi ! Serre-moi ! Ne dis rien… La tête sort ! Tire !

LE ROI. Tirer quoi ?

LA REINE. La tête. Tire la tête.

LE ROI. La tête ?

LA REINE. La tête !

LE ROI. Voilà… Mon Dieu mais c'est horrible !

LA REINE. Ah !

LE ROI. Il faut respirer. Ne pas y penser ! C'est ainsi dans le sang que tout naît ! C'est ainsi dans le sang que tout naît !

On frappe à la porte.

LE VALET *(derrière la porte).* Sire, tout va bien ?

LE ROI. Ne rentrez pas, bande d'incapables ! *(À la Reine.)* Poussez ! Poussez ! Il passe ses petites épaules. Poussez, mon amour ! D'un grand coup ! Là ! C'est fini. *(On entend le cri d'un nouveau-né.)* Mais… Non, ce n'est pas… Mais comment… Comment ? On ne m'avait pas… Où est-il son… ? Une fille ! Ma reine, c'est une fille ! Que Dieu m'emporte, c'est une fille.

SARAH *(dans les yeux du monde).* On l'appellera Anne. La princesse Anne !

Le Roi s'évanouit. Fracas de la porte… Une troupe de courtisans entre en scène.

— Le petit optimiste —

Dans le grenier de l'hôpital.

JEAN. Il nous a oubliés… C'est sûr !

JULIE. Qui ?

JEAN. Le stagiaire, il nous a oubliés… Il a eu un problème.

JULIE. Mais non !

JEAN. Tu es bien allongée ?

JULIE. Oui.

JEAN. Tu n'as pas trop chaud ?

JULIE. Non.

JEAN. Tu veux que j'ouvre la petite lucarne là ?

JULIE. Oui.

Jean ouvre la lucarne. On entend des cris.

JEAN. Il y a des cris dehors, tu préfères que je referme ?

JULIE. Oui.

Jean referme la lucarne.

JEAN. Tu veux quelque chose en particulier ?

JULIE. Non.

JEAN. Tu veux que je me taise ?

JULIE. Non.

JEAN. Qu'est-ce que je peux faire ? Il faut que tu me dises.

JULIE. Tu peux m'embrasser.

JEAN. Alors je t'embrasse.

JULIE. Tu peux m'éponger le front. Tu peux me prendre la main et ne pas t'inquiéter.

Le stagiaire entre avec une bassine d'eau chaude et des draps blancs.

LE STAGIAIRE. J'ai tout ! Nous sommes prêts. Tout va bien ! Il fait calme. Le soleil s'est couché sur la mer du Nord. *(Regardant les draps et l'eau chaude.)* Maintenant qu'est-ce que j'en fais ?… Je vais mettre le drap sous vos jambes ! Levez le bassin ! Voilà…

JULIE. Garde ma main, Jean.

Le stagiaire déploie les draps tout autour de Julie.

LE STAGIAIRE. Comme ça, c'est bien blanc, c'est tout blanc… C'est très beau. C'est une voile ! Il va naître dans une voile bien blanche. Maintenant l'eau chaude… Je ne sais pas… Je ne sais plus… Je mets la main dedans. Quelques gouttes sur le ventre ! Laissez-moi faire ! Vous, monsieur, faites remuer l'eau dans la bassine, pour le son, et ce sera le son de la mer. Les vagues de la mer du Nord… Allez-y ! *(Jean remue l'eau dans la bassine.)* Voilà c'est très bien. Il faut souffler, madame, pour faire le vent ! Soufflez ! Soufflez ! Ça vient ! Ça s'ouvre ! Un delta ! Une embouchure sur la mer… Poussez ! Soufflez ! Je vois le sommet du crâne. Un soleil sur le delta. Ouvrez ! Une mer rouge. Encore ! L'ancre se détache du fond. Ça s'arrache, c'est normal. Soufflez encore ! La voile se gonfle. Le grand large ! On s'en va ! Soufflez ! On se sépare… Encore, soufflez… Il passe la tête. La proue. Le plus dur est fait. Maintenant il glisse… Dans mes mains. Viens là. Mon tout-petit… Mon petit optimiste.
C'est un garçon.

Le bébé crie puis rit.

JULIE. Jean, mon amour, il rit.

SARAH *(dans les yeux du monde).* On l'appellera Gabriel.

— Monsieur Badile —

SARAH *(dans les yeux du monde).* Quelques mois plus tard… Une fois que le premier feu d'une première colère s'était calmé. Une fois que le tendre roulis de la vie habituelle avait repris. Le petit couple a acheté son premier appartement, un lotissement où vieillir bien. Intérieur propre et bien rangé, fraîchement aménagé. Dans un couffin, il dort, le nouveau-né. Gabriel. C'est un début d'automne. Il y a un grand silence.

JEAN. Quand est-ce que ça se calmera ? Je commence à me demander, ma Julie – je peux te le dire à toi –, si tout mon bonheur, notre bonheur, ne m'attend pas quand ça s'arrêtera. Quand on aura enfin notre temps, vieux et heureux, à nous balader dans notre jardin. À admirer la carrière de nos enfants.

JULIE. Comment s'est passée ta journée ?

JEAN. Comme un château de sable.

JULIE. On pourrait se prendre des vacances. Aller voir la mer. On laisserait le petit à maman, elle serait si heureuse… Elle ne demande que ça.

JEAN. Je ne peux pas maintenant. Dans quelques mois peut-être, ça ira mieux, mais là – tu le sais bien –, ce n'est pas un plaisir.

JULIE. Je le sais bien. *(Julie va accrocher le manteau. Elle s'arrête. Silence. Jean ne bouge pas.)* Jean, je peux te le dire… Ne m'en veux pas de te le dire. Je crois que je ne suis pas – plus vraiment – heureuse. Voilà.

JEAN. Julie.

JULIE. Je crois… Quand tu t'en vas le matin, je te fais de grands gestes en souriant. Je prends le masque du café heureux. Et puis c'est un étang. Un étang d'ennui dans lequel je plonge. Je tourne dans cette maison, couverte des cris du petit. Je ne devrais… Tout va bien. On ne devrait pas se plaindre, pas nous. Ce que tu fais, je suis tellement fière. M. Vallin m'a prescrit des médicaments. Je lui ai tout raconté, il m'a donné des pilules, rien de méchant et ça va un peu mieux. Il est adorable. Il dit que c'est un moment. Voilà tout ! Il dit que ce n'est pas inné d'être une mère. Je ne connais personne ici. C'est aussi ça ! C'est sûrement ça. Toi encore, tu as les blagues avec les collègues. Tu as ce gentil Victor Bellastin qui est venu. Adorable ! Un vrai ami… Je suis désolée de lâcher tout ça comme un gros paquet. Ce sont de petits soucis mais il faut que tu saches… Tout de même, que tu saches… Il m'arrive de voir des fantômes qui rôdent la journée. Je sais que tout ça, c'est un moment. Ce n'est pas grave, alors je ne panique pas.

JEAN. Pourquoi tu me dis tout ça, comme si ce n'était rien ?

JULIE. Pardon.

JEAN. Mais non ! Comment veux-tu si je ne sais pas ? Comment veux-tu ? Je ne peux pas. J'aimerais deviner mais… Tout ça… C'est pour nous que je le fais. C'est pour toi ! Pour Gabriel.

JULIE. Je sais. Je ne dis pas. Et puis j'ai rencontré nos voisins ce matin. La voisine. Ils ont l'air très gentils. Elle me propose qu'on se fasse un repas ! C'est sympa. C'est super sympa. Le même âge que nous. Eux aussi ils ont un petit. Une fille. Une petite. Comme nous… Née un mois avant Gabriel. La même année. Ils sont tout comme nous. Tout pareils. Combien sont tout comme nous ? Combien en croises-tu des tout comme nous ? Et aujourd'hui j'ai allumé la télévision. J'ai mangé une tablette de chocolat entière avec des biscuits, je l'ai trempée dans du lait. J'ai fini de manger le paquet de biscuits tout entier et je me disais : nous sommes tout comme eux !

Julie pleure.

JEAN. Qu'est-ce qu'il se passe ?

JULIE. Je voulais te faire les endives ! J'étais sûre… Avec le jambon gratiné mais le four… Il est complètement détraqué ! Oui, détraqué ! Même les réveils, je ne sais pas ce qu'il se passe… Il doit y avoir un plomb qui a sauté pendant la journée. Rien ne marche…

On frappe à la porte.

JEAN. On attend quelqu'un ?

JULIE. Comment ?

JEAN *(fort à la porte)*. Oui ?

L'HOMME DERRIÈRE LA PORTE. Ah, bonjour ! Je suis bien à la porte de Jean Faillon ?

JEAN. Oui, c'est ici.

L'HOMME DERRIÈRE LA PORTE. Bonjour, bonjour ! Je suis un ami de Victor Bellastin, votre collègue. Un très bon ami à lui, très bon. Je suis un très bon ami, on peut le dire. Toujours proche. On ne se connaît pas, nous… Victor est resté au bureau après votre départ. Il est resté et de grands chamboulements, peut-on dire, de grosses manœuvres se sont dessinées… Ce n'est pas le mot… Enfin un peu… Disons : en quelque sorte. En même pas deux heures… Pensez-vous ! J'ai des dossiers, pour vous. À vous faire voir, à vous. Laissez-moi entrer, je vous montre. J'ai… Victor a essayé de vous appeler mais rien. "Ligne coupée", m'a-t-il dit. Ouvrez-moi, n'ayez pas peur.

Jean regarde Julie et ouvre la porte. Un homme avec un long manteau et de gros dossiers à la main apparaît.

JEAN. Pardon. Bonjour. Vous savez de nos jours et avec le petit nous faisons attention. Monsieur ?

MONSIEUR BADILE. Badile ! Monsieur Badile, c'est mon nom. Bonjour, bonjour ! *(Il voit Julie.)* Julie, c'est cela ? Victor m'a bien parlé de vous aussi. Beaucoup parlé en bien… Même en mieux ! Très joli prénom : Julie ! Si j'avais eu une fille… Mais pas d'enfants, malheur à moi. *(Il regarde le couffin.)* Et voilà Gabriel. Quelle chance vous avez tous les deux. L'heureux cadeau ! Puis-je entrer ?

M. Badile entre dans le séjour de l'appartement.

JEAN *(en fermant la porte)*. Je vous en prie.

MONSIEUR BADILE. On se tutoie, mon cher Jean ! Les amis de mes amis, quand ils sont de vrais amis bien sûr, sont les miens. Une grande famille que les amis…

JEAN. Victor a un problème ?

MONSIEUR BADILE. Mon Dieu, si tu savais, mon ami Jean, pas que Victor… Asseyons-nous ! *(Il s'assoit à la table.)* Ma chère Julie, serait-il probable… possible… envisageable de… Enfin. Jean, la situation est grave. Ils sont tous là-bas dans un état. Toi qui le connais pourtant bien, le visage, imagine, tout en sueur, tout marqué, tout tremblant. *(Il éclate de rire, puis s'arrête.)* Je ris mais c'est pour mieux cacher. Ma chère Julie, s'il te plaît, si tu ne vois pas d'inconvénient… Jean, bien sûr, si tu en vois un, dans ce cas… Mais si je peux te… vous… à tous les deux… vous demander l'hospitalité d'un verre avant de commencer… tout ça !

Il tape sur les dossiers posés sur la table.

JULIE. Eau plate ou eau gazeuse ? On a les deux.

MONSIEUR BADILE. De l'eau ! Entendez ça : de l'eau ! Hou c'est rigolo ! Je pensais à quelque chose de plus fort ! Oui, vraiment. Un apéritif.

JEAN. Nous ne buvons pas, ni moi ni ma femme. Nous n'avons…

MONSIEUR BADILE. Même pas un vieux rhum pour les gâteaux ?

JULIE. Je vais regarder.

MONSIEUR BADILE. Merci, merci beaucoup.

Julie sort.

JEAN. Vous auriez dû m'appeler. Je n'aime pas parler travail devant Julie. Elle est anxieuse vous savez. Elle ne va pas très bien.

MONSIEUR BADILE. On a dit qu'on se tutoyait. Et ton téléphone est en panne. Je te l'ai déjà dit…

JEAN. Mais non, il marchait encore très bien ce matin !

MONSIEUR BADILE. Essaie voir. *(Jean va au téléphone, décroche. Il tire sur le câble de branchement qui est coupé et d'où sort un bouquet d'étincelles.)* Vous avez des souris ! Des souris ! C'est rigolo ! Il n'y a que les souris ou les rats, peut-être un rat, pour ronger l'électricité et nous embêter. Nous embêter ! Tu me diras, sans ces petites souris, ces petites bêtes à tirelire, je ne t'aurais pas rencontré de sitôt ! Et je vois que le courant passe. *(Il rit.)* Le courant ! Comme l'électrique… C'est drôle… Non ?

JEAN. Ah oui. Elle est bonne.

JULIE *(de la cuisine)*. Nous avons du Cointreau ! Nous l'avions acheté pour un cake… Sûrement une tarte… Je ne sais plus.

MONSIEUR BADILE. Bravo, ma petite Julie. Bravo ! Bravissimo ! C'est parfait. Alors trois verres… Apporte la bouteille.

JULIE *(de la cuisine)*. D'accord.

M. Badile se lève et se dirige vers la commode.

MONSIEUR BADILE. Ça doit être là ! Les verres… Je suis sûr que c'est là et pas ailleurs.

JEAN. Non, monsieur Badile…

MONSIEUR BADILE. J'ai le sens des maisons. Toujours, en un clin d'œil, je sais !

JEAN. Les verres sont à la cuisine…

M. Badile ouvre la porte du buffet rempli de verres.

MONSIEUR BADILE. La cachottière ! Elle a changé la place pendant la journée et j'ai senti ! Je suis une petite souris qui sent tout, Jean. J'ai la sensation. C'est inné. Ma maman… Ma pauvre petite maman me disait toujours *(il pose trois verres sur la table)* : "Toi, tu as le fluide." Oui, ce mot-là. Un beau mot que ce mot-là… Et elle est morte. Tombée dans l'escalier. Pas si vieille. Vlagadam ! J'étais là, en haut. Je l'ai vue. En haut de l'escalier. Pleine de colère, elle a raté la marche. Il ne faut jamais se mettre en colère, Jean. On peut mourir. Et il en faut si peu pour mourir, une petite marche ratée et couic ! Que c'est triste. Ma maman, ma pauvre petite maman à moi.

Julie entre avec la bouteille de Cointreau.

JULIE. Nous n'avions mis que deux cuillères et c'était il y a bien longtemps. J'espère que c'est encore bon.

MONSIEUR BADILE. Mais oui, mais oui ! Bien, bien, bien.

Il prend la bouteille, sert les trois verres.

JEAN. Non, monsieur Badile, pour moi vraiment, ça ira. Je ne bois pas et Julie non plus.

MONSIEUR BADILE *(servant de grands verres)*. Trêve de plaisanterie ! Si je joue au léger, si je détends, c'est pour t'annoncer une nouvelle. Et cette nouvelle mérite que tu boives ce verre. Asseyons-nous. *(Jean s'assoit.)* Julie, ne nous fausse pas compagnie. *(Julie s'assoit.)* Avant toute chose… Santé !

JEAN ET JULIE. Santé.

Jean et Julie trempent les lèvres. M. Badile boit d'une traite et se ressert.

MONSIEUR BADILE. Bien ! Bien ! Bien ! Nous y voilà. L'homme est une drôle de chose, Jean. Il y a une blague, j'adore les blagues, qui dit, ou à peu près… *(Il boit son second verre.)* Un homme et sa femme marchent dans le désert et l'homme dit à sa femme : "Si j'avais une corde, je me pendrais tout de suite, mais y a pas d'arbre."

Il éclate de rire.

JEAN. Nous sommes fatigués tous les deux. Si c'est si grave, je vous en prie, dites vite.

MONSIEUR BADILE. Oui pardon… Mais Jean, tutoie-moi ou je vais me vexer. Ce serait triste que je me vexe si tôt, non ? Donc l'homme est une drôle de chose et là, c'est comme si, il y a deux heures, lorsque tu es parti du travail, oui, c'est comme si sans trop savoir pourquoi la machine humaine avait raté une marche. Vlagadam ! Le monstre est à terre. Voilà. Le château de sable s'est écroulé recouvert par la mer une bonne fois pour toutes. Regarde !

Jean prend le premier dossier, feuillette, regarde M. Badile.

JEAN. Qu'est-ce que c'est ?

MONSIEUR BADILE. Les dernières planches, Jean !

JEAN. Non. *(Il sourit.)* Monsieur Badile, ce sont des dessins d'enfant. Vous vous êtes trompé.

MONSIEUR BADILE. Je suis content que tu le prennes avec le sourire, comme ça ! Victor m'avait pourtant… "Très professionnel. L'esprit vif." Il m'avait dit : "Pas un marrant le Faillon !" et je vois que non. Vous avez le sang optimiste, c'est bien. On va pouvoir.

JEAN. Sortez ! Dites vite le pourquoi ou sortez maintenant.

MONSIEUR BADILE. Ah !

JEAN. Foutez le camp de chez moi !

MONSIEUR BADILE. Ah ah !

JEAN. Dehors !

MONSIEUR BADILE. Hou là là !

JEAN. Je ne ris pas !

MONSIEUR BADILE. Jean, tu es un peu ridicule là.

JEAN. Si Victor et d'autres, quelques autres, se sont passé le mot pour cette farce ! Cette petite farce merdeuse !

JULIE. Calme-toi, Jean !

MONSIEUR BADILE. Oui, calme-toi, Jean.

JEAN. Je lui en retournerai deux mots. Victor… Au revoir, monsieur.

MONSIEUR BADILE. Ah oui d'accord ! Si tu ne m'aides pas, Jean, rien ne va être simple. Les nouvelles vont être corsées… Elles sont corsées.

JEAN. Tout est si instable, je n'ai pas besoin de vous pour être inquiet. Vos pitreries !

MONSIEUR BADILE. Tu as fini ?

JEAN *(en criant).* Ne me tutoyez pas !

JULIE. Jean ! *(Jean sort du séjour et se dirige vers la cuisine. M. Badile ramasse ses papiers l'air fâché. Silence.)* Monsieur, s'il vous plaît, Jean est fatigué. Tout cela aurait pu faire rire, beaucoup rire, mais Victor a dû vous le dire… C'est une vraie folie ce métier en ce moment…

Jean revient de la cuisine avec un grand couteau qu'il tend vers M. Badile.

JEAN. Maintenant on ne rit plus, monsieur Badile. Dehors !

MONSIEUR BADILE. Hou là là ! On se calme ! Jean, ai-je une tête à plaisanter ?

JEAN. Vous avez une tête à rien… Pas une tête à confiance.

MONSIEUR BADILE. Mes yeux ont-ils l'air de mentir, Jean ? Alors ? *(Jean regarde M. Badile. Silence. M. Badile fait un geste. Jean tombe à la renverse comme s'il avait pris un coup. Gabriel se met à crier. Julie ne bouge pas.)* Tout ça va très vite ! Je comprends, trop vite ! Que d'émotions… Un TGV, le temps ! Vous devriez boire et ne

pas trop réfléchir si vous voulez entendre le "Vlagadam" du monde qui tombe à vos fenêtres.
Les dessins que tu vois sont les dernières marques, les dernières planches. On dit "planches", n'est-ce pas ? Sorties il y a tout juste une heure et depuis, ça continue… De plus en plus naïf. Vois-tu, j'ai dans les dossiers toute la chute. Bois, Jean… Bois !
Il y a deux heures, les courbes fléchissaient. Des petites vagues. Des soubresauts. À chaque inflexion, un bus tombait dans le ravin d'une montagne au Mexique. Blé, orge, patates, *eggplants* perdaient leur valeur. On achetait le baril de pétrole au prix de la morue et on pensa donner de l'or aux poules. Mais tout ceci semble banal quand on connaît nos métiers.
Le plus croustillant est survenu quand la courbe s'est retournée sur elle-même, a fait une spirale puis une croix. Du jamais vu ! Des pétales, des petites fleurs sur tous les écrans jusqu'à devenir des dessins de gamins. Les enfants de Taïwan sont expulsés des écoles et les alarmes des villes retentissent sur les mers de Chine. Les usines de notre bonne vieille Europe s'arrêtent et on prie les ouvriers par haut-parleurs d'attendre chez eux. La télévision fait un point spécial mais plus de canaux, plus d'antennes. Il reste à les revendre comme grattoirs à dos. Plus de points spéciaux.

JEAN. Ce n'est pas possible.

MONSIEUR BADILE. C'est le Monstre qui agonise ! Vous souriez, Julie ? Voilà une belle réaction.

JULIE. Une nouvelle aventure nous attend.

MONSIEUR BADILE. Si tu veux… Jean, tu n'as plus de travail. Voilà pourquoi je suis ici. On ne va pas tourner autour du pot trop longtemps ce serait… Victor non plus d'ailleurs… Tu n'es pas le seul. Louis, Hugo, l'autre Victor, Benoît, Kader, Charles, Mylène, Vanessa, François, les deux Antoine, M. Gragin votre directeur… Tout l'étage ! Et l'étage d'au-dessus ! Et l'étage d'au-dessus ! Et l'étage d'au-dessus ! Et l'étage d'au-dessus jusqu'au dernier ! Et même en dessous, tous, ils ne reviendront pas demain. Dans les campagnes, dans les banlieues des grandes villes, la colère est immense. Tu imagines ? À cause du vide qui s'annonce. Les gens ne sont pas prêts. De grands incendies se sont déclarés dans le pays. On s'acharne, on pense à éliminer les fautifs… Des petits hommes en chemise blanche. Ce sont eux ! Dit-on… Moi je ne te reproche rien. Je ne suis pas là pour te tuer. Je t'aime bien. Je sais bien que le monstre n'a pas de tête. Vous faites partie des fautifs… Qu'est-ce qu'on y peut ? C'est vous les lapins, ce n'est pas amusant… Hou là là, ça va vite ! Ça va vite, vite, vite ! Alors je ne sais vraiment pas quoi te dire… Si, peut-être… Bois, Jean, bois un peu.

M. Badile ressert un verre de Cointreau qu'il tend à Jean. Jean le prend et le jette au visage de M. Badile qui ne bouge pas. Silence.

JEAN. Foutez le camp de chez moi !

MONSIEUR BADILE. Toi, Julie, veux-tu que je m'en aille ?

JULIE. Non, monsieur Badile.

MONSIEUR BADILE. Julie, aimes-tu la couleur de mes yeux ?

JULIE. Oui, monsieur Badile.

MONSIEUR BADILE. Vous avez entendu : “Oui, monsieur Badile…”

On frappe à la porte. Jean sursaute. Il court vers Julie et la prend dans ses bras.

JEAN. Réveille-toi. Mon amour ! Réveille-toi, il faut partir.

On frappe à nouveau à la porte.

MONSIEUR BADILE. Eh oh ! Ça frappe à la porte !

JEAN. Je n'attends personne.

MONSIEUR BADILE. Tu ne vas pas ouvrir ?

JEAN. Je vous en prie, sortez de chez moi. *(On frappe à la porte.)* Je vous crois… S'il vous plaît ! Je vous crois.

On frappe à nouveau à la porte.

MONSIEUR BADILE. Oh pardon, pardon ! C'est moi… Je ne t'avais pas prévenu. J'aurais dû te prévenir. Ce n'est pas gentil de ma part. C'est mon défaut. Ma maman me le disait toujours : “Tu aimes trop les surprises et ça devient un défaut.” Je me suis dit que ça te ferait plaisir. C'est une amie qui, la connaissant, apporte une bouteille. C'est la fête ! *(La porte s'ouvre. Une femme aveugle apparaît. Elle porte dans ses mains un magnum de Cointreau.)* Merveilleux ! Ça, c'est une attention. J'ai raconté comme j'ai pu à notre ami Jean, mais il est très agité, pas serein du tout. Il m'attriste !

Dans le cadre de la porte apparaissent trois autres femmes aveugles. Les aveugles envahissent l'appartement. Une musique s'élève dans les airs. Jean tient la tête de Julie dans ses mains.

JEAN. Julie ?

JULIE. Où je suis, Jean ?

JEAN. Tout va bien. Viens. Voilà ! Maintenant ferme les yeux. Julie, qui je suis ?

JULIE. Tu es Jean.

JEAN. Non, Julie, ferme les yeux ! Qui je suis pour toi ?

JULIE. Tu es mon mari.

JEAN. Oui, c'est ça ! Julie, que font les gens qui se marient ?

JULIE. Ils s'aiment.

JEAN. Oui. Alors…

JULIE. Tu m'aimes.

JEAN. Je vais monter dans la chambre… Écoute-moi ! Je vais faire un petit sac et nous allons partir. Toi, tu dois t'occuper de Gabriel. Nous ne prendrons pas grand-chose. Je ne vais pas rester longtemps dans la chambre. Il faut que tu restes ici à surveiller.

JULIE. Est-ce que c'est un cauchemar ?

JEAN. Occupe-toi de Gabriel.

JULIE. Je crois que je suis heureuse.

Jean court, monte les escaliers à toute vitesse.

MONSIEUR BADILE. Tout va si vite… Un TGV. Et moi qui vais me marier ! Je veux pleurer. Je vais pleurer, c'est bête, c'est beau. Je pleure… Non ! Merde. Ça vient presque. Ma belle Julie… C'est pour toi que je suis venu. Pour te sortir de là, de cet étang dans lequel tu te noies. Tu vois, je sais ton malheur. Jean est une personne bien mais c'est un long tunnel qui vous attend, c'est l'ennui des campagnes, la vie petite… La vache enragée, les épines plein les chemins… Moi je te ferai faire le tour du nouveau monde, je te couvrirai de fleurs, tu prendras des bains de lait et tu n'auras jamais faim. Je m'occuperai de Gabriel mieux qu'un père. Il m'inquiète ce petit… Je te le dis tout franc… Je suis franc. Je ne peux pas être malhonnête, tu vois… Je n'y arrive pas. Il a la mauvaise étoile au front ce petit. Il filera un mauvais coton. Il ne te rendra que plus malheureuse. Alors… nous l'emmènerons. Nous le regarderons dormir dans l'eau et tu seras libérée. Et nous serons heureux.

JULIE. Jean est monté dans la chambre faire un petit sac et je l'aime.

MONSIEUR BADILE. Ne penses-tu pas… ? Je dis ça comme ça… Je l'aime beaucoup, Jean, mais ne penses-tu pas qu'il aurait un peu peur de nous faire face ? Et voilà…

M. Badile s'approche de Gabriel, prend un coussin et va pour l'étouffer.

JULIE. Non !

MONSIEUR BADILE. Voilà voilà… Voilà tout.

JULIE. Non, ne faites pas ça !

MONSIEUR BADILE. Tutoie-moi, Julie ! Tutoie-moi, je t'en conjure.

Jean entre dans le séjour avec un petit sac et une couverture. M. Badile appuie le coussin sur le visage de Gabriel. Jean prend le couteau, les aveugles ne bougent pas. Il poignarde M. Badile dans le dos qui arrête son action. Le couteau reste dans le dos de M. Badile qui se retourne, regarde Jean, s'approche de lui. Silence.

C'est pas bien de faire ça.

Cri de Julie. Les aveugles ne bougent pas.

Merde, Jean, tu fais chier ! Voilà comment tu accueilles celui qui vient te sauver ? Jean ! L'ami de ton ami ! Salopard !

Les aveugles disparaissent de l'appartement.

Mon fantôme restera accroché à vos talons, comme cousu… Et vous aurez peur à chaque bruit de vos pas ! Allez ! Courez ! Dehors ils sont toute une horde à assassiner les petits couples de petits intérieurs. Et vous êtes quoi, vous ? Vous n'êtes qu'un petit couple de petit intérieur, pas des héros de théâtre ! On s'en fout de vous ! On s'en fout ! Le héros de théâtre, c'est moi ! Et je meurs, merde… Maman, j'arrive, je n'aurais pas dû me mettre en colère. Tout ça, c'était pas mal en fait… Pas si mal. Le Cointreau, c'est la meilleure idée maman… Je le dis depuis le début.

M. Badile meurt.

JULIE. Que fait-on, Jean ?

JEAN. J'ai pris quelques affaires… L'essentiel. Il faut que nous soyons légers. *(On entend une sirène qui retentit au loin.)* Qu'est-ce qu'on entend ?

JULIE. Ce sont nos cloches qui sonnent. Il faut partir.

Jean prend le sac, il sort. Julie prend Gabriel, le suit en courant. Elle sort. M. Badile se réveille souriant et dansant.

MONSIEUR BADILE. Ils sont partis ? Eh bah c'est bien ! Du faux sang et des faux couteaux. Et dire que ça fait peur ! Ma mort fut réussie ! Non vraiment… Pourquoi jouer les modestes ? Peut-être la meilleure ! Bon ! Bon ! Bon ! Alors, ils sont partis ! Ils sont partis et c'est très bien ainsi. Ça promet, non ? Un peu de jeu et de joie à venir. La poursuite s'annonce haletante. Allons nous amuser du reste. Nous les retrouverons bien à propos.

Chants, fumée et cris. Mouvement des décors. Joyeux foutoir de troupe.

— Les comédiens —

SARAH *(dans les yeux du monde)*. Un terrain vague. Une roulotte avec pour fronton : “Au théâtre des campagnes”. Didi, un jeune homme, est assis devant. Louison, une jeune femme, le regarde.

LOUISON. Eh bah, Didi ? Tu vas pas rester là à bouder ? C'est pas de ton âge de bouder. Et puis on t'attend pour la lecture.

DIDI. Ras la claque.

SARAH *(dans les yeux du monde)*. Argan, un homme avec une voix de stentor, sort de la roulotte.

ARGAN. Bon bon bon ! C'est quoi ce gros chagrin ?

LOUISON. Il ne veut pas.

ARGAN. C'est quoi, Didi, le problème, ton problème ?

SARAH *(dans les yeux du monde)*. Bélise, une femme grassement maquillée, sort de la roulotte.

BÉLISE. Toujours la même chose... Toujours la même discussion.

LOUISON. Il n'est pas content du rôle.

BÉLISE. Eh oui !

ARGAN. Il ne te va pas ton rôle ?

BÉLISE. C'est un très beau...

ARGAN. Un très beau rôle, ce rôle.

BÉLISE. Le plus beau peut-être.

ARGAN. Pas le plus bavard, certes.

BÉLISE. Mais la beauté, Didi, la beauté...

ARGAN. ... ça ne se joue pas à la taille des répliques. Toi, tu es la présence.

BÉLISE. Tu es celui qui est.

ARGAN. Tu es l'incarnation en somme.

DIDI. Je suis deux répliques sur cinq heures de spectacle.

BÉLISE. Trois répliques. Trois.

ARGAN. Tu exagères !

BÉLISE. Si ce n'est quatre.

DIDI. Deux ! Acte I : "Madame, M. de Bolincelle est arrivé, il demande à vous voir." Acte V : "Il est mort !"

ARGAN. Tu les connais déjà ? Les vrais acteurs sont les acteurs de rigueur !

BÉLISE. Tu te rends compte ? Non mais tu te rends compte ? "Il est mort !"

SARAH *(dans les yeux du monde)*. Lorenzo ! Un très bel homme sort de la roulotte.

LORENZO. Qu'est-ce qui se passe ?

BÉLISE. La puissance, la foudre en trois mots ! La chance que tu as, Didi ! Toute la tragédie en trois mots. "Il est mort !" Mais c'est un rêve de comédien ça…

LORENZO. Didi, si tu me permets, j'aimerais te dire un mot. J'ai connu un grand acteur qui disait… Écoute ça.

ARGAN. Tous les grands acteurs le disent.

LORENZO. "Il n'y a pas de petits rôles…"

DIDI. Je sais. "Il n'y a que de petits acteurs." La phrase que l'on rabâche aux tristes médiocres. Mais aux petits acteurs, on donne les petits rôles, non ? Et je suis tout petit moi. Je dis faux…

ARGAN. Taratata ! Tu dis juste.

DIDI. Je dis faux !

BÉLISE. Tu dis très juste.

DIDI. Je ne sers à rien. Je ne dis pas un mot sans qu'on me le rature. Moi je veux jouer Oreste, Rodrigue. Pour essayer du moins… Avoir la chance d'un grand rôle ! Pour essayer…

ARGAN. Didi, tu nous es essentiel.

BÉLISE. Reste !

DIDI. Foutaise Merde Chiotte !

ARGAN. Didi… Qui fera les comptes si tu t'en vas ?

DIDI. Ah, le voilà le nerf. Je suis le Judas de l'affaire. Et comment il finit, Judas ? Non merci, je m'en vais. Adieu.

SARAH *(dans les yeux du monde)*. Dorine ! Une très belle femme sort de la roulotte.

DORINE. Que se passe-t-il ?

LORENZO. Ça parle religion.

DORINE. Ah bon ?

LOUISON. Didi, on va faire un effort, reviens !

ARGAN. On va monter une petite forme.

BÉLISE. Tu auras le rôle principal.

DIDI. Je ne veux pas de petite forme. Je veux être Dom Juan.

Dorine éclate de rire.

DORINE. Mais ça ne te va pas du tout Dom Juan. Pourquoi pas Oreste ?

ARGAN. Dorine a raison, ce n'est pas fait pour toi. Ce serait une souffrance.

BÉLISE. Une souffrance pour toi et pour les autres

LORENZO. Sganarelle à la limite. Ça te dirait Sganarelle ?

BÉLISE. Ou Pierrot ?

DORINE. Ou le pauvre ? C'est très beau le pauvre.

ARGAN. Monsieur Dimanche ! Tu serais le meilleur de tous les messieurs Dimanche !

DIDI. Bah voyons, un comptable !

BÉLISE. Quel orgueil mal placé.

ARGAN. Ah… l'ego des acteurs.

DIDI. Vous m'épuisez. Tous, vous m'épuisez ! La nuit, pendant que vous vous enfilez les verres d'après représentation, que vous vous plaisez à parler tout ivres du métier, moi, je monte dans ma chambre.

J'apprends des textes… Je connais toute la partition d'Oreste. Au mot près ! Je me le rejoue tout seul dans mes draps. Je me gonfle, je déclame et je suis fantastique ! Et puis quand vient votre regard, je perds tous mes moyens. Mon grand corps et mes bras ballants, je ne sais plus quoi en faire. Alors vous riez… Pire : vous avez de la compassion. Vous me regardez tout attendris. C'est pire que tout ! Votre attendrissement est pire que tout. Ils me rendent fou, ces petits mots de soutien, ces "tu vas y arriver". Je n'en peux plus. Je m'en vais.

ARGAN. Didi… C'est magnifique ! Magnifique. Ce que tu viens de nous dire. Là… La façon, l'émotion… Si tu y arrivais sur le plateau, on te donnerait tous les rôles. Mais tu n'y arrives pas. Je sais comme tu travailles. Je ne dis pas… Tu travailles beaucoup. D'autres ne foutent rien et traversent les temps. Toi, tu bûches sans succès. Que veux-tu ? C'est comme ça ! La vie de ce métier est injuste. Et c'est la même chose dans le football. Il court plus vite que toi… Il court plus vite que toi ! Que veux-tu y faire ? Que veux-tu remettre en question ? Personne ne se pose ce problème pour les sportifs… Pour les acteurs : "Oui ! On peut tous !" ils disent. Mais non ! Non ! On ne peut pas tous. Tous n'ont pas de talent. N'ont pas ce talent. Tu n'as pas ce talent. Ce n'est pas grave, tu en as d'autres. Tu es courageux. Tu es fort en calcul. Moi je n'ai jamais rien compris aux chiffres, toi tu comprends tout très vite.

BÉLISE. Arrête, il va pleurer.

ARGAN. Il demande de l'honnêteté, je lui en donne.

BÉLISE. Voilà il pleure. Tout est foutu !

ARGAN. Tu ne comprends rien !

BÉLISE. Je ne comprends rien ?

Une jeune femme entre en courant. Elle paraît épuisée. Elle souffle fort.

LA JEUNE FEMME. S'il vous plaît,
Auriez-vous
De l'eau ?
Je viens du village d'à côté. Je cours à l'autre village.
Je vais de village en village, à vrai dire oui c'est ça, ce que je fais.
Je suis épuisée, auriez-vous de l'eau ?

BÉLISE. Bien sûr. Dorine, dépêche-toi ! Un broc d'eau pour la dame.

DORINE. De suite, de suite.

LA JEUNE FEMME. Vous êtes gentils.

ARGAN. Pourquoi courez-vous comme ça ?

LA JEUNE FEMME. Pour voir ce qui se passe.
Pour renseigner les uns et les autres de l'avancement.
C'est moi qu'on envoie.
J'ai
Toujours été forte à la course
Toute petite déjà
Toujours.

Dorine apporte de l'eau à la jeune femme.

Merci beaucoup. Je repars !

ARGAN. Avant de repartir, dites-nous : quels avancements ?

LA JEUNE FEMME. Vous ne savez pas ?

ARGAN. Ici, on est à l'écart du monde. On s'enferme, on répète. Le monde peut bien tourner.

DORINE. On n'a même pas la radio.

LA JEUNE FEMME. Vous êtes là et vous ne savez rien ?

ARGAN. On sait beaucoup de choses !

LORENZO. Que se passe-t-il ?

LA JEUNE FEMME. C'est la fin d'un monde qu'il se passe. Vous ne savez vraiment pas ? Tout est fini. Plus de travail pour personne. Tout s'est arrêté. Dans les villages, il y a des comités. Il y a beaucoup, surtout, de haine. C'est comme ça. Il y a eu de grands appels au feu. On ne sait pas trop d'où ça vient. Il n'y a pas de chefs, non, pas pour l'instant. Juste des hommes qui ont décidé de prendre la route. De mettre fin. C'est comme ça. Merci pour l'eau. Il faut que j'y aille.

Elle sort en courant. Long silence.

LORENZO. Que fait-on ?

Silence.

DORINE. Je vais faire un thé. Vous en voulez ?

Silence.

ARGAN. On reprend le travail.

LORENZO. On reprend le travail ?

ARGAN. On fait comme si de rien.

DIDI. Comme si de rien ?

ARGAN. On fait comme si elle n'était pas passée ici. On verra ensuite. On reprend le travail !

DORINE. Merci, Argan !

BÉLISE. Qu'est-ce que tu dis ?

ARGAN. Je dis qu'on reprend le travail.

DORINE. Moi je suis d'accord. Je ne veux pas me retrouver dans la masse. Moi ? Brûler et tuer pour suivre ? Non… Mourir pour suivre ? Non merci, ça va. Je vais faire du thé.

BÉLISE. Et si nous allions sur les routes avec notre théâtre ! Mais oui ! Mais bien sûr ! Une réponse par l'art. Ce sera grandiose ! Nous ferons du théâtre pour tous les jeunes qui montent. Nous traiterons des sujets de révolte. Nous ferons des débats !

ARGAN. Tu en as beaucoup des idées comme ça ?

LORENZO. Je suis d'accord avec Bélise. Nous devons participer à la révolution !

DORINE *(l'imitant)*. Je suis d'accord avec Bélise. Nous devons participer à la révolution.

LORENZO. Pourquoi tu te moques ? À notre échelle…

ARGAN. Soupe au lait comme tu es ? Lorenzo, c'est grotesque. Avec leurs flambeaux, que veux-tu qu'ils aient à foutre du théâtre ?

LORENZO. Le théâtre est là pour ça.

ARGAN. Non, le théâtre a besoin d'équilibre. Tout ça n'est pas de notre ressort.

LORENZO. Tout ça est du ressort de qui ?

ARGAN. Tout ça est une affaire de pouvoir. Le pouvoir n'est pas de notre ressort.

LOUISON. Tout ça est triste.

ARGAN. Ils brûleraient notre roulotte et nous dedans. Les révolutions ne sont jamais très intelligentes.

DIDI. Elles sont nécessaires !

ARGAN. Nécessaires je ne dis pas… Mais mille Hommes pleins de haine, du feu dans les mains, ne sont pas mille Hommes intelligents.

LORENZO. Notre devoir…

ARGAN. Notre seul devoir est de nous remettre au travail, pas de nous jeter dans le brasier.

LOUISON. Et qui sait… Peut-être serons-nous la bouture d'où repartira toute la végétation.

LORENZO. Nous reprenons où on en était ?

ARGAN. On reprend du début. Et avec de l'entrain !

Ils entrent dans la roulotte.

— La forêt des rencontres —

Une forêt. Julie et Jean entrent en scène. Julie porte dans ses bras Gabriel emmitouflé dans une couverture.

JEAN. Voilà comment tu me parles… Voilà comment tu me regardes… Comme si j'étais un idiot. Arrête ! Pourquoi tu fais ça ? Ce sourire dans le fond des yeux ? Pourquoi ? Pourquoi quand tu me regardes je me vois dedans toi, tout petit.

JULIE. Je ne fais rien.

JEAN. Et ces grands airs ? Et ces reproches ?

JULIE. Quels reproches ?

JEAN. Tes petits regards en coin. Tes petites larmes aux yeux comme pour toujours me dire : “Tu vois comme je suis malheureuse.” Maintenant le malheureux c’est moi. Ah tu es heureuse ! Tu as gagné. À toi le rôle de l’éclaireuse, à moi le suiveur. Tu as gagné. Bravo !

JULIE. Nous trouverons une belle campagne. Nous trouverons une belle et simple, toute simple, si simple et belle… Un trou paisible. Un trou très simple. On se mettra quelques épines dans les doigts, et après ? On s’écorchera contents. On aura des oies pour monter la garde. Des nénuphars dans l’eau. Oui, il faut de l’eau… Bien sûr ! Nous ne mettrons pas la maison à côté à cause des moustiques l’été… L’été, il y en a des nuages entiers. C’est ce qu’on dit…

JEAN. Tais-toi ! S’il te plaît, tais-toi ! Tais-toi ! Une bonne fois, tu te tais. Tu te tais maintenant et pour une bonne fois !

Silence.

Alors dis-moi… On va où ? On court où ? C’est l’ouest par là ? C’est la mer ? C’est une falaise qui nous attend ? Là-bas ? Non ? Oui ? On dort où ce soir ? On mange quoi ? On le fait vivre comment ? Comment ? Dis-moi !
Un trou paisible ? Un trou paisible et simple ? Et le feu, on en fait quoi ? Mais pauvre pauvre pauvre petite conne, c’est nous les rois en fuite ! Sinon qui d’autre ? On dort où ce soir ? On dort où ? On dort où ! Je mets les pieds sous quelle table ? Je parle de quoi ce soir ? Je fais quoi demain matin ? Tu crois que je suis solide ? Où sont mes papiers ? Où est ma sacoche ?
Est-ce qu’on appelle ça une forêt tous ces arbres serrés ? Forêt, ça existe comme mot ? Et moi j’existe comme… Et le “Où on va”, ça existe ? Et l’avenir de celui-là… Ça existe comme mot : L’avenir de celui-là ? Je ne suis pas prêt à me faire sauvage ! On va mourir tout nuls. Tout pleins de nullité ! Tu me trouves nul ? Parle ! J’ai pas travaillé… Est-ce que j’ai travaillé pour ça ? Pour ne pas savoir où on dort ? J’ai faim ! J’ai mal ! J’en ai marre… J’en ai plus… Tu veux qu’on s’arrête ici ?

JULIE. Non. Il faut continuer. On se fera plus loin un abri. Ne te mets pas dans des états… Il faut tenir !

JEAN. Tenir ? Je m'arrête ici.

Jean s'assoit par terre, s'adosse à un arbre.

JULIE. Jean, il ne faut pas s'arrêter.

JEAN. Tiens, on a gravé dans l'écorce : "Hugo je t'aime et rien n'arrêtera que je t'aime." C'est touchant, tu ne trouves pas ? Et là un autre : "Charles ! Salaud ! Tu m'as bouffé le cœur !" C'est direct ! Ça a ce mérite. Et là encore : "À la vie à la mort !"

JULIE. Allez ! En marche, mon amour, et sans se retourner.

JEAN. Ta gueule.

JULIE. Jean !

JEAN. Je reste ici. Tu crois à quoi ? Un abri ? Tu veux un abri pour qu'on meure plus tard ? Tu veux reculer et tu es toute contente à reculer le temps ?

JULIE. C'est la plus belle chose, je crois, qui nous arrive… Peut nous arriver.

JEAN. La plus belle chose ? Si je m'écoutais… La haine, Julie ! J'ai plus peur que ma haine.
Laisse-moi ! Va-t'en ! Va-t'en ! Allez ! Vas-y, va-t'en ! Avant que… Tu es laide. Tu vieillis à vue d'œil. Prends-le et laisse-moi. Emporte-le et va-t'en. Je ne veux plus te voir.

JULIE. Jean, je ne pars pas sans toi. Dis toutes les horreurs que tu veux. Nous finirons…

JEAN. Va-t'en !

JULIE. Je reste ici. J'attendrai la nuit avec toi… Que tu te calmes et nous avancerons. Il faut croire que nous croyons en l'abri et nous avancerons.

JEAN. Laisse-moi. Trouve un autre homme. Marche à l'opposé. Laisse-moi dans mon raté.

Julie pose Gabriel et prend Jean dans ses bras.

Je ne t'aime pas.

JULIE. Tu m'aimes.

JEAN. Je ne veux plus de tes bras.

JULIE. Tu les veux.

JEAN. Je ne supporte plus ton odeur.

JULIE. Tu la supportes.

JEAN. Je couchais avec d'autres femmes.

JULIE. Je m'en fous.

JEAN. Je ne pensais pas.

JULIE. Tu n'as pas raté.

JEAN. On mange quoi ce soir ?

JULIE. Un bon feu. Des oiseaux. Une aventure.

JEAN. J'ai mal aux jambes.

JULIE. L'aventure n'a pas besoin de jambes, a besoin de "Je t'aime".

JEAN. J'ai peur.

JULIE. Regarde, gravé sur l'autre arbre : "Vanessa tu es tellement belle, on jurerait ma mère."

Ils rient.

JEAN. "Anthony est le plus beau du collège. Et moi la plus laide."

JULIE. C'est triste.

Un vieillard entre. Julie précipitamment prend Gabriel dans ses bras et se lève. Jean se lève.

LE VIEILLARD. Jeunes gens ! Bonjour, jeunes gens.

JEAN. Bonjour, monsieur.

LE VIEILLARD. Pourriez-vous, jeunes gens, me donner de l'eau.

JEAN. Nous n'avons rien.

LE VIEILLARD. Alors un peu de discussion si vous voulez ne pas être pressés… *(Temps.)* Où allez-vous comme ça ? C'est un enfant ? Votre enfant ?

JEAN. Nous rejoignons des amis.

LE VIEILLARD. Des amis ?

JEAN. Oui, nous avons fait une promenade. La forêt… C'est une forêt que nous connaissons bien. Depuis notre petite enfance… Ma petite enfance… Je suis du coin.

LE VIEILLARD. Vous êtes du coin ? Vraiment ?

JEAN. Je ne vis plus ici. Moi et ma femme nous vivons… Enfin nous sommes là en promenade pour se promener. Nos amis sont devant.

LE VIEILLARD. Ne mentez pas comme ça. Je vois votre nez qui grandit d'ici.

JULIE. La nuit va tomber, il faut que l'on se dépêche.

JEAN. Au revoir, monsieur.

LE VIEILLARD. Je suis un vieillard vous savez. Pourquoi mentir ? Faut pas.

JULIE. Nous rejoignons des amis. C'est la vérité vraie.

LE VIEILLARD. Nous faisons chemin inverse, madame, voilà tout. Pourquoi ne pas dire ? Ça brûle derrière vous ? Ça a commencé ? Oh je veux voir ça… Si vous saviez… J'ai l'impatience d'un enfant.

JULIE. Même vieux, c'est beau de rester enfant.

LE VIEILLARD. Vous êtes très belle, madame ! Moi je n'ai plus de femme. Elle était moins belle que vous, même jeune, mais elle avait un corps à ne jamais se plaindre. Et elle a rendu l'âme… Bien malade.

JEAN. Toutes mes condoléances.

LE VIEILLARD. Ne vous forcez pas ! J'ai dit adieu au passé pour voir le dernier feu d'artifice. L'embrasement ! La fin de l'ère des tours !

Retour case départ comme m'a dit mon petit-fils : "Pépé, c'est fini, c'est nouveau, ça s'est cassé la gueule", il a dit. "Alors avec les copains on prend de l'essence, on allume des torches et on fait table rase. S'il faut tuer des petits bonshommes en costard, ces connards qui nous foutent la tête sous l'eau, moi je le ferai. Je serai le premier. Pas de cœur pour le changement !" *(Un chant se fait entendre au loin. On entend des coups de bâton qui rythment.)* Voilà comment il m'a parlé.

JULIE. C'est bien.

LE VIEILLARD. Ah vous pensez ? Vraiment ? Moi je suis fier ! Bien sûr, ce n'est pas raisonné… Mais ils se vengent… Et aussi pour nous.

JEAN. Il faut vraiment que nous y allions. Bon voyage.

Ils vont pour sortir.

LE VIEILLARD. Je ne vous conseille pas de partir par là. Vous les entendez, ils arrivent ! Ils battent la forêt.

JULIE. Qu'allons-nous faire ?

LE VIEILLARD. Les connards en costard de mon petit-fils, c'est bien vous ?

JEAN. Nous n'y sommes pour rien.

LE VIEILLARD. Je sais. Le monstre n'a pas de têtes. Comment s'appelle-t-il votre petit ?

JULIE. Gabriel.

LE VIEILLARD. Gabriel !

JULIE. Gabriel.

LE VIEILLARD. Je peux le voir ? *(Julie lui met l'enfant dans les bras. Le vieillard le regarde et pleure.)* Je suis un pauvre vieillard et j'ai ma sagesse vous savez. Pourquoi je voudrais vous voir mourir ? *(Il rend l'enfant à Julie.)* Cachez-vous ! Là ! Ils approchent ! Ils sont juste à côté ! Derrière l'arbre, ce gros chêne. Couvrez-vous de feuilles mortes. Ne faites aucun bruit et priez pour que Gabriel ne dise rien.

Les incendiaires entrent.

LA JEUNE FEMME. Je ne peux plus courir ! Je suis désolée. Je suis arrivée au bout. Je ne…

Coup de fusil. La jeune femme s'écroule. Les incendiaires voient le vieillard. Ils l'empoignent.

LE VIEILLARD. Je suis des vôtres ! Je suis des vôtres ! Un pauvre vieillard qui a pris de l'avance sur le chemin pour aller voir l'embrasement et mettre un point à sa vie.

LE CHEF DE LA BANDE. Tu viens d'où ?

LE VIEILLARD. De Creuseton.

LE CHEF DE LA BANDE. Comment tu t'appelles ?

LE VIEILLARD. Gabriel.

UNE FEMME DE LA BANDE. Gabriel ?

LE CHEF DE LA BANDE. Lâchez-le !

Les incendiaires lâchent le vieillard qui tombe dans les feuilles.

UNE FEMME DE LA BANDE. Tu ne serais pas le grand-père de…

LE VIEILLARD. De Thibault, le rassembleur du coin… Oui, c'est moi !

UNE FEMME DE LA BANDE. Il nous parle tout le temps de toi, tu es une légende !

LE CHEF DE LA BANDE. Une icône !

LE VIEILLARD. Je ne suis pas grand-chose.

LE CHEF DE LA BANDE. À partir d'aujourd'hui, ce sont les "pas-grand-chose" qui seront nos icônes.

LE VIEILLARD. Je ne veux pas être une icône.

UNE FEMME DE LA BANDE. As-tu vu des hommes en fuite ?

LE VIEILLARD. Personne ! Une heure que je marche dans cette forêt. Je me suis arrêté un peu, pour me reposer. Et tout cela me paraît bien vide… Et tout ce silence me fait du bien.

UNE FEMME DE LA BANDE. On t'emmène avec nous !

LE VIEILLARD. Je suis lent à la marche.

LE CHEF DE LA BANDE. Ce n'est rien, nous chercherons les responsables ensemble.

LE VIEILLARD. Je serai un poids pour vous. Et puis, quels responsables ?

LE CHEF DE LA BANDE. Tous ! Tout le monde, les responsables. Tous !

UNE FEMME DE LA BANDE. Nous allons braver le monstre.

LE CHEF DE LA BANDE. Les directeurs et les clochards en un même bûcher ! Les femmes et les enfants en un même bûcher ! Allons ! La battue dans les bois, on fouille le périmètre !

LE VIEILLARD. Que veux-tu fouiller ici ? Tu as peur ? Alors, tu nous épuises à fouiller dans une botte de foin vide. Tu ne veux pas te retrouver face à la tâche ? Je voudrais que vous m'emmeniez sur la butte de la grande ville, voir le spectacle… Le temps m'est compté… Et c'est ça que je veux… Le spectacle ! Pas chercher les responsables où ils ne sont pas.

Silence. Toute la horde regarde leur chef.

LE CHEF DE LA BANDE. Emmenons-le !

Ils sortent suivis par le vieillard. Long silence. Julie sort de sous les feuilles.

JULIE. Où sommes-nous ? Est-ce une jeunesse qu'on vient de voir passer ?

JEAN. Lève-toi… Il faut avancer. Vite, il faut…

On entend des craquements.

UNE VOIX DERRIÈRE L'ARBRE. Eh ! Pssst !

JEAN. Qui est là ?

LA VOIX DERRIÈRE L'ARBRE. Je suis là depuis le début. J'ai tout entendu. Je ne vous veux pas de mal. Je me suis caché, moi aussi, quand vous êtes arrivés. Je peux sortir ?

JEAN. Eh bien, sortez, sortez ! C'est ridicule…

Un homme grossièrement travesti en voyante sort de derrière un arbre.

LA VOYANTE. Merci merci… Il fallait que je parle… Oh mon Dieu, quelle frousse ! J'en tremble encore… Sans vous, mes chers compatriotes… Sans vous, je serais dézingué ! Pour sûr ! Sûr de sûr ! Ils m'auraient découpé dans tous les sens. Vous, avec le petit, le vieillard… Il a été touché. Une chance ! Quelle chance ! J'ai l'étoile ! Mais il est où le petit ? *(Gabriel hurle. Julie va le chercher sous les feuilles.)* Ah le voilà ! Je suis désolé, je parle, je parle… Vous avez eu une émotion… mais là, vraiment, vraiment, là ! Il faut que je parle… C'est trop ! Tout ça est trop, trop, trop !

JEAN. Vous me dites quelque chose !

LA VOYANTE. Votre enfant est magnifique ! Superbe ! Je comprends… pour le vieillard, je veux dire.

JEAN. Mais vous êtes !

LA VOYANTE. Chut ! Ils vont vous entendre…

JEAN. Monsieur le Président ?

LA VOYANTE. Je ne vois pas de qui vous parlez… Et même si… Bon ! Peut-être… C'est de l'histoire ancienne, je me suis reconverti.

JEAN. Mais…

LE PRÉSIDENT. Je vois dans l'avenir !

JULIE. Bravo, une réussite !

LE PRÉSIDENT. Mais justement, je l'avais pressenti tout ça.

JEAN. Vraiment ?

LE PRÉSIDENT. Je ne faisais pas encore confiance à mon don.

JULIE. C'est pour ça.

LE PRÉSIDENT. Mais ça m'a ouvert les yeux et depuis, voyez-vous, c'est une nouvelle vie qui s'ouvre à moi. Et je suis heureux. Tenez ! Je vais vous montrer !

JULIE. Nous allons y aller.

LE PRÉSIDENT. Attendez un peu. Comment vous appelez-vous ?

JEAN. Jean.

LE PRÉSIDENT. Jean ! Je le savais ! Et vous travailliez dans les tours ?

JEAN. Oui, exactement.

LE PRÉSIDENT. Ah là là ! Alors je tire les cartes du petit.

JEAN. Écoutez, c'est très gentil…

LE PRÉSIDENT. Ça me tient à cœur, vraiment ! *(Le président pose des cartes face vers le ciel, sur le sol, et en tire une première.)* Merveilleux ! C'est épatant ! Je n'ai jamais vu ça ! Un avenir rayonnant et qui se joue à rien. Un choix peut-être… Je ne sais pas. *(Tirant une seconde carte.)* Mais non ! Vous n'allez pas me croire. Votre enfant sera un roi ! Un grand roi ! Un reconstructeur ! Il a l'avenir le plus radieux que j'aie jamais lu.

JULIE. C'est grotesque, on s'en va.

LE PRÉSIDENT. Jean, reste un peu.

JEAN. Au revoir.

LE PRÉSIDENT. Je vais faire quoi, moi ? Vous n'allez pas me laisser là ? Prenez-moi avec vous… Vous n'avez pas voté pour moi, c'est ça ? Mais c'est fini… C'est du passé… Je suis un homme comme les autres ! Je n'y suis pour rien ! Ça fait belle lurette que la politique… *(Ils sortent.)* Partis… Bon. *(Silence.)* Je sens que je ne suis plus très aimé. Même s'ils ne m'ont pas cru, ça leur restera dans un coin de la tête. Un enfant roi, ça reste dans le coin des têtes de toutes les mères, de tous les pères. Je voulais du bien ! Toute une vie depuis l'enfance à vouloir diriger le pays. On grandit, on se sent une mission… et là-haut ? Enfin arrivé… PAF ! Une tempête ! Du vent de tous les côtés. Et pourtant je comprends tout. Je suis charmant. Mais quand la bête est enragée… On ne se bat pas contre une vague avec un parapluie. Je suis triste. Mais ça va mieux, non ? L'orage est passé.

M. Badile entre, avec les aveugles.

MONSIEUR BADILE *(chantant)*. "Il est passé par ici. Il repassera par là."
Bonjour, chère madame, pourriez-vous m'aider ?

LE PRÉSIDENT. Vous aider ?

MONSIEUR BADILE. Voyez-vous, chère madame, je cherche des amis. Nous sommes en promenade… Voyez-vous ? En promenade, chère madame, et mes amis sont partis devant… Nous nous sommes perdus, en promenade.

LE PRÉSIDENT. Des amis ? En promenade ?

MONSIEUR BADILE. De très bons amis. Oui ! Vu passer personne ?

LE PRÉSIDENT. Vos amis ? N'ai pas vu, non… Je ne crois pas.

MONSIEUR BADILE. Sûr ?

LE PRÉSIDENT. Sûr !

MONSIEUR BADILE. Sûr sûr ?

LE PRÉSIDENT. Sûr sûr sûr !…

MONSIEUR BADILE. Une belle journée, n'est-ce pas ? Pas de pluie, pas de torrent, pas de tempête ! Je suis content. Si seulement je n'avais pas égaré mes amis. C'est un couple. Un jeune couple…

LE PRÉSIDENT. Avec un nourrisson…

MONSIEUR BADILE. Oui, avec un petit bout de chou, si mignon et petit.

LE PRÉSIDENT. Oui… Ça ne me dit rien.

MONSIEUR BADILE. Non chéri ! Non ! On s'entendait. Tu me comprenais. Je te comprenais. Ça commençait si bien…

LE PRÉSIDENT. Je vous assure que je n'ai…

MONSIEUR BADILE. Tu ne mens pas si bien ! Voilà le problème, président de mes deux ! Si tu mentais bien…

LE PRÉSIDENT. Vous m'avez reconnu ?

MONSIEUR BADILE. Tutoyons-nous, veux-tu ? *(Temps.)* Comment ne pas te reconnaître ? Tu empestes la défaite et la fuite à trois lieues à la ronde. Je suis fâché. Alors mon vieux, soit tu nous dis tout, tout de suite, soit c'est fini, fini. La claque des préambules. Pas le temps. Allons au fait ! Je te ferai un petit collier rouge au rasoir si tu continues à te taire. C'est compris ? *(Temps.)* Alors ?

LE PRÉSIDENT. Alors… Eh bien… Ils sont partis par là… Sans trop savoir où ils vont. Ils sont partis à vive allure. Je crois qu'ils espèrent sortir de la forêt avant que la nuit tombe. Ils portent leur petit dans les bras. Gabriel, il s'appelle ! Je crois que c'est ça. Oui.

MONSIEUR BADILE. Tu vois quand tu veux… C'est bien.

LE PRÉSIDENT. Merci.

MONSIEUR BADILE. Bon toutou.

LE PRÉSIDENT. Que vous ont-ils fait ?

MONSIEUR BADILE. Eux ? Je m'en fous… C'est le petit que je veux. En route, pressons le pas ! Comme tout cela m'amuse… Ces poursuites pourraient durer un an, je serais tout content !

M. Badile sort avec ses aveugles.

LE PRÉSIDENT. Je suis minable. Mon Dieu, minable… Comment être plus minable ? Cherche ! Comment pourrais-tu ? Tu peux chercher, minable ! Là, pour ne plus m'aimer, ils ne vont plus m'aimer du tout, mais alors du tout ! Pauvre petit ! Je suis minable.

*

SARAH *(dans les yeux du monde)*. Les heures passent et le soleil se couche et le soleil se lève. Nous voyons comme à l'horizon Jean et Julie marcher à vive allure. Nous les voyons parler mais leurs voix ne nous parviennent pas. Ils font de grands gestes. Ils disparaissent et réapparaissent et disparaissent et réapparaissent et disparaissent…

— L'enfant laissé —

Un terrain vague. Jean et Julie sont arrêtés devant la roulotte avec pour fronton : "Au théâtre des campagnes".

JULIE. Ne t'approche pas de moi !

JEAN. Nous n'irons nulle part… Tout cela est sans suite.

JULIE. On ne sait pas.

JEAN. Si ! Et toi, tu le sais mieux que moi. Que pouvons-nous pour lui ? Je ne veux pas… Entends-moi… Je ne…

JULIE. Tu ne veux pas qu'il meure et tu me l'arraches ? Bas les pattes ! Charogne ! Comment peux-tu croire que je vais abandonner mon enfant ?

JEAN. Notre enfant. La nuit tombe et je ne suis pas un monstre. Épuisé. Plus à manger. La bouche sèche.

JULIE. Tais-toi.

JEAN. La mort est déjà tombée juste à côté de nous. Juste à côté. Non, Julie, elle ne nous ratera pas deux fois. Regarde comme il est pâle !

JULIE. Tais-toi !

JEAN. Regarde comme il est pâle et sois une mère.

JULIE. Tais-toi !

JEAN. Notre fils aura un avenir. Un avenir de roi ! Il l'a dit… Si nous lui laissions son avenir.

JULIE. Jean, qu'est-ce qui te prend ?

JEAN. Il me prend que je veux un avenir pour mon fils, et qu'il l'aura si nous sommes sages.

JULIE. Il est calme.

JEAN. Il te regarde avec ses grands yeux. Il préfère s'éteindre dans tes bras qu'inquiéter. Tous les enfants font ça !

JULIE. Comment parles-tu ? Tu n'as jamais parlé comme ça.

JEAN. N'est-ce pas qu'on grandit vite quand on a la mort sur l'épaule ? Et toi comment parleras-tu ? Que lui diras-tu demain ? "Mon fils, je n'ai pas de lit pour toi. Je n'ai pas de petite lumière à mettre à côté de toi. Je n'ai pas de bonne nourriture pour toi. Je n'ai plus de mots pour toi. Ton père est parti bien loin, je vais te laisser là. Courage mon fils."

Silence.

JULIE. Ne fais pas ça, Jean.

JEAN. Regarde cette roulotte. "Au théâtre des campagnes" ! Un joli titre pour la vie d'un enfant.

JULIE. Ne me fais pas ça.

JEAN. Il sera nourri et plein de rires et plein de mots. Et nous partirons mourir, nous, l'âme tranquille.

JULIE. Ne me fais pas ça.

JEAN. Laisse-moi le sauver. Julie… Laisse-moi le sauver. *(Silence.)* Laisse-moi le sauver.

JULIE *(elle tend l'enfant à Jean).* Ne me fais pas ça.

JEAN. Je vais griffonner sur un bout de papier. Il faut que l'on se dépêche.

Il sort un papier froissé de sa poche. Lit en écrivant.

Prenez soin de notre enfant. Il s'appelle Gabriel et nous l'aimons. Faites qu'il devienne un homme. Adieu la vie.

Il met le mot dans le lange de Gabriel et le prend dans ses bras.

Je le prends dans mes bras. Je l'embrasse. Ne te souviens pas de ton papa qui pleure, Gabriel. Mon amour… Hurle quand nous serons partis. Hurle de toutes tes forces et après reste

Calme
Quelques
Mon amour.
Je ne peux pas.

Julie prend l'enfant des bras de Jean et le pose devant la roulotte. Elle l'embrasse sur le front.

JULIE. Allons-nous-en vite.

JEAN. Non !

JULIE. Courons ! Courons vite avant que l'on ne se retourne.

Ils sortent en courant. Gabriel hurle de toutes ses forces. Les comédiens sauf Argan sortent de la roulotte. Ils s'approchent de Gabriel.

DORINE. Qu'est-ce que c'est que cette chose ?

LOUISON. Le pauvre enfant.

LORENZO. On ne va pas… C'est déjà. Je veux dire… Non ! Si on… Tous les gosses du… Non ! Quand même !

BÉLISE. Qu'est-ce que j'entends ?! Il sera comme mon fils !

DORINE. Déjà !

BÉLISE. Ou ma fille ! Je ne sais pas encore. Je préférerais un fils.

LORENZO. Mais non, c'est trop !

LOUISON. Il y a une lettre sur sa poitrine.

Argan sort de la roulotte.

ARGAN. Eh bien, à peine je tourne le dos et tout le monde a quitté la table de lecture… Bravo ! "Les vrais acteurs sont les acteurs de rigueur." Combien de fois faut-il que…

LOUISON *(lisant)*. "Prenez soin de notre enfant. Il s'appelle Gabriel et nous l'aimons. Faites qu'il devienne un homme. Adieu la vie."

ARGAN. D'où il sort ce gosse ?

BÉLISE. C'est un garçon ! Oh Argan, comme je suis heureuse ! Je peux le prendre dans mes bras ?

ARGAN. Oui bien sûr.

DORINE. Elle est déjà gaga…

ARGAN. Louison, donne la lettre.

BÉLISE. Des yeux si beaux, ce ne sont pas des yeux, ce sont des mondes !

LORENZO. Mais où va-t-on trouver la place ? Et à cet âge, les nuits…

ARGAN. Tu plaisantes, Lorenzo ?

DORINE. Il plaisante. Oui, il plaisante… Je vais refaire du thé.

Temps, tous regardent Lorenzo.

LORENZO. Bien sûr que je plaisante. Pourquoi vous me regardez comme ça ? Qu'est-ce que j'ai dit ? Il est charmant cet enfant… Et puis un enfant dans une troupe, ça fait vendre !

LOUISON. Il sera notre mascotte.

BÉLISE. Il sera mon enfant.

ARGAN. Bien ! Voilà un peu de joie ! Un peu de joie, c'est bien. Une famille est faite pour s'agrandir. Mais si vous croyez que ce petit incident vous permettra une pause, vous vous mettez le doigt dans l'œil jusqu'au coude. On reprend ! Acte III…

Tous rentrent dans la roulotte sauf Didi…

DIDI. Acte III : ça ne me concerne pas et j'ai fini les comptes du mois… Bon, reprenons.

SARAH *(parlant dans les yeux du monde).* Jouant large et fort avec de grands yeux écarquillés.

DIDI. Quels songes ? En sais-tu assez pour le dire ? Comment s'achève le songe ? Quelle est sa fin ? Quel aliment ce nourrisson voulait-il mordre ?

M. Badile entre.

MONSIEUR BADILE. Bonjour, bonjour, jeune homme. Pourrais-tu me dire si, par hasard, je demande ça comme ça, tu n'as pas vu ici passer un couple ? Ce sont des amis, de vrais amis, de grands amis à moi. Ça ne te dit rien ? Oui ? Non ? Ils ont avec eux un petit, un gamin, un nourrisson plutôt. Gabriel ! C'est son nom. Je suis comme son parrain ! Tu comprends ? Je l'aime beaucoup. Un cœur !

SARAH *(parlant dans les yeux du monde).* Didi ne le quitte pas de ses yeux ronds.

MONSIEUR BADILE. Tu es muet ? Comment tu t'appelles ? Allons… Je ne vais pas te mordre. Ai-je l'air si méchant pour que tu me regardes comme ça ?

Les aveugles entrent en scène.

DIDI. "Que vois-je ? Quel est ce cortège de femmes que distinguent leurs voiles noirs ? À quel malheur dois-je m'attendre ? Une douleur nouvelle frappe-t-elle le palais ?"

MONSIEUR BADILE. Pardon ? Qu'est-ce qu'il dit ?

DIDI. "C'est moi !"

MONSIEUR BADILE. Qui toi ? Toi ! Toi ! Toi ! Qu'est-ce qui te prend à parler comme ça ? Tu es ici depuis longtemps ?

DIDI. "Quand tu me vois, tu ne me connais pas."

MONSIEUR BADILE. Hou là là ! C'est rigolo.

DIDI. Ne ris pas !

MONSIEUR BADILE. Un fou ! Un fou… À moins que… Tu es fou ?

DIDI *(hurlant).* Je ne suis pas fou ! Je suis Oreste !

MONSIEUR BADILE. Oh, alors toi, je t'aime bien ! Toi, je t'aime mieux que bien. Il n'y a que les vrais fous qui ne se proclament pas comme tels ! Alors dis-moi, Oreste… Tu n'as vu passer personne ?

DIDI. "Hélas ô souverain des ombres…"

MONSIEUR BADILE. "Souverain des ombres" : comme tu y vas !

DIDI. "Je t'appelle mon père ?"

MONSIEUR BADILE. Non ! Voyons voyons… Tu n'as plus ton papa ?

DIDI. "Il est mort !" Et j'ai tué ma mère dans cette roulotte, ce vieux théâtre à l'abandon… Mais il ne faut le dire à personne… C'est mon secret. Le cadavre embaume toute la pièce. Dites-moi… C'est mal ?

MONSIEUR BADILE. C'est banal ! Très banal ! Tout va bien.

DIDI. Je vous ai révélé mon secret mais vous, surveillez votre langue !

MONSIEUR BADILE. Bien. Bien. Bien. Mais avant, si tu veux que je la tienne, ma langue… Mon Oreste, dis-moi… Tu n'as vraiment vu personne ?

DIDI. J'ai vu… J'ai vu des gens… Si… Passer comme ça.

MONSIEUR BADILE. Comme ça ?

DIDI. Comme ça. Oui ! Ils marchaient vite. Je n'ai pas bien regardé. Par là ! Écoute-moi : l'affaire est simple ! "Pareil à un étranger chargé de tout son bagage, je vais me présenter aux portes de la cour avec mon compagnon Pylade."

MONSIEUR BADILE *(éclatant de rire)*. C'est bien ! C'est très bien ! Adieu ! Je t'adore !

DIDI. "Attends ! Je sais quand il est juste de parler ou de se taire, et en cette occasion ma voix s'élève sur l'ordre d'un maître sage ! J'ai lavé la souillure du parricide !"

MONSIEUR BADILE. Lave, Oreste ! Lave, pauvre fou ! Et reste heureux comme ça ! C'est bien ! C'est très bien ! Et bonjour à ta maman…

SARAH *(parlant dans les yeux du monde)*. M. Badile sort. Didi reste longtemps sans bouger, essoufflé. Tous les comédiens qui sortent de la roulotte le regardent, stupéfaits.

DIDI. Vous avez vu ? J'ai joué Oreste ! J'avais le premier rôle. J'ai réussi. J'ai joué le rôle de ma vie ! J'aurais voulu en avoir plus mais c'est déjà beaucoup et le petit : sauvé ! Grâce à Oreste ! Vous avez vu, je n'ai pas tremblé. Je n'ai pas joué faux ! Il y a cru du début

à la fin. Vous avez senti ? J'ai été impérial, plein de souffle ! Vous avez entendu ?
Je suis Oreste ! Je suis Oreste ! Je suis Oreste !

On entend Gabriel rire et gazouiller.

— Étoile —

SARAH *(dans les yeux du monde)*. Au même moment, sur une route perdue au milieu d'un vaste champ de cendres… – ruines de tous côtés, pas âme qui vive ! –, le Président, travesti en voyante, chante pour se tenir compagnie à lui-même.

LE PRÉSIDENT *(chantant)*.

Il n'y a plus rien
Et je suis bien
Seul sur c'te route !

Ainsi je chante
La marche lente
De la déroute !

J'n'ai peur de rien
Ni du matin
Et ni du doute !

Je suis un grand
J'ai de l'allant
Coûte que coûte !

Personne ! Je ne sais pas combien de jours… et toujours… personne ! Seul au monde ! Ah, quel destin !

Dialoguant avec lui-même.

"Te voilà, marchant sur la route, toi, le dernier survivant !
— Qui est le dernier survivant ?
— Toi ! L'élu !
— Moi ? Le dernier survivant ?

— Oui, toi, grand homme ! Dernier homme parmi un monde passé au feu !
— L'histoire m'a choisi !
— Non, l'histoire t'a tendu un plat et tu ne l'as pas laissé passer !
— C'est vrai… Je suis l'homme qui a choisi d'être choisi pour dire les derniers mots sur une terre sans arbre, sans écho, sans âme qui vive ! La pièce est bientôt finie et c'est moi qui fais le dernier monologue !"

Temps.

Qu'est-ce que je pourrais dire de beau ? C'est un poids tout de même de trouver les mots justes en une pareille situation. Les derniers mots de l'Homme ! Réfléchissons…

Temps.

"Moi, dernier homme, je ne fléchirai pas… Moi, dernier homme, je garderai haut notre devise : *Liberté* en me laissant seul libre de mes mouvements, de mes paroles et de mes actes dans un état de droit, *Égalité* en n'élevant aucun de moi-même au-dessus d'un autre, *Fraternité* en faisant de moi-même un seul et indissociable corps dans la communauté nationale… Moi, dernier homme, je mangerai quand je trouverai à manger et ne mangerai pas quand je ne trouverai rien… Moi, dernier homme, je ne ferai pas semblant de manger ni de boire quand il n'y aura rien à manger ni à boire… Moi, dernier homme, je ne vous mentirai pas… Moi, dernier homme, je prendrai mes responsabilités dans cette période brusquée et obscure…"

On entend le cri d'un nourrisson. Le Président prend peur.

Ah ! Qui va là ?! Y aurait-il un avant-dernier homme sur cette terre ?! Cachons-nous ! Pas un mot… Et regardons en face notre concurrent !

À nouveau le cri du nourrisson.

À son cri, le concurrent semble jeune.

À nouveau le cri du nourrisson.

Ne t'effraie pas, dernier homme, c'est l'avenir de la nation qui t'appelle. Appelle encore, mon petit, que je te trouve.

À nouveau le cri du nourrisson. Le Président s'approche d'un arbuste et découvre un enfant emmitouflé dans un lange noir qu'il prend dans ses bras.

Oh… Mais qui es-tu toi ? On t'a abandonné ? Et moi qui me croyais le dernier, tu me fais mentir… Ce petit sourire… Je te fais rire ? C'est ma tête toute blanche qui te fait rire. Que tu es beau. Mais tu pues… Il faut que je te change, tu es une infection, mon enfant.

Le Président enlève son fichu. Il dénude l'enfant.

Oh ! Une fille… Mais tu es une fille ? Dernière femme, enchanté, je suis le dernier homme. Je vais t'appeler Étoile, mon petit soleil. Tu seras la plus belle. À partir d'aujourd'hui, tu es la gardienne de ma vie et je suis le gardien de la tienne. Ça ne va pas être facile, mais on va y arriver…
Merci ! Étoile, merci !

PARTIE 2

LE CHANT DE L'ENDORMIE

"Le monde qui parle, je ne l'ai pas entendu !"

Ou comment, dans un royaume de conte, un roi, qui voit sa reine tomber dans un profond sommeil, perd la raison et se sépare de ses trois enfants.

SARAH *(dans les yeux du monde).* Quelques mois plus tard, à quelques pas de la roulotte, dans la forêt devenue grise et effeuillée, Argan et Louison marchent.

LOUISON. Argan ! Retournons à la roulotte avec les autres.

ARGAN. Tu voulais venir avec moi… Je n'avais besoin de personne.

LOUISON. Le silence ne me rend pas tranquille.

ARGAN. Je vais à la lisière. Avoir le cœur net. Il est temps.

LOUISON. L'air est sec. Les arbres n'ont plus de feuilles. Plus de feuillage pour nous cacher.

Argan se redresse.

ARGAN. Louison !

LOUISON. Oui ?

ARGAN. Tu entends ?

LOUISON. Quoi ?

ARGAN. On chante !

LOUISON. Je n'entends pas chanter.

ARGAN. Ce sont des hommes qui marchent au loin ?

LOUISON. Rentrons, Argan ! Je t'en prie ! Pense à Bélise, pense à la troupe.

ARGAN. Je veux te prendre dans mes bras.

LOUISON. Argan, tu…

ARGAN. Je t'en prie. J'ai besoin là, maintenant… J'ai besoin de bras qui m'empoignent !

Louison prend Argan dans ses bras.

LOUISON. Ça ne te ressemble pas.

ARGAN. J'ai peur.

LOUISON. Mais non.

ARGAN. Beaucoup plus peur que toi. Si j'étais sorti seul, je crois que je ne serais jamais revenu. Ah !

LOUISON. Arrête !

ARGAN. Ah !

LOUISON. Qu'est-ce qui se passe ? À quoi joues-tu ?

ARGAN. Je t'assure, je les entends qui approchent. Tu veux bien monter dans cet arbre et me dire si tu vois quelque chose au loin ?

LOUISON. Non !

ARGAN. Dis-moi ce qu'il y a par-delà la lisière. Pour Bélise, pour la troupe, pour Didi… Il faut savoir. *(Silence. Louison monte dans l'arbre, regarde au loin.)* Que vois-tu ?

LOUISON. C'est horrible.

ARGAN. Redescends ! Vite ! Rentrons !

LOUISON. Non, ce n'est pas ça.

ARGAN. Que vois-tu ?

LOUISON. Il n'y a rien.

Temps.

ARGAN. Rien ?

LOUISON. Plus rien.

ARGAN. Comment, plus rien.

LOUISON. Plus d'herbe au sol. Plus de fougères. Plus de champs labourés.

ARGAN. Le clocher de l'église et le petit village où nous nous étions arrêtés, tu les vois ?

LOUISON. Plus de clocher. Plus d'église. Plus de petit village.

ARGAN. Tu dois regarder dans la mauvaise direction.

LOUISON. Tout autour de moi, il n'y a plus qu'une seule couleur.

ARGAN. Mais le ciel… Il est là ?

LOUISON. Même le ciel est gris. C'est comme si le monde des airs et le monde des terres s'embrassaient l'un l'autre pour devenir un seul triste paysage.

ARGAN. Et le château d'eau ?

LOUISON. Plus un château. Plus une niche. La vallée et le plateau, d'aussi loin que je vois, sont réduits à néant.

ARGAN. Y a-t-il quelques hommes qui marchent dans tout ça ?

LOUISON. Seulement des oiseaux.

Silence.

ARGAN. Redescends.

Louison descend de l'arbre.

LOUISON. Argan ? Que veux-tu faire ?

ARGAN. "C'est au champ noir que pousse le bon blé." On reprend le travail.

BÉLISE *(au loin)*. Argan, où es-tu ? Argan ! Louison !

DIDI *(au loin)*. Louison ! Où êtes-vous ?

DORINE *(au loin)*. Rentrons. Ils reviendront.

ARGAN. Appelle-les.

LOUISON. Didi, Bélise, Dorine, nous sommes là !

Bélise, tenant Gabriel dans ses bras et suivie par la petite troupe, apparaît parmi les arbres.

BÉLISE. On s'est inquiétés. On ne vous voyait plus revenir. On a décidé de partir à votre recherche. Vous êtes allés à la lisière ?

LOUISON. Je suis montée dans un arbre pour voir au loin.

DIDI. Tu n'as pas grimpé trop haut ?

LOUISON. Ils ont tout passé par le feu, Didi. Aussi loin que j'ai vu… Il n'y a même plus de village.

DIDI. Plus de village.

LOUISON. Plus rien.

DORINE. Qu'allons-nous faire ?

ARGAN *(regardant au loin).* On reprend le travail. On reprend la route. On apprendra des textes pour ne pas oublier. On se les récitera la nuit en cachette du monde. Le jour, on marchera au fil de l'horizon, comme des silhouettes de papier qui tremblent dans la main d'un enfant… Et on jouera sans mots.

BÉLISE. Sans mots…

ARGAN. Le jour sera cure de silence. Un grand dessin à l'eau sur une page blanche. Pas de trace de nos voix dans les airs. Non. Seulement nos yeux. Et la nuit, à la pudeur de l'abri, à la bougie de notre roulotte, nous réciterons Homère, Shakespeare, Sophocle…

BÉLISE. Et nous ferons des rondes de sommeil pour que la parole ne s'arrête pas.

DORINE. Nous n'avons plus de thé.

ARGAN. Fais bouillir de l'eau et on imaginera le goût.

Ils sortent.

— Le Temps —

Un petit personnage habillé en blanc apparaît. Il regarde le public en souriant. Une minute de silence passe.

LE TEMPS *(prenant la parole quand la salle commence à s'impatienter)*. Quel est ce silence ?
Ah ! Elle paraît longue la minute de silence quand on n'a rien à entendre !
"Quel manque de rythme !", dira le pressé en quête de divertissement.
"Enfin du silence ! La délicate attention…", dira le contemplatif.
"Le comédien a-t-il oublié son texte ?", dira l'anxieux.
"L'auteur remplit avec du rien parce qu'il n'a rien à dire !", dira le suspicieux.
"Le silence est d'or", dira la grand-mère.
"Mais qu'est-ce que ça vient faire là ?", dira la journaliste.
"C'est la jeunesse, ils veulent parler de tout, ils ne savent pas choisir", dira le frustré d'avoir perdu la sienne.
"Quelle idée de génie !", dira l'admirateur excessif.
"Shakespeare l'avait déjà fait !", dira le cultivé en quête de nouveauté.
"Ce silence sonne creux, comment te dire… Il n'est pas habité", dira le metteur en scène.
"Dans ce silence de l'âme, j'ai vu Dieu apparaître", dira le mystique.
"Il ne se passait rien mais y avait tout", dira celui qui ne sait pas quoi penser.
"Ça a duré vraiment une minute ? Ça m'a paru plus long", dira le sceptique.
"Le temps se dilate quand on s'ennuie", dira le spectateur habitué au théâtre.
"C'était une minute à la louche, il l'a fait sans chronomètre", dira le sportif.
"Mais qui est donc ce personnage qui vient nous embêter avec ses listes", dira l'impatient.
Mesdames et messieurs, laissez-moi me présenter *(se montrant lui-même)*, le Temps !
Me voilà, devant vous, dans cet habit de rien, votre humble serviteur ! Le Temps !

Et si je viens parmi vous, c'est que j'ai du travail. Il va falloir passer plus vite qu'à l'habitude.
Accélérer la machine de la narration pour arriver au drame et enfin comprendre, un peu, ce dont il est question !
Prenez garde, mesdames et messieurs, je peux être terrible. M'allonger dans l'ennui d'une scène mal écrite. Et passer bien trop vite quand on s'amuse. Et ce chien… *(Il caresse un chien imaginaire.)* C'est mon chien ! Le gardien du mystère ! Mais venons-en à notre affaire ! Ne nous dévoilons pas trop.

La Reine apparaît avec toute sa cour dans une salle du château.

Bienvenue de l'autre côté du monde ! Voilà un an que la princesse Anne est née. Le royaume est prospère. Un doux soleil inonde les années qui passent et se ressemblent.

Le Temps sort de scène. La cour se met en action.

— La maison de sommeil —

LE VALET. Notre reine a-t-elle apprécié le petit spectacle de marionnettes que ces servants ont fait ?

LA REINE. Absolument pas. C'est trop joyeux ! *(Le valet fait un geste. Les deux servants marionnettistes sortent en trottant.)* Que je m'ennuie…

UNE FEMME DE COUR. Voulez-vous que nous fassions la sieste, Votre Altesse ?

LA REINE. Encore la sieste ! Toujours la sieste ! N'y a-t-il rien de nouveau à se mettre sous la dent ?

L'ARCHITECTE. Nous venons de découvrir un nouveau papillon à douze ailes et trois trompes.

LA REINE. N'y a-t-il pas de drame ?

LE VALET. De drame ?

LA REINE. Une guerre qui se prépare ?

LE VALET. Non, Votre Altesse !

LA REINE. L'un de mes enfants n'est-il pas un peu malade ?

ŒRINE. Tous trois sont en bonne santé. Ils me font de l'épuisement avec toute leur vitalité !

LA REINE. Comment va la petite Anne ?

ŒRINE. Très précoce ! À moins d'un an, elle marchait déjà…

TOUTE LA COUR. Oh…

ŒRINE. Et maintenant, c'est à peine si, connaissant quelques mots, elle ne commence pas à former des phrases entières !

TOUTE LA COUR. Ah…

ŒRINE. Je n'ai jamais vu ça ! Elle tète aussi comme un ogre, à vous arracher le mamelon, et grandit à vue d'œil du matin jusqu'au soir !

LA REINE. J'aurais préféré un petit enfant fou et mal formé sur qui s'apitoyer.

ŒRINE. Le jeune Jules est un enfant mélancolique. Sa santé est petite !

LA REINE. Comment se porte-t-il ?

ŒRINE. À merveille.

LA REINE. Dommage…

ŒRINE. Il est un peu plus lent que les deux autres et tousse quelquefois mais rien de bien méchant.

LA REINE. Dites-moi, madame…

UNE BELLE FEMME DE LA COUR. Oui ?

LA REINE. Promettez-moi de ne rien me cacher.

UNE BELLE FEMME DE LA COUR. Je ne vous cacherai rien.

LA REINE. Le Roi voit-il quelques femmes ?

UNE BELLE FEMME DE LA COUR. Non, madame, il ne parle que de vous.

LA REINE. Ne vous a-t-il jamais séduite, vous, une si belle dame ? Jamais dit un mot doux ?

UNE BELLE FEMME DE LA COUR. Jamais !

LA REINE. Jamais ?

UNE BELLE FEMME DE LA COUR. J'ai essayé de l'attirer par mes charmes !

TOUTE LA COUR. Oh !

LA REINE. C'est vrai !

UNE BELLE FEMME DE LA COUR. J'ai de l'ambition : reine, ça me plairait bien…

LA REINE. Je comprends.

UNE BELLE FEMME DE LA COUR. Et puis aucun homme ne me résiste !

LA REINE. C'est bien ! A-t-il craqué ?

UNE BELLE FEMME DE LA COUR. Il m'a dit qu'il vous aimait tout comme au premier jour et que rien ne pourrait détourner cet amour.

TOUTE LA COUR. Ah…

LA REINE. C'est pas vrai… Et le peuple ? Aucune révolte ?

L'ASTROLOGUE. Pourquoi se révolter quand le pays va bien. Ni sécheresse ni inondation. Les récoltes sont bonnes. Chacun mange à sa faim. Tout le monde est à son travail. Homme et femme sont égaux. Un petit âge d'or et un roi bien-aimé… Que voulez-vous de plus ?

LA REINE. Je veux que les jours arrêtent de se ressembler. Je ne veux plus de ce joli paysage sans passion. La vie en aquarelle ? Non ! Je m'y refuse. Je ne suis pas un coussin, je suis une lame ! Un couteau ! À quoi sert un couteau si on ne peut l'user ? Je rouille ici ! Et tout le monde est content ! Sans drame, pas de vie. Sans drame, pas d'histoire. Sans drame, que de l'ennui.

Les deux marionnettistes qui ont repris leur tâche de balayeurs entrent l'air inquiet.

COROLL. Votre Altesse, y a quelqu'un comme qui dirait…

GARON. De nouveau !

COROLL. Nouveau, c'est ça !

GARON. Connais pas…

COROLL. Jamais vu…

GARON. Qui attend devant votre porte.

COROLL. Je lui ai demandé : "Qui vous a fait rentrer ?"

GARON. "Personne rentre au palais…"

COROLL. Pas comme ça…

GARON. "Le palais, c'est pas le moulin au meunier où on rentre quand on veut pour de la farine."

COROLL. Qu'il lui a dit, Garon !

GARON. Et il a pas répondu.

COROLL. Il a fait un long silence.

GARON. Oh bien une minute !

COROLL. Et il a dit : "Annoncez-moi !"

GARON. J'ai dit : "Annoncer qui ?"

COROLL. Il a dit : "Je peux pas vous dire."

GARON. J'ai dit : "Comment qu'on annonce quelqu'un qu'on peut pas annoncer ?"

COROLL. Il a dit : "Dites à la Reine que je dois la voir seul à seul."

GARON. Alors on vous annonce qu'il y a quelqu'un, qu'on sait pas qui c'est, qui doit vous voir seul à seul.

LA REINE. À quoi ressemble-t-il ?

COROLL ET GARON. Impossible à dire.

COROLL. Ni homme !

GARON. Ni femme !

COROLL. Habillé bizarrement comme personne ne s'habille par ici.

GARON. Tout en blanc, sans froufrous !

COROLL. À votre place, je le recevrai pas ! Il a quelque chose dans son aura qui sent le mauvais présage…

LA REINE. Vraiment ?

COROLL. Oh oui, vraiment !

LA REINE. Faites-le entrer tout de suite… Vite ! Qu'il entre ! *(Criant.)* Qu'il entre !

Le Temps entre en scène sans qu'on le conduise. Tout se fige. Seuls la Reine et le Temps restent en mouvement.

LE TEMPS. Je remercie Votre Altesse de m'accueillir.

LA REINE. Qui es-tu, toi qui ne te fais pas conduire pour te présenter à moi ?

LE TEMPS. Je suis venu vous délivrer.

LA REINE. Pourquoi la lumière s'arrête de trembler à ton entrée ? Pourquoi toute la cour se fige à ta vue ?

LE TEMPS. Prenez mes mains dans les vôtres.

LA REINE. Ces mains que tu me tends ?

LE TEMPS. Osez les prendre et je vous emmène là où tout bascule.

LA REINE. Tu me conduis à un ravin ?

LE TEMPS. Au seuil d'un long sommeil.

LA REINE. Le sommeil est une maison pour toi ?

LE TEMPS. Nous allons au seuil d'une demeure où tout se crée… Replongée en vous-même, vous serez la maison endormie et, par un long sommeil, vous sauverez…

LA REINE. Qui ?

LE TEMPS. Tous ceux qui attendent d'être sauvés.

LA REINE. Mais je ne veux ni dormir ni me reposer.

LE TEMPS. Qui a dit que le sommeil était un repos ?

LA REINE. Ni m'éteindre.

LE TEMPS. Vous ferez tout flamber autour de vous !

LA REINE. Qui transcendera ce sommeil pour que tout flambe autour de moi ?

LE TEMPS. L'amour !

LA REINE. Je ne te connais pas.

LE TEMPS. Je ne me connais pas moi-même. Je suis une apparition. Une grande courbe sans dessin. Un évanouissement.

LA REINE. Je dois te faire confiance ?

LE TEMPS. Prenez mes mains dans les vôtres. Allons-y.

LA REINE. J'ai peur.

LE TEMPS. Alors je vous laisse à cette époque fade qui vous fait tant de mal.

LA REINE. Je viens avec toi. *(La Reine lui prend les mains. Rien ne bouge autour d'eux. Silence.)* Il ne se passe rien ? Tu t'es moqué de moi ! Je pensais traverser tout un monde.

LE TEMPS. C'est un long saut. Vous ne sentez pas ? Une chute en avant. Tout comme l'esprit d'un homme peut arrêter le monde autour de lui quand son corps tombe ; l'accélération de notre chute fige tout l'autour dans une pause. Mais sous la pause, les années passent sans qu'on ne les conçoive.

LA REINE. À quoi ressemblera cette demeure de sommeil dont tu me parles ?

LE TEMPS. Une délivrance. Une grande peine, matrice de tout le reste.

LA REINE. Un drame ?

LE TEMPS. Oui, Votre Altesse !

LA REINE. Je cours à mon drame !

LE TEMPS. Nous y allons, tambour battant, pour votre bon plaisir.

LA REINE. Les années passent tout autour de nous ?

LE TEMPS. Oui, Votre Altesse.

LA REINE. Que disent-elles ?

LE TEMPS. Peu de chose… Elles se suivent et se ressemblent. Voyez-vous ce ministre ?

LA REINE. Oui.

LE TEMPS. Il est mort en se baignant trop vite dans une eau trop froide après avoir mangé trop gras.

LA REINE. C'est tout à fait lui…

LE TEMPS. Cette belle dame a perdu sa beauté.

LA REINE. La pauvre, c'est tout ce qu'elle avait.

LE TEMPS. Cette femme, Œrine, s'occupe de vos enfants comme une véritable mère.

LA REINE. Je ne m'en occupe pas, moi ?

LE TEMPS. Très peu… Vous les aimez, mais vous ne savez pas comment faire. Parfois vous demandez à Œrine de vous emmener les voir dormir. Vous restez à leurs côtés, dans leur chambre. Vous écoutez leur souffle.

LA REINE. M'aiment-ils ?

LE TEMPS. Ils vous respectent.

LA REINE. Comment va la petite Anne ?

LE TEMPS. Elle n'est plus si petite ! Voilà qu'elle a dix ans, onze ans, douze ans, treize ans… En public, elle fait la jeune fille, mais dans sa chambre, elle joue à se battre et défie l'univers !

LA REINE. Et Henri ? Et Jules ?

LE TEMPS. Deux faces d'une même pièce mais tout à fait opposées.

LA REINE. Et mon mari, le Roi ?

LE TEMPS. Il vous aime. Vous l'aimez… Il ne comprend pas votre peine. Il dépense tout l'or du monde en amusements, en fleurs, en distractions pour vous faire joyeuse. Vous feignez de sourire pour qu'il ne s'inquiète pas…

LA REINE. Et moi, comment je vais ?

LE TEMPS. Vous vieillissez.

LA REINE. J'ai l'air moins jeune… Que c'est triste, tout de même, de vieillir. Je n'aime pas. *(Toute la cour disparaît.)* Nous arrivons bientôt ?

LE TEMPS. Où ?

LA REINE. Au drame !

LE TEMPS. Nous y sommes.

LA REINE. Combien d'années sont passées ?

LE TEMPS. Seize années.

LA REINE. Vous restez avec moi ?

LE TEMPS. Je suis toujours là.

LA REINE. Mon souffle se raccourcit. Pourquoi la lumière s'estompe tout à coup ? Je ne me sens pas bien. Que se passe-t-il ?

LE TEMPS. Vous entrez dans la demeure.

LA REINE. Déjà ? Mais non ! Non ! Je ne veux plus. Je veux vivre… Non ! Ne m'emportez pas !

LE TEMPS. Mon chien restera avec vous.

LA REINE. Il va me manger.

LE TEMPS. Seulement dormir à vos côtés.

LA REINE. C'est allé trop vite. Je veux retourner en arrière. Reprenons la course de ma vie mais par le chemin le plus long… Je vous en prie, j'accepterai chaque instant. Je ne me plaindrai plus. Laissez-moi voir ma petite vie tranquille par le chemin le plus long ! Les petits bonheurs, je veux les voir. Ils me dégoûtaient et maintenant… Ah ! Pourquoi la chose est désirée quand nous nous apprêtons à la perdre ? J'étouffe… Ah…

On frappe à la porte.

LE VALET *(derrière la porte)*. Votre Altesse ? J'ai entendu un cri ! Votre Altesse ? Votre Altesse ! *(Il essaye d'ouvrir la porte qui résiste.)* Votre Altesse m'entend-elle ? Votre Altesse a-t-elle un problème ? Je ne peux pas ouvrir la porte.

LA REINE. Où est la clef ?

LE VALET. Êtes-vous tombée ? Altesse ! Parlez-moi… Avez-vous mal quelque part ?

LA REINE. Je peine à respirer…

LE VALET. Ouvrez-moi ! Faut-il que j'appelle un médecin ?

LA REINE. Je ne peux pas ouvrir ! Ah…

LE VALET. À l'aide ! À l'aide !

LA REINE. Enfoncez la porte ! Faites quelque chose…

LE VALET. À l'aide !

LA REINE. Arrêtez de crier et venez à mon secours !

LE VALET. Vous, là-bas !

GARON ET COROLL. Nous ?

LE VALET. Oui, vous ! Avec moi ! Enfoncez cette porte !

GARON ET COROLL. Bah non alors… Faut pas casser le matériel !

LE VALET. Ordre de la Reine !

GARON ET COROLL. Ordre de la Reine ?

LA REINE. Ah !

GARON ET COROLL. En avant ! Un ! Deux ! Trois !

Fracas. Le valet entre, accompagné de Coroll et Garon des balais à la main. Silence. Ils regardent la Reine qui suffoque sur le tapis.

LE VALET. Que fait Votre Altesse, seule, dans le noir, accroupie sur le tapis ?

LA REINE. Je meurs…

LE VALET. Mais nous parlions ensemble il y a encore quelques minutes.

LA REINE. Je ne sais pas ce qui m'arrive…

LE VALET. Votre cheville saigne. Vous êtes-vous cognée ?

LA REINE. Je ne sais pas ce qui m'arrive.

LE VALET. Je vais vous relever ! Aidez-moi, allongeons-la sur le lit.

LA REINE. Où est le petit homme ?

LE VALET. Le petit homme ?

LA REINE. Celui qui a demandé à me voir !

LE VALET. Personne ne vous a demandée.

LA REINE. Le personnage à qui appartient ce chien !

LE VALET. Quel chien ?

LA REINE. Le chien, là, qui souffle devant moi.

LE VALET. Il n'y a pas de chien.

LA REINE. Mais si ! Là, dans l'ombre…

LE VALET. Je vais ouvrir les rideaux.

LA REINE. Quel jour sommes-nous ?

Le valet ouvre les rideaux, la lumière du soleil entre dans la chambre.

LE VALET. Vous voyez… Il n'y a que nous.

LA REINE. Quel jour sommes-nous ?

LE VALET. Dimanche, plein de soleil.

LA REINE. Quel âge a la princesse ?

LE VALET. Votre Altesse m'inquiète.

LA REINE. Réponds-moi !

LE VALET. Nous venons de fêter ses dix-sept ans…

LA REINE. Qu'est-ce que tu dis ?

LE VALET. Hier… Vous ne vous souvenez pas ?

LA REINE. Je pensais avoir fait un mauvais rêve.

LE VALET. Je vais appeler un médecin.

LA REINE. Où est mon mari ?

LE VALET. Le Roi est à la chasse.

LA REINE. Il s'allonge à mes pieds !

LE VALET. De qui parle Votre Altesse ?

LA REINE. Du chien du personnage qui était là…

COROLL. Ah saleté ! *(Coroll frappe un grand coup de balai sur le sol. Garon, pris de peur, se cache en courant derrière un rideau.)* C'est bon, Garon ! Il est mort…

GARON. T'es sûr ?

COROLL. Sûr de sûr ! Bouge plus ! Tout raide.

LE VALET. Qu'est-ce que c'est ?

COROLL. Je m'y connais pas en serpents, mais ça, c'est sûr, c'est un serpent !

GARON. Bah oui… Il a pas de pattes !

COROLL. Si vous vous faites mordre par cette saloperie, ça vous monte à la tête. Je m'y connais pas en serpents, mais ça peut être un truc terrible.

LE VALET *(accourant à la fenêtre)*. Un médecin ! Un médecin ! Au secours, la Reine se meurt ! La Reine se meurt ! La Reine se meurt !

Le Roi est sur son trône. Toute la petite cour l'entoure. Face à lui, trois médecins à collerette : un gros, un grand et un petit. À côté de lui, le valet est immobile.

LE GROS. La Reine a besoin de repos.

LE GRAND. Oui, beaucoup de repos.

LE GROS. Les fenêtres doivent rester fermées. Bien fermées !

LE GRAND. Il serait même préférable de les calfeutrer avec des couvertures.

LE GROS. La lumière du soleil pourrait avoir des effets néfastes…

LE GRAND. Très néfastes !

LE GROS. … sur notre reine.

LE PETIT. Il ne faut pas laisser entrer le vent.

LE GROS. Et l'obscurité est de bon conseil pour la guérison.

LE GRAND. La pénombre.

LE GROS. Le noir absolu, la nuit, est même conseillé.

LE GRAND. Fortement conseillé.

Le Roi fait un geste d'agacement.

LE GROS. Sire, nous faisons notre possible mais la Reine est fatiguée… Très fatiguée. Nous reviendrons demain…

LE GRAND. Voilà demain !

LE GROS. … dans la matinée pour voir l'avancement de l'état.

LE ROI. Vous ne reviendrez pas demain.

LE GROS. Sire ?

LE ROI. Vous resterez ici ce soir.

LE GROS. Sire…

LE ROI. Vous resterez tous les trois ici ce soir devant la porte de la chambre. Vous veillerez tour à tour. *(Au valet.)* Que l'on construise trois lits d'un bois qui ne craque pas à la porte de la Reine. Je veux qu'ils soient faits ce soir à la taille de ces trois hommes.

LE GRAND. Sire, nous avons…

LE ROI. Remerciez-moi de l'honneur que je vous fais.

LE GROS. Sire, je comprends votre angoisse, votre peur. Je comprends mais… ici… à dormir devant cette porte… dans le froid du couloir… Vraiment nous ne serons d'aucune utilité !

LE ROI. N'est-ce pas votre métier ?

LE GRAND. Mais sire ! J'ai une famille. J'ai ma petite femme…

LE ROI. Vous la retrouverez quand la Reine sera guérie.

LE PETIT. Et si elle ne guérit pas, sire ?

LE ROI. Que dis-tu toi qui as si peu parlé ?

LE GROS. Il ne pense pas ce qu'il dit. Il est encore jeune dans la profession.

LE PETIT. J'ai appris une chose pendant mes études.

LE GROS. Sire, ne l'écoutez pas. Il aime à dire des choses pour dire des choses et se faire remarquer.

LE ROI. Laissez ! Qu'as-tu appris petit ?

LE PETIT *(en déclamant très articulé)*. Mourir, à tous, nous arrivera !

LE ROI. Elle… Mourir de l'autre côté de ce mur ? Si près ? Mais… Je ne veux pas ! Du vent ! *(Toute la petite cour sort en courant de la salle du trône.)* Ouvrez-moi ces fenêtres ! Je veux voir le soleil, moi… *(Le valet ouvre une à une les grandes fenêtres de la salle.)* Comment est la mer au loin ?

LE VALET. Elle paraît calme. Très calme, sire.

LE ROI. Voit-on quelques navires ?

LE VALET. Non. Aucune voile n'est de sortie.

LE ROI. Je croyais que le vent soufflait fort.

LE VALET. Le vent est retombé. Il y a un instant. D'un coup ! Tout est très silencieux. Vous entendez ?

LE ROI. Les feuilles mortes dans le jardin du palais ont-elles été ramassées ? Je ne les entends pas qui bougent.

LE VALET. Non, sire, vous aviez demandé de les laisser, nous les avons laissées. Elles jonchent les pelouses.

LE ROI. Je veux me promener dans le craquement des feuilles avant le coucher du soleil. Ensuite vous les ferez toutes enlever. Qu'il n'en reste pas une ! Est-ce entendu ?

LE VALET. Bien, sire. Tout sera fait.

Le valet sort.

LE ROI. Ne t'en va pas ! Je ne veux pas regarder seul. Décris-moi encore le dehors.

Le valet retourne à la fenêtre.

LE VALET. La lumière est oblique.

LE ROI. Jaune ?

LE VALET. Blanche, sire.

LE ROI. Le ciel ?

LE VALET. Très bleu.

LE ROI. Des nuages ?

LE VALET. Quelques lignes.

LE ROI. Rien de sombre au loin.

LE VALET. Pas de tempête en vue.

LE ROI. Vous ne voyez rien d'autre ?

LE VALET. Non, sire.

LE ROI. Un oiseau mort sur le bord de la fenêtre en guise de mauvais présage ?

LE VALET. Non, sire. Tout ce paysage est charmant.

LE ROI. Refermez les fenêtres ! J'ai froid.

LE VALET. Oui, sire. *(Le valet ferme les volets des fenêtres. Le noir se fait dans la salle du trône.)* Le Roi est-il sûr de ne vouloir aucune lumière ?

LE ROI. J'ai bien peur que oui.

LE VALET. Ne voulez-vous pas ne serait-ce qu'une petite bougie allumée ? Dans le noir une petite bougie allumée, c'est une bonne chose.

LE ROI. Pensez-vous vraiment ?

LE VALET. Je pense qu'à rester dans le noir ainsi, vous allez vous oublier, sire. Vous éteindre. Je pense que de l'autre côté du grand mur il y a un peuple qui vous attend, qui vous presse, et ne veut pas vous voir vous éteindre.

LE ROI. Tu es fait de bonnes pensées toi.

LE VALET. Alors laissez-moi allumer cette bougie que l'on puisse revoir quelque chose.

LE ROI. Attends ! Laisse-moi un moment sans voir, que je puisse toucher l'empreinte du visage. Les veines dans les mains. Comme nous avons vieilli ! Comme tout ce noir nous fait du bien, non ? Comme nous l'entendons mieux, dans tout ce noir, notre vieillesse. Comme nous pouvons la voir maintenant ! *(On entend un bourdonnement.)* Vous entendez !

LE VALET. De qui parle notre sire ?

LE ROI. La camarde qui danse.

LE VALET. Sire !

LE ROI. Il y a une mouche qui vole… Elle paraît lourde et fatiguée.

LE VALET. Oui je l'entends.

LE ROI. Et de l'autre côté, là où le noir est encore plus noir, entendez-vous ce petit vent ? Comme il palpite sombre.

LE VALET. Non, sire, je n'entends rien par là.

Fin du bourdonnement.

LE ROI. Écoutez ! La mouche ne vole plus !

*

Dans le jardin du palais, la princesse Anne et Œrine parlent dans les feuilles mortes.

ŒRINE. Dis-moi, petite Anne…

LA PRINCESSE ANNE. Quoi donc, Œrine ?

ŒRINE. Qu'est-ce que ça te fait d'avoir eu dix-sept ans ?

LA PRINCESSE ANNE. Beaucoup trop de cadeaux.

ŒRINE. Tu faisais une tête de pas contente.

LA PRINCESSE ANNE. Beaucoup trop de poupées, de point de croix et de gâteaux trop colorés, trop fades.

ŒRINE. Tu aurais préféré de quoi faire la cuisine avec ta bonne nourrice ?

LA PRINCESSE ANNE. Œrine, crois-tu aux mauvais présages ? Crois-tu à la magie et à tous ces grigris ?

ŒRINE *(lui mettant la main sur la bouche)*. Princesse, assez ! Il ne faut pas parler si fort de tout ça. Tout ça, c'est pas de notre rang. Les dieux là-haut, ils nous regardent, nous écoutent et toi… Tu devrais courir te laver la bouche ! Nous sommes de pauvres femmes.

LA PRINCESSE ANNE. Que les dieux me pardonnent, je crois en eux et en leurs signes innombrables. Je t'aime, petite Œrine, et oui, tu l'as dit, tu es une pauvre femme.

ŒRINE. Ne te trompe pas, en ça nous sommes égales.

LA PRINCESSE ANNE. Non, Œrine ! Toi ta vie tu l'as passée ici et tu la passeras ici pour le reste de tes jours. Tu as filé la laine dans ce palais et demain encore tu fileras la laine dans ce palais. Tu m'as nourrie au sein et tu en nourriras d'autres. Tu raconteras aux petits comment c'était avant. Et un jour, calme et tranquille, tu t'endormiras sur la planche de la table de cuisine dans les épluchures de courgette, à jamais ! Comme je t'envie, Œrine, cette vie simple. Et quand je te regarde, tu as l'air si heureuse. Moi je ne peux pas être heureuse comme ça. Je dois partir ! Œrine, je vais traverser l'océan. Je vais chevaucher les tempêtes. Crois-moi. Il me faut une grande douleur à me mettre en collier.

ŒRINE. Tu dis n'importe quoi.

LA PRINCESSE ANNE. Je sais que la route m'attend. Je la prendrai par ses deux cornes, la route ! Je n'ai peur de rien ! Je sais mieux me battre à l'épée que mes deux frères.

ŒRINE. Avec tes dix-sept ans ? Allez, donne-moi la main.

LA PRINCESSE ANNE. Tu ris ? Tu te moques de moi ! Mais tu ne sais pas qu'hier, père, ton roi, a trouvé dans son verre une mouche noyée.

ŒRINE. Alors ? Ce sont des choses toutes bêtes ça…

LA PRINCESSE ANNE. Je sais bien que tu crois aux présages. J'ai bien vu ! Je ne suis pas sotte. Comme tu as peur.

ŒRINE. Il faut rentrer.

LA PRINCESSE ANNE. L'horizon crie mon nom ! Je sens de grandes flammes là-bas ! De l'autre côté du monde et je veux aller voir ça… L'embrasement d'un temps.

ŒRINE. Je ne t'écoute pas. Il faut que j'aille auprès de ta pauvre mère. Repose-toi. Dors. Réfléchis.

LA PRINCESSE ANNE. Je ne veux ni dormir ni me reposer ni réfléchir.

ŒRINE. Alors prie. Prie pour ta mère et cesse cette impatience !

Œrine sort. Coroll et Garon entrent en balayant.

LA PRINCESSE ANNE. Qu'est-ce que vous faites ?

COROLL. Ordre du Roi !

GARON. Plus de feuilles qu'il a demandées.

COROLL. Plus de feuilles.

GARON. Alors on ramasse !

COROLL. Tous les travaux peuvent pas être chouettes !

GARON. Mais c'est pas le pire…

COROLL. Non, c'est pas le pire et puis on prend le bon air.

LA PRINCESSE ANNE. C'est triste. C'est dommage.

COROLL. Ah ça, nous, madame…

GARON. On n'y peut rien !

COROLL. De rien !

GARON. Que d'chie !

COROLL. Timbale dans le broc d'or ! Vingt dieux de cul ! Des feuilles pour se torcher oui !

GARON. Veux-tu être poli !

COROLL. Pardon, madame. J'avais oublié…

LA PRINCESSE ANNE. Oubliez-vous. Je suis de votre rang.

GARON. On dit que le Roi a fait un cauchemar, un vrai, un gros cette nuit. On dit que dans ce cauchemar il a vu des choses, des gens, des mots à dire, des trucs à faire. Ce matin, il s'est levé rouge, furieux et heureux. Tout d'un coup, il s'est mis à souffler et à courir dans tous les sens. On dit qu'il demande les choses comme dans un grand détail.

COROLL. Il fait tout ça pour la Reine, c'est ce qu'on dit. Après, les "on-dit" faut s'en méfier. C'est la peste mais bon… Il va la sauver, qui sait ? Si les dieux sont avec lui…

LA PRINCESSE ANNE. Je m'en vais.

GARON. C'est comme vous voulez. Nous, on aime bien la discussion !

LA PRINCESSE ANNE. Au revoir.

COROLL. Au revoir, madame.

Anne sort.

GARON. Elle est jolie.

COROLL. Quelle force ! On ne dirait pas une dame. Eh bah alors, qu'est-ce que t'as à zyeuter là-haut ? Du nerf !

GARON. Regarde à la cime.

COROLL. Pas le temps.

GARON. Il en reste deux. Deux petites feuilles fripées. Je me dis que si on a tout bien fini, un coup de vent ! Les deux qui tombent, le Roi qui passe… Il passe toujours quand il faut pas ! Et à nous la sentence !

COROLL. N'y pense pas et balaie.

GARON. Toutes ces feuilles inertes, ça me rend mélancolique.

COROLL. Quand on fait place nette, le travail accompli, ça me donne une de ces joies…

GARON. Moi, une fois le travail accompli, je me sens triste et vide.

COROLL. Dépêche-toi au lieu de poétiser comme un mou.

Ils sortent en balayant. Henri et Jules entrent.

HENRI. Alors petit frère… Bien dormi ? Pâle comme un linge, petit frère, il faut dormir.

JULES. Laisse-moi !

HENRI. On te voit au travers, tu me fais de la peine. Te voir là, tout maigre, le front toujours prêt à tomber par terre. Cette sueur plein les joues. Voyons, Jules, respire, rougis, mets-toi en colère, montre ton arme, fâche-toi !

JULES. Arrête… Je vais bien, je suis bien. Laisse-moi marcher seul. J'aimerais prier pour notre mère, à genoux, à côté du puits. Et toi ? Toi, tu veux me faire porter les épées.

HENRI. Je te fais ton éducation.

JULES. Je n'en veux pas de ton éducation.

HENRI. Ton âme est malade. Sais-tu que dans le pays on te nomme Jules le Blanc ? Qu'on se moque de toi ? Que les femmes à la cour pouffent en te voyant entrer, toujours prêt à chavirer, les mains tremblantes et les yeux rouges ?

JULES. Je m'en fous.

HENRI. Et ton honneur, petit frère ? Et notre nom ?

Jules regarde le jardin plein de mélancolie.

JULES. Henri, tu vois, ils ramassent toutes les feuilles… On ne peut plus contempler la saison morte. J'étais sorti pour voir ça et on me l'enlève.

Jules pleure.

HENRI *(plein de dégoût)*. Des larmes…

JULES. Henri, mon grand frère, n'as-tu jamais pleuré devant un paysage de désolation ?

HENRI. Tu n'es pas mon frère. Dis, rassure-moi, tu n'es pas mon frère ?

JULES. Henri, c'est ton âme qui est malade, pas la mienne.

Henri frappe violemment Jules au visage. Jules tombe.

HENRI. Lève-toi et rends-moi ce coup.

Jules se lève et regarde Henri.

JULES. Sois un homme maintenant.

Henri frappe à nouveau Jules au visage.

HENRI. Lève-toi et rends-moi ce coup.

Jules se relève.

JULES. Sois un homme, embrasse-moi.

Musique de fanfare. Une grande estrade sur roues entre avec un escalier pour y monter. Sur l'estrade, un trône et, sur le trône, le Roi avec à ses côtés ministres et valets. La princesse Anne et Œrine entrent en scène. Le valet du Roi frappe de grands coups sur l'estrade. Le Roi se lève. La musique s'arrête.

LE ROI. Nobles de ma cour, à vous, peuple venu à mon appel, je dois l'annoncer : les temps à venir seront temps de douleurs et de prières. Notre reine est à cette heure endormie dans sa chambre. Voilà sept jours qu'elle demeure éveillée, échouée entre le fleuve blanc des remous vivants et le fleuve noir, étal, qui conduit aux mondes inquiets. À nous de la ramener à notre rivage. Maintenant, à genoux ! *(Toute la foule se met à genoux, les têtes sont baissées.)* Pour que la faucheuse n'ait pas trop faim les jours à venir, je demande que les plus belles bêtes des plus belles fermes de chaque canton soient sacrifiées heure par heure sur cette estrade. Je demande que les plus beaux enfants mâles de chaque ville à l'âge de raison soient sacrifiés ici, jour par jour. J'ai rêvé d'un homme de l'autre côté du monde. Il vit là, parmi les cendres et les gravats d'une civilisation passée au feu. Cet homme, mon rêve me l'a dit avec une étrange clarté, cet homme rendra la vie à notre reine. Mais le voyage est long et nous devons tenir. Henri, mon fils, lève-toi. *(Henri monte sur l'estrade et se met à genoux devant son père.)* Henri tu es mon fils le plus brave. Personne ici ne peut dire qu'il a vu la peur dans tes yeux. Mon fils, mon Henri, à toi de retrouver cet homme. Au port, j'ai fait amarrer le plus grand navire du royaume. Tout l'espoir de notre famille est dans tes bras. Et par bonheur, mon grand enfant, c'est un ciel plein de soleil qui te dit bon voyage !

— Le départ d'Henri —

LA PRINCESSE ANNE. Henri, mon frère, arrête un peu ta course.

HENRI. Ma petite sœur, viens là que je t'embrasse.

LA PRINCESSE ANNE. Dans tes bras ?

HENRI. Dans mes bras.

Ils s'enlacent.

LA PRINCESSE ANNE. Je ne veux pas que l'étreinte se brise.

HENRI *(desserrant son étreinte)*. Adieu.

LA PRINCESSE ANNE. Laisse-moi te dire… Je dois te demander une folie ! Promets-moi de me l'accorder. Promets-le-moi.

HENRI. Pourquoi tu tiens les yeux baissés ?

LA PRINCESSE ANNE. Mon Henri, tu sais comme je t'aime ?

HENRI. Quelle façon, "Mon Henri", je n'ai jamais entendu ça.

LA PRINCESSE ANNE. C'est que je t'appartiens comme tu m'appartiens.

HENRI. Tu ne m'appartiens pas ! Non. Tu es grande. Tu es belle. Tu n'es plus ma petite sœur. Oh non ! Une femme… Tu es une femme qui mérite de très grandes robes.

LA PRINCESSE ANNE. Je ne veux pas de robes, quelle que soit leur taille, je n'en veux plus. Et quand je vois le couteau à la cuisine, je rêve de couper la longue tresse qu'Œrine tisse devant le miroir chaque matin.

HENRI. Tu racontes de drôles d'histoires. Ne t'inquiète pas, Anne, tu trouveras un beau mari.

LA PRINCESSE ANNE. Je veux me marier avec le monde… Pas avec une moustache tout étriquée !

HENRI. Une moustache étriquée ? C'est quoi ce langage ?

LA PRINCESSE ANNE. Le beau langage ! Madame de monsieur, monsieur de madame… Quelle pâleur ! Ce teint vous va à ravir, on jurerait une assiette. Le bien dit, le bien fait, le bien pensé, le bien beau et les parfums… Tous ces parfums sont les barreaux de ma prison, Henri ! Ma prison de tristesse. Je suis pétrie d'un autre avenir. Je suis déjà mûre de mon avenir. Henri !

HENRI. Anne, tu me dépasses.

LA PRINCESSE ANNE. Emmène-moi avec toi.

HENRI. Pardon ?

LA PRINCESSE ANNE. Emmène-moi avec toi. Va dire à notre père qu'il faut bien une femme, fût-elle jeune, sur ce navire. Que j'en ai de la force et pas qu'un peu…

HENRI. Pardon ?

LA PRINCESSE ANNE. Depuis toute petite, je le pressens. Je me vois sur un bateau, toutes voiles gonflées ! Je me vois les joues en feu, tracer une ceinture à la terre !

HENRI. Mais tais-toi ! Quelle honte ! D'abord ces pensées pleines de diable tu les as et ensuite tu viens me les dire ! Gamine ! "Des joues en feu ! Tracer une ceinture à la terre !" Mais on marche sur la tête… Mes oreilles, faites que vous n'ayez pas entendu. Je n'ai pas entendu… Réponds-moi ! Je n'ai pas bien entendu ?

LA PRINCESSE ANNE. Je pensais que tu comprendrais.

HENRI. Range ta langue, idiote. Je pars demain. Reviens me voir, pleine d'excuses et je t'embrasserai sans rancœur.

Jules entre. Il accourt vers son frère.

JULES. Henri !

HENRI. Non, ne me touche pas ! Quelle fratrie, dieux, quelle fratrie ! Une demoiselle pour frère, un fou garçonnet pour petite sœur.

Henri crache par terre et sort.

JULES. Henri, mon grand frère… Je voulais te dire de faire bien attention. Je voulais te dire que la mer peut être plus forte que tous les hommes réunis. Je voulais te dire : maîtrise ta fougue, mon grand frère. Je voulais te dire comme je t'ai aimé malgré ton dégoût envers moi. Je voulais te dire comme je suis inquiet, comme je tremble à l'idée que tu partes. Je voulais te dire que je penserai à toi chaque jour. Si tu pleures à l'autre bout du monde, tu peux te tourner vers moi, je te réconforterai âme contre âme. Je voulais te dire, je ne veux pas que tu meures, j'ai peur, si peur de te voir t'en aller si loin, à l'horizon où l'eau tombe. Je voulais te dire que j'ai confiance en toi, mon grand frère. Je voulais te dire mais tu n'entends pas.

LA PRINCESSE ANNE. Il t'entend.

— La tempête —

Les trois médecins devant la porte de la Reine.

LE GRAND. Tu entends quelque chose ?

LE GROS. La Reine respire.

LE GRAND. Tout ça va finir mal. Très mal ! Je le sens. Et ma pauvre petite femme, comme elle doit s'inquiéter !

LE GROS. J'ai faim.

LE PETIT. Taisez-vous ! Je n'arrive pas à dormir.

LE GROS. Qu'il m'énerve ! Il n'est pas temps de dormir.

LE PETIT. Si on fait des gardes, c'est bien pour que les autres dorment.

LE GRAND. Tu arrives à dormir toi ?

LE GROS. La Reine ne survivra pas.

LE GRAND. Elle ne survivra pas.

LE GROS. Nos têtes vont rouler.

LE GRAND. Elles vont rouler.

LE GROS. Et toi… Tu arrives à dormir !

LE PETIT. La Reine ne mourra pas.

LE GRAND. Ah bon ?

LE GROS. Et qu'en sais-tu ?

LE PETIT. Je n'ai pas peur, c'est tout.

LE GRAND. Il n'a pas peur, c'est tout ?

LE GROS. C'est tout ?

LE PETIT. C'est tout !

LE GROS. Je vais l'étriper cet enfant.

LE GRAND. Calme-toi.

LE PETIT. Le malheur va frapper ailleurs.

LE GRAND. Que dis-tu ?

LE PETIT. Hier une mouche s'est noyée dans le verre du Roi.

LE GROS. Et tu y vois un présage ?

LE PETIT. Oui.

LE GROS. Je croyais que tu étais médecin.

LE PETIT. Le souffle qui s'en va… Personne n'y comprend rien. Personne ! Et comme cela me fait du bien de voir un corbeau voler bas, de voir un scarabée escalader mon lit ou une rose s'accrocher au bas de mon pantalon et de me dire que les rouages de la vie, de la mort sont ailleurs que l'on croit.

On entend un bruit sourd. Le gros médecin court à la fenêtre.

LE GROS. Que se passe-t-il là-bas ?

LE GRAND. C'est la grande fête du départ d'Henri, notre prince. On a mis le bateau à la mer ce matin.

LE PETIT. Il doit être déjà parti.

LE GRAND. J'aurais aimé voir ça.

LE GROS. Non. Là ! Dans le ciel au loin il y a des nuages ! On dirait l'enfer qui approche !

Le grand médecin court à la fenêtre. On entend de grands coups sourds.

LE PETIT. Et voilà les éclairs…

LE GROS. C'est une tempête !

LE GRAND. Une tempête qui fond vers nous.

LE PETIT. Henri.

Œrine, trempée de la tête aux pieds, entre en scène.

ŒRINE. Messieurs, fermez tous les volets, tous les rideaux, vite ! Sur la côte, la tempête est terrible ! Les arbres tombent. Le bateau s'est retourné, on aurait dit une coque de noix secouée par un méchant gamin dans une grosse bassine. J'ai peur, il faut fermer ! Tout fermer ! Dépêchez-vous !

On ferme les volets. Le noir se fait et on entend le son de la tempête qui grandit.

*

Dans la grande salle du château, un trône et, sur le trône, le Roi. Il est trempé de la tête aux pieds. Autour de lui, les deux balayeurs, Coroll et Garon, eux aussi trempés, son valet lui aussi trempé, Anne elle aussi trempée et Œrine trempée comme les autres. Silence. Dans le silence, on entend les gouttes qui perlent sur le sol comme un petit concert de larmes.

LE ROI. Qu'ai-je donc fait de mal ? Comment pouvais-je savoir ? Henri ! La mouche noyée ! Mais ici… Comprends, ici, tout parle… Tout parle tout le temps et je n'ai pas entendu ce qu'il avait à me dire ! Le monde qui parle, je ne l'ai pas entendu. Sortez d'ici ! Courez ! Ne restez pas là comme des plots à me regarder ! Courez ! Sortez ! Amarrez tous nos bateaux ! À la mer ! À la mer ! À la mer ! Qu'on le retrouve. Qu'on m'amène son corps et qu'on le mette en terre. Et qu'on le mette en boue. Qu'on le mette debout devant moi. Qu'on le mette debout devant moi et que je m'agenouille !

LE VALET. Sire, ce serait du suicide.

LE ROI. Que dis-tu ?

LE VALET. Nous devons attendre que la tempête se calme. Sinon ce sera une hécatombe.

LE ROI. Je veux une hécatombe ! La mort de mon fils mérite une hécatombe ! Je veux vous voir tous morts devant moi ! Mon sang est dans la mer et vous n'allez pas le chercher ?

LE VALET. À la prochaine marée, son corps nous reviendra et nous lui ferons, sire, des obsèques grandioses. Nous le mettrons dans une terre sèche. Nous construirons sur sa dépouille une cathédrale en souvenir de son courage. Mais maintenant, sire, maintenant, il faut rester sage.

LE ROI. Sage ? Il faut rester sage ? Le monde qui parle m'enlève un enfant sous mes yeux. Un enfant parti en mer sous mes ordres et je dois être sage ? Je dois rester sage ? *(Montrant Garon.)* Pourquoi il pleure celui-là ? Comment oses-tu pleurer devant moi ! Toi, un moins que moins-que-rien, alors que tu connais ma peine ? Comment oses-tu croire que la tienne mérite d'être vue ?

COROLL. Oh sire ! Faut l'excuser, il fait pas exprès. Il pleure tout le temps.

LE ROI. Il pleure tout le temps !

COROLL. C'est pas ce que je voulais dire.

GARON. Sire, si je pleure, c'est parce que moi aussi je n'ai pas entendu.

LE ROI. Tu n'as pas entendu ?

GARON. Le monde qui parle, sire ! Comme vous dites… Quand on a balayé les feuilles hier dans le jardin selon ce que vous avez demandé… J'ai levé la tête et j'ai vu ce que j'ai vu…

LE ROI. Parle !

GARON. Il en restait deux ! Des feuilles ! Des encore attachées ! Tout en haut qu'elles étaient. En haut du plus grand arbre du jardin. Vous savez le sycomore… L'immense sycomore. Je les ai regardées, chaque minute depuis hier… Depuis hier, je les ai regardées… Et je me disais : "Hou c'est mauvais signe !" Et ce matin, la plus grande des deux est tombée devant moi ! Elle s'est posée à mes pieds comme pour me parler et je n'ai pas entendu !

Le Roi se jette sur Garon et l'étrangle.

LE VALET. Sire !

Anne s'accroche au Roi.

LA PRINCESSE ANNE. Mon père, lâchez ce pauvre homme.

LE ROI. Il dit qu'il est comme moi ! Voilà ce qu'il me dit ? Ce salaud ! Ce bâtard n'entend pas, comme moi ?

LA PRINCESSE ANNE. Il faut attendre que la nuit se dissipe. Il faut laisser aller les larmes et attendre que la nuit se dissipe. Lâchez-le !

Le Roi desserre son étreinte.

LE ROI. Ça ne veut pas sortir… Jeune homme, la feuille, l'as-tu gardée ?

GARON. Oui, sire !

LE ROI. Montre-la-moi. *(Garon sort une grande feuille de sycomore de sa poche, la déplie et la donne au Roi.)* Elle est tombée trop jeune… Pourquoi à un moment plus qu'à un autre une feuille tombe d'un arbre ?

Jules entre en scène, en chemise de nuit, pâle comme jamais.

JULES. J'ai dû faire un cauchemar. Je ne suis pas sûr… Est-ce que ce que j'ai vu… La tempête à ma fenêtre… C'est vrai ? Vous êtes là depuis longtemps ? On m'a dit de descendre. Enfin, je ne sais plus vraiment si c'était aujourd'hui. Je ne suis pas descendu tout de suite, je vous prie de m'en excuser. J'étais allongé sur le parquet de ma chambre. Je ne pouvais plus bouger. Un horrible cauchemar ! Vous auriez vu… Peut-être je suis encore en train de dormir. Pourquoi êtes-vous tous trempés ? On dirait que vos habits sont pleins de larmes.

ŒRINE. Jules, va t'habiller.

JULES. Où est Henri ?

ŒRINE. Jules, va t'habiller.

JULES. Il n'est pas là ?

ŒRINE. Jules, va t'habiller.

JULES. Papa ? Papa ? *(Silence.)* Alors j'ai bien vu le bateau qui se retournait. Les éclairs, les grandes vagues, le ciel noir… J'ai bien vu. Alors, j'ai bien vu ? Alors je ne dors pas ? Alors je suis là. Je suis là ?

LE ROI. Jules, viens là. *(Jules court dans les bras de son père. Le Roi met sa main sur la tête de Jules pour le mettre à genoux devant lui.)* À genoux ! Ne pleure pas. Tu ne dois pas pleurer. Demain, ce sera à toi d'être notre soleil ! Il ne reste que toi pour nous sauver. Tu aimais ton frère ? Henri s'en est allé pour te laisser la place. Voilà ce que le monde qui parle voulait nous dire. Qui aurait pu le savoir ? Qui aurait pu le comprendre ? Toi et ta petite nature. Toi qui sembles si fragile… Toi, tu y arriveras ! Tu seras notre salut ! Tu seras Jules et Henri à toi seul. Quand la tempête se sera calmée. Quand on aura enterré ton frère, c'est toi qui partiras pour lui. Pour nous !

LA PRINCESSE ANNE. Mon père…

LE ROI. Lève-toi et viens dans mes bras. *(Jules se relève devant son père et s'évanouit aussitôt. Il tombe aux pieds du Roi.)* Prenez-le ! Amenez-le dans sa chambre ! Il faut qu'il se repose avant de partir.

Coroll et Garon portent Jules et sortent. Le Roi et son valet sortent. Restent Anne et Œrine.

ŒRINE. Allons nous habiller de noir et pleurer.

LA PRINCESSE ANNE. Je ne veux pas pleurer. C'est à moi de partir.

ŒRINE. Ferme-la ! Plie-toi au chagrin comme tout le monde et ferme-la ! Où te crois-tu ? Que crois-tu être ? Dis-moi ! Baisse la tête quand tu me regardes ! Tu mérites des coups. Voilà ce que tu mérites à oser parler quand tu devrais avoir un nœud dans la voix.

LA PRINCESSE ANNE. Te voilà, Œrine. Le voilà, ton visage. Combien de coups as-tu voulu me mettre sans en avoir le droit ? Je suis la femme que tu voulais être. *(Œrine frappe Anne au visage.)* Tu dois avoir beaucoup de chagrin. Aux femmes de prendre la mer !

ŒRINE. Tu ne veux pas pleurer ?

LA PRINCESSE ANNE. Je pleurerai demain, quand tous mes frères seront morts.

ŒRINE. La honte sur ta tête.

LA PRINCESSE ANNE. Tu rougis. Tu sais que j'ai raison.

ŒRINE. Je sais ce que je suis, moi ! Je ne veux pas être plus qu'une femme.

LA PRINCESSE ANNE. La femme est bien plus que ce que tu es. Va faire l'image sombre et muette au fond de ta chambre… Moi je vais monter dans l'arbre et crier ! Moi je vais me couper les cheveux ! Moi je vais m'écrire son nom au couteau dans le bras !

— Le départ de Jules —

Le bord d'une falaise. Henri a le visage pâle. Il est dos au vacarme de la mer et regarde son frère Jules qui entre en chemise de nuit. Le son de la mer est assourdissant.

JULES. Henri, c'est toi ? Je croyais que tu étais parti.

HENRI. Que s'est-il passé ?

JULES. Tu es pâle. Tu me ressembles.

HENRI. Qu'est-ce que je fais là, Jules ?

JULES. Comment était-ce ?

HENRI. Quoi ?

JULES. Le fond des mers.

HENRI. Le fond des mers ? De quoi parles-tu ?

JULES. Là-dessous, sous le reflet.

HENRI. Je suis tombé… Des cris, des bourrasques, des hurlements violents et… le silence.

JULES. Le silence.

HENRI. Oui, un silence ralenti. On s'y meut à peine.

JULES. Ce doit être large.

HENRI. Large, c'est ça.

JULES. Le fond des mers ?

HENRI. Il est très vaste et très sombre.

JULES. On peut y voir des coraux ?

HENRI. De toutes les couleurs.

JULES. Et des poissons ?

HENRI. On ne voit que ceux qui donnent eux-mêmes leur lumière. Tous les autres sont des formes qui bougent.

JULES. Ça grouille !

HENRI. Ça grouille partout, oui.

JULES. Tu dois te sentir libéré.

HENRI. Libéré ? Mon jeune frère, je me sens vide.

JULES. Tu es dépouillé. Il faut de l'habitude.

HENRI. Ça souffle dedans moi.

JULES. Je sais.

HENRI. Il faut que je m'en aille. Tu viens me dire adieu ?

JULES. Je viens avec toi.

HENRI. Non.

JULES. Je reste avec toi. J'ai des souvenirs trop vieux pour t'abandonner.

HENRI. Tu ne peux pas rester avec moi, petit frère. Je ne sais pas ce que tu fais là.

JULES. C'est toi qui es venu me chercher.

HENRI. Te chercher ? Quelle scène jouons-nous, Jules ?

JULES. La scène de ma mort.

HENRI. C'est moi qui suis mort, on ne meurt pas à deux.

JULES. Je veux mourir à deux.

HENRI. Je ne veux pas mourir à deux.

JULES. Je n'ai pas les épaules pour vivre comme il faut vivre mais j'ai les épaules pour voir les fonds marins.

HENRI. Jules, je ne veux pas y retourner.

JULES. Je veux voir les coraux et faire partie du monde. Le monde qui parle, je veux en faire partie et non pas l'écouter.

HENRI. Tu as toujours su l'entendre.

JULES. Ma place n'est pas ici à parler et faire de grands gestes pour que l'on se souvienne de moi.

HENRI. Tu dois laisser ta trace. Retourne au palais.

JULES. Je veux être une petite tache de couleur sur la peau de tous les êtres vivants, sur l'écorce de tous les arbres. Le petit reflet sur tous les ruisseaux, tous les étangs. La petite impureté millénaire sur toutes les pierres extraites du sol.

HENRI. Je n'entends pas ce que tu me racontes.

JULES. Une tache à la surface de toutes les étoiles et de toutes les lunes. Être la goutte de rosée et le poil de l'araignée qui s'y désaltère.

HENRI. Quand tu parles on dirait un poème pour enfant.

JULES. Le monde quand on le comprend est un poème pour enfant. Rien de moins.

HENRI. Papa va être malheureux si tu t'en vas.

JULES. Je ne vis pas pour mon père.

HENRI. Anne va être si malheureuse si tu t'en vas.

JULES. Elle sait déjà mon départ. Elle le pressent.

HENRI. Qui va sauver notre mère ?

JULES. Anne, notre sœur, sauvera notre royaume.

HENRI. Anne ?

JULES. Tous ces mâles pour héros ! C'est une nouvelle pièce qui commence maintenant. Une pièce de femmes.

Jules prend Henri dans ses bras.

HENRI. Comme tu me réchauffes, mon jeune frère.

JULES. Maintenant c'est à moi d'avoir peur.

HENRI. Pourquoi ?

JULES. Dis-moi. Ça fait mal ?

HENRI. C'est comme mille ans qui passent mais sans s'en apercevoir. Attends !

Jules emporte Henri dans le vide. Plus de voix. Le vacarme de la mer. Dans le jardin, une feuille de sycomore tombe sur la pelouse intacte.

— Le départ de la princesse —

Les trois médecins, devant la porte de la Reine.

LE GROS. C'est un cauchemar ! Tout ça, c'est un cauchemar !

LE GRAND. Je veux rentrer.

LE GROS. Elle respire toujours ?

LE PETIT. Toujours.

LE GROS. Parfois je préférerais qu'elle meure.

LE GRAND. Ma pauvre petite femme… Elle doit me croire mort !

LE GROS. Jules est mort.

LE GRAND. Il est pas mort, on le trouve pas, c'est différent ! Ça n'a même rien à voir. Il s'est enfui et il a eu bien raison.

LE PETIT. Tout ça est notre faute.

LE GRAND. Je veux partir.

LE PETIT. On aveugle nos enfants pour ne plus sentir l'entier du monde. On tisse les pierreries du réel.

LE GRAND. Je ne tisse rien du tout.

LE PETIT. On comprend ! On comprend ! On comprend ! Ça veut dire : on englobe dans notre intelligence l'inenglobable.

LE GROS. Il invente des mots maintenant…

LE PETIT. On devrait essayer de guérir en fermant les yeux et en rentrant dans l'autre.

LE GROS. Pourquoi tu parles comme ça ? Il n'y a que nous qui t'écoutons !

LE PETIT. Il faudrait ne rien dire ?

LE GROS. C'est pas ça, mon petit, mais ça sert à rien. Si tu veux qu'on t'entende, fais des colloques avec des spécialistes je sais pas.

LE GRAND. Je vais partir. Je vais faire une corde avec les draps et partir.

LE GROS. Tu veux te pendre ?

LE GRAND. Non, je vais me faire une corde. Je vais la lancer par la fenêtre. Je vais descendre la façade la nuit ni vu ni connu !

LE PETIT. On vient !

LE GRAND. Je n'ai rien fait… C'est pas moi… Je ne pensais pas.

La princesse Anne entre. Elle a les cheveux courts.

LA PRINCESSE ANNE. Messieurs.

LE PETIT. Jules…

LA PRINCESSE ANNE. On l'a retrouvé. La mer est venue déposer sa dépouille sur les galets de la grève. Il avait la même pâleur que de son vivant. *(Les trois médecins se mettent à genoux.)* Messieurs, je veux voir ma mère avant de partir.

Ils sortent.

*

Un cimetière au petit matin. Des tombes recouvertes de terre encore fraîche. Le Roi est à genoux et plante ses doigts dans la terre en chantant. Le valet le regarde. Coroll et Garon, appuyés sur leur pelle, le regardent.

LE ROI *(chantant).*

Mes chéris mes enfants
Il est temps il est temps
Mes chéris mes enfants
Il est temps il est temps

J'ai si mal dans mon cœur
Mes chéris mes enfants
Je pleure mon malheur
Où sont mes beaux enfants

Ils regardent les deux balayeurs devenus fossoyeurs.

Vous deux, je vous connais. Avec vos têtes de rigolos… Vous êtes les jardiniers, non ? Je vous ai déjà vus avec vos râteaux, vos pelles… Je vous regarde souvent par ma fenêtre… C'est vous qui taillez mes rosiers ? Je ne me trompe pas ?

GARON. Oui, sire, c'est moi qui taille, c'est bien moi.

COROLL. Enfin on sait tout faire. On a appris à tout faire depuis…

GARON. Hier cuisinier, avant-hier charpentier, aujourd'hui fossoyeur !

LE ROI. Ensevelissez-moi, messieurs.

COROLL. Pardon ?

LE ROI. Il fait bon ici, n'est-ce pas ?

COROLL. Oui, sire, ça s'est levé. Le soleil chauffe comme qui dirait un peu.

GARON. Ça fait du bien !

LE ROI. Ça fait du bien ! Je me sens bien. Là, comme je me sens bien. Messieurs…

COROLL ET GARON. Oui, sire !

LE ROI. Sur ordre royal, ensevelissez-moi sous la terre !

LE VALET. Sire ! Allons !

LE ROI. Ne me touche pas toi ! Je ne te parle pas à toi ! Vos pelles sont encore humides de la terre retournée… Allez ! Pressons ! Pressons !

GARON. Sire, on ne peut pas !

LE ROI. Comment ?

COROLL. Garon a raison, on ne peut pas !

LE ROI. Mais c'est un ordre.

GARON. P't-être bien… Mais on ne peut pas tuer le Roi.

LE ROI. Je ne vais pas mourir ! C'est pour m'amuser…

COROLL. Sire !

LE ROI. Juste le temps d'une sieste.

LE VALET. Relevez-vous, sire.

LE ROI. Oh toi, je vais t'amener à l'échafaud si tu continues ! Ensevelissez-moi ! Je vous l'ordonne !

Coroll et Garon commencent à ensevelir le Roi.

LE VALET. Messieurs, qu'est-ce que vous faites ?

GARON ET COROLL. Ordre du Roi !

GARON. Quand le Roi dit, on s'exécute.

LE VALET. Vous êtes fous ?

COROLL. Là non, m'sieu, c'est pas nous les fous !

LE ROI. Comme ça fait du bien aux jambes. Ça détend. Ça détend. Plus haut !

GARON. Ça va comme ça, sire ?

COROLL. Ça ne pèse pas trop, le poids sur la poitrine ?

LE ROI. C'est très bien, mes amis, continuez !

GARON. Ce n'est pas trop froid ?

LE ROI. Non ! C'est frais ! C'est délectable ! N'oubliez pas la tête.

COROLL. Sire, je n'ose pas.

LE ROI. J'ai dit !

Coroll et Garon finissent de le recouvrir entièrement.

COROLL. Voilà, sire.

LE ROI *(sous la terre)*. C'est merveilleux ! Merci ! Merci beaucoup ! Qu'on est bien là-dessous. Que c'est tranquille. Vous pouvez partir maintenant. *(Silence. Personne ne bouge.)* Allez ! Du vent ! *(Temps.)* Je ne veux pas avoir à le répéter… Du vent ! Foutez-moi le camp ! Laissez-moi ! *(Ils s'écartent de la tombe. Silence.)* Je vous entends encore. Partez !

Ils sortent lentement. Long silence. La princesse Anne entre. Elle s'approche de la tombe.

LA PRINCESSE ANNE. Jules… Henri…

Anne s'agenouille devant les deux tombes.

Mes amours, je suis venue vous dire un dernier mot. Un au revoir. Pas de grandes funérailles pour vous finalement, pas de marbre. Où est-elle la cathédrale bâtie à l'effigie de votre courage ? Mes deux frères dorment ensemble dans la terre molle. Mes amours, c'est comme si j'avais pris un siècle dans le dos ! Je m'en vais, mes frères ! Moi aussi je vais prendre la mer ! Et à chaque nouvelle vague, à chaque escale, je dirai votre nom ! Je dirai : "Jules et Henri sont passés ici pour sauver leur royaume." On ne vous oubliera pas.

Anne prend une poignée de terre et la met dans sa poche.

Voilà…

Anne se relève dans un silence.

Il faut que je parle à papa, pour lui dire… Oui, je veux le faire aux yeux de papa même s'il me l'interdit. "Papa" ? C'est bien la première fois que je dis “papa”. Il n’y avait que toi, Jules, pour oser ces choses-là. En ton souvenir, si tu veux bien, je reprends l’appellation. Même si papa ne veut pas me donner un bateau, je prendrai une pauvre barque et j’arriverai au but. Le monde est avec moi !

Anne s’approche des deux tombes.

Cet homme qu’il faut trouver de l’autre côté du monde, je vois son visage, la nuit, en rêve. J’entends son nom ! Sais-tu comment il s’appelle, Henri ? *(Temps.)* Non ? Jules, tu ne sais pas non plus ? La langue au chat alors ! Il s’appelle… Gabriel ! C’est un joli nom, hein ? C’est un nom de jeune homme quoi. Un joli nom en guise de voyage.

Anne se met face à la terre.

J’aimerais vous embrasser, mes frères, embrasser vos dépouilles blêmes… Mais on me l’a interdit.

Anne embrasse la terre. Le Roi sort de dessous la terre. Il enlace Anne qui s’écrie.

Henri !

LE ROI. C’est moi, Anne. Est-ce que je suis mort ?

LA PRINCESSE ANNE. Père…

LE ROI. Je suis mort ?

LA PRINCESSE ANNE. Je ne sais pas. *(Anne sort son père de la tombe. Elle lui retire la terre du visage.)* Tu es bien vivant.

LE ROI. Vivant ?

LA PRINCESSE ANNE. Oui.

LE ROI. Alors c’est bien toi que j’ai entendue ?

LA PRINCESSE ANNE. Oui, mon père.

LE ROI. Maintenant que je suis là, tu ne m’appelles plus papa ?

Silence.

LA PRINCESSE ANNE. Tu m’as fait peur.

LE ROI. Où est-il Jules maintenant ?

LA PRINCESSE ANNE. Papa…

LE ROI. Anne, je ne veux pas te perdre !

LA PRINCESSE ANNE. Je dois partir.

LE ROI. Qu'as-tu fait à tes cheveux ?

LA PRINCESSE ANNE. C'est pour ne pas être gênée.

LE ROI. Je vois… Alors je ne peux rien te dire !

LA PRINCESSE ANNE. Non, papa.

LE ROI. Alors tu t'en vas accroître mon malheur sans que je ne puisse rien te dire.

LA PRINCESSE ANNE. Je vais y arriver. Je le sais déjà. J'ai déjà réussi !

LE ROI. C'est toi qui vas nous sauver ?

LA PRINCESSE ANNE. Oui.

LE ROI. Quel âge as-tu déjà, mon enfant ?

LA PRINCESSE ANNE. Dix-sept ans, papa.

LE ROI. Tu parles bien.

LA PRINCESSE ANNE. Tu trouves ?

LE ROI. Tu as une belle voix. Je ne l'avais jamais vraiment écoutée. Tu as la peau douce et tu sens bon. Laisse-moi te garder dans mes bras !

LA PRINCESSE ANNE. Papa, j'étouffe.

LE ROI. Je vais te le donner ton bateau ! Tu auras le meilleur équipage ! Les hommes les plus forts…

LA PRINCESSE ANNE. Je ne veux que des femmes. *(Elle se retire de l'étreinte du Roi.)* Je veux constituer moi-même mon équipage.

LE ROI. Doucement… Doucement… Tu te moques ?

LA PRINCESSE ANNE. C'est la seule façon mais tu n'entends pas. Papa ! Tu as un ver qui te sort du nez !

Le Roi tire le ver et le regarde.

LE ROI. Ah. Te voilà toi ! Alors dis-moi… Quel goût a-t-elle ma progéniture ? *(Il mange le ver. À Anne.)* Lui au moins ne te mangera pas. Va, ma chérie. Va-t'en ! Fais ce que tu veux. Prends l'or que tu veux pour financer l'expédition… Je m'en fous ! Achève-moi ! Allons au bout !

Il prend une poignée de terre, la jette vers le ciel et la voit retomber.

___AH

Il prend une poignée de terre, la jette vers le ciel et la voit retomber.

_____AH

Il prend une poignée de terre, la jette vers le ciel et la voit retomber.

________AH

Il s'effondre dans la terre.

— Le départ des femmes —

Dans le jardin du palais. Beau soleil. Garon est allongé sur le gazon. Il regarde le bleu du ciel du matin. La Clémentine entre.

LA CLÉMENTINE. Alors Garon, on ne vient pas embrasser sa fiancée ?

GARON. Comment ? La Clémentine… Mais qu'est-ce que tu fais là ? Va-t'en donc ! N'es-tu pas folle ! Si le valet du Roi te voit…

LA CLÉMENTINE. Faut pas avoir peur comme ça ! *(Elle rit.)* Je suis venue pour répondre à l'appel.

GARON. La pelle ! Quelle pelle ?

LA CLÉMENTINE. T'as l'air de travailler dur.

GARON. Je fais tout ce qu'on me dit de faire ! Et aujourd'hui, ce qu'on me dit de faire c'est de rien faire alors je fais rien ! Mais rien faire, tu sais, la Clémentine, c'est ce qu'il y a de plus dur !

LA CLÉMENTINE. Garon, si je suis venue te voir, c'est pour te dire que je suis prise.

GARON. Comment ça prise ? T'es à moi !

LA CLÉMENTINE. Je suis à toi oui ! Mais l'appel…

GARON. Eh bah la pelle… Qu'est-ce qu'elle te dit cette pelle ?

LA CLÉMENTINE. On a reçu une lettre, tu vois. *(Elle lui montre la lettre.)* Je dis "on" pour les femmes du coin…

GARON. Montre voir ! *(La Clémentine lui donne la lettre. Il lit.)* "Vous voulez partir en mer ? Vous rêvez d'aventure ? Vous voulez sauver votre royaume ? Votre chance est venue ! Suivez la princesse Anne pour rejoindre l'horizon. Les essais auront lieu demain, huit heures, au palais sous présentation." Mais qu'est-ce que ça veut dire, Clémentine ? Tu ne vas pas partir, dis ?

LA CLÉMENTINE. Si, si…

GARON. Si, si ?

LA CLÉMENTINE. J'ai tout réussi ! Je pars demain !

GARON. Mais moi je ne veux pas…

LA CLÉMENTINE. Comment ça, tu ne veux pas ?

GARON. Je t'aime, ma Clémentine.

LA CLÉMENTINE. Et alors ?

GARON. Et alors je ne veux pas que tu disparaisses.

LA CLÉMENTINE. Qui t'a parlé de disparaître ?

GARON. Tu m'as pas demandé mon avis ?

LA CLÉMENTINE. Tu n'es pas mon père non plus !

GARON. Ton père est mort il y a deux ans.

LA CLÉMENTINE. Et alors, tu n'es pas mon mari !

GARON. Bientôt.

LA CLÉMENTINE. Tu es mon fiancé.

GARON. Un fiancé, on lui demande son avis.

LA CLÉMENTINE. Moi je ne demande rien à personne, ni à mon fiancé, ni à Dieu, ni à personne. Et si tu m'aimes, faut m'aimer comme ça !

GARON. Tu vas me faire pleurer.

LA CLÉMENTINE. Mais non, mon amour.

GARON. Regarde je pleure…

LA CLÉMENTINE. Ne t'inquiète pas ! Ils disent qu'il y en a pour deux mois de voyage, pas plus. C'est quoi deux mois ? Dans une vie, c'est rien, mon Garon.

GARON. Deux mois mais c'est énorme ! C'est soixante jours. C'est soixante nuits à ne pas dormir. Soixante nuits sans nouvelles. Moi je t'aime comme personne il t'aime.

LA CLÉMENTINE. Imagine quand tu vas me retrouver ce que tu vas être heureux.

GARON. Et soixante jours à compter de vingt-quatre heures par jour, parce que je vais pas dormir, je te le dis, je me connais, ça fait… Soixante que tu fais fois vingt-quatre ça fait… Ça fait beaucoup… Ça fait bien mille heures ! Qu'est-ce que je dis ? Un million d'heures à pleurer, à plus pouvoir travailler, à me tourmenter.

Mariette, une femme habillée de noir et à l'air sévère, entre en scène.

MARIETTE. À moi la mer. Ils ont voulu. C'est décidé. Je pars.

LA CLÉMENTINE. Vous aussi !

MARIETTE. Moi aussi. Et pourtant si vous m'aviez connue auparavant… Jamais ! Jamais je n'aurais pensé… Mais la mer pour oublier, que voulez-vous de mieux ?

LA CLÉMENTINE. Oublier ?

MARIETTE. Oui, oublier…

LA CLÉMENTINE. Oublier un malheur ?

MARIETTE. Et quel malheur… J'ai perdu mon homme.

LA CLÉMENTINE. Oh !

MARIETTE. Je ne devrais pas le dire comme ça… On pourrait croire que ce n'était rien. Mais… Des larmes grosses comme le doigt tous les jours.

GARON *(à Clémentine)*. T'entends ce qu'elle dit la dame !

MARIETTE. Un matin, il est parti faire son travail comme tous les matins, et j'ai vu… croyez-moi… dans ses yeux…

LA CLÉMENTINE. Eh bien quoi ?

MARIETTE. J'ai vu qu'il me cachait quelque chose…

GARON. Clémentine, tu me caches quelque chose, c'est ça ?

MARIETTE. Ce moment du matin, il tournait dans ma tête chaque minute… Et je l'ai attendu. Oh ça ! Je l'ai attendu… Tous les soirs ! J'ai mis la table, son assiette et son verre. Et le vin débouché que je ne bois pas et qui devient du vinaigre. Tous les soirs, je l'ai attendu ce vieux manche à gigot ! Tous les soirs. Alors quand j'ai reçu la lettre, j'ai donné sa fille à la voisine et "À moi la mer !" Faut pas se foutre du monde… Une vie à attendre. Pas une lettre ! Vous m'entendez : rien !

LA CLÉMENTINE. Il est peut-être mort.

MARIETTE. Peureux comme il est ! Pensez-vous… La mort ne peut l'atteindre que dans son lit cet homme-là.

LA CLÉMENTINE. Et qu'est-ce qu'il faisait votre mari ?

MARIETTE. Médecin.

LE GRAND MÉDECIN. Mariette ? C'est bien ta voix ? Mariette ! *(Le grand médecin entre.)* Mariette, tu es là !

Il s'approche pour l'embrasser. Elle le gifle.

MARIETTE. Bravo ! Tu as l'air en forme. C'est un nouveau costume ? Je te félicite.

LE GRAND. Mais Mariette !

MARIETTE. Pas un mot. Je ne veux rien entendre.

LE GRAND. J'ai voulu te prévenir…

MARIETTE. Je pars.

LE GRAND. Avec qui ? Où ?

MARIETTE. Tu n'as pas à le savoir…

LE GRAND *(à Garon)*. C'est vous, monsieur ?

GARON. C'est qui lui, Clémentine ?

LE GRAND. Monsieur, réglons cela entre hommes.

LA CLÉMENTINE. Touche pas à mon fiancé. Visage sans viande ! Bouquet sans queue ! Tu touches pas à mon fiancé ou je te montre de quoi je sais me chauffer !

LE GRAND. Visage sans viande ?

Une jeune fille, Juliette, entre avec Coroll.

JULIETTE. À ce moment, ils m'ont demandé : "Vous êtes sur un bateau, une tempête se déclare ! Qu'est-ce que vous faites ?"

COROLL. Et vous avez répondu quoi ?

JULIETTE. J'ai répondu : "Je baisse les voiles. Je prends la vague. J'écoute le vent."

COROLL. Ça, c'est de la réponse !

JULIETTE. À l'instinct…

COROLL. Vous savez, vous en avez de la chance, moi, c'est mon rêve.

JULIETTE. Quoi ?

COROLL. La mer.

GARON. Coroll ! Viens là, faut que j'te présente. C'est Clémentine…

COROLL. Clémentine, c'est vous ? Oh qu'est-ce que je suis content ! Si vous saviez comme il parle de vous.

GARON. T'as vu ?

COROLL. C'est pas souvent mais quand il en parle… Il vous parle bien et avec de l'amour.

LE GRAND. Mariette ! Moi aussi je parle tout le temps de toi ! Je vais t'amener mes collègues, tu vas voir !

MARIETTE. Te fatigue pas.

LE GRAND. C'est le Roi… Je n'y peux rien ! Il nous a comme emprisonnés !

MARIETTE. Assez !

LA CLÉMENTINE. Pas souvent…

COROLL. Il me disait sur vous… Qu'est-ce qu'il me disait ? Oui, que vous étiez comme un jour de printemps en hiver.

JULIETTE. Oh c'est beau ça !

GARON. Tu vois !

COROLL. Et vous Juliette, quand est-ce que vous partez ?

MARIETTE ET LA CLÉMENTINE. On part demain.

GARON ET LE GRAND. Demain ?

JULIETTE. Oui, demain.

COROLL. C'est bien ! Et vous allez où ?

LA CLÉMENTINE. À l'horizon.

MARIETTE. Accompagner la princesse Anne là où l'eau tombe.

JULIETTE. Et revenir.

COROLL. Alors vous allez revenir ?

JULIETTE. Oui.

COROLL. Alors ça, c'est encore mieux.

LE GRAND. Mon amour, tu ne vas pas aller là-bas. Les tempêtes… Et notre fille ?

MARIETTE. Je l'ai laissée à la voisine.

LE GRAND. La folle ?

MARIETTE. Mme Bongin n'est pas folle.

LE GRAND. Elle tape son chien, ses linges et ses enfants.

MARIETTE. Tu exagères.

LE GRAND. Mariette, je t'en supplie, ne fais pas de bêtise.

MARIETTE. Ce qui est décidé est décidé.

Mariette sort.

JULIETTE. Faut pas vous en faire. On est parties pour deux mois seulement.

LE GRAND. Deux mois ! C'est énorme deux mois.

GARON. Si on compte, ça fait soixante jours.

LE GRAND. Si on compte, c'est mille quatre cent quarante heures à pleurer.

GARON. Ah… C'est tout ? Vous êtes sûr ?

LE GRAND. Quatre-vingt-six mille quatre cents minutes à attendre.

GARON. Oui c'est ça ! C'est sûrement ça. T'as vu comme c'est beaucoup…

LA CLÉMENTINE. Au revoir, mon Garon. Surtout ne t'inquiète pas. Et dors. Surtout dors !

GARON. Je ne veux pas dormir sans toi.

LA CLÉMENTINE. Que t'es bête.

La Clémentine l'embrasse sur le front et sort.

GARON. Je vais me pendre en haut d'une falaise sur la mer et elle me verra me balancer ! Et le mouchoir d'adieu ce sera moi mort qui me balance dans le vent ! Et elle s'en voudra toute sa vie. Que c'est méchant les femmes quand ça veut l'être. Et puis je vais aller à l'église et je dirai au Bon Dieu tout ce qu'elle a fait pour me rendre fou et elle ira en enfer.

JULIETTE. Vous l'aimez plus ?

GARON. Je la déteste.

COROLL. Allez, lève-toi, vieux, c'est rien. Elle est costaud. Elle va revenir.

GARON. Ne me touche pas, sale type !

COROLL. Sale type ?

GARON. Même pas un geste pour la retenir pour m'aider… Rien. Depuis le temps qu'on se connaît ! La voilà l'amitié ?

COROLL. Tu voulais que je fasse quoi ?

GARON. Alors ça, c'est pas croyable ! *(Montrant le ciel.)* Maintenant il fait beau ! Bon Dieu de cul ! Ma fiancée s'en va… Elle part mourir en mer ! Elle me laisse seul, abandonné, moi, l'amoureux. Elle ne m'a même pas dit un vrai… Un véritable au revoir. Et il fait beau.

JULIETTE. Là où les princes héritiers sont morts, nous filerons sans peine. À nous l'écume. À nous le temps radieux. À nous l'air du large. L'air large, sans peine. À vous le petit air de l'inquiétude. Le petit air en boîte du retour espéré. À vous le plat pays de la terre de chaque jour. Elle fait son fruit ? Elle fait son fruit.
Un mois passé. Vous n'y penserez plus et nous reviendrons. Tu veux au fond de ton cœur qu'elle se noie. Dis-le ! Tu veux que le drame soit complet. Que tu puisses dire sur sa tombe : "Je te l'avais bien dit." Mais tu auras sa réussite dans les yeux tous les matins au réveil.

Juliette sort.

GARON. C'est qui cette folle ?

COROLL. Elle s'appelle Juliette. Elle est belle. Tu trouves aussi ?

GARON. Tu l'aimes ?

COROLL. Oui.

GARON. Ah…

COROLL. Oui.

GARON. Je suis épuisé. Pleurer ça fatigue de dedans. Ça vide.

COROLL. Oui.

GARON. On fait quoi ?

COROLL. Je ne sais pas.

GARON. On va boire un coup à la santé de la Reine ?

COROLL. Je te suis.

GARON. Coroll ?

COROLL. Oui ?

GARON. Non rien.

Œrine entre.

COROLL. Salut, Œrine.

ŒRINE. Salut, Coroll, salut, Garon.

COROLL. T'en fais une tête.

GARON. Toi aussi tu pars ?

ŒRINE. Non pas moi non.

GARON. Tu tiens à ta vie, Œrine. T'es une femme sage !

COROLL. Nous, on va boire un coup. Tu veux boire un coup ?

ŒRINE. Non.

Coroll et Garon sortent. Œrine sort de son sac un tricot et commence son ouvrage. Le silence. Anne entre. Le silence.

LA PRINCESSE ANNE. Bonjour, Œrine. Tu tricotes ?

ŒRINE. Je tricote.

LA PRINCESSE ANNE. Tu te fais une écharpe ?

ŒRINE *(sans lever la tête)*. Non, c'est pour l'enfant de Marie, ma voisine de chambre. Il devrait naître courant du mois.

LA PRINCESSE ANNE. C'est bien.

ŒRINE. Le silence de la main fait réfléchir.

LA PRINCESSE ANNE. Je le crois.

ŒRINE. Tu es venue me dire au revoir.

LA PRINCESSE ANNE. Oui. Tu pleures ?

ŒRINE *(regardant son tricot)*. J'ai raté. Je me suis trompée. Il faut que je refasse.

LA PRINCESSE ANNE. Il ne faut pas pleurer. Je vais m'en sortir.

ŒRINE. Je te fais confiance.

LA PRINCESSE ANNE. Je ne t'en veux pas.

ŒRINE. Tu ne m'en veux pas ?

LA PRINCESSE ANNE. Pas du tout.

ŒRINE. C'est gentil. Quand partez-vous ?

LA PRINCESSE ANNE. Demain matin.

ŒRINE. Le matin… C'est bien. On vous a montré les voiles, les mâts, le pont ?

LA PRINCESSE ANNE. Je suis montée sur le bateau. On m'a appris et c'est comme si je l'avais déjà fait…

ŒRINE. Pourquoi tu ne m'as pas demandé de te couper les cheveux ?

LA PRINCESSE ANNE. Comment ?

ŒRINE. Non, c'est bien. Tu me fais un baiser ?

LA PRINCESSE ANNE. Oui. *(Anne embrasse Œrine sur le front.)* Au revoir, ma nourrice, et merci pour tout.

Anne va pour sortir.

ŒRINE. Dis-moi, Anne, tu ne veux pas me faire un vrai au revoir ? Dans mes bras. Il y a combien de temps que l'on ne s'est pas pris dans les bras. Allez, viens ! *(Œrine prend Anne dans ses bras.)* Ma petite chérie… Cette odeur, comme je l'ai vue grandir. Serre-moi fort ! Anne, je veux venir avec toi !

LA PRINCESSE ANNE. Comment ?

ŒRINE. Je veux monter sur le bateau. Je veux voir la chute à l'horizon, avec vous !

LA PRINCESSE ANNE. Œrine mais…

ŒRINE. Je peux faire la cuisine. Je suis bonne cuisinière, tu le sais… Je sais faire les plats en quantité.

LA PRINCESSE ANNE. Tu ne sais pas nager.

ŒRINE. On ne demande pas de nager. Et puis si je passe par-dessus bord… Au final, tant pis ! J'aurai fait quelque chose…

LA PRINCESSE ANNE. Tu veux vraiment ?

ŒRINE. Oublie. Non. Je perds la tête.

LA PRINCESSE ANNE. Si tu veux vraiment, viens avec nous.

La princesse Anne prend Œrine par la main et l'emmène avec elle. On entend le chant des femmes au loin qui se préparent à partir.

LES FEMMES DU ROYAUME.
Demain, nous partons au loin
Demain, l'horizon sera
Comme une corde, un ordre
Pour sauver demain.

Passent les beaux jours de rien
Passent les amours lointains
Et comme une corde, un ordre
L'horizon au loin.

Sur le pont du navire, la princesse Anne dirige son équipage.

LA PRINCESSE ANNE. Dépêchez-vous, mesdames ! La mer nous attend ! Tirez sur les cordages ! Chargez les victuailles ! Dites adieu ! Le temps nous manque ! Au loin, l'aventure agite son lourd drapeau. Si vous ne savez pas comment faire, faites ! Si vous ne savez pas comment dire, dites ! Le reste n'a que peu d'importance ! Tout le monde sur le pont ! Dépêchez-vous ! Si vous hésitez, si le doute habite votre âme, mon bateau ne vous mérite pas et je vous prie de rester à terre. Je veux un équipage qui a le courage à ras bord du cœur ! Faites gonfler les voiles ! Lancez la pièce en l'air et avant qu'elle ne parle montez dans le navire ! Nous défierons la fortune ! On s'en va !

Le Temps entre, suspendu dans les airs.

LE TEMPS. Ah ! On aimerait le voir le voyage… Mais la pièce s'arrête ici, de ce côté du monde. Ici, où le temps est suspendu ! Les oiseaux se sont figés en vol. Les feuillages se sont arrêtés au cœur de leur mouvement. Les hommes s'ennuient, les femmes sont parties. Plus un son. Plus un mot ne s'échange. Les rues sont désertes. Le vent se tait. Il n'y a que les animaux pour poursuivre leur vie dans ce tableau de cire. Et dans le château, auprès de la Reine, le Roi seul entretient sa parole.

— Épilogue —

Une immense chambre noire. Un lit est perdu dans l'obscurité. Dans le lit, on distingue la silhouette de la Reine. Le Roi est assis dans un coin de la chambre. Il la regarde.

LE ROI. Mon amour, je sais que tu m'entends. Tu m'entends ? Pardon, mon amour, si je pue un peu. Tu ne m'en veux pas ? Je n'ai plus la force de me mettre dans l'eau. L'eau… L'eau me dégoûte. Je ne bois plus d'eau tu sais. Plus une goutte… Je ne veux plus voir la mer non plus. Je ne veux plus entendre le son des vagues. Le son des vagues, je le hais. Je pense que je vais faire construire, bien loin de la côte, une petite maison sans fontaine, sans robinet. Avec un jardin sans ruisseau ni étang. Et là, dans le seul bruit de la lumière et des feuilles, je m'assécherai. Je te ferai, au rez-de-chaussée, une grande chambre avec des murs en verre et je viendrai te voir sans te déranger. Tu sais, je n'ai pas le droit d'être là et de te parler mais comme je suis le Roi… Je suis là pour te parler et il ne faut pas que tu m'en veuilles parce que moi j'ai tout fait pour que tu ailles bien, pour ne pas te perdre alors… Pardon. Je vais me taire un peu.

Silence.

Anne est partie. C'est bon ! Hier, elle est partie et le temps était beau. On l'a vue s'éloigner dans le ciel. Elle s'est perdue dans le bleu. Comment ai-je pu ne pas entendre ? Ne pas voir l'annonce ? Cette mouche noyée dans mon verre ? Comment ai-je pu envoyer mes enfants au fond de la mer ? Si tu pouvais parler, tu m'insulterais. Avec toute ta haine et ta rage, tu m'insulterais ! Tu me frapperais. Mais pardonne à ton pauvre vieux mari qui pue. Il ne savait pas. Il n'a pas entendu. Je les ai fait disparaître tes enfants. Je les ai fait disparaître pour toi, mon amour. Pour l'espoir de te sauver, toi. Mon amour… Et tu vas mourir. Et Anne ne reviendra pas. Et moi je suis déjà mort, tu sais… Quel drame !

Silence.

Je t'aime, mon amour. Je t'aime ! Je t'aime ! Je t'aime ! Mon amour… Tout mon cœur. Je t'aime et je n'entends plus rien.

Silence. Le valet entre dans la chambre noire.

LE VALET. Votre Altesse a besoin de quelque chose ?

LE ROI. C'est toi ? Je suis si seul.

LE VALET. La Reine est là, avec vous, sire.

LE ROI. Crois-tu qu'elle m'entend ?

LE VALET. Oui, sire.

LE ROI. Crois-tu qu'elle va partir ?

LE VALET. Non, sire.

LE ROI. Alors tu crois qu'elle va me revenir ?

LE VALET. Je crois.

LE ROI. Raconte-moi.

LE VALET. Quoi ?

LE ROI. Raconte-moi ta croyance. J'ai besoin de ta croyance.

LE VALET. Je crois que la Reine vit dans une maison. Une maison de sommeil.

LE ROI. Ah bon ? Elle est grande ou petite ?

LE VALET. Très grande.

LE ROI. Elle ne se sent pas trop seule ?

LE VALET. Quand le serpent a mordu sa cheville, la Reine parlait d'un chien qui s'endormait à ses pieds.

LE ROI. Il y a un chien avec elle.

LE VALET. Elle le voyait.

LE ROI. Et toi ?

LE VALET. Je ne le voyais pas.

LE ROI. Ah.

LE VALET. Mais je crois que dans sa maison de sommeil…

LE ROI. Le chien gardien…

LE VALET. … est à côté d'elle. Il est grand et fin. Il attend pour lui mordre la cheville et la faire revenir à nous.

LE ROI. Pourquoi ai-je rêvé de cet homme de l'autre côté du monde ?

LE VALET. Je ne sais pas, sire.

LE ROI. Ne me dis pas ça.

LE VALET. Je suis désolé.

LE ROI. Je ne te demande pas de savoir mais de croire. Crois pour moi.

LE VALET. Je crois que cet homme a rêvé de vous aussi.

LE ROI. Oui.

LE VALET. Je crois que la princesse Anne va le trouver.

LE ROI. Oui.

LE VALET. Je crois que de cette union naîtra un chant.

LE ROI. Oui.

LE VALET. Je crois que seul un chant peut redonner mouvement au temps.

LE ROI. Oui.

LE VALET. Je crois que ce chant sera le signal et qu'à ce signal, le chien, lentement, sans violence, prendra la cheville de la Reine dans sa gueule. Je crois alors que la Reine ouvrira les yeux.

LE ROI. Oui.

LE VALET. Je crois qu'à ce moment, nous aurons fini.

LE ROI. Oui.

LE VALET. Je crois que nous serons arrivés à une première fin, toute pleine.

LE ROI. Oui.

LE VALET. Je crois que les oiseaux à nouveau voleront dans le ciel. Je crois que les arbres à nouveau danseront leurs feuillages. Je crois qu'alors, nous pleurerons de joie.

LE ROI. Oui. Nous pleurerons de joie.

PARTIE 3

LE CHANT DE L'AVEUGLE

"L'espoir est toujours dans la main des enfants, non ?"

Ou comment Gabriel, qui a grandi avec la troupe du théâtre des campagnes, est appelé par une femme de l'autre côté de la mer.

— Le bord de la falaise —

SARAH *(dans les yeux du monde)*. Sur la première moitié de pomme, l'incendie ravage le monde. Une terre brûlée. Plus rien n'est droit. Tout est penché. Et tandis que les flammes poursuivent leurs courses folles, nous retrouvons Jean et Julie qui marchent, l'âme blessée.

Une falaise sur la mer. Jean entre, il porte Julie sur son dos qui s'est assoupie de fatigue et de larmes. Jean marche jusqu'au bord de la falaise. Il regarde la mer. Il regarde le vide sous ses pieds.

JEAN. Combien de jours, maintenant, que l'on marche ? Julie ! Réveille-toi. Je crois que nous sommes arrivés.

JULIE *(gardant les yeux fermés)*. Nous avons un endroit où arriver ?

JEAN. Nous ne pouvons aller plus loin. Nous sommes au sommet d'une falaise. La mer nous arrête. Regarde.

Julie ouvre les yeux. Elle descend du dos de Jean et s'approche du vide.

JULIE. Voilà la mer ? Étendue… Infinie ? Gabriel ne l'avait jamais vue.

JEAN. Gabriel la verra un jour.

JULIE. Mer, on passe ta terre au feu ! Pourquoi continues-tu ta danse ? N'as-tu rien vu ?

JEAN. Ne t'approche pas trop près du vide.

JULIE. Je ne vais pas continuer.

Julie fait un pas dans le vide.

JEAN. Non !

Jean court et la retient au-dessus du vide.

JULIE. Lâche-moi !

Jean la ramène sur la terre en la gardant dans ses bras.

JEAN. Nous trouverons plus loin un trou tranquille, un trou paisible où nous installer.

JULIE. Laisse-moi !

JEAN. Nous construirons la maison ensemble. Nous nous mettrons quelques épines dans les doigts et après… Nous nous écorcherons contents !

JULIE. Mais laisse-moi !

JEAN. Nous aurons des oies pour monter la garde. Des nénuphars dans l'eau. Nous sommes au bout du monde. Il n'y a personne ici. Que nous deux et notre amour. La vie ne peut pas s'arrêter.

JULIE. Lâche-moi !

JEAN. Je ne te lâcherai jamais.

JULIE. Je vais t'arracher les yeux.

JEAN. Fais-le ! Fais-le, Julie, mais reste avec moi… Et tu seras mon guide.

Le calme se fait dans les corps. Respirations haletantes.

JULIE. C'est ici que nous vivrons ?

JEAN. Oui.

JULIE. Nous continuons ?

JEAN. Oui.

JULIE. Je veux que nous mettions la maison là-bas. Tu vois ? En bas de ce chemin…

JEAN. Je vois.

JULIE. Nous la mettrons à côté de l'étang !

JEAN. Oui.

JULIE. Pas trop près à cause des moustiques, l'été…

JEAN. L'été il y en a des nuages entiers… C'est ce qu'on dit.

JULIE. C'est ce qu'on dit. Ce sera notre endroit.

JEAN. Oui.

JULIE. À toi et à moi. À nous… seuls.

JEAN. À nous… seuls.

JULIE. Tu peux me lâcher maintenant. *(Jean repose Julie sur le sol. Silence.)* Donne-moi le couteau que tu as mis dans le sac.

JEAN. Pourquoi ?

JULIE. Couper ces fleurs et me faire un bouquet. Donne-moi le couteau.

Jean la regarde. Il ouvre le sac, sort le couteau et le donne à Julie. Julie tient le couteau devant Jean. Silence. Julie tourne le dos à Jean. Elle se met à genoux auprès des fleurs. Elle se crève l'œil droit. Elle hurle.

JEAN. Julie ! Non !

JULIE. Ne t'approche pas !

Julie se crève l'œil gauche et lâche le couteau. Elle hurle. Jean court à ses côtés et la prend dans ses bras.

JEAN. Mon amour… Pourquoi ?

JULIE. Maintenant, je suis aveugle et je suis bien.

JEAN. Tu ne peux pas me faire ça !

JULIE. Tu seras mon guide.

JEAN. Tu ne peux pas me faire ça !

JULIE. Réponds-moi… Maintenant, tu seras mon guide ?

JEAN. Je serai ton guide.

JULIE. Je t'aime, Jean.

JEAN. Je t'aime, Julie.

JULIE. Emmène-moi en bas du chemin, là où nous mettrons la maison.

JEAN. Je t'emmène en bas du chemin, là où nous mettrons la maison.

Jean prend Julie dans ses bras en pleurant et descend le chemin.

— La naissance de Brock —

Les coulisses du théâtre des campagnes. Des cantines, des malles traversent le plateau. On repeint les accessoires. On note sur un grand tableau noir les horaires de répétitions. La cendre recouvre tout. À une table de maquillage, Argan travaille, plongé dans une brochure. Plus loin, Louison s'occupe du nourrisson Gabriel.

SARAH *(dans les yeux du monde)*. Les heures, les jours, les mois défilent dans le travail sans but. Argan œuvre sans relâche. Des journées sans sommeil, sur une scène sans fortune. Répéter les scènes. Couper chaque mot. Barrer chaque réplique d'un trait noir. Faire de l'épaisse brochure un livre de ratures. Priver les personnages de leur parole. Rendre la parole au geste.

ARGAN. Tendre au silence.

SARAH. Les enfants abandonnés hurlent dans tout le pays.

ARGAN. Tendre au silence.

SARAH. Les champs, les villes brûlent.

ARGAN. Tendre au silence.

SARAH. Les amoureux se jettent dans la mer.

ARGAN. Tendre au silence. Ne pas écouter le dehors et tendre au silence.

SARAH. Quand le silence de l'autour a rejoint le silence de la roulotte. Quand plus rien ne criait table rase. Quand tout était même note. Argan est sorti voir ce qu'il restait du monde.

ARGAN. Rien ne reste. Que les cendres. La page d'un nouveau chant sans mot.

Bélise entre en scène et s'approche d'Argan.

BÉLISE. Argan, je peux te parler un moment ?

ARGAN. Je n'ai pas l'âme causante, Bélise. Je suis désolé.

BÉLISE. J'aurais voulu te le dire à un autre moment. Nous aurions fait une fête de l'enfer. Mais comme tout malheur n'avance jamais sans son petit frère bonheur bien serré dans la main. Argan… c'est un miracle.

ARGAN. Un miracle ?

BÉLISE. Je pensais que ce n'était plus possible. Nous pensions que c'était impossible depuis toutes ces années. Mon chéri, mon épaule, je crois que je suis enceinte de toi. Nous aurons un enfant. Gabriel aura un petit frère ou une petite sœur.

ARGAN. Bélise… *(Le ventre de Bélise gonfle à vue d'œil.)* Ton ventre…

BÉLISE. Qu'est-ce qu'il se passe ?

ARGAN. Il grandit !

BÉLISE. Ah !

ARGAN. Quoi ?

BÉLISE. Il va sortir, Argan !

ARGAN. Maintenant ?

BÉLISE. Oui. Il sort !

ARGAN *(ordonnant).* Tout le monde au plateau ! Mon enfant… Il naît ! Il faut faire quelque chose… Mon enfant naît ! Mon enfant naît ! Tout le monde au plateau ! *(Toute la troupe du théâtre des campagnes entre.)* Lumière ! *(Lumière dans le théâtre.)* Apportez la table de lecture ! Au centre ! En diagonale ! Trois quarts lointains. *(Les comédiens apportent la table.)* Aidez-moi à l'allonger. *(Les comédiens allongent Bélise sur la table de lecture.)* Allez chercher les voiles de la mer ! *(Louison sort de scène en courant et revient avec d'immenses voiles. Les comédiens tendent la voile au-dessus de la table pour faire un bateau de théâtre.)* Lumière latérale… Ça, c'est très bien ! Silence !

LOUISON. Argan, pourquoi on fait ça ?

ARGAN. Tu te tais… Tu te tais…

BÉLISE. Ah ! Ça pousse !

ARGAN. Mais pourquoi vous faites ça ! C'est ridicule ! *(Les comédiens reposent la voile sur Bélise. Tout le monde l'entoure.)* Ça va, mon amour ?

LORENZO. Laissez-moi m'en occuper… J'ai fait médecine !

DORINE. Depuis quand as-tu fait médecine, Lorenzo ?

LORENZO. Figure-toi que mon père était médecin, Dorine !

DORINE. Et alors ?

LORENZO. Et alors, mon chemin était tracé à l'époque. J'ai fait médecine dans la meilleure faculté du pays !

DORINE. Et tu as fini comédien ? Quel parcours !

LORENZO. Peut-être que je n'ai pas fini ma première année de médecine, mais j'ai les bases ! Il faut de l'eau chaude et des draps propres. Faire bouillir les instruments ! Il faut être méticuleux…

DIDI. Laissez-moi m'en occuper ! Je suis l'aîné d'une famille de neuf enfants.

LORENZO. Peut-être que tu es l'aîné d'une famille de neuf enfants Didi, mais tu n'es pas méticuleux !

DIDI. Moi je ne suis pas méticuleux ?

LORENZO. Tu n'as jamais été méticuleux !

DIDI. J'en ai vu des accouchements, moi, "Monsieur-j'ai-fait-six-mois-de-médecine". Des tas d'accouchements. Je sais comment ça marche !

LORENZO. Moi aussi, j'ai vu des accouchements !

BÉLISE. Ah ! Louison, Dorine, aidez-moi !

Tous les comédiens vont voir sous le drap.

LORENZO. Elle perd les eaux !

DIDI. Du sang !

LORENZO. Du sang ? Je ne peux pas regarder…

DIDI. Lorenzo, ça ne va pas ?

LORENZO. L'eau passe encore mais j'ai toujours eu un problème avec le sang.

LOUISON. Les hommes !

DIDI ET LORENZO. Oui !

LOUISON. Allez, dehors ! On va s'en occuper.

BÉLISE. Ah !

LOUISON. Dorine, fais bouillir de l'eau, comme tu faisais pour le thé. Il nous en faut une grande bassine.

LORENZO. C'est ce que je disais, de l'eau chaude et des draps !

LOUISON. Ne restez pas là ! Vous ne m'avez pas entendue ? Je ne veux plus vous voir.

LORENZO. Tu nous appelleras quand ça ira mieux ?

LOUISON. Oui, Lorenzo, je vous appellerai quand ça ira mieux.

ARGAN. Tu as assez de lumière ?

LOUISON. Oui, Argan, j'ai assez de lumière.

ARGAN. On peut rajouter une douche, si tu veux. Bien verticale pour bien voir !

LOUISON. Pas de douche ! Merci. Allez faire un tour…

DIDI *(à Louison).* Il faut compter l'ouverture de la vulve à voix haute ! Avec des pièces… C'est comme ça qu'il faut faire… *(Faisant le geste d'un cercle qui s'agrandit avec la main.)* Une petite pièce, deux petites pièces, trois petites pièces… Une grande pièce, deux grandes pièces… Un écu, deux écus… Un louis d'or, trois louis d'or… Ça permet à la malade de se figurer l'ouverture.

LOUISON. La malade ?

DIDI. Il faut pousser seulement quand l'ouverture le permet. À peu près aux alentours de cinq louis d'or. C'est ça l'important. Si elle pousse quand c'est pas ouvert, c'est le carnage !

BÉLISE. Ah !

LOUISON. Didi, avec tout mon amour, je t'en supplie, sors !

ARGAN. Lorenzo, ça va ?

DIDI *(à Lorenzo).* Si elle pousse avant l'ouverture, ça déchire tout. Ça pisse le sang, c'est une horreur.

LORENZO *(s'effondrant dans les bras d'Argan).* Il faut que je prenne l'air.

ARGAN. Je vais accompagner Lorenzo !

LOUISON. Merveilleuse idée !

Les hommes sortent. Dorine entre avec une bassine.

DORINE. J'ai l'eau et les torchons propres !

LOUISON. Viens !

BÉLISE. Dorine, Louison, vous êtes là ?

DORINE. Nous sommes là, Bélise. On se lave les mains. On nettoie. On met les torchons dessous toi, sur la table. Ça va aller… Ne t'inquiète pas. *(Dorine et Louison se préparent. Regardant entre les jambes de Bélise.)* Ça s'ouvre. Ça s'agrandit. La taille d'un poing.

LOUISON. Respire, Bélise…

DORINE. Je le vois qui arrive… Mais…

BÉLISE. Quoi ?

LOUISON. Ce n'est rien, Bélise.

DORINE. Non… C'est juste qu'il est petit.

LOUISON. Tant mieux !

DORINE. Il arrive par les pieds.

LOUISON. Un enfant toboggan !

DORINE. Il ne sort pas tête la première. Il entre dans le monde comme à reculons ! Ça continue de s'ouvrir… Il dévale ! Il dévale ! Oh !

LOUISON. Alors ?

DORINE. C'est un garçon !

LOUISON. Bélise, c'est un petit bonhomme !

DORINE. Il faut pousser doucement. Pas de grands coups… Il y a la place. *(Cris de Bélise.)* Merde !

LOUISON. Quoi ?

DORINE. La tête reste coincée.

LOUISON. Ça va aller…

DORINE. Il s'étrangle. Continue, Bélise… Ça s'ouvre encore !

LOUISON. C'est bien.

DORINE. Je vais l'aider ! C'est une crevette…

LOUISON. Qui deviendra grand et fort. Ceux qui naissent crevettes deviennent grands et forts, c'est toujours comme ça !

DORINE. Voilà, le menton passe.

LOUISON. Bravo !

DORINE. Le nez, les yeux, le front… Il apparaît. Il arrive !

LOUISON. Sauvé !

DORINE. Louison, donne-moi ton couteau. *(Louison sort son couteau, le plonge dans l'eau chaude et le donne à Dorine. Dorine coupe le cordon. Dorine fait le nœud au cordon.)* C'est bon. *(Silence.)* Petite crevette, tu ne vas pas rester comme ça, sans rien faire… *(Elle lui tape dans le dos.)* Il faut crier, petite crevette… *(Silence.)* Allez ! Crie ! Mais crie bon Dieu ! Crie !

Silence. Elle lui tape encore dans le dos. Le nourrisson se met à hurler.

LOUISON *(s'asseyant par terre)*. Oh là là…

Dorine nettoie le bébé dans l'eau et l'enferme dans un torchon propre. Louison nettoie Bélise. Lorenzo, Didi et Argan, qui porte Gabriel dans ses bras, entrent.

LORENZO. On a entendu crier. Tout va bien ?

LOUISON. Tout va bien.

DORINE. C'est un garçon !

LORENZO. *Mazel tov !*

ARGAN *(accourant auprès de Bélise)*. Mon amour, tu es là ? Tu es bien ?

BÉLISE. Argan…

ARGAN. C'est moi…

BÉLISE. Où sommes-nous ?

ARGAN. Dans notre théâtre.

BÉLISE. J'ai un abîme plein les yeux. Il fait nuit dehors ?

ARGAN. Une nuit sans étoile.

BÉLISE. Tu as vu… C'est un garçon.

ARGAN. Oui.

BÉLISE. Gabriel aura un petit frère. Oh…

ARGAN. Quoi ?

BÉLISE. On m'a vidé le cœur.

LOUISON. Il faut qu'elle se repose…

ARGAN. On va s'occuper de toi.

DIDI. C'est une petite crevette…

DORINE. Oui.

DIDI. Je peux ? *(Dorine met le nourrisson dans les bras de Didi.)* Moi c'est Didi. Tu pourras m'appeler oncle Didi. Bonjour crevette… Tu ne souris pas ? Il fait une tête de pas content.

ARGAN. Gabriel, regarde, je te présente ton petit frère. Tu devras tout partager avec lui maintenant.

DIDI. Crevette, je te présente ton grand frère, tu devras tout partager avec lui maintenant.

GABRIEL *(dans un rire).* Brock !

LORENZO *(entre les deux nourrissons).* Il a parlé ! Gabriel a parlé ! Vous avez entendu ? Dorine, tu as entendu ?

DORINE. Qu'est-ce qu'il a dit ?

LORENZO. Il a baptisé son frère Brock ! Il a dit Brock ! N'est-ce pas incroyable ?

Toute la troupe rit.

ARGAN *(tenant Gabriel devant lui, face à son enfant).* Bonjour, Brock… Bienvenue dans la petite famille.

— Les deux frères —

Deux jeunes hommes. Ils ont vingt ans, l'un et l'autre.

BROCK. Gabriel ?

GABRIEL. Oui, Brock ?

BROCK. Tu reviens d'où ?

GABRIEL. Je suis allé marcher.

BROCK. Tu as pleuré…

GABRIEL. Je n'ai pas envie de parler.

BROCK. Pourquoi tu n'as jamais rien voulu partager avec moi ?

GABRIEL. Pardon ?

BROCK. Tu n'as jamais joué avec moi.

GABRIEL. J'ai toujours joué avec toi…

BROCK. Oui, à la balle ! À la balle et aux osselets. Mais quand le jeu était d'une autre dimension. Quand tu ouvrais un monde en toi-même. Jamais tu ne m'y invitais…

GABRIEL. Je ne t'ai jamais empêché de venir jouer avec moi.

BROCK. Tu me rejetais et tu me rejettes encore.

GABRIEL. Brock, tu t'imagines des choses.

BROCK. Dis-moi pourquoi !

GABRIEL. Je ne vois pas de quoi tu parles.

BROCK. On ne voit jamais de quoi je parle. Toi, quand tu parles, on t'écoute. Pourquoi ? Ta parole a plus de saveur que la mienne ?

GABRIEL. Ce n'est pas vrai.

BROCK. Les gens se taisent quand tu ouvres la bouche. On redemande de la sauce et du pain quand je dis quelque chose. Toi, tu as le monde en toi à déployer. Moi, on me félicite pour mes réussites en mathématiques.

GABRIEL. Didi parle de toi comme un génie dans ce domaine. Tu as du génie, Brock.

BROCK. Du génie ! Un génie bien bas… Un os que l'on donne à ronger au chien pour qu'il se calme.

GABRIEL. Tu n'es pas un chien.

BROCK. Merci de me le dire.

GABRIEL. Quoi que je dise tu seras en colère. Qu'est-ce que je peux faire pour toi ?

BROCK. Rien ! Surtout ne fais rien pour moi.

GABRIEL. Si je ne peux rien faire… Quelle est ta demande ?

BROCK. Je ne demande pas ta miséricorde. Tout ce que tu aurais pu faire pour moi, tu ne l'as pas fait. La faute est passée.

GABRIEL. Si je t'ai fait du mal, pardonne-moi… Je ne m'en suis pas rendu compte.

BROCK. Tu ne te rends compte de rien.

GABRIEL. Ton malheur a surgi du jour au lendemain.

BROCK. C'est que la casserole de lait déborde quand on la fait bouillir.

GABRIEL. Je veux réparer.

BROCK. Alors donne-moi tes histoires.

GABRIEL. Quelles histoires ?

BROCK. Celle que tu te construis tous les jours.

GABRIEL. Je ne sais pas ce que je construis.

BROCK. Toujours la même réponse.

GABRIEL. C'est qu'elle est vraie.

BROCK. On dit de toi que tu es le sensible, l'affectif… On dit de moi que je suis le pragmatique, mais c'est faux ! L'affectif, c'est moi !

GABRIEL. Nous sommes en retard. Argan doit nous attendre.

BROCK. Papa te donne les grands rôles.

GABRIEL. Pardon ?

BROCK. Et à moi les valets… Tu ne t'es jamais dit ça ?

GABRIEL. Petit frère…

BROCK. Qui est le véritable fils entre nous deux ? On se demande… Je vois comme papa te regarde, comme il voit en toi son héritage. Toi, l'adopté, le fils de cœur ! Et moi, avec mon sang dans les veines, je suis quoi ?

GABRIEL. Tu es la plus belle chose qui leur est arrivée.

BROCK. Je suis une déception, Gabriel.

GABRIEL. Tu te trompes.

Argan entre. Il a le visage maquillé en blanc et les paupières peintes en rouge sang.

ARGAN. Qu'est-ce que vous faites tous les deux ?

BROCK. On parle.

ARGAN. Brock, qu'est-ce que tu as encore ? Avec ton regard noir et ta mâchoire serrée ? Qu'est-ce qu'il y a à la fin ?

BROCK. Rien.

ARGAN. Le spectacle commence dans une heure. On se prépare, nous… On vous attend !

BROCK. Papa…

ARGAN. Oui, Brock. *(Temps.)* Une bonne fois pour toutes, que veux-tu me dire ?

BROCK. Non rien. Ce n'est pas pressé…

ARGAN. Bien ! Alors allons-y.

— La cale du navire —

LA PRINCESSE ANNE. Penses-tu qu'il m'entend ?

ŒRINE. De qui parle ma princesse ?

LA PRINCESSE ANNE. Ce jeune homme de l'autre côté que je m'en vais chercher…

ŒRINE. L'entends-tu ?

LA PRINCESSE ANNE. Je crois l'entendre, oui ! Il pleure devant la mer.

ŒRINE. Si tu l'entends c'est qu'il t'entend aussi…

LA PRINCESSE ANNE. Tu le dis pour me rassurer ?

ŒRINE. Non, je le crois. Des inconnus promis l'un à l'autre sont reliés par des fils que l'on ne peut pas voir… et cela par-delà les océans, les montagnes et les plaines.

LA PRINCESSE ANNE. Tu as raison.

ŒRINE. Comme la mer unique embrasse toutes les côtes du monde, ta pensée, ton appel embrassent son esprit.

LA PRINCESSE ANNE. J'aimerais qu'un signe le rassure.

ŒRINE. Aie confiance mon enfant… Le monde qui parle lui annoncera ta venue.

— *Le Mimodrame d'Œdipe* —

Un terrain vague. Un ciel bleu. C'est l'hiver. Au milieu de rien, la petite troupe a posé un rideau, une scène de fortune et quelques chaises. Deux braseros fument des feux finissants. Sarah et le vieux Lorenzo brossent le rideau, installent les chaises, ravivent les feux des braseros.

SARAH. Papa, j'adore faire ça !

LORENZO. Quoi donc ?

SARAH. Préparer le petit théâtre ! Mettre en place les loges, regarder toute la compagnie, bien rangée et bien silencieuse, qui attend, telle une armée, de l'autre côté du décor, l'arrivée des yeux. Quand tout est prêt derrière, tous les accessoires légèrement abîmés, non pas usés, mais teintés de la couleur de l'abîme. Argan qui se maquille ! Tout le monde qui se concentre dans le silence des grands soirs. Oh ! Il n'y a rien de plus beau ! À côté de cela, le moment du spectacle est toujours décevant. Tu ne trouves pas ?

LORENZO. Moi, ce sont les premiers pas que j'aime. Le poids du premier pas ! Le geste archaïque, l'intensité collective en ce geste d'un seul. La croyance – tout à coup – en un être immémorial qui – tout à coup – nous apparaît ! Premier être, ni homme ni femme, plus grand que tout. Plus grand que le ciel. Plus grand que tous les dieux eux-mêmes si grands qu'ils soient. Mais le public arrive ! Ma fille, c'est à toi.

SARAH *(au public qui entre)*. Mesdames et messieurs, bienvenue au théâtre des campagnes ! Il y a vingt ans, nous n'étions qu'une petite troupe de pas-grand-chose tentant péniblement de jouer sur les routes des comédies grossières. Il y a vingt ans, le grand feu flambait, le grand déchirement hurlait et le grand vide nous apparaissait ! Nous sommes des miraculés ! Le feu est passé à côté de nous, sans nous voir. Alors nous avons lu les grands poètes qui survivaient patiemment sur notre petite étagère peu garnie, certes, mais si riche. Aujourd'hui, c'est une pantomime que nous vous présentons. Mesdames et messieurs, va se jouer devant vous *Le Mimodrame d'Œdipe*. L'histoire d'un roi qui découvrant sa faute d'avoir tué son père et enfanté avec sa mère se crève les yeux pour ne plus voir le monde dont il a, sans le savoir, instigué la chute. Nous le retrouvons aveugle, perdu, avec pour seul guide Antigone, sa fille ! Musique !

Une musique s'élève dans les airs. On se retrouve dans les coulisses du théâtre.

BÉLISE. Alors ils sont combien ?

LORENZO. Cinq ! Mais il y a deux enfants.

DIDI. C'est bien.

LORENZO. Argan est magnifique.

SARAH. Gabriel, qu'est-ce qui t'arrive encore ? Pourquoi tu restes si loin de nous ?

GABRIEL. Il ne m'arrive rien ! Justement, il ne m'arrive rien.

DORINE ET LOUISON. Chut !

BROCK. Il ne veut parler à personne. Laissons-le pleurer.

BÉLISE. Mon amour, Gabriel, comment peut-on t'aider ?

GABRIEL. Vous m'aiderez en ne vous inquiétant pas pour moi et en me laissant seul.

SARAH. Tu étais notre soleil ! Depuis quelques semaines tu t'éteins.

BROCK. Laissez-le s'éteindre puisqu'il vous le demande.

BÉLISE. Brock, s'il te plaît !

SARAH. Qu'est-ce qu'il se passe ?

GABRIEL. Ce matin…

SARAH. Eh bien ?

GABRIEL. Je me suis réveillé dans l'aube. Elle était aussi noire que la nuit… Et les premiers oiseaux chantaient et je me demandais… Mais pourquoi chantent-ils ? Le soleil ne s'est pas encore levé… Pourquoi chantons-nous ?

LORENZO. Tu te poses trop de questions, mon enfant.

GABRIEL. J'ai l'âme toute pliée comme ce bout de papier.

LORENZO. Ce bout de papier ?

GABRIEL *(dépliant un vieux bout de papier et lisant)*. "Prenez soin de notre enfant. Il s'appelle Gabriel et nous l'aimons. Faites qu'il devienne un homme. Adieu la vie."

BROCK. Encore ce bout de papier… Tu continues de te le lire ? Tu ne le connais pas par cœur ?

DORINE ET LOUISON. Chut !

GABRIEL. C'est le dessin de l'écriture que je lis et que je relis, mon frère ! Ce dessin tremblant. Ce tremblement qu'ils ont laissé sur ma poitrine de nouveau-né. L'écriture lointaine… Le point inexistant… La tache au coin que je regarde… Le froissement du temps, le jaunissement… Pourquoi continuons-nous à arpenter les villages ravagés et à jouer nos vieilles histoires ? Dites-moi ! Que faisons-nous là dans ce tas de cendres ?

LORENZO. Ce n'est pas le Gabriel que je connais qui parle.

GABRIEL. Ce matin, je me suis demandé si le jour se lèverait. Je me suis dit… Non ! Pas aujourd'hui… C'est pour ça que les oiseaux chantent ! Et il s'est levé… Il s'est levé !

DORINE ET LOUISON. Mais chut !

SARAH. Et alors… C'est tout bête.

GABRIEL. Ce n'est pas bête.

DORINE. Taisez-vous ! Je n'entends pas mon signal pour entrer.

LORENZO. Tu l'as raté, mon amour…

DORINE. Mais non !

LOUISON. Il a raison, entre, c'est à toi !

Dorine sort en scène. Louison met en marche un vieil enregistreur à bande d'où sort une voix abîmée.

"ANTIGONE. Mon père, nulle force ne me détachera de toi.
Personne ne m'empêchera de t'accompagner.

ŒDIPE. Va-t'en !
Je suis un père maudit !"

SARAH. Où étais-tu à l'aube ?

GABRIEL. J'ai marché.

DIDI. Alors tu as pu voir le paysage d'ici…

GABRIEL. La mer, les joncs jaunes dans le vent. Les criques enfoncées, les îles comme des dos de chameaux dans la brume. L'eau qui chemine à travers gués, les marécages. Et tous ces oiseaux de mer qui nous survolent, qui se laissent flotter dans les vagues sans bateaux et sans barques.

SARAH. Voilà… Je te retrouve ! Poète !

GABRIEL. Le ciel épais au-dessus de moi et l'horizon… Je le regardais. Je m'imaginais un grand navire échoué, une vieille carcasse. Et cette grand-voile crevée… Et ce mât comme un vieux poteau laissé là, c'était moi. Je me voyais échoué sans racines sous la pluie.

BROCK. La mélancolie est le joujou des complaisants.

GABRIEL. Être complaisant ne change rien ! J'ai l'âme noyée, c'est tout.

BROCK. Alors écope ! Fais comme tout le monde ! Oublie, respire, pense à demain.

GABRIEL. Tu ne comprends pas !

BROCK. Ce n'est pas la première fois que tu me le dis.

GABRIEL. Si je n'ai pas de racines… Au moins… Je veux autre chose ! J'aspire à un mouvement qui ne m'est pas donné !

BÉLISE. Gabriel !

GABRIEL. Je l'entends toutes les nuits… Ce mouvement lointain… Il bouge de l'autre côté d'un voile qui ne veut pas se soulever.

BROCK. Toi qui as tout dans les mains, tu rêves encore d'autre chose ?

GABRIEL. J'ai tout dans les mains, peut-être… Mais je ne peux pas faire.

BROCK. Moi je n'ai rien dans les mains et je ne me plains pas.

BÉLISE. Baissez le ton tous les deux…

LOUISON. Le public va vous entendre !

Dorine entre en coulisse.

DORINE. On entend tout !

Louison sort en scène.

SARAH. À quoi ressemble ce mouvement que tu cherches, Gabriel ?

GABRIEL. Je ne sais pas. L'amour, peut-être.

BROCK. Mais de l'amour, Gabriel, tu en as tout le temps ! Tes parents t'ont laissé au pied d'une roulotte avec leur âme pliée dans un bout de papier sur ta poitrine parce qu'ils t'aimaient. Accepte un peu la chance que tu as. Tu devrais être content… Et dire merci au lieu de te plaindre.

GABRIEL. Vous ne m'entendez pas ! Vous croyez que tout est facile pour moi ?

BROCK. Tout est facile pour toi !

GABRIEL. “Les fées se sont penchées sur son berceau ! Tout ce qu'il touche est de l'or !” Voilà ce que vous me répétez, inlassablement, depuis ma plus tendre enfance sans comprendre…

Lorenzo entre en coulisse.

LORENZO. Plus bas, mon neveu, je t'en prie…

GABRIEL. … que ce poids lumineux brille à mes yeux comme une condamnation.

SARAH. Calme-toi !

GABRIEL. Avoir des mains d'or sans un château à construire est la pire des condamnations !

BROCK. Tu es insupportable.

GABRIEL. Je suis insupportable…

LORENZO. Nous reparlerons de tout ça après la représentation. Gabriel, s'il te plaît, tais-toi.

GABRIEL. Brock a raison. Je suis insupportable. Je ne peux pas être supporté. Je suis seul.

LORENZO. Nous sommes tous là, à t'écouter et à t'aimer. Tu n'es pas seul…

GABRIEL. Je suis seul. Et j'ai l'ambition d'accomplir ce qui est à ma seule mesure. Ce qui me permettra cet accomplissement m'attend de l'autre côté du monde.

BROCK. De l'autre côté du monde ? Qu'est-ce que tu racontes ?

GABRIEL. Oui ! Ce mouvement que j'entends m'attend de l'autre côté du monde. Il sera mon salut. Et moi aussi, je l'attends. J'attends son signe. Juste son signe… Pour espérer… Espérer et plonger dans le fleuve qui emportera ma vie ! Ne pas rester sur la rive ! Mais le signe ne vient pas et ça me tord. Dans le ventre, ça me tord… Regardez ! Les larmes coulent de mes yeux ! Mais qu'y puis-je ! Qu'y puis-je, si je souffre ?

Gabriel part en courant et en pleurant.

BÉLISE. Gabriel, où vas-tu ? Mais courez à sa poursuite ! Qu'attendez-vous ?

DIDI. Je vais le chercher !

LORENZO. Non, Didi ! Il faut le laisser seul… C'est ce qu'il nous demande. Il reviendra très vite. Ne nous inquiétons pas.

Louison entre en coulisse. On actionne à nouveau le magnétophone.

> "ANTIGONE. Mon père, que fuis-tu ?
>
> ŒDIPE. C'est moi-même que je fuis
> Pour oublier cette main et ce ciel
> Échapper aux dieux et à mes sombres fautes."

Argan entre en coulisse. Le visage grimé en un Œdipe de pantomime.

ARGAN. En place ! On installe la mer !

— L'appel —

SARAH *(dans les yeux du monde)*. Le bord d'une falaise sur la mer qui ne nous est pas inconnue. Vent glacial.

GABRIEL. Allez, du vent !

SARAH. Vent fort.

GABRIEL. C'est ça vent ! Souffle ! Cingle-moi la peau… Fais-moi vaciller. Renverse-moi comme un pot qui tombe et se fissure sans qu'on l'entende, ni le voie.

Il regarde la mer.

Et toi, la mer ! L'étendue. L'infinie ! Tu enserres dans tes grands bras d'eau salée ta fille perdue, la terre. Tu chantes à ton enfant l'hymne répété du sac et du ressac et du sac et du ressac… Chante pour moi ! Allez, chante pour moi, et pour moi seul ! Moi aussi je suis ton enfant, non ? Je suis l'enfant de tout le monde, n'étant l'enfant de personne… Non, Gabriel ! Enfant de quelques mots écrits par un fantôme.

Il sort le papier de sa poche.

Où est-il, le fantôme qui a tracé ces mots ? Va-t'en, fantôme ! Disparais !

Il froisse le papier en boule et va pour le jeter dans la mer. Son geste s'arrête. Il laisse tomber le papier à ses pieds.

Je parle… Je parle… Je parle… Je parle… Je parle…

Il essuie ses larmes et regarde l'horizon à nouveau.

Je pourrais me jeter là… Dans la mer. Un saut seulement ! Retourner au grand concert. Participer à la vieille danse rythmée par la lune. Et j'enserrerai de mes bras d'eau salée mon enfant qui se casse comme un pot ! Ah. Le vent m'a eu.

Il tombe à genoux.

Mer… Je suis Gabriel et je suis tous les Hommes. Je suis Gabriel et je suis Tout ! Et Tout est cassé ! Tout est cassé ! Un gros tas de terre cassée crie devant toi. Comment ça se recolle Tout ? Comment ça se recolle ? Est-ce bien cet ailleurs – celui qu'il me semble entendre – qui soigne la plaie ? Ou est-ce que je délire ? Si je ne délire pas, que cet ailleurs me vienne en aide ! Qu'il vienne ! Qu'il m'appelle ! J'ai le cœur malade. Je ne suis plus plein ! Je suis la roue d'un moulin à eau mais aucun courant ne veut la faire tourner. À mains nues, je l'actionne et mes mains saignent et tout le corps fatigue, et la livre de farine qui en sort est si mince… J'abandonne !

Il s'allonge.

Si l'on ne peut rien construire de grand, autant s'allonger et attendre que la petite vie passe.

Une vieille branche noueuse est arrachée d'un arbre par le vent. Elle tombe juste à côté de Gabriel.

Raté !

Il regarde la branche.

Une vieille branche morte qui s'écrase à mes côtés ! Pourquoi à un instant plus qu'à un autre une branche tombe d'un arbre. Laisse-moi te regarder vieille branche. Oh le beau visage ! Trois nœuds de trois rameaux perdus te font deux yeux et une bouche ! Viens, je vais te remettre droite… Verticale dans la glaise ! Face à la mer !

Il plante la large branche dans la terre.

On jurerait une jeune femme… Comment tu t'appelles ? Tu es venue à mes côtés pour me faire un premier bonjour ? Bonjour ! Moi, je suis Gabriel, et un jour, je te retrouverai, jeune femme, qui par ce signe m'appelle. Tu m'as regonflé dedans comme un ballon ! Vent, tu peux souffler ! Mer infinie, tu peux chanter ! Je peux être brisé, c'est bon… Sans crier gare, le courant active la roue du moulin ! *(À la branche.)* Où est ton image maîtresse ? Elle me cherche elle aussi ? Nous nous cherchons tous les deux sans le savoir ? Je te laisse face à la mer, apparition. Quand le doute m'aura repris… Je reviendrai te voir !

Gabriel sort.

*

UNE VOIX D'HOMME. Rends-moi mon tabouret !

UNE VOIX DE JEUNE FILLE. Je ne vous le vole pas. Je vous aide à le porter…

LA VOIX DE L'HOMME. Je le porte très bien tout seul !

LA VOIX DE LA JEUNE FILLE. Vous boitez et vous souffrez dans la montée.

LA VOIX DE L'HOMME. Quand je monte à mon rythme, je le porte très bien tout seul !

LA VOIX DE LA JEUNE FILLE. Accepter un coup de main, est-ce si difficile ?

LA VOIX DE L'HOMME. Je vous connais, vous, les donneurs de coups de main. Vous n'aidez jamais sans attendre une récompense.

Ils entrent. On reconnaît Jean, le père de Gabriel, qui a bien vieilli. Il boite et il est précédé par une jeune fille pleine de feu, un tabouret à la main.

LA JEUNE FILLE. Moi je n'attends rien.

JEAN. Rien ?

LA JEUNE FILLE. Bien sûr, si vous avez un petit machin à manger, ça ne sera pas de refus. J'ai si peu mangé…

JEAN. C'est ce que je disais…

LA JEUNE FILLE. Écoutez mon ventre ! Il hurle !

JEAN. Je n'ai rien à te donner !

LA JEUNE FILLE. Vous n'avez pas de cœur !

JEAN. Je suis arrivé où je voulais arriver… Rends-moi mon tabouret.

LA JEUNE FILLE. Vous n'êtes pas un homme gentil.

JEAN. Je n'aime pas les enfants.

Il reprend son tabouret des mains de la jeune fille.

LA JEUNE FILLE. Je ne suis plus une enfant.

JEAN. Mais si…

LA JEUNE FILLE. À vingt ans, on n'est plus un enfant.

JEAN. Toi, tu as vingt ans ? Tu fais si jeune. Comment tu t'appelles ?

LA JEUNE FILLE. Toi d'abord !

JEAN. Je m'appelle Jean.

LA JEUNE FILLE. Jean, c'est un prénom de vieux. J'aime pas les vieux…

JEAN. Je ne suis pas vieux !

LA JEUNE FILLE. T'es vieux !

JEAN. J'ai pris un coup… c'est tout !

LA JEUNE FILLE. T'es vieux.

JEAN. Allez, va-t'en !

LA JEUNE FILLE. Étoile !

JEAN. Où ça ?

ÉTOILE. Bah là. Étoile, c'est mon nom.

JEAN. J'ai peut-être un prénom de vieux mais toi tu as un prénom qui n'en est pas un.

ÉTOILE. Moi, j'aime beaucoup !

JEAN. J'en suis ravi…

ÉTOILE. C'est mon papa qui me l'a donné…

JEAN. Une dernière fois… Tu veux bien me laisser ? C'est un endroit où j'aime être seul.

ÉTOILE. Qu'est-ce que tu vas faire tout seul ?

JEAN. Regarder la mer.

ÉTOILE. Et c'est tout ?

JEAN. Oui, c'est tout !

ÉTOILE. On ne peut pas le faire à deux ?

JEAN. Non.

ÉTOILE. Alors je m'en vais…

JEAN. Merci.

ÉTOILE. Au revoir, méchant homme.

JEAN. C'est ça… Au revoir.

ÉTOILE. Oh !

JEAN. Quoi encore ?

ÉTOILE. Quelqu'un a planté une branche dans la terre face à la mer.

JEAN. Où ça ?

ÉTOILE. Juste là !

JEAN. C'est toi qui as mis ça là ?

ÉTOILE. Non !

JEAN. Ça s'est pas mis tout seul… Personne ne vient ici.

ÉTOILE. On dirait qu'elle a un visage. Une branche-à-visage…

JEAN. Montre voir !

ÉTOILE. Elle est belle.

Étoile commence à tirer sur la branche.

JEAN. Qu'est-ce que tu fais ?

ÉTOILE. Je la prends avec moi. Elle me plaît !

JEAN *(la repoussant)*. En plus d'être quémandeuse, tu es voleuse !

ÉTOILE. C'est à personne, pourquoi ça ne pourrait pas être à moi ?

JEAN. Qui te dit que c'est à personne ?

ÉTOILE. Il n'y a pas de mur autour d'elle que je sache.

JEAN. Et si c'était le vent qui l'avait mise ici. Un vent de tempête !

ÉTOILE. Dans ce cas, c'est ce que je dis, elle est à personne et je me la fais mienne.

JEAN. Et si c'était le geste d'un monde merveilleux qui l'avait mise ici. Voudrais-tu te mettre à dos le monde merveilleux ?

ÉTOILE. Tu dis n'importe quoi !

JEAN. Étoile, tu n'as pas peur des dieux de la nature qui nous parlent ?

ÉTOILE. Les dieux parlent ?

JEAN. Si on sait les entendre, les dieux de la nature parlent tout le temps.

ÉTOILE. Ce serait un dieu qui l'aurait plantée là ?

JEAN. Qu'en penses-tu ?

ÉTOILE *(s'approchant de la branche)*. Le trait du visage est si pur... Aucun homme n'aurait pu dessiner cela.

JEAN. Alors laisse-la tranquille.

ÉTOILE. Très bien... Je la laisse tranquille.

Étoile s'assoit par terre aux pieds de Jean et le regarde.

JEAN. Qu'est-ce que tu fais ?

ÉTOILE. Tu ne veux pas me parler encore des dieux qui chantent. J'adore !

JEAN. Je t'ai dit que je voulais être seul !

ÉTOILE. Je sais...

JEAN. Je vais me mettre en colère !

ÉTOILE. Ça va... Je m'en vais... *(Elle va pour sortir.)* Tu es un homme étrange.

JEAN. Pourquoi ?

ÉTOILE. Il est si rare de voir des hommes en soif de solitude par les temps qui courent.

JEAN. Je veux ma solitude !

ÉTOILE *(montrant la branche)*. Mais te voilà accompagné.

JEAN. Elle au moins me tiendra une compagnie silencieuse.

ÉTOILE. Au revoir, mademoiselle branche-à-visage. Au revoir, monsieur le solitaire.

Étoile sort. Jean attend qu'Étoile soit loin. Il s'approche de la branche visage. Il se met à genoux devant elle. Une pluie lourde tombe du ciel.

JEAN. Qui es-tu toi ?

Jean arrache la branche de la terre et la prend dans ses bras comme on prend un enfant. La pluie s'intensifie. Jean sort avec la branche dans les bras.

Au théâtre des campagnes. Tous les acteurs et toutes les actrices, excepté Brock, sont là. Ils sont maquillés de blanc et de traits au charbon noir. Argan est devant la troupe silencieuse sur son plateau de bois, il a un costume blanc, un maquillage spectral et une couronne qu'il garde dans la main. Il est assis sur la chaise qui, depuis le début de l'épopée, sert à Sarah de promontoire pour parler dans les yeux du monde. Il tient un texte dans les mains.

ARGAN. Aujourd'hui, nous commençons Shakespeare ! Et vous êtes là… Tous ces petits visages aimés, peints en blanc devant moi. Toujours à m'écouter. Encore à m'écouter ? Quel mystère. Avant que nous commencions le nouveau labeur, je souhaitais vous dire que je suis heureux. Je veux dire, vraiment heureux. J'attendais ce moment depuis longtemps. Nous avons traversé des tempêtes – et des joies aussi, ne les oublions pas. Aujourd'hui, nous revenons dans les bras du vieux poète. Nous allons retrouver, oui… Je peine à l'annoncer… Nous allons retrouver les mots. Dans notre bouche. Les mots ! Là ! Ils sont de retour dans notre bouche ? Ils vont revenir ! Ce n'est pas croyable… Les mots vont revenir ? Aujourd'hui ? Depuis que vous me suivez, nous avons travaillé le silence et avec le grand William pour la première fois… Ah… Vraiment… Je n'arrive pas à… Ah… Y croire. Nous avons lu. Nous avons choisi ensemble la pièce. Nous avons partagé les rôles. Nous avons appris les textes. Tout le reste, on s'en fout ! Laissez aller. Faites-leur confiance. Les mots sont plus grands que vous. Faites-leur confiance. Les mots seront toujours trop grands pour nous. Pour moi… Pardon. Je suis ému. Ça n'a pas de sens d'être ému comme ça. On s'en fout de l'ordre des scènes, hein ? On s'en fout. On rentre… On sort… On est là… On laisse aller… Ils vont tout nous dire… D'accord ? On se laisse traverser…

Silence.

Allez vous préparer ! Allez ! Attendez mon signal… Je ne veux plus vous voir devant moi… Allez vous cacher…

Toute la petite troupe sort. Argan prend sa chaise. Il la place au niveau de la rampe du plateau, dos au public, comme le font les metteurs en scène pour regarder les acteurs travailler. Il caresse le dossier de la chaise et s'assoit par terre à côté d'elle.

Il faut mettre à nouveau la peau sur l'établi.

*Il ouvre le texte d'*Hamlet, *sur le sol, devant lui. Silence. Il regarde le plateau vide. Tout doucement, son corps s'affaisse contre la chaise. Il demeure immobile. La scène suivante se joue devant lui.*

— Le trou paisible et simple —

L'intérieur d'une maison pauvre. Une pièce basse de plafond. Table rustique, bois usé, murs de terre. Des seaux remplis d'eau jonchent le parquet en bois brut. Il pleut à verse dehors. Ça goutte dedans. Par la fenêtre, on voit de longs roseaux qui bougent dans le vent. Peu de lumière. Pas d'horloge au mur. Julie entre à tâtons. Elle longe les murs, fait quelques pas vers la table, touche le rebord de la table, suit la ligne du rebord jusqu'à la chaise et s'assoit. Jean entre dans la pièce, trempé de la tête aux pieds, la branche serrée dans ses bras.

JULIE. C'est toi, Jean ?

JEAN. Oui c'est moi. Ne t'inquiète pas.

JULIE. Tu dois être trempé.

JEAN. Une averse terrible est venue de la mer d'un coup. J'ai été surpris.

Il pose la branche sur une chaise. Il s'approche de Julie, pose ses mains sur ses épaules et l'embrasse sur le front. Julie pose sa main sur la main de son mari.

JULIE. Tu as les mains glacées… Comment va la mer ?

JEAN. Elle est très agitée.

JULIE. Que se passe-t-il ?

JEAN. Rien.

JULIE. Ta voix est différente.

JEAN. Le paysage ressemblait en tout point à la première fois. La couleur du ciel était la même.

JULIE. Tu as pleuré ?

JEAN. Mais non.

JULIE. Montre-moi ton visage. *(Julie prend le visage de Jean et passe la main sur ses paupières.)* Pourquoi as-tu pleuré ?

JEAN. Ce n'est que l'eau de la pluie.

Julie pose son oreille sur la poitrine de Jean.

JULIE. Ton cœur bat comme le cœur d'un menteur.

JEAN. Ce n'est rien. C'est stupide.

JULIE. Parle-moi.

JEAN. Une chose que je ne comprends pas moi-même m'est apparue. Je ne peux pas t'expliquer.

JULIE. Une chose, tu dis… Pourquoi nommer si mal.

JEAN. Tu te moquerais de moi !

JULIE. De quoi tu me protèges ?

JEAN. De rien.

JULIE. Tu as rencontré quelqu'un sur ton chemin ?

JEAN. Oui, j'ai rencontré une enfant qui me demandait à manger.

JULIE. Qui était cette enfant ?

JEAN. Ce n'est pas elle qui m'est apparue.

JULIE. Pourquoi tu me restes secret ?

JEAN *(haussant le ton)*. Je ne sais pas quoi te dire ! C'est une impression ridicule !

JULIE. Parle !

JEAN. Je n'avais jamais croisé personne sur la falaise.

JULIE. Je sais.

JEAN. Que moi et la mer !

JULIE. Je sais.

JEAN. Et là, une branche était plantée dans la terre. Une branche avec un visage. Mais c'est bête…

JULIE. Non…

JEAN. Si ! C'est bête… Le visage regardait la mer. On m'a frappé en plein cœur.

JULIE. Qui t'a frappé en plein cœur ?

JEAN. Une voix que je ne peux pas entendre. Un mouvement que je ne peux pas voir. Tout s'est déplié. Une âme proche et lointaine se réinvitait à moi. Elle ne s'invitait pas, tu comprends ? Elle se réinvitait.

JULIE. C'était avant la pluie ?

JEAN. Oui.

JULIE. Je veux que tu m'y emmènes.

JEAN. Je l'ai prise avec moi.

JULIE. Comment ?

JEAN. Julie, je n'aurais pas dû…

JULIE *(le tenant dans ses bras)*. Tu as eu raison.

JEAN. J'étais avec elle comme avec un enfant dans mes bras. Je l'ai ramené à notre maison. J'ai ramené notre enfant à la maison. *(Il pleure à nouveau.)* Pourquoi je te dis ça ?

JULIE. Ce n'est pas grave.

JEAN. Je dois être ton guide… Et tenir… Aujourd'hui, pour une pauvre branche, je m'effondre.

JULIE. Montre-la-moi.

JEAN. Tu ne vas pas comprendre.

JULIE. Montre-la-moi.

JEAN. Je dois devenir fou, je vais aller sous la pluie un peu…

JULIE. Donne-la-moi. *(Jean prend la branche visage et la donne à Julie. Julie la caresse, parcourt le visage de la main.)* Sois joyeux, Jean ! Nous la mettrons sur la table de la cuisine et elle fera partie de la famille comme une petite lumière nouvelle.

On frappe à la porte.

JEAN *(s'approchant de la porte)*. Oui ?

LA VOIX D'UN HOMME DERRIÈRE LA PORTE. Excusez-moi… J'ai vu de la lumière. *(Temps.)* Il pleut à verse. Je suis trempé. M'accorderiez-vous un peu de temps sous votre toit ? Juste le temps que la pluie se calme. Je vous en prie !

JULIE. Ouvre-lui.

JEAN. Rentrez, je vous en prie.

LE COMPTABLE. Merci ! Vous êtes gentil.

JEAN. Entrez pour vous réchauffer.

LE COMPTABLE. Ça, c'est pas de la petite pluie, n'est-ce pas ? Je vois que je vous ai fait peur. Je ne voulais pas.

JEAN. Ne vous inquiétez pas. Nous avons été surpris. Personne n'a jamais frappé à notre porte ou il y a bien longtemps…

LE COMPTABLE. Oui je comprends, il n'y a pas grand monde, pas grand-chose par ici. Oh madame, bonjour…

JULIE. Comment est-il Jean ?

LE COMPTABLE. Elle ne me voit pas ? Je suis là. *(Jean fait signe à l'homme que Julie ne voit pas.)* Pardon, je ne me suis pas rendu compte. Ne vous inquiétez pas. Je reste juste le temps que l'averse se calme. J'ai été surpris. Je ne vous veux pas de mal. *(Temps.)* Je m'appelle Ernest.

JULIE. Ernest ?

LE COMPTABLE. Oui, madame, Ernest. Un nom de combattant mais combattant je ne le suis pas. Hou là là… Pas d'inquiétude, je ne suis pas combattant du tout. Pour vous donner une petite idée de ma personne, je ne suis pas bien grand. Une tête sans grand-chose à dire dessus. Cheveux bruns. Nez moyen. L'œil commun comme tout le monde. Des mains ni trop grandes ni trop petites. L'air de rien ! Mon costume peut surprendre mais c'est que je ne l'ai pas lâché depuis le grand incendie. Vingt ans que je le porte. Ça fait quelque chose. À part ça, je suis un homme tout ce qui est le plus "l'air de rien" du monde.

JULIE. Et que fait un homme l'air de rien par ici ?

LE COMPTABLE. Oh, c'est une longue histoire. Je vais vous raconter.

JEAN. Vous ne voulez pas vous asseoir ?

LE COMPTABLE. Merci, je suis bien debout. Voilà un an que je suis sur les routes à cause d'une idée fixe. Il y a un an, quelqu'un m'a dit qu'il existait une troupe de théâtre qui perdurait son travail à travers le pays. Et moi le théâtre, c'est ma vie. J'en ai fait enfant, à l'école primaire. Je jouais Zeus ! *(Le Comptable fait un tout petit geste. Le son de la pluie dehors s'arrête.)* Le dieu des dieux ! Un rôle important ! Et j'avais fait sensation. Et puis, je suis un vrai moulin à paroles. Je ne m'arrête jamais de parler. Même tout seul, je parle, je fais des personnages. Il faut me le dire si ça vous agace d'ailleurs, dans ce cas, je me tais. C'est pas facile pour moi mais je sais me taire. C'est simple, mes parents disaient toujours : lui, il sera comédien. Ils disaient… Mais c'était pour rire… Je l'ai compris après que c'était pour rire… Parce que quand il a fallu ne plus rire, mes parents, ils ont dit que, comédien, c'était pas un métier alors j'étais fort en mathématiques et me voilà comptable. *(Montrant la branche.)* Cette statue est magnifique. Elle est à vous ?

JEAN. Nous l'avons trouvée.

LE COMPTABLE. Vous l'avez trouvée aujourd'hui.

JEAN. Comment le savez-vous ?

LE COMPTABLE. Elle est toute trempée. Un petit soleil trempé dans une maison sombre. C'est un espoir qui est venu à votre rencontre ! Oh, la belle apparition. J'aime les apparitions… Même moi je suis comme une apparition, n'est-ce pas ? Voulez-vous que nous mangions un morceau ensemble ? J'ai quelques pommes à partager dans mon sac. Et quelques discussions à partager aussi. J'adore la discussion. Ce pourrait être un beau moment pour finir cette journée. Mais si vous ne voulez pas, je reste là à me sécher et je me tais.

JULIE. Je veux bien manger une pomme, moi.

LE COMPTABLE *(riant)*. Eh bah voilà ! *(Il s'assoit à la table.)* Le fruit de la connaissance disait l'autre. *(Il sort une pomme de sa mallette et un couteau de sa poche.)* Mon père, tous les matins, partageait les pommes pour ses enfants. Pour mes frères et moi, et pour sa femme, ma mère. Il partageait en jolis petits quartiers mais lui n'en mangeait pas. Il n'aimait pas les pommes. *(Il rit.)* Il les pelait au couteau, debout dans la cuisine et ça m'est resté. Le geste m'est resté, vous comprenez.

JEAN. Mon père faisait la même chose.

LE COMPTABLE. Ah vraiment ? C'est amusant ça… Peut-être que tous les pères font la même chose dans toutes les maisons, allez savoir… *(Il commence à découper la pomme en deux. Il regarde les deux moitiés. Silence.)* Il y a une histoire comme ça… Sur une pomme coupée en deux… Comme un monde séparé en deux moitiés qui souhaiteraient se retrouver…

JEAN. Ça ne me dit rien.

Le Comptable commence à peler la première moitié de pomme.

LE COMPTABLE. Quand mon père découpait la pomme pour nous dans la cuisine, il nous racontait une histoire. Toujours la même histoire. Je n'ai jamais su s'il s'en rendait compte. C'était comme s'il l'inventait à chaque fois. Comme s'il nous la racontait toujours pour la première fois. On l'écoutait, connaissant chaque mot. Je l'adorais cette histoire ! Ça faisait : "Il y avait une fois un roi et une reine dans un château. Un jour, la Reine tombe malade, plongée dans un profond sommeil. Et le Roi, qui était un bon roi, ne sait pas quoi faire. Il ne sait pas. La solution est dans le chant d'un monde lointain, mais le chagrin de son amour l'empêche de l'entendre. Alors, le Roi détruit son royaume. Rien ne reste debout ! Peut-être qu'un jour le Roi entendra ce chant si haut, cette part manquante, cette moitié de pomme toute nue qui chante silencieuse le manque de sa sœur jumelle. Et alors tout sera réparé. Qu'est-ce que vous en pensez les enfants ?" Voilà ce que nous disait papa.

JULIE. Qu'est-ce que vous répondiez ?

LE COMPTABLE. On ne répondait rien. On mangeait les pommes, c'est tout. Dans mon coin, je me disais que le Roi ne pouvait pas entendre parce qu'il était trop vieux. L'espoir est toujours dans la main des enfants, non ? Depuis qu'il y a eu l'incendie, cette histoire résonne dans tous mes pas. Je l'entends la voix de mon père, prophétique, qui me la répète ! Oui, nous ne serons sauvés que par un chant ! Rien d'autre ne pourra nous réconforter, nous réveiller ! Mais qui pourra l'entendre ?

Levant les deux hémisphères de pomme pelés au ciel.

Un chant pour acter la réunion dans les âmes et les cœurs.
Je me dis que le monde de cette pauvre terre dévastée est dans le monde des astres
Et le monde des astres est dans le monde de cette pauvre terre dévastée
Et le monde des astres et cette pauvre terre dévastée sont le monde vivant
Et le monde des vivants est dans le monde des morts et le monde des morts, dans le monde des vivants
Et tout cela n'est qu'une terre dévastée.

Silence.

Une terre dévastée qui regarde le ciel…

Il finit de couper la pomme en quatre.

Mais aujourd'hui, le renouveau semble proche, vous ne trouvez pas ?

Il a fini sa tâche.

En attendant mangeons !
Un bout de monde pour vous.

Il donne un quartier de pomme à Julie.

Un bout de monde pour vous.

Il donne un quartier de pomme à Jean.

Un bout de monde pour moi.
Et le dernier, à celui qui nous écoute.

— La mort d'Argan —

Argan n'a pas bougé. Bélise entre sur le plateau, costumée en Gertrude. Elle voit son mari immobile. Elle s'approche lentement.

BÉLISE. Argan. Argan ?

Elle touche l'épaule d'Argan et se recule. Elle hurle sans bruit. Elle court appeler les autres. La troupe entre. On court. On prend le corps d'Argan mais il est trop lourd et on ne peut le sortir du plateau.

PARTIE 4

LE CHANT TRAVERSÉ

"Ça va être très dur, rien n'est jamais…
Tout est commencement, toujours."

Ou comment la princesse Anne traverse la mer, l'horizon et les limbes pour arriver dans les cendres d'un monde disparu.

— La Reine dans sa cage de verre —

Le Roi regarde les deux balayeurs recouvrir la Reine de fleurs jaunes. Elle repose dans la cage de verre qu'il a fait construire pour elle.

LE ROI. Vous avez fini ?

CORROL. Plus de fleurs, sire…

GARON. Tout dehors, plus une fleur ! Plus une fleur à cueillir… Tout est là.

CORROL. Que qu'sur la Reine comme vous aviez demandé.

LE ROI. C'est bien. Ma fille !

GARON. Sire ?

LE ROI. Anne est bien partie ?

COROLL. Oui, sire.

LE ROI. Je n'ai pas pu aller lui dire au revoir.

COROLL ET GARON. On comprend.

LE ROI. Je ne peux plus voir la mer !

GARON. C'est normal.

LE ROI. Vous avez vu le bateau partir, vous ?

GARON. Oh oui !

COROLL. Bien partir, sire…

GARON. Et avec toutes nos femmes dedans… Avec ma femme, vous vous rendez compte ?

COROLL. Pleure pas, Garon.

GARON. Moi j'avais rien demandé.

COROLL. C'est vrai, t'avais rien demandé.

GARON. Moi, j'avais pas chouiné.

COROLL. C'est vrai, t'avais pas chouiné.

GARON. Toujours le gars bien que j'étais, quoi ! Et ma femme…

COROLL. Pfiou !

GARON. Partie en mer ! Sur un bateau !

COROLL. Coup de tête.

GARON. Et ça, c'est un peu à cause de votre fille. Je dis pas du mal mais quand même…

COROLL. On fait quoi nous maintenant ?

LE ROI. Il fait beau dehors ?

COROLL. Beau beau…

LE ROI. Comment est la mer ?

GARON. Soleil tout rond, mer toute plate plate plate !

COROLL. Vent léger.

GARON. Pas de quoi avancer.

COROLL. Mais à l'heure que c'était le départ…

GARON. La princesse a frappé le ponton…

COROLL. A crié vers les rouges perroquets !

LE ROI. Ma fille !

COROLL. Comme une furie, elle courait, elle ordonnait.

GARON. Et d'un coup !

COROLL. Que qu'c'est dur à entendre…

GARON. Le bateau s'est…

Temps.

LE ROI. Quoi ? Vous me cachez un nouveau drame ?

COROLL. Non !

LE ROI. Vous n'osez pas me dire ?

COROLL. Le bateau s'est comme envolé, sire !

LE ROI. Envolé ?

GARON. Non, c'est pas vrai…

COROLL. Non c'est vrai : c'est pas vrai.

GARON. Il s'est mis d'un coup à filer !

COROLL. Voilà !

GARON. À fendre les flots.

COROLL. C'est ça. Une grosse traînée blanche dans le potage de la mer.

GARON. Plein mille vers l'horizon…

COROLL. Où qu'ça gronde !

GARON. Où qu'ça chante !

COROLL. Où qu'ça fait fumée et pataquès !

GARON. Hier après-midi, on les voyait encore…

COROLL. Un petit bateau de papier de rien du tout.

GARON. Hier soir, on les voyait encore…

COROLL. Un petit grain de riz de rien du tout.

GARON. Ce matin…

COROLL. On les voyait plus !

GARON. J'avais beau froncer les yeux !

COROLL. Parties !

LE ROI. Mon enfant ?

COROLL. Elle va le trouver, sire !

GARON. C'est sûr !

LE ROI. Trouver qui ?

COROLL. Mais…

GARON. L'homme que vous avez rêvé.

LE ROI. Ah oui…

COROLL. C'est pour ça qu'elle est partie…

LE ROI. Ah oui… Celui qui réveillera ma reine ?

GARON. Oui, c'est ça.

LE ROI. Elle va le trouver ?

COROLL. Que c'est sûr… Qu'elle l'avait dans les yeux.

GARON. Faut pas vous inquiéter.

LE ROI *(montrant la Reine)*. Dites-moi qu'elle respire.

Coroll et Garon collent leurs oreilles sur la poitrine de la Reine.

COROLL. Elle respire.

LE ROI. Elle respire ?

COROLL. Elle respire.

LE ROI. Elle respire ?

COROLL ET GARON. Elle respire.

LE ROI. C'est que ma fille, Anne, respire aussi ? Là-bas ?

— Le radeau —

SARAH *(dans les yeux du monde)*. Première station : le radeau ! L'action a lieu sur un radeau dénudé qui flotte sur une mer d'artifice faite de tissus et de bâches sonores. La princesse Anne, coiffée à la garçonne, regarde l'horizon, tremblante d'impatience.

Sur le radeau, la princesse est entourée des femmes épuisées, allongées sur le pont. On reconnaît Œrine, Mariette, Clémentine, Juliette et les deux sœurs jumelles, Lanie et Manie.

LA PRINCESSE ANNE *(vers l'horizon)*. Et vogue le navire ! Vingt jours qu'il vogue le navire.
Moi qui pensais devenir marin ! Moi qui pensais affronter les tempêtes – Affronter le vent – Me battre contre l'écume bouillonnante – Tirer sur les cordages – Apprendre le métier – Perdre la moitié de l'équipage en mer et continuer quand même ! Moi qui pensais boire du rhum – Manger du poisson cru – Tuer des phoques à grands coups de rapière ! Moi qui pensais me brûler les mains – Me faire le masque des gens de mer – Affronter la peste et les hallucinations océaniques ! Voilà vingt jours que le navire vogue ! Vingt jours et… rien !
Si ce n'est ce grand soleil qui nous regarde comme une assiette. L'air est sans aventure. On pêche les poissons volants avec des filets à papillons pour se distraire comme de vraies jeunes filles. En même temps, le bateau file. À croire qu'une baleine qui refuse de nous montrer son visage nous a pris dans sa gueule et nous fait avancer. Oui, le bateau file… File bien… Trop bien.
On s'est ennuyées. On s'est résignées. On a enlevé la voile. Des journées entières à effiler chaque corde pour récupérer le chanvre délicat et rembourrer nos matelas. Maintenant, nous dormons sur des nuages à la belle étoile. On a démonté les rambardes aussi pour pouvoir s'asseoir sur le bord, les pieds dans l'eau. On a arraché la barre pour en faire un cadran solaire… Notre trois-mâts est devenu un radeau à trois bâtons sur les flots. Plus rien ne nous permet de naviguer mais toujours, vogue le navire ! Droit vers son but ! On se baigne tous les jours ! On se parle d'amour. On joue pour ne pas devenir folles… Horizon, bientôt, tu seras à moi ! Horizon où l'eau tombe ! Oui, bientôt ! Bientôt l'aventure, la véritable, sonnera sa trompette. Horizon, je te regarde t'approcher et je frémis de tout mon corps à l'idée de te traverser ! Mais en attendant…

Mariette entre en pleurant.

LA CLÉMENTINE. Eh bah Mariette, tu ne vas pas encore pleurer quand même ? Tu ne vas pas nous refaire ce coup-là ? Ça devient fatigant, Mariette…

MARIETTE. Je ne m'y fais pas.

LA CLÉMENTINE. Je vois bien.

MARIETTE. On ne s'est même pas… Même pas fait un vrai adieu. Je l'ai abandonné !

LA CLÉMENTINE. Tu as pris un petit congé, c'est tout.

MARIETTE. Et puis qu'est-ce qu'il va faire sans moi ?

LA CLÉMENTINE. Il se débrouillera bien, va. Bientôt un mois que tu es partie, il se débrouille.

MARIETTE. Un mois ! Il ne sait même pas se cuire un gigot.

LA CLÉMENTINE. Il mangera autre chose.

MARIETTE. Et s'il venait à croquer dans une pomme de terre pas cuite pensant que c'est l'usage ? On peut mourir pour des choses aussi bêtes. Et ma petite Ninon que j'aime aussi… Comme elle doit être triste ! Je l'ai abandonnée !

LA CLÉMENTINE. Mais non.

MARIETTE. Mais si ! Je l'entends qui pleure sur la rive, ne comprenant rien. Je suis une horrible femme.

LA CLÉMENTINE. Ton mari, il s'en occupe ! Ça doit lui faire du bien de passer un peu temps avec sa fille.

MARIETTE. Sa fille ! Penses-tu… Il ne l'a jamais prise dans ses bras. Pas par manque d'amour, il l'aime beaucoup, c'est un vrai père. Non, ce n'est pas ça. Il ne sait pas comment faire ! Un vrai maladroit. Il aurait peur de la casser ou de se retourner tout le cœur à cause d'un mauvais geste.

LA CLÉMENTINE. Tu as réponse à tout pour plonger dans le malheur.

MARIETTE. Je m'inquiète. Je ne dors plus. Je me ronge.

LA CLÉMENTINE. Tu m'énerves !

MARIETTE. Je voudrais mourir.

LA CLÉMENTINE *(sortant de ses gonds)*. Alors inquiète-toi ! Ne dors plus ! Ronge-toi jusqu'aux tripes !

MARIETTE. Voilà !

LA CLÉMENTINE. Quoi voilà ?

MARIETTE. C'est ça que je voulais entendre.

LA CLÉMENTINE. Quoi ?

MARIETTE. Je préfère quand tu ne me rassures pas.

Temps.

LA CLÉMENTINE. Partir comme tu l'as fait ! Mais quelle honte ! Laisser tout le monde ? Tu mériterais qu'on te jette à l'eau !

MARIETTE *(éclatant en sanglots)*. Ah !

LA CLÉMENTINE. Ton mari doit boire comme six, s'il ne s'est pas déjà jeté du haut d'une tour par ta faute.

MARIETTE. Oh non !

LA CLÉMENTINE. Je continue ?

MARIETTE *(la voix nouée)*. Oui, c'est très bien.

LA CLÉMENTINE. À ta place, je me crèverais les yeux de honte !

MARIETTE. Comme tu as raison !

LA CLÉMENTINE. Je me frapperais cent vingt fois la tête sur ce pont en criant "Pardon !"

MARIETTE. Que je suis lâche.

LA CLÉMENTINE. Lâche seulement ? Tu es ingrate…

MARIETTE. Ah !

LA CLÉMENTINE. Méchante, usurpatrice, vicieuse et sans cœur !

MARIETTE. Ah !

LA CLÉMENTINE. Tu ne mérites pas de porter le nom de ton mari !

MARIETTE. Ah ah ah !

LA CLÉMENTINE. Mais de toute façon, il t'oublie. Il t'a déjà oubliée.

MARIETTE. Non ! Ce que tu viens de dire, tu le penses vraiment ?

LA CLÉMENTINE. C'est juste pour te complaire ! J'arrête ?

MARIETTE. Non, continue…

LA CLÉMENTINE. Tu n'existes plus pour lui sur la terre. Il est mort, tu es morte, le monde est mort et le soleil ce soir va mourir comme tous les soirs. *(Silence.)* Ça va mieux ?

MARIETTE. C'était parfait, Clémentine ! Parfait…

Silence des femmes. Son de la mer.

JULIETTE. Œrine, dis-nous… Qu'est-ce qu'on peut faire ?

ŒRINE. Juliette…

JULIETTE. Dis-nous avant que l'ennui ne nous étrangle. C'est toi qui sais inventer le mieux.

LANIE. C'est vrai, tu as toujours le jeu qu'il faut.

MANIE. Trouve-nous un acte à accomplir !

ŒRINE. Je n'ai pas la science infuse.

LANIE. S'il te plaît !

ŒRINE. Je n'ai plus d'idées… Mariette ?

MARIETTE. Oui ?

ŒRINE. Tu as encore pleuré ?

MARIETTE. Je ne m'y fais pas.

MANIE. Si c'est de ton mari que tu t'inquiètes…

LANIE. Dis-toi qu'il ne faut pas.

MANIE. Il va bien, c'est sûr.

Mariette éclate en sanglots.

LA CLÉMENTINE. Non, les jumelles ! J'avais réussi à la calmer…

LANIE ET MANIE. Mais…

LA CLÉMENTINE. Cessez de la consoler !

ŒRINE. Ce soleil ! Quelques jours de plus à se laisser voguer dans ce gros fond sans paysage et nous pourrons définitivement dire au revoir à notre raison.

JULIETTE. Quoi de pire que l'absence de mouvement ?

LA PRINCESSE ANNE *(qui n'a pas quitté l'horizon des yeux).* J'entends l'horizon qui approche. Il dit bonjour !

ŒRINE. Oui. Ça doit être lui, l'horizon, qui commence à gronder. Demain peut-être nous serons arrivées…

Toutes les femmes se mettent au bord du radeau et regardent l'horizon.

JULIETTE. Ça gronde au loin comme un monstre tapi.

LANIE. Anne, tu es bien sûre de vouloir y aller ?

MANIE. Ça sent le grand danger.

LA PRINCESSE ANNE. Oui.

Œrine regarde dans l'eau, regarde le ciel.

ŒRINE. C'est bon…

JULIETTE. Quoi ?

ŒRINE. C'est l'heure… Le moment !

MARIETTE. Le moment de quoi ?

ŒRINE. Soleil au zénith, mer trouble, cumulus unique et tout rond dans le ciel, à deux pas à gauche du soleil, clapotis de l'eau sur rythme ternaire. Enfin… Tout est réuni !

LA CLÉMENTINE *(dans un grand sourire).* Réuni pour quoi ?

ŒRINE. Pour la pêche du palétusier à dos bleu.

JULIETTE. Le palétusier à dos bleu ?

LA PRINCESSE ANNE. Le palétusier à dos bleu…

MARIETTE. Merci, Œrine !

ŒRINE. Dépêchons ! Nous n'aurons que peu de temps… Il faut être rigoureuses, pleines d'abnégation. Ce n'est pas tous les jours que les conditions sont réunies.

MANIE ET LANIE. C'est quoi le palétusier à dos bleu ?

ŒRINE. C'est un gros poisson long comme deux femmes ! Avec une épée à la place du museau, douze nageoires et quatre gros yeux par flanc.

JULIETTE. Et un dos tout bleu !

ŒRINE. Non, Juliette, son dos est arc-en-ciel pour les mâles, rouge pour les femelles et bleu seulement quand il n'est pas là.

JULIETTE. Tu en as déjà vu un ?

ŒRINE. Jamais !

JULIETTE. Jamais ?

ŒRINE. Au travail ! Lanie ! Manie !

LANIE ET MANIE. Oui, Œrine.

ŒRINE. À partir de maintenant, vous m'appellerez capitaine !

MANIE ET LANIE. Oui, capitaine.

ŒRINE. Vous vous mettrez au lointain tribord et vous taperez dans l'eau l'air effrayé en criant "capitaine" comme si vous aviez trouvé quelque chose alors que vous ne trouvez rien.

MANIE ET LANIE. Et le capitaine, c'est vous ?

ŒRINE. Voilà.

MANIE. J'en étais sûre…

ŒRINE. Mais moi je ne vous répondrai pas…

LANIE. Ah bon ?

ŒRINE. Je ne ferai pas attention à vous…

MANIE. Ah bon ?

ŒRINE. Je ne viendrai pas vous voir…

LANIE. Pourquoi ?

ŒRINE. Dites-vous que c'est normal, que c'est prévu ! Et continuez…

MANIE. Même si vous ne répondez pas ?

ŒRINE. Oui. Ne vous inquiétez pas !

MANIE ET LANIE. Bien, capitaine !

ŒRINE. À votre poste ! Toi, Juliette !

JULIETTE. Oui, capitaine !

ŒRINE. À partir de maintenant, tu m'appelleras sergent.

JULIETTE. Bien, sergent !

ŒRINE. Que veux-tu faire ?

JULIETTE. Maintenant ?

ŒRINE. Dis-moi sans réfléchir.

JULIETTE. Une nuit dans les bras d'un homme.

ŒRINE. Très bien.

JULIETTE. Que ses mains soient grandes ! Que son cœur batte fort comme un tambour !

ŒRINE. Continue.

JULIETTE. Nus à la belle étoile, on fera la guerre pour se réchauffer et l'amour pour se pardonner. Je m'endormirai contre lui sur l'herbe fraîche, sous son manteau. Et le matin, l'eau de la rosée réveillera nos corps épuisés.

ŒRINE. Parfait ! Ça tombe au juste de ce qu'il nous faut… Juliette, tu dois t'allonger au milieu du pont…

LANIE ET MANIE *(tapant dans l'eau l'air terrifié)*. Capitaine !

ŒRINE. Et rêver de tout ce que tu viens de me dire.

JULIETTE. Je ne veux pas m'endormir.

ŒRINE. Il le faut ! Ça repose sur toi… Tu es le ver au bout de l'hameçon.

MANIE. Capitaine !

LANIE. Capitaine, vite !

JULIETTE. Bien, sergent !

Juliette s'allonge au milieu du pont.

ŒRINE. Mariette !

MARIETTE. Oui, sergent !

ŒRINE. Qu'est-ce que c'est que ces façons ? Appelez-moi général !

MARIETTE. Pardon, mon général !

ŒRINE. Vous avez bien une fille ?

MARIETTE. Ah mon général…

Elle pleure.

ŒRINE. Non ! Finis les pleurs ! Votre fille, vous lui chantez des chansons pour qu'elle s'endorme le soir ?

MARIETTE. Oui, mon général !

ŒRINE. Faites de même avec Juliette. Une chanson douce… Si elle n'est pas tombée dans les bas-fonds du sommeil le plus lourd dans la minute, tout l'effet sera manqué !

MARIETTE. Oui, mon général…

Mariette s'agenouille aux côtés de Juliette et lui chante une chanson dans l'oreille en lui caressant doucement les cheveux.

ŒRINE. La Clémentine !

LA CLÉMENTINE. Oui…

ŒRINE. Comment je m'appelle ?

LA CLÉMENTINE. En général, je vous appelle sergent, mon capitaine !

ŒRINE. Réponse bien faite !

LANIE ET MANIE. Capitaine ! Mais capitaine ! Vraiment c'est important !

ŒRINE. Mets-toi au bout du pont vers l'ouest et regarde la surface. Dans quelque temps, ça va remuer… S'il y a deux narines rouges qui dépassent de l'eau, c'est que c'est un practe !

LA CLÉMENTINE *(paniquée)*. Un practe !

ŒRINE. Un practe ! Et donc que le palétusier à dos bleu ne viendra plus. Dans ce premier cas, il faut que tu coures à l'autre bout du pont et que tu pousses de toutes tes forces les deux sœurs dans la mer…

LANIE ET MANIE. Capitaine ! Au secours !

ŒRINE. Et tout sera raté mais sans risque pour nous…

LA CLÉMENTINE. Et les deux sœurs ?

ŒRINE. On ne les reverra plus…

LANIE ET MARIE. Ca ! Pi ! Taine !

LA CLÉMENTINE. Mais je veux pas les sacrifier !

ŒRINE. C'est ça ou on y passe toutes ma petite ! Pendant que tu regardes, il faut que tu tapes avec ton talon deux coups rapprochés régulièrement. Comme ça *(lui montrant)* : Tata Tata Tata Tata… Tu vois… Ah… Comme un cœur.

LA CLÉMENTINE. Comme ça ?

Elle s'exécute.

ŒRINE. C'est parfait. Quand tu vois que ça remue, accentue la fréquence et si un gros œil jaune émerge de la mer, c'est lui !

LA CLÉMENTINE. Le palétusier à dos bleu !

ŒRINE. À ce moment, hurle cette phrase : “Saute ! Saute, palétusier ! Saute et ne te retourne pas !” Répète !

LA CLÉMENTINE. “Saute, palétusier !”

ŒRINE. Non malheureuse ! Deux fois “Saute” : “Saute ! Saute, palétusier ! Saute et ne te retourne pas !”

LA CLÉMENTINE. “Saute ! Saute, palétusier ! Saute et ne te retourne pas !”

ŒRINE. Tu es sûre de bien t’en souvenir ?

LA CLÉMENTINE. J’en suis sûre.

ŒRINE. Au mot près ?

LA CLÉMENTINE. “Saute ! Saute, palétusier ! Saute et ne te retourne pas !”

ŒRINE. Impeccable !

LA CLÉMENTINE. Que se passerait-il s’il se retournait ?

ŒRINE. Ce qui ne se passerait pas s’il ne se retournait pas…

MARIETTE *(chuchotant)*. Général ! Juliette s’est endormie…

ŒRINE. Viens.

LANIE ET MANIE. Capitaine ! Ce n’est pas un jeu… C’est horrible !

MARIETTE. Qu’est-ce qu’on fait maintenant ?

ŒRINE. Mariette, tu vas mettre ta main dans l’eau de la mer.

MARIETTE. La mer ?

ŒRINE. Si elle gèle, préviens-nous… Ça voudrait dire qu’on est au milieu des glaciers et des icebergs, et comme le palétusier à dos bleu ne vit pas au milieu des glaciers et des icebergs, on devra tout abandonner. Si elle ne gèle pas, c’est que tout reste encore possible.

MARIETTE. Entendu !

MANIE ET LANIE. Mais capitaine, ce n’est pas drôle !

ŒRINE. Anne ? Anne…

LA PRINCESSE ANNE. Je suis là.

ŒRINE. Tu viens pêcher avec nous ?

LA PRINCESSE ANNE. Que faut-il que je fasse ?

ŒRINE. Il faudrait que tu coures avec moi. Si tu veux bien… On fait un cercle autour de Juliette en sommeil comme les aiguilles d'une montre. Toi dans le sens des aiguilles qui avancent, moi dans le sens des aiguilles qui reculent…

LA PRINCESSE ANNE. Et quand on se croisera ?

ŒRINE. On se dira adieu…

LA PRINCESSE ANNE. Alors allons-y.

ŒRINE. Une fois que le palétusier aura fait son bond dans les airs, ce sera à toi de lui serrer l'encolure. Avec ton épée, tu lui traverseras le crâne d'un coup net !

LA PRINCESSE ANNE. Ça me plaît !

ŒRINE. Le sang giclera jusqu'au ciel et nous aurons gagné. En piste !

MARIETTE *(mettant la main dans l'eau).* L'eau est bonne, tout semble encore possible !

Anne et Œrine se mettent à courir en cercle autour de Juliette en sommeil. Elles se disent adieu à chaque rencontre. Œrine s'essouffle et court comme elle peut en traînant la jambe. Lanie et Manie, de plus en plus terrifiées, hurlent des "Capitaine !" de désespoir. La Clémentine observe la surface avec méfiance en accélérant ses coups de talon. Mariette garde sa main dans l'eau de la mer, en répétant de temps en temps : "L'eau est bonne ! Tout reste encore possible." La scène dure longtemps. Elle monte crescendo dans une frénésie jouissive et inquiétante.

LA CLÉMENTINE *(hurlant).* Saute ! Saute, palétusier ! Saute et ne te retourne pas !

SARAH *(dans les yeux du monde).* La machine humaine s'arrête. Dans un bruit de tempête, un immense poisson imaginaire que personne ne voit avec les yeux mais que le public voit avec le cœur fait un bond hors de la mer, jusqu'à toucher les cintres du théâtre.

À peine est-il retombé sur le pont du navire, la princesse Anne lui serre l'encolure. Elle sort son épée et, sans lui laisser le temps de se débattre, plonge la lame dans le crâne de l'animal qui disparaît.

LANIE ET MANIE. On l'a eu.

LA PRINCESSE ANNE. Son pouls marin, je l'ai entendu taper sous mon aisselle ! Je l'avais vivant sous mon bras. J'ai frappé à la tête. Il a hurlé un grand silence… Et il a disparu.

MARIETTE. Il faudrait se taire longtemps pour être sûres de s'en souvenir.

Œrine tombe à terre le visage rouge, essoufflée.

LA CLÉMENTINE. Œrine, dis, ça va ?

ŒRINE. Ça va aller. Ça va aller… *(Elle rit.)* Ce n'est plus de mon âge.

LANIE. Tu veux qu'on t'apporte quelque chose ?

MANIE. Un petit verre de gnôle.

LANIE. Ou de l'eau ?

MANIE. Il lui faut de la gnôle !

LANIE. Et moi je dis qu'il lui faut de l'eau !

LA CLÉMENTINE. Fermez-la, les jumelles.

ŒRINE. Je ne veux rien. Ce n'est rien. Il faut juste… J'ai un peu forcé, c'est tout. Ce n'est pas… pas grave… ça va…

MARIETTE. Je vais vous allonger, Œrine.

ŒRINE. Ouf ! Mais qu'est-ce qui se passe, Anne ?

LA PRINCESSE ANNE. Ma petite nourrice… Quoi ?

La princesse Anne, du sang encore plein les mains, accourt auprès d'Œrine.

ŒRINE. Tout à coup, je me demande…

LA PRINCESSE ANNE. Parle, Œrine, qu'est-ce qui t'arrive ?

ŒRINE. Je ne sais pas… Il m'arrive. C'est large… Oh mon Dieu.

MARIETTE. Il faut lui desserrer son col. Lui mettre les jambes en l'air. Elle a eu un coup de chaud, ça va passer…

ŒRINE. Il est bleu le ciel…

LA PRINCESSE ANNE. Oui.

ŒRINE. Bleu ?

LA PRINCESSE ANNE. C'est ça, bleu.

ŒRINE. Mais ce bleu-là… Je me suis toujours… toujours dit… Que c'était un rideau, tu vois ?

LA PRINCESSE ANNE. Non, je ne vois pas.

ŒRINE. Sous le rideau bleu, il… Oh, je suis fatiguée.

LA PRINCESSE ANNE. Qu'est-ce qu'il y a sous le rideau bleu ?

Silence. Œrine regarde le ciel.

MARIETTE. Il ne faut pas s'arrêter de parler nourrice…

ŒRINE. Sous le rideau…

MARIETTE. Lanie, Manie ! Allez chercher de l'eau, vite !

MANIE. Pas de gnôle ?

MARIETTE. Non, pas de gnôle ! Dépêchez-vous !

ŒRINE. Derrière le rideau bleu…

LA PRINCESSE ANNE. Oui ?

ŒRINE. Il y a… Comment on dit ça mon enfant ?

LA PRINCESSE ANNE. Je ne sais pas.

ŒRINE. La nuit, quand le rideau se retire.

LA PRINCESSE ANNE. Les étoiles ?

ŒRINE. Il y a un autre nom… Un mot pour l'ensemble des étoiles.

LA PRINCESSE ANNE. La Voie lactée ?

ŒRINE. Un mot plus compliqué et plus simple.

LA CLÉMENTINE. Le cosmos !

ŒRINE. Le cosmos, voilà… Eh bien je me dis… Je me dis que…

LA PRINCESSE ANNE. Le cosmos…

ŒRINE. Il nous regarde derrière le rideau bleu. Et je me dis… *(Elle souffle.)* Que le cosmos aussi, c'est un rideau, voilà. Un autre rideau derrière lequel il y a encore autre chose.

Lanie et Manie entrent avec un seau d'eau. Mariette prend son foulard, le plonge dans l'eau, le plie et met quelques gouttes dans la bouche d'Œrine. Elle lui passe le chiffon humide sur le front.

MARIETTE. Vous allez reprendre des couleurs d'un coup d'un seul… D'un coup d'un seul !

ŒRINE. Il faut penser à lancer l'eau pour les pâtes de ce soir… Bien en amont ! Comme les casseroles sont petites, il faut faire en plusieurs fois…

LANIE ET MANIE. On va le faire !

ŒRINE. Le petit truc, c'est de rajouter un petit dé à coudre d'eau de mer.

LANIE ET MANIE. Oui…

ŒRINE. Ça sale bien comme ça et c'est bon au goût. *(Temps.)* Et puis faut faire les sardines !

LANIE. Entendu, les sardines !

ŒRINE. Sinon demain…

LA PRINCESSE ANNE. Elles ne seront plus fraîches.

ŒRINE. C'est ça.

LA PRINCESSE ANNE. On va toutes s'y mettre. On va s'en occuper et, toi, tu vas te reposer.

ŒRINE. Oui. Oh là, ça surprend ça, non ? *(Elle rit.)* Ça fait bête…

LA PRINCESSE ANNE. Mais non…

ŒRINE. De quoi j'ai l'air à mon âge avec mes jambes en l'air ?

LA PRINCESSE ANNE. Tu es très belle.

ŒRINE. Et si derrière le cosmos il y avait seulement une pauvre petite cuisine.

Elle souffle.

LA PRINCESSE ANNE. Repose-toi…

ŒRINE. Oui oui ! La mienne. Toute pauvre. Petite et juste… Hou ! Là, juste une bougie. Oui, voilà ! Un petit bout de chandelle dans une petite cuisine derrière un grand rideau d'étoiles.

LA PRINCESSE ANNE. Tu t'es occupée de tout ici.

ŒRINE. C'est normal.

LA PRINCESSE ANNE. Non. Il faut que tu t'arrêtes un peu, que tu t'assoies, que tu laisses un peu couler, d'accord ? On va faire…

ŒRINE. Je suis la femme la plus heureuse du monde.

LA PRINCESSE ANNE. Qu'est-ce que tu dis ?

ŒRINE. Il était beau le palétusier ?

LA PRINCESSE ANNE. Oui !

ŒRINE. Ah…

ANNE. Quoi ?

ŒRINE. Ah ! Qu'est-ce qui se passe ?

LA PRINCESSE ANNE. Je ne sais pas.

ŒRINE. Je me noie ?

LA PRINCESSE ANNE. Non ! Tu ne te noies pas… Tu es sur le pont. Tu es avec nous.

ŒRINE. C'est l'horizon qui approche… Il faut que j'aille à ma cuisine. C'est normal.

LA PRINCESSE ANNE. Qu'est-ce qui est normal ?

ŒRINE. Je suis heureuse, ma princesse.

MARIETTE. Ne lâchez pas, Œrine.

ŒRINE. Ça va mieux… C'est normal.

Œrine lâche sa tête en arrière. Silence.

LA PRINCESSE ANNE. Œrine ! Œrine ! Non ! *(Regardant le ciel.)* Oh, je n'avais pas besoin de tous ces morts pour y arriver. Tu te caches bien ! Tu peux te cacher vieux décideur derrière tous tes rideaux d'étoiles… Combien veux-tu m'en donner de définitions de la fin pour qu'enfin je m'en aille ? Combien d'étangs de larmes veux-tu me voir remplir ?

Le bateau se met à filer à toute vitesse sur l'onde plane.

LANIE. Princesse Anne, le grondement… Vous l'entendez ?

MANIE. On arrive au bout de l'horizon !

LA CLÉMENTINE. On y arrive…

MARIETTE. Pauvre Œrine qui voulait tant voir ça.

Le bateau s'arrête. On entend le bruit d'une chute d'eau qui tombe dans l'infini. Juliette, qui est restée endormie, se réveille doucement.

JULIETTE. J'ai dormi longtemps ? Pourquoi vous ne m'avez pas réveillée ?

LA PRINCESSE ANNE. Qu'on mette une barque à la mer ! Je m'en vais.

Les femmes mettent la barque à la mer et sortent.

— Les portes de l'horizon —

SARAH *(dans les yeux du monde).* Deuxième station : Anne aux portes de l'horizon.

La princesse Anne rame sur sa barque en haute mer. Un soleil rouge semble se coucher. Peut-être se lève-t-il…

LA PRINCESSE ANNE. Coup de rame ! Coup de rame ! Coup de rame ! J'ai peur… Et si tout ça n'allait nulle part. Pour chaque vie, un trait. Une patte de mouche sur la page du monde. Et je ne serais qu'un petit trait de plus parmi tous les petits traits dessinés sur la terre… Qu'un petit trait de plus parmi tous les petits traits. Un jour, le gros bouillon recouvrira tout… Et tous les petits traits dessinés sur la terre ne seront que poussière. Alors… À quoi bon avoir peur ! Va au bout de ta folie, Anne ! À toi, Œrine, dans ta cuisine, derrière tous tes rideaux. À toi qui, tranquille, recouds l'infinie robe du repos mérité. Coup de rame ! Coup de rame ! Coup de rame !

Le grondement de l'horizon se fait de plus en plus intense. Apparaît sur les flots le sommet d'un rocher. Sur le rocher, on reconnaît M. Badile qui regarde dans l'eau. Il porte de petites lunettes noires comme celles d'un aveugle.

MONSIEUR BADILE. Alors c'est toi cette princesse Anne que j'entends causer depuis tout à l'heure ? Tu parles bien. Et en plus, ce qui n'est pas chose répandue, tu as raison ! Tous ces pauvres humains qui se démènent pour tracer leur petit trait sur la page du monde, c'est grotesque. Même si c'est touchant, il y a de quoi rire, non ?

LA PRINCESSE ANNE. C'était un doute passager. Je ne le pensais…

MONSIEUR BADILE. Mais si tu le pensais ! Tu le penses encore et tu as raison. Je viens de te le dire. Tu sais, Anne… Tu fais bien ton travail. Tu mérites une bonne petite médaille clouée, là, sur ton sein ! Je ne pensais pas que tu y arriverais. Enfin, je ne le pense toujours pas. Rassure-toi. Vois-tu, c'est mon rôle… Mon rôle, d'être là ! Bien habillé sur un rocher au milieu de l'océan et de te dire que non ! Non, non, non, tu ne passeras pas.

LA PRINCESSE ANNE. Qui es-tu ?

MONSIEUR BADILE. De ce côté-là du monde, je crois que l'on m'appelle le diable. C'est mon nom. Les hommes d'ici aiment appeler les choses par leur nom. C'est agréable ! De l'autre côté, j'ai dû me donner un nom d'emprunt, une boutade, une bêtise, un pseudonyme comme on dit, pour passer incognito vois-tu… Badile ! Ils m'appellent Badile ! C'est parce que, là-bas, ils ne croient plus en rien. Alors il faut jouer la comédie sinon on ne peut pas parler sérieusement. On ne s'amuse plus tu sais ! Oh, on ne s'amuse pas beaucoup là-bas. On ne peut pas se jouer de grandes scènes style "Joute orale entre le diable et la princesse au bord de l'horizon". Non ça, vraiment, ça n'existe pas.

LA PRINCESSE ANNE. Tu m'attends depuis longtemps ?

MONSIEUR BADILE. Oh non ! J'ai le sens du timing ! Je suis arrivé hier. Le temps est agréable. Ça me console un peu. Un peu… Pour tout t'avouer, Anne, je suis… Il faut bien le dire… Dans une humeur exécrable.

LA PRINCESSE ANNE. Pourquoi ?

MONSIEUR BADILE. J'ai beaucoup travaillé pour mon œuvre ! Tu comprends ? C'est un travail de tous les jours que de faire déjouer l'équilibre. J'y bosse comme un acharné. Il faut être inventif. Toujours à la pointe. Je suis à la pointe ! Je suis à la pointe et j'ai mis un grand coup de pied dans l'homme ! Tout allait bien. Le monstre avait perdu sa chaîne. Un superbe tableau ! Et là, pour une histoire de pas grand-chose, pour un petit raté dû à je ne sais trop quoi, pour un raté naïf, j'ai comme qui dirait un peu peur que ça m'échappe.

LA PRINCESSE ANNE. Je dois avancer. Ne pas m'arrêter de parler. Ne pas vous laisser cette place. Il faut que je passe ! Que je me dépêche, que je prenne mon cœur dans la main, que je passe !

MONSIEUR BADILE. Oh mais non, c'est un peu court… *(Montrant l'horizon.)* Tu sais ce qu'il y a là-dessous ? Tu te crois déjà à la ligne d'arrivée ? Pauvre conne… Tu n'as pas fini d'en traverser des épreuves. Si tu pensais qu'une pauvre odyssée maritime à se raconter des histoires entre bonnes femmes serait un passage suffisant pour entreprendre la refonte…

LA PRINCESSE ANNE. La refonte ?

MONSIEUR BADILE. La réunion magique qu'ils attendent tous.

LA PRINCESSE ANNE. Quelle réunion ?

MONSIEUR BADILE. Le sortir du marasme ! La petite fleur en bouton sur l'arbre après l'hiver… L'ennui ! L'ennui mortel de l'espoir… Penses-tu qu'ils sont venus me voir gagner ? Malheureusement…

Non. Et pourtant ils m'aiment bien. C'est même moi qu'ils préfèrent…

LA PRINCESSE ANNE. La réunion de quoi ?

MONSIEUR BADILE. Des deux mondes malades comme deux hémisphères séparés d'une pomme. Tu n'as pas écouté ?

LA PRINCESSE ANNE. Je ne vois pas de quoi tu parles.

MONSIEUR BADILE. Le monde enchanté et le monde désabusé. Tu n'as donc rien compris ?

LA PRINCESSE ANNE. Je suis la réunion ?

MONSIEUR BADILE. Il paraît… Enfin une moitié seulement. Mais moi… Ce n'est pas que je ne t'aime pas, j'aime tout le monde, mais je ne peux pas te laisser faire. Alors, ça s'arrête là. C'est fini… Fini !

LA PRINCESSE ANNE. Faisons un jeu.

MONSIEUR BADILE. Crois-tu vraiment que j'aie le cœur à jouer ? Je ne suis pas d'humeur à faire des détours. Pas aujourd'hui ! J'en ai assez fait et ils m'ont coûté assez cher. Non ! Je veux ton âme sur un plateau et ton corps de pucelle.

LA PRINCESSE ANNE. Je te les joue. Mon âme. Mon cœur. Mon corps.

MONSIEUR BADILE. Pas de jeu j'ai dit ! On ne gagne pas de temps avec moi. C'est fini ! Le grand prodige n'aura pas lieu ! Donne-moi la main.

LA PRINCESSE ANNE. Je ne veux pas gagner de temps. Même si je le voulais, à quoi bon ? Je le sais bien, maintenant, que la fin est actée. Tu es venu à temps ! Tu as gagné.

MONSIEUR BADILE. J'ai gagné… Voilà… Donne-moi la main.

LA PRINCESSE ANNE. Je suis encore une enfant et je voudrais jouer une dernière fois, c'est tout…

MONSIEUR BADILE. Hou là là ! Je me méfie de toi. Ta bouche féminine qui me ment à tout rompre. Une enfant qui ne veut pas gagner de temps, tu dis ?

LA PRINCESSE ANNE. Tu es un enfant aussi. On me l'a raconté…

MONSIEUR BADILE. Qui t'a raconté une bêtise pareille ?

LA PRINCESSE ANNE. Le diable est un enfant déchu qui veut être plus fort que tout le reste. Un enfant qui se veut au-dessus des grandes forces et qui fait joujou.

MONSIEUR BADILE. Je ne suis pas un enfant. C'est toi qui es de mon étoffe, non pas moi de la tienne !

LA PRINCESSE ANNE. Tu es un enfant. Ce n'est pas grave. Jouons un peu. Qui te regarde ? Quelle honte peux-tu avoir ?

MONSIEUR BADILE. J'ai honte de me faire raconter des histoires par une maligne qui sait user des masques. Allez ! Allez, du vent ! Finissons-en ! Donne-moi la main !

LA PRINCESSE ANNE. C'est une dernière requête que je t'adresse.

MONSIEUR BADILE. Encore un mot et ta fin ne sera pas très douce. Je serai méchant, vois-tu… Ce serait bête. Ce serait foutrement triste de te voir trop souffrir. Alors tu vas être une gentille fifille et me donner la main !

LA PRINCESSE ANNE. Je veux jouer pour me souvenir…

MONSIEUR BADILE. Te souvenir de quoi ?

LA PRINCESSE ANNE. D'un jeu que je faisais petite et qui me rendait plus heureuse que le bonheur… Et puis je serai à toi.

Temps.

MONSIEUR BADILE. Tu seras à moi ?

LA PRINCESSE ANNE. Je serai à toi et à personne d'autre.

MONSIEUR BADILE. Tu ne préfères pas mourir ?

LA PRINCESSE ANNE. Je ferai l'effort de t'aimer.

MONSIEUR BADILE. Tu ne m'aimeras pas.

LA PRINCESSE ANNE. J'apprendrais patiemment à t'aimer.

MONSIEUR BADILE. Pourquoi tu me dis ça ?

LA PRINCESSE ANNE. Parce que j'aime mieux essayer que mourir.

MONSIEUR BADILE. Toutes mes femmes – nombreuses qu'elles ont été mes femmes – m'ont suivi sans m'aimer, tu m'entends ? Sans m'aimer ! Aucune. Et tu crois pouvoir être la première à y parvenir ? Elles m'ont admiré… Oui, ça ! Toutes m'ont admiré, respecté, répété tous mes gestes… Oui ! Apprécié mes parures, mes dîners délicats, mais l'amour, je ne sais pas ce que c'est. Au début, ça tient… Mais au bout d'un moment, cette chose-là, ça ne s'invente pas : l'amour. Alors, au bout d'un moment, elles veulent s'enfuir et moi… Tous les ans, tu comprends… Je suis obligé de les enterrer vives et ce n'est pas si drôle. Pas bien drôle, non… Même si ce n'est pas pour me fâcher.

LA PRINCESSE ANNE. Je t'aime déjà.

MONSIEUR BADILE. Répète-le.

LA PRINCESSE ANNE. Je t'aime.

MONSIEUR BADILE. Encore.

LA PRINCESSE ANNE. Je t'aime.

MONSIEUR BADILE. Comme tu mens bien ! Donne-moi la main.

LA PRINCESSE ANNE. Attends ! Laisse-moi au moins le temps d'un jeu.

Silence. M. Badile regarde la mer autour de lui.

MONSIEUR BADILE. Allez, je te l'accorde.

LA PRINCESSE ANNE. Tu me l'accordes !

MONSIEUR BADILE. Mais que ce ne soit pas long…

LA PRINCESSE ANNE. Promis.

MONSIEUR BADILE. En quoi il consiste, ton jeu ?

LA PRINCESSE ANNE. Ça s'appelle "La pêche du palétusier à dos bleu" !

MONSIEUR BADILE. Qu'est-ce que c'est le palétusier à dos bleu ?

LA PRINCESSE ANNE. Un poisson imaginaire long comme deux femmes avec une épée à la place du museau et quatre gros yeux par flanc.

MONSIEUR BADILE. Et comment le chassais-tu ?

LA PRINCESSE ANNE. Ça se faisait en nombre. On ne pourra jamais retrouver la solution à deux !

MONSIEUR BADILE. Mais si ! Mais si ! Bien sûr qu'on y arrivera ! Pour qui me prends-tu ?

LA PRINCESSE ANNE. Alors pour commencer, il faut y croire !

MONSIEUR BADILE. Je sais faire.

LA PRINCESSE ANNE. Ensuite… Il faut que tu m'appelles capitaine.

MONSIEUR BADILE. Tu te moques de moi ?

LA PRINCESSE ANNE. Et moi, je t'appellerai général !

MONSIEUR BADILE. Général ? Continue…

LA PRINCESSE ANNE. Il faut que nous soyons tous les deux dans cette barque.

MONSIEUR BADILE. Je suis obligé ?

LA PRINCESSE ANNE. Sinon le jeu ne marche pas.

MONSIEUR BADILE. Alors je monte. *(M. Badile monte dans la barque.)* Mais je te préviens, au moindre écart, je t'égorge.

LA PRINCESSE ANNE. Oui, mon général ! *(Temps.)* Bien ! Moi je tape dans l'eau, pour faire diversion, de ce côté, et de temps en temps, je plonge ma main dans l'eau de la mer.

MONSIEUR BADILE. Pourquoi, capitaine ?

LA PRINCESSE ANNE. Si ma main gèle, c'est que nous sommes dans la mer aux icebergs et comme le palétusier à dos bleu ne vit pas dans l'eau de la mer aux icebergs, c'est que nous avons perdu ! Si l'eau est bonne, c'est que tout reste encore possible ! Vous, mon général, vous regardez de ce côté en tapant du talon comme ça : Tata Tata Tata Tata !

M. Badile s'exécute.

MONSIEUR BADILE. Comme un cœur !

LA PRINCESSE ANNE. Voilà, mon général… Gardez le pas léger et observez la surface. Si vous voyez un gros œil jaune qui sort de l'eau, c'est lui ! Et là il faut dire la phrase : “Saute, palétusier ! Et dans ton saut, retourne-toi !”

MONSIEUR BADILE. Que se passera-t-il s'il ne se retourne pas ?

LA PRINCESSE ANNE. Ce qu'il ne se passera pas s'il se retourne…

MONSIEUR BADILE *(frappant du pied de plus en plus vite comme un enfant)*. Capitaine ! Capitaine ! Ça bouge au-dessus de l'eau… Ça remue !

LA PRINCESSE ANNE. L'eau est bonne, tout reste encore possible.

MONSIEUR BADILE. C'est incroyable… Comme si la mer se réveillait. On dirait qu'elle a chaud ! Elle bouillonne la grande dame…

LA PRINCESSE ANNE *(frappe dans l'eau de son côté)*. Continuez, général, continuez !

MONSIEUR BADILE. Capitaine, c'est bon !

LA PRINCESSE ANNE. Quoi ?

MONSIEUR BADILE. Ça sort de l'eau ! Ça sort de l'eau ! Mais… Mais ce n'est pas un gros œil jaune comme vous me l'avez dit… Non ! On dirait…

Il s'approche du bord.

LA PRINCESSE ANNE. Continuez le talon, général !

MONSIEUR BADILE. Deux grosses narines rouges encore toutes fumantes. Est-ce lui ?

La princesse Anne écarquille grands les yeux.

LA PRINCESSE ANNE. C'est lui ! C'est bien lui et l'eau est délicieuse. La phrase mon général ! La phrase !

La mer commence à s'agiter violemment.

MONSIEUR BADILE *(plein de joie).* "Saute palétu…" *(La princesse Anne se précipite et pousse violemment M. Badile qui passe par-dessus bord et la regarde, horrifié.)* Mais qu'est-ce que… Tu avais promis… Tu avais dit… Non ! Non !

Mouvements de vagues. Il s'enfonce dans les eaux. On entend un grand bruit de mâchoires. Une fumée en grosses bulles s'extirpe de l'océan. La princesse Anne regarde l'eau qui se calme. Silence.

LA PRINCESSE ANNE. Un practe ! Je n'en avais jamais vu… Un practe ! Le practe est venu me sauver, Œrine.

Plus un bruit sur la mer. Anne reprend sa rame et s'approche de l'horizon.

— Ce départ-là même que j'ai raté —

Toute la troupe du théâtre des campagnes est réunie en silence. Brock arrive dans l'assemblée.

BROCK. Pardon, je n'étais pas là pour la répétition. J'ai rencontré… Enfin… Je me suis baladé ! Le temps est merveilleux ! Il fait froid mais le ciel n'a aucun nuage et c'est très beau tout autour. Gabriel, tu avais raison… Ça ne va pas ? Vous n'aviez pas besoin de moi de toute façon… Maman ? Pourquoi maman pleure ? Qu'est-ce qu'il se passe ?

GABRIEL. Brock, assieds-toi.

BROCK. Qu'est-ce que vous avez à me dire ? Où est papa ? Il est en colère contre moi, c'est ça ?

GABRIEL. Non, Brock…

BROCK. J'ai raté quelque chose ?

GABRIEL. Non, tu n'y es pour rien…

LORENZO. Mon enfant, un drame terrible est arrivé.

BROCK. Où est Argan ? Vous êtes tous réunis… Pas un ne manque… Où est mon père ? Non ne me dites rien. Je ne veux pas entendre ce que vous avez à me dire. Maman, arrête de pleurer ! Je n'étais pas là… Où est mon père ? Ah ne parlez pas… Gardez votre silence ! Gabriel, où est mon père ?

GABRIEL. Nous allions commencer le travail d'*Hamlet*. Argan était resté au plateau. Nous sommes allés nous préparer et à notre retour…

BROCK. Arrête !

LORENZO. On ne sait pas ce qu'il s'est passé…

BROCK. Je veux le voir.

BÉLISE. Ton père est mort ! Pourquoi vous ne lui dites pas clairement.

BROCK. Ces mots… Et moi absent… Pourquoi vous n'êtes pas venus me chercher ?

SARAH. Avec Lorenzo nous t'avons cherché partout, tu étais introuvable.

BROCK. Introuvable… J'étais allé voir la mer, c'est tout.

— Les limbes —

SARAH *(dans les yeux du monde)*. Troisième station : Les limbes.

La princesse Anne est allongée dans une grotte immense. À ses côtés, on reconnaît la barque de la seconde station recouverte de mousses, de lichens et de végétation. Comme si elle était là depuis un siècle.
Ici, les murs sont sombres, lisses et mouillés. Ça clapote de tous côtés. Ça résonne. Une rivière aux rives peu précises se dessine dans une boue argileuse. On croirait entendre des crapauds, très lointains, chanter une complainte. La princesse Anne se réveille.

LA PRINCESSE ANNE. Ma tête… Je suis tombée ? Je suis tombée… Morte ?

Henri et Jules le Blanc apparaissent. Ils se tiennent par la main.

HENRI. Alors petite sœur, tu es enfin arrivée.

LA PRINCESSE ANNE. Henri ? C'est toi ! Jules ! Mes frères ! Venez ! Que je vous prenne dans mes bras à vous casser en deux…

La princesse Anne accourt vers ses frères.

HENRI *(les bras en avant).* Non ! Petite sœur… Ne t'approche pas trop près !

LA PRINCESSE ANNE. Pourquoi ?

HENRI. On ne peut pas. Ce serait trop dur… C'est déjà…

JULES. On ne voudrait pas… En vérité, ce n'est pas notre rôle d'être là devant toi.

HENRI. Voilà longtemps que l'on te suit, de loin, cachés.

JULES. Et fiers !

HENRI. On a nagé parmi les vagues.

JULES. Sous les ventres des mammifères marins, on a tiré le bateau.

HENRI. La nuit, on allait te regarder dormir dans ta cale, par le hublot.

LA PRINCESSE ANNE. Ne me dites pas que c'est la dernière fois que je vous vois ?

HENRI. Ce sera la dernière, oui.

LA PRINCESSE ANNE. Non, je refuse.

JULES. C'est pour ça qu'on ne te prend pas dans nos bras.

HENRI. Tu resterais collée.

JULES. Et nous, il faut que l'on te montre…

HENRI. Quelques mondes d'ici !

JULES. Pas tous…

HENRI. Pas le temps ! Ils sont innombrables.

JULES. Des cercles dans des cercles dans des cercles dans des cercles dans des…

LA PRINCESSE ANNE. Où suis-je ?

HENRI. Ici ? Le cercle des errants. Des gens qui pensent ne pas avoir fini. Un monde de passage.

JULES. En dessous, le cercle des poètes.

HENRI. On t'y emmène…

JULES. En dessous, le cercle des pauvres.

HENRI. Un cercle de silence. On n'y parle pas. On refait les bonnes tâches.

JULES. En dessous, le cercle des suicidés.

HENRI. Un cercle plein d'espoir et de félicité.

JULES. En dedans, le cercle des mystiques.

HENRI. C'est une chambre noire.

JULES. En dessous, le cercle des découpeurs.

HENRI. On y gueule pour se dire des douceurs.

JULES. En extérieur, le cercle des prostrés.

HENRI. Au cœur, le cercle des non-aimés.

JULES. Et tout autour, comme des planètes en orbite tournoyant dans le noir…

HENRI. Le cercle des comptables ! Le cercle des grandes âmes ! Le cercle des suppliciés !

JULES. Il hurle quand il passe.

HENRI. Le cercle des astronomes !

JULES. Plus petit encore : le cercle des bons rois.

HENRI. Le cercle des castrateurs ! Le cercle des non-trouvés ! Le cercle des bons calculs !

JULES. Le cercle des marins ! Le cercle des dévastés ! Le cercle des riches et des époux modèles !

HENRI. Celui des vaniteux fait la taille d'un pays.

JULES. Celui des faux modestes, plus vaste qu'on ne le pense.

HENRI. Le cercle des prophètes aussi a une taille considérable. L'un des plus habités…

LA PRINCESSE ANNE. Je veux rester avec vous.

JULES. Non, Anne.

HENRI. Descendons… Il y a une porte pour toi quelques étages plus bas. Descendons.

Univers de tapis et d'encens. Sur trois petites chaises de bois, trois vieillards à longue barbe discutent.

JULES. Le cercle des poètes ! Nous y sommes ! Nous passons nos journées ici avec Henri, tête-bêche comme un œuf à deux corps. Je lui raconte des histoires d'étoffes, d'animaux qui se lovent dans des terriers de plumes.

HENRI. Je lui raconte les grandes stratégies militaires. L'histoire ! Les mythes des combattants infatigables qui sonnent l'appel, le corps encore percé de mille flèches !

JULES. Et moi j'adore !

HENRI. Les hydres et les reflets.

LA PRINCESSE ANNE. Qui sont ces trois vieillards ?

HENRI. Ça… Des vieux et grands poètes qui radotent.

LA PRINCESSE ANNE. Des grands poètes ? Comment s'appellent-ils ?

HENRI. Demande-leur.

LA PRINCESSE ANNE. Je peux ?

HENRI. Mais oui…

LA PRINCESSE ANNE. Dites-moi, messieurs…

SHAKESPEARE. Qu'est-ce qu'elle veut ?

LA PRINCESSE ANNE. Mes frères me disent que vous êtes de grands poètes…

SHAKESPEARE. Oui, c'est vrai ! Alors ?

LA PRINCESSE ANNE. Eh bien comme je n'en ai jamais rencontré, j'étais curieuse. Qu'écrivez-vous ? Que dites-vous ?

SHAKESPEARE. Vous plaisantez, mademoiselle ?

LA PRINCESSE ANNE. Pardon ?

SHAKESPEARE. Je dis : vous plaisantez, mademoiselle ?

LA PRINCESSE ANNE. Non.

SHAKESPEARE. Vous ne savez pas qui je suis ?

LA PRINCESSE ANNE. À moins que je ne me trompe, non.

SHAKESPEARE. Vous entendez ça, chers collègues ! Elle me demande à moi – à moi ! – qui je suis ! Elle me demande qui je suis !

HOMÈRE. C'est que vous avez beaucoup changé, William… Beaucoup changé. Moi qui ai conservé ma tête de poète sans yeux, elle me reconnaît…

LA PRINCESSE ANNE. Non, monsieur, je ne vous reconnais pas non plus…

HOMÈRE. Comment ? Mais je suis Homère !

LA PRINCESSE ANNE. Pardon ?

HOMÈRE. Homère ! L'inventeur des grandes épopées du millénaire ! L'*Iliade*, l'*Odyssée*… Ça ne vous dit rien ? Dites-moi que vous savez qui je suis…

SHAKESPEARE. *Hamlet*, *Macbeth*, *Othello* ! Ne me dites pas que vous n'avez jamais entendu ces noms… *Hamlet ! "To be or not to be."*

LA PRINCESSE ANNE. Je ne…

SOPHOCLE. Alors nous sommes oubliés pour de bon mes amis !

LA PRINCESSE ANNE. Laissez-moi retenir. Je vais me souvenir ! William, Homère et…

SOPHOCLE. Ne vous fatiguez pas, jeune fille… Si vous ne pouvez pas nommer les deux qui siègent à mes côtés, il n'y a aucune, mais aucune raison que vous puissiez le faire pour moi…

LA PRINCESSE ANNE. Dites toujours…

SOPHOCLE. Sophocle !

LA PRINCESSE ANNE. Connais pas…

SOPHOCLE. Tout de même, c'est un comble ! Spécialiste en tragédies… Cent vingt-trois pièces à mon actif ! Dix-neuf victoires aux Dionysies ! On peut dire que j'ai travaillé… Et toute cette sueur sur la tablette, elle connaît pas…

LA PRINCESSE ANNE. Cent vingt-trois pièces en une vie, c'est impressionnant…

SHAKESPEARE. Non ! On n'écrit pas cent vingt-trois pièces sans les bâcler…

LA PRINCESSE ANNE. William, il ne faut pas bouder !

SHAKESPEARE. Shakespeare ! Vas-tu m'appeler Shakespeare ! Un peu de respect pour les anciens ! Salope ! Fille inculte ! Triple catin dévergondée !

HOMÈRE. Voyons, William, les hommes nous ont oubliés, c'est ainsi. Que voulez-vous y faire ?

SOPHOCLE. Laissez-le parler, c'est un pédéraste décadent.

SHAKESPEARE. Oh !

Shakespeare et Sophocle se lèvent, prêts à se frapper.

HOMÈRE. Arrêtez, mais arrêtez ! On dirait des sauvages… *(Ils se rassoient tous les trois.)* Vous devriez avoir honte.

SHAKESPEARE. C'est lui qu'a commencé.

SOPHOCLE. C'est celui qui dit qui est…

HOMÈRE. Ma petite, il faut les excuser. Ils s'ennuient. Ils ont peur de mourir pour de bon. En bref, ce sont des hommes. Et toi, comment t'appelles-tu ? Qu'as-tu fait sur cette terre ?

LA PRINCESSE ANNE. Je m'appelle Anne. Avec mon équipage, j'ai traversé les mers jusqu'à l'horizon pour retrouver l'homme qui pourra sauver mon royaume. Et je suis aujourd'hui en station, ici, dans les limbes.

HOMÈRE. Mais c'est moi ça !

LA PRINCESSE ANNE. Qu'est-ce que vous dites ?

HOMÈRE. Le héros sur les mers, avec son équipage, qui essuie, comme dans un grand voyage intérieur, une foule d'aventures, qui va défier la mort jusque dans les enfers… Tout ça… Tout ça ! Mais… C'est de moi… C'est mon histoire !

LA PRINCESSE ANNE. Ah bon ?

HOMÈRE. Alors tu serais une piqueuse toi aussi… Une grande colleuse comme nous tous.

LA PRINCESSE ANNE. Mon père est un grand roi ! Un grand roi amoureux et j'ai bien peur qu'il fasse partie de la famille des fous maintenant.

SHAKESPEARE. J'y crois pas. Elle me copie aussi…

LA PRINCESSE ANNE. Je suis seule aujourd'hui, comme en errance. Mes frères m'épaulent et je pense, j'espère, que je vais y parvenir. Y parvenir ! Je suis sur le chemin d'un présage. Il faut entendre le monde qui parle et suivre son destin.

SOPHOCLE. Voilà tout mon travail résumé en une petite parole… C'est bien, mademoiselle, on existe encore !

LA PRINCESSE ANNE. Mes frères m'amènent à une porte m'ont-ils dit. Je crois que je vais partir d'ici. Je n'ai pas très envie.

SHAKESPEARE. Pas de paresse !

HOMÈRE. Confiance en la fable !

SOPHOCLE. En route ! Dépêchez-vous !

SHAKESPEARE. Et pensez à nous… Dites aux hommes que l'on existe encore !

LA PRINCESSE ANNE. Je vous le promets…

HENRI. Anne !

JULES. Anne, il faut partir… Il faut y aller. Il est temps. *(Anne et ses deux frères sont devant un rideau.)* On y est. C'est ici que la seconde traversée touche à sa fin. C'est ici que l'on se dit le véritable adieu.

LA PRINCESSE ANNE. Je passe ma vie à dire adieu.

JULES. C'est toujours comme ça pour tout le monde.

LA PRINCESSE ANNE. Gardez-moi avec vous !

Jules commence à partir.

HENRI. Adieu, petite sœur.

LA PRINCESSE ANNE. Dans quel cercle allez-vous vous coucher ?

JULES. Dans tous et dans aucun.

LA PRINCESSE ANNE. Jules, garde-moi avec toi !

JULES. Ma sœur, ce n'est pas vrai tout ça. C'est de l'enfantillage. Tout ce qu'on t'a montré est un jeu de miroirs. Un grand palais des glaces où demeure enfermé le souvenir des âmes… Mais tout ça en vérité n'est rien. De dehors, on jurerait une flaque d'eau. Tu verrais ça, tu rirais beaucoup… Ou peut-être un bouton de nacre dans le cœur d'un soleil, du riz blanc dans de l'eau ou la vapeur d'un bain.

LA PRINCESSE ANNE. Henri, que vas-tu faire ?

HENRI. Je suis Jules à la trace. On croirait encore que c'est moi qui éclaire le chemin en grand frère, mais là où Jules fait un pas, je cours dans son empreinte pour ne pas me perdre.

LA PRINCESSE ANNE. Ne me laissez pas partir.

JULES. Adieu, Anne.

LA PRINCESSE ANNE. Derrière ce rideau…

JULES. Il y a la sortie.

La princesse Anne arrache le rideau. Apparaît derrière un nouveau rideau fait de draps rapiécés. On entend une chanson.

Maman dis-moi quel est l'oiseau
Qui a plongé sa tête dans l'eau
Pour écouter le son des vagues
A sorti des flots une bague

Qui à ta main luit comme un signe

Maman dis-moi qui est cet être
Charmant brodeur qui a cousu
Ce beau chandail qui laiss' paraître
La jeunesse neuv' de tes bras nus

C'est toi mon âme C'est toi ma fille.

Pendant la chanson, la princesse Anne ouvre lentement le rideau. Apparaît derrière le rideau une petite cuisine, pauvre, propre mais usée. Œrine est attablée, chantante et tranquille. Elle épluche des courgettes. Elle est à sa tâche et ne voit pas Anne qui entre sans un bruit et vient s'asseoir doucement à la table.

ŒRINE *(chantant à nouveau le dernier vers de la chanson)*. "C'est toi mon âme C'est toi ma fille."

LA PRINCESSE ANNE. Bonjour, Œrine.

ŒRINE. Ah ! Tu es folle de me faire des frayeurs pareilles. Un jour, mon cœur, à continuer à jouer comme ça avec lui, va lâcher. Et tu seras bien triste ma pauvre enfant.

LA PRINCESSE ANNE. C'était une jolie chanson que tu chantais. C'est de quel poète ?

ŒRINE. Quelle chanson ? De quoi tu parles ?

Anne sourit.

LA PRINCESSE ANNE. Je suis venue…

ŒRINE. Pour m'aider à éplucher les courgettes… C'est gentil mais ce n'est pas de ton rang, je te l'ai déjà dit ! Chacun son affaire… Toi, tu es là pour être belle et entreprendre. Moi, pour éplucher. On a une place. Chacun sa place. Certaines paraissent plus lourdes à porter que d'autres, mais toutes sont égales pour que le monde avance.

LA PRINCESSE ANNE. Tu as raison, Œrine.

ŒRINE. Moi c'est la cuisine et toi…

LA PRINCESSE ANNE. C'est l'aventure !

ŒRINE. Tu n'arrives pas à te l'enlever de la tête… L'aventure. Dis-moi, tu continues à te raconter toutes ces histoires ?

LA PRINCESSE ANNE. Oui, Œrine, jusqu'à les vivre.

ŒRINE. Les navires, l'odyssée et les monstres marins que tu tues à mains nues… Comment tu l'appelles déjà ?

LA PRINCESSE ANNE. Le palétusier à dos bleu !

ŒRINE *(dans un sourire)*. Voilà, c'est ça : le palétusier à dos bleu ! On entend palétuvier dans ce nom de poisson. Tu as dû l'inventer là. On pique toujours quelque part.

LA PRINCESSE ANNE. C'est quoi un palétuvier ?

ŒRINE. C'est un arbre lointain. On le lit dans les livres. Un arbre des tropiques. Un arbre avec des racines comme des branches qui plongent dans l'eau…

LA PRINCESSE ANNE. Des racines comme des branches et des branches comme des racines !

ŒRINE. Qu'est-ce que tu dis ?

LA PRINCESSE ANNE. Rien. *(Silence. Œrine a fini d'éplucher. Elle retire le panier plein de courgettes et commence à enlever les épluchures de la table.)* Non, attends !

ŒRINE. Qu'est-ce qu'il y a ?

LA PRINCESSE ANNE. Je vais m'endormir sur cette table au milieu des épluchures de courgettes et je vais passer tout heureuse dans l'autre monde.

ŒRINE. Maintenant ?

LA PRINCESSE ANNE. Oui, ce sera mon dernier adieu à Ici. C'est très bien !

ŒRINE. C'est bon, tu vas le chercher ?

LA PRINCESSE ANNE. C'est bon… Oui. Cette odeur de l'enfance pour me dire bon courage. Œrine, je suis la femme la plus heureuse du monde.

ŒRINE. Je ne pensais pas que tu y parviendrais. Endors-toi mon enfant. Là, que je te caresse les cheveux…

LA PRINCESSE ANNE. Chante-moi une chanson… Une autre !

ŒRINE. Oui, ma petite Anne… Courage. Ça va être très dur, rien n'est jamais… Tout est commencement, toujours. Adieu, mon amour.

LA PRINCESSE ANNE. Des racines comme des branches et des branches comme des racines. Des racines comme des branches et des branches comme des racines…

ŒRINE *(chantant).*

C'est un très vieux navire
Parti dans l'air d'automne
Et le tonnerre sonne
Comme s'il voulait mourir

Mais malgré les tempêtes
Les vents la pluie qui gronde
On les voit qui dans l'onde
Font une grande fête

Ils font tinter les verres
Se moquent de l'horizon
Et crachent leur raison
Dans le bleu de la mer

"Équipage d'enfants
Vous portez l'espérance !"
Chantent dans une stance
Les pauvres et vieux parents

“Ils vont y arriver
Ils reviendront demain.”
Disent la tête dans les mains
Les mères des aînés

“Nous rirons de folie
Pour le retour vainqueur.”
Disent la tête dans le cœur
Les pères des petits

Ils font tinter les verres
Se moquent de l’horizon
Et crachent leur raison
Dans le bleu de la mer

Voilà qu’ils disparaissent
De l’autre côté du monde
Et personne ne sait
Si cette terre est ronde

Dans le noir, après un silence. On entend une horloge frapper huit coups sonores. On entend un corps qui remue dans des draps. On entend une voix. Dans l’autre monde, la princesse Anne est Anne.

— La dernière tour restée debout —

SARAH *(dans les yeux du monde)*. Quatrième station, au sommet de la dernière tour restée debout dans les cendres de la ville : l’appartement de Sophie !

SOPHIE. Ah… Huit heures ! Je ne veux pas me lever. Non, je ne veux pas me lever. Il faut se lever. Pourquoi tu te lèves, Sophie ? Pourquoi tu parles toute seule ? À quoi bon vivre et se lever le matin ? Huit heures ! C’est la règle, ne discute pas… Ensuite : laver la table, les clous, les chaises à retaper… Il faut reprendre. C’est la règle, on ne discute pas…

On entend des pas dans le noir. Sophie ouvre un volet. On distingue un appartement. Des bibelots, des cartons, une table. Par la fenêtre, on voit des tours d'acier et de verre délabrées, un grand champ de cendres à perte de vue. Sophie se dirige vers l'autre volet qu'elle ouvre lentement. Dans le coin du salon de l'appartement, Anne se réveille. Elle a les yeux rouges et le corps tremblant. Sophie l'aperçoit.

SOPHIE. Mais… Un homme, là, dans le coin de mon salon ? Qui es-tu ? Qu'est-ce que tu fais là ? Comment es-tu entré ? Que me veux-tu ?

ANNE. Je ne sais pas… Où sommes-nous ?

Sophie s'approche d'Anne.

SOPHIE. Tu trembles ? Il ne fait pas si froid tout de même. Laisse-moi te regarder. *(Sophie relève dans ses bras Anne qui tremble et claque des dents.)* Oh, tu mérites un grand bol de quelque chose de chaud. Je n'ai pas beaucoup… Mais du sucre il m'en reste un peu avec de l'eau bouillante. Tu parles ma langue ?

ANNE. Je parle… Que s'est-il passé ? Je ne me souviens pas… J'ai mal !

SOPHIE. Du calme, mon petit oiseau… Tu es mon petit oiseau et je vais m'occuper de toi. Je ne sais pas d'où tu sors… Il n'y a rien ici ! Plus rien… Que moi, et te voilà à mes côtés.

ANNE. Plus rien ? Comment, plus rien…

SOPHIE. C'est une longue histoire… Je vais te raconter. On aura bien le temps.

ANNE. Ma tête…

SOPHIE. Comment tu t'appelles ?

ANNE. Quoi ?

SOPHIE. Quel est ton nom ?

ANNE. Mon nom ? Comment je m'appelle… Comment je m'appelle ?

SOPHIE. Prends ton temps…

ANNE. Comment je m'appelle ! Comment je m'appelle ! Comment ?

SOPHIE. Calme-toi !

ANNE. Je ne sais plus.

SOPHIE. Ce n'est pas grave.

ANNE. Je ne sais plus rien.

SOPHIE. Moi, je m'appelle Sophie. Et toi tu t'appelleras… Tu t'appelleras Psyché.

ANNE. Psyché ?

SOPHIE. Si tu veux bien. En souvenir de la première histoire que l'on m'a racontée. Psyché, ça te plairait comme… Oui ?

ANNE. Quelle nuit ai-je traversée ?

SOPHIE. Ça te plairait comme nom ?

ANNE. Oui.

Anne devient Psyché.

SOPHIE. Je vais te remettre sur pied, Psyché ! Je te montrerai tout ce que je sais faire, tu me montreras tout ce que tu sais faire. Et tu seras heureuse comme je serais heureuse. Et je serai heureuse comme tu seras heureuse… Tu seras la plus belle chose survenue dans ma vie. Je serai la plus belle chose survenue dans la tienne. Que tu es belle, ma Psyché ! Tu as l'espoir dans le fond des yeux.

— Le nouveau roi —

Gabriel a mis le manteau d'Argan. Toute la troupe du théâtre des campagnes est autour de lui. Les bagages sont faits. Le corps d'Argan est allongé dans une longue malle à costumes.

GABRIEL. Mon père est mort ! Notre roi est mort ! Plus aucun matin ne se lèvera comme avant. Plus aucun oiseau ne chantera comme avant. En ton honneur, Argan, nous hurlerons notre silence. Nous te porterons ! Nous marcherons jusqu'à trouver le lieu digne de ta sépulture ! Un château pour un roi ! Que l'on trouve un château pour notre roi ! Et que le monde se taise devant la dépouille de celui qui n'a jamais perdu sa foi !

Gabriel fait un geste. On ferme la malle à costumes.

PARTIE 5

LE CHANT DU VÉRITABLE ABANDONNÉ

"J'ai disparu devant vous… Je suis un disparu."

Ou comment la troupe enterre son roi.
Ou comment deux frères se déchirent.

— Les bâtons de Psyché —

Dans l'appartement de Sophie, au sommet de la dernière tour restée debout. Sophie brosse les longs cheveux de Psyché.

SOPHIE. Comme tes cheveux ont poussé depuis tout ce temps. Bientôt ils t'iront jusqu'aux chevilles. De vrais cheveux de princesse.

PSYCHÉ. Sophie…

SOPHIE. Oui mon amour.

PSYCHÉ. Tu ne comptes jamais les jours toi ?

SOPHIE. À quoi cela servirait-il de les compter ?

PSYCHÉ. Tu dois avoir raison. *(Temps.)* Au début, tu sais, je les comptais.

SOPHIE. Quoi ?

PSYCHÉ. Les jours qui passaient.

SOPHIE. Tu ne me l'as jamais dit.

PSYCHÉ. C'est que c'était machinal.

SOPHIE. Tu aurais pu me le dire.

PSYCHÉ. C'est que j'étais inquiète.

SOPHIE. Tu le faisais en cachette ?

PSYCHÉ. Je le faisais sans savoir pourquoi.

SOPHIE. Tu me le cachais.

PSYCHÉ. Ne m'en veux pas. *(Sophie donne un grand coup de brosse.)* Aïe !

SOPHIE. Oh pardon ! Ils sont tout emmêlés, tu devrais y faire plus attention. *(Silence.)* Comment les comptais-tu ?

PSYCHÉ. Les jours ?

SOPHIE. Oui.

PSYCHÉ. La nuit, sous le lit, je m'allongeais et je traçais un petit bâton sur la plinthe en bois blanc. Cette nuit, j'ai recompté les bâtons que je traçais à chaque fois que le soleil se levait. Six cent vingt-quatre !

SOPHIE. Quoi ?

PSYCHÉ. J'en ai tracé six cent vingt-quatre avant de finir mon crayon.

SOPHIE. Je ne me rends plus compte.

PSYCHÉ. Et depuis que mon crayon est fini…

SOPHIE. C'était il y a longtemps ?

PSYCHÉ. Oui. Je crois… Depuis que je n'ai plus de mine, je n'arrive plus à retenir. Je n'arrive plus à savoir depuis combien de temps je suis ici.

SOPHIE. Quelle idée de vouloir le savoir. Pour moi, tu as toujours été là.

PSYCHÉ. Toujours ?

SOPHIE. Toujours.

PSYCHÉ. Sophie, qu'aurais-je fait sans toi ?

Sophie embrasse Psyché.

SOPHIE. Tu te serais fait manger comme les autres.

PSYCHÉ. Manger…

SOPHIE. Dévorer !

PSYCHÉ. Mais je suis ta Psyché et tu me protèges.

SOPHIE. Voilà.

PSYCHÉ *(regardant par la fenêtre).* Il neige.

SOPHIE. Quand il neige, comme il est bon de rester au chaud dans un coin sec… Dans notre abri… Tu ne trouves pas ?

PSYCHÉ. Oui.

SOPHIE. Allez, les petites tâches quotidiennes !

PSYCHÉ. Maintenant ?

SOPHIE. Tu as encore fait des cauchemars cette nuit.

PSYCHÉ. Je ne me souviens pas.

SOPHIE. Tu as crié des prénoms dans la nuit.

PSYCHÉ. Qui ? Comment s'appellent-ils ?

SOPHIE. Oh je ne sais pas. Tu bafouilles… On ne comprend rien.

PSYCHÉ. Est-ce que je m'appelle moi-même ?

SOPHIE. Non.

PSYCHÉ. Comment peux-tu le savoir ?

SOPHIE. Mets de l'eau dans la bassine, ni trop chaude ni trop froide.

PSYCHÉ. Sophie, pourquoi tu ne m'aides pas ?

SOPHIE. Tu plaisantes ?

PSYCHÉ. Tu pourrais m'aider à retrouver.

SOPHIE. Mais à retrouver quoi ?

PSYCHÉ. Sophie !

SOPHIE. Il n'y a plus rien. Tout est mort autour de nous ! Psyché… Réveille-toi ! Retrouver… Retrouver… Retrouver…

PSYCHÉ. Juste m'aider à me souvenir d'où je viens et où je vais.

SOPHIE. Il y a peut-être une chose que nous pouvons faire.

PSYCHÉ. Dis-moi.

SOPHIE. Ça ne marchera peut-être pas.

PSYCHÉ. Dis-moi !

SOPHIE. Regarde derrière l'horloge, il y a une petite caisse en bois… Une boîte. Va me la chercher.

Psyché va chercher la boîte.

PSYCHÉ. C'est un trésor ?

SOPHIE *(ouvrant la boîte).* Ce sont des bougies.

PSYCHÉ. Des bougies.

SOPHIE. Des chandelles plutôt. Avant on s'en servait pour prier. On l'allumait, on pensait à quelqu'un et on faisait un vœu. On s'en servait aussi pour éclairer les théâtres.

PSYCHÉ. Les théâtres ?

SOPHIE. On allumait une chandelle et le temps qu'elle se consume était le temps d'un acte. Le temps d'un monde imaginaire. On jouait dans des salles obscures et l'on redécouvrait l'homme à la lueur vibrante du feu.

PSYCHÉ. Nous allons faire du théâtre.

SOPHIE. Tu décideras des scènes comme ça… Sans savoir… Je fermerai les volets et dans le noir on invitera les noms de tes cauchemars. Tu veux ?

PSYCHÉ. Oui !

— Le père de cœur —

SARAH *(dans les yeux du monde).* Sur le bord d'une route, on retrouve le Président travesti assis à une petite table de bois. Maquillage, fioles, pierres et grigris. Il a pris de l'âge. Il a pris du poids. Et un peu de superbe. Il est maquillé de multiples couleurs et porte de grosses boucles d'oreilles rouillées et sphériques.

LE PRÉSIDENT. Te voilà, Étoile. Alors…

ÉTOILE. Alors quoi ?

LE PRÉSIDENT. Je peux savoir où tu étais partie ?

ÉTOILE. Ce n'est pas ma faute…

LE PRÉSIDENT. Je pensais que tu ne reviendrais jamais.

ÉTOILE. Je suis désolée.

LE PRÉSIDENT. J'ai pleuré toute la journée mais ça, tu ne t'en rends pas compte. Tu ne te rends compte de rien. Un jour, tu ne reviendras pas… Je le sais !

ÉTOILE. Papa ! Je me suis perdue sur le chemin du retour. C'est tout…

LE PRÉSIDENT. Arrête de m'appeler papa ! Quand je travaille je suis “Maman”. Tu sais que je préfère.

ÉTOILE. La nuit est tombée d'un coup et je me suis couchée. C'est toi qui m'as dit : *(imitant le phrasé de son père adoptif)* “Si la nuit tombe d'un coup, Étoile, tu montes dans un arbre. Bien haut ! Tu te fais un perchoir, et tu attends que les oiseaux chantent pour redescendre.”

LE PRÉSIDENT. Mais tu avais dix ans !

ÉTOILE. J'en ai vingt aujourd'hui et je n'ai pas oublié.

LE PRÉSIDENT. Vingt ans ! Vingt ans ! Qu'est-ce que tu racontes ?

ÉTOILE. Tous les jours, je tiens mon livre de bâtons et la vingtième année est bien passée.

LE PRÉSIDENT. Déjà ?

ÉTOILE. Oui ! Déjà…

LE PRÉSIDENT. Quel âge j'ai, moi ?

ÉTOILE. Selon mes calculs, tu dois avoir soixante…

LE PRÉSIDENT. On ne compte plus ! Je dois être vieux, voilà ! Vingt ans ? Vingt ans et tu continues à monter dans les arbres quand la nuit tombe ?

ÉTOILE. Et alors… Si je veux continuer à suivre tes conseils !

LE PRÉSIDENT. Je ne veux plus que tu les suives.

ÉTOILE. Papa, arrête, c'est ridicule !

LE PRÉSIDENT. Où est ma poudre ?

ÉTOILE. Ici.

LE PRÉSIDENT. Tu veux bien m'en mettre ? Double dose que je ne me reconnaisse pas… *(Étoile commence à poudrer le visage de son père.)* Et si on disait que tu en avais douze ?

ÉTOILE. Comment ?

LE PRÉSIDENT. Douze ans, c'est bien…

ÉTOILE. Mais…

LE PRÉSIDENT. Qu'est-ce que ça change ? Allez ! On dit que tu as douze ans. Moi je ne compte pas et tu restes encore un peu sans que ça nous angoisse.

ÉTOILE. Papa…

LE PRÉSIDENT. À vingt ans je n'appelais plus mon père "papa" par exemple. Tu as douze ans je te dis ! À vingt ans, mon père, je l'appelais de son prénom : Yvon ! Je faisais comme tous les jeunes adultes font.

ÉTOILE. Comme tous les jeunes adultes font avec leur père de sang. Toi, tu es mon père tout court.

LE PRÉSIDENT. Tout court…

ÉTOILE *(finissant son affaire)*. Voilà, tu as la peau plate comme un tambour.

LE PRÉSIDENT. Étoile, tu es encore une petite fille.

ÉTOILE. Je ne te parle plus.

Silence. Le Président travesti applique ses faux cils. Il regarde sa fille, se redresse.

LE PRÉSIDENT. De quoi j'ai l'air ?

ÉTOILE. Lève la tête. *(Il s'exécute.)* Gonfle la poitrine. *(Il s'exécute.)* Un masque sur pattes !

LE PRÉSIDENT. Un masque !

ÉTOILE. Marié à un tonneau.

LE PRÉSIDENT. Un tonneau ?

ÉTOILE. Un masque de porcelaine sur un tonneau d'argent.

LE PRÉSIDENT. Alors c'est très bien.

Le Président finit de s'habiller.

ÉTOILE. Tu as travaillé ce matin ?

LE PRÉSIDENT. Rien. Ah si… Un pauvre est passé. D'abord il a eu peur comme toujours. Et puis je lui ai lu dans la main. Le b. a.-ba gratis et il était content. Et toi ? Tu as trouvé de quoi manger au moins ?

ÉTOILE. Que des ronces sur les bords du chemin… Et donc des mûres ! Plein de mûres ! J'ai rempli un chiffon entier. J'espère qu'elles n'ont pas trop souffert. *(Elle ouvre le chiffon imbibé de jus de mûre comme du sang. Le Président en prend quelques-unes. Il s'assoit, elle s'assoit à ses côtés.)* Papa…

LE PRÉSIDENT. Oui, mon enfant.

ÉTOILE. Raconte-moi avant.

LE PRÉSIDENT. Quel épisode veux-tu ?

ÉTOILE. Raconte comment tu dirigeais le pays.

LE PRÉSIDENT. Oh non… C'est de l'histoire ancienne.

ÉTOILE. Alors juste raconte-moi le bureau que tu avais !

LE PRÉSIDENT. Ah le bureau !

ÉTOILE. Oui !

LE PRÉSIDENT. Mon endroit favori…

ÉTOILE. Comment ça s'appelait déjà ?

LE PRÉSIDENT. L'Élysée !

ÉTOILE. L'Élysée…

LE PRÉSIDENT. Oui l'Élysée ! Tu sais, dans la mythologie, on dit que l'Élysée est une région de l'enfer où les âmes viennent se reposer.

ÉTOILE. Et tu t'y reposais ?

LE PRÉSIDENT. Pas vraiment, non. "L'endroit frappé par la foudre !" Voilà ce que ce mot veut dire, aussi. On y accueille les enfants, les poètes, les initiés aux mystères orphiques.

ÉTOILE. Les mystères morphiques ?

LE PRÉSIDENT. Orphiques !

ÉTOILE. C'est quoi les mystères orphiques ?

LE PRÉSIDENT. Oh non, Étoile ! Là, on se croirait dans un cours de faculté… Je n'aime pas faire le professeur.

ÉTOILE. Et moi j'adore.

LE PRÉSIDENT. Bien. L'orphisme place Dionysos, dieu du Vin et du Théâtre, au-dessus ! Au-dessus de toutes les choses…

ÉTOILE. Dionysos ?

LE PRÉSIDENT. C'est un bon dieu. Un amusant. Un rigolo. Un… Il faudrait que tu l'imagines. Allez ! Imaginons-le.

ÉTOILE. Il est comment ?

LE PRÉSIDENT. Il est rougeaud. Imagine-toi qu'il est là… Il est là !

Dionysos entre en scène presque nu, le visage peint en rouge. Il est coiffé de feuilles de vigne et habillé d'un pagne. Il avance et se poste au centre du plateau.

DIONYSOS. Bonjour.

LE PRÉSIDENT *(sursautant)*. Ah ! Étoile ? Dis-moi… Rassure-moi… Tu le vois aussi ?

ÉTOILE. Oui, papa, je le vois.

LE PRÉSIDENT. Épatant ! Époustouflant ! Mon enfant, l'imagination est reine ! Et je ne délire pas. Je ne délire pas ? Vous êtes bien Dionysos ?

DIONYSOS. Il paraît.

LE PRÉSIDENT *(s'approchant)*. Est-ce que vous existez vraiment ?

DIONYSOS. Qu'est-ce que vous en pensez, vous ?

LE PRÉSIDENT. Qu'est-ce que j'en pense ? J'en pense que… Qu'est-ce que tu en penses, Étoile ?

ÉTOILE. J'en pense qu'il est bien fait.

LE PRÉSIDENT. Mais oui. Vous êtes exactement comme je vous imaginais.

DIONYSOS. Je ne vous félicite pas !

LE PRÉSIDENT. Pardon.

DIONYSOS. Bravo ! C'est exceptionnel ! Quel accoutrement… À poil avec un pagne et qui me gratte ! Vous avez l'imagination exiguë, cher masque !

LE PRÉSIDENT. Exiguë ?

DIONYSOS. Me mettre tout nu devant vous… Par ce froid ! Et devant votre propre fille…

LE PRÉSIDENT. Je pensais…

DIONYSOS. Oui… Vous pensiez… Vous pensiez ! Mais au lieu de penser, je vous en prie, poursuivez votre histoire. Qu'on en finisse ! Le ridicule ne tue pas mais tout de même.

LE PRÉSIDENT. Alors je reprends. Je te disais que Dionysos, dans l'orphisme, est au-dessus de tout !

DIONYSOS. De tout !

LE PRÉSIDENT. Et puisqu'il est au-dessus de tout, Éros, dieu de l'Amour…

Éros entre en scène.

ÉROS. Ne vous fatiguez pas pour moi, je ne suis que de passage.

LE PRÉSIDENT. … va lui offrir la Terre.

ÉTOILE. Notre Terre ?

ÉROS *(tendant à Dionysos une mappemonde).* Je te donne ce monde de bleu et de verdures mêlés. Les collines, les montagnes, les falaises et les chutes. Les épais nuages du Nord et les mers bleues de Crète. Les arbres innombrables, les oiseaux, les rongeurs, les poissons, les larges mammifères d'eau salée et d'eau douce. Tout ce qui grouille en dedans, en dehors, aujourd'hui t'appartient. Voilà.

Éros sort de scène. Dionysos regarde le globe, heureux.

ÉTOILE. Et à partir de ce jour, Dionysos règne sur les hommes !

DIONYSOS ET LE PRÉSIDENT. Mais non !

DIONYSOS. Vas-tu écouter au lieu de poser des questions ?

LE PRÉSIDENT. Justement non, Étoile ! Les hommes n'existaient pas encore… C'est tout le sujet de l'histoire.

DIONYSOS. Elle est toujours comme ça ?

LE PRÉSIDENT. Elle veut tout savoir très vite.

DIONYSOS. Ah la jeunesse ! La jeunesse. C'est aussi beau que c'est chiant.

LE PRÉSIDENT. Arrivent alors les Titans !

ÉTOILE. Les Titans ?

Une troupe de squelettes entrent en scène.

LE PRÉSIDENT. Les Titans ! Des monstres gigantesques.

DIONYSOS. Envieux !

LE PRÉSIDENT. Violents !

DIONYSOS. Cupides !

LE PRÉSIDENT. Ils jalousent le cadeau donné à Dionysos. Alors ils le charment avec de grands miroirs.

DIONYSOS. J'ai toujours adoré les miroirs !

LE PRÉSIDENT. Les Titans capturent le dieu.

DIONYSOS. Mais où m'emmène-t-on ?

La musique s'intensifie.

LE PRÉSIDENT. En un lieu isolé.

DIONYSOS. Au secours !

LE PRÉSIDENT. Là, ils le démembrent…

DIONYSOS. Je suis obligé ?

LE PRÉSIDENT. Ils le font bouillir.

DIONYSOS. Non !

LE PRÉSIDENT. Et ils le mangent.

Dionysos disparaît.

ÉTOILE. Ils ont mangé un dieu ?

LE PRÉSIDENT. Ils ont mangé un dieu, ma petite. C'est au tour de Zeus d'entrer en scène.

ÉTOILE. Le dieu des dieux ! Lui, je le connais.

Un petit homme habillé en comptable entre en scène. Il porte une mallette et de petites lunettes.

ZEUS. Monsieur… Madame… Vous m'avez appelé ?

ÉTOILE. Zeus ? Je ne vous imaginais pas du tout comme ça.

ZEUS. Oh vous savez, jeune fille, j'ai toujours aimé à ne pas apparaître en ce que je suis vraiment. Alors après le taureau, l'aigle et le coucou, la pluie d'or et le cygne, je me suis dit pourquoi pas le comptable ? C'est passe-partout et ça coûte moins cher en costumes.

LE PRÉSIDENT *(à Étoile)*. Zeus est le père de Dionysos.

ZEUS. Vous avez vu mon fils ? *(Le Président montre les Titans repus, le ventre gros, qui sommeillent.)* Quoi ?

LE PRÉSIDENT. Monsieur, ils ont mangé le dieu…

ZEUS. Qu'est-ce que vous dites ?

LE PRÉSIDENT. Ils ont charmé le dieu Dionysos avec de grands miroirs. Jaloux du cadeau qu'Éros lui avait fait, ils l'ont démembré. Ils l'ont fait bouillir dans un gros chaudron et ils l'ont mangé.

ZEUS. Non !

LE PRÉSIDENT. Ils ont mangé un dieu !

Silence.

ZEUS. Ils n'ont pas mangé un dieu, monsieur. Non… Ils ont mangé un fils ! Mon fils ! Ils ont mis le feu à la haine. Ma haine ! Et tout ce qu'engendrera mon geste sera la haine d'un père qu'on a fait orphelin ! Peuple de morts ! Envieux des terres ! Dévoreurs de joie ! Vous ne serez que poussière. Et cela même si je dois y laisser ma vie éternelle dans le précipice de la colère ! *(Son de tonnerres et de tempêtes.)* Morbides géants, j'arracherai vos cœurs ! Je déchausserai vos dents ! Et de chaque morceau répandu comme des astres sur le drap noir du ciel, je ferai de la cendre en un très grand éclair de cris et de déchirements !

LE PRÉSIDENT. Cachons-nous, Étoile ! Bouche-toi les oreilles !

ZEUS. Ah ! Vous pouvez rire de la tristesse d'un père ! Charognards, que votre souffrance soit totale !

Ça éclate de toutes parts. Cris. Coups de tonnerre et éclairs. Les personnages imaginés disparaissent. Il ne reste que le Président et Étoile assis par terre dans un halo de fumée.

ÉTOILE. J'ai eu peur.

LE PRÉSIDENT. Des Titans, il ne reste que cendres. Et de leurs cendres retombées sur la Terre comme une pluie noire, ma petite chérie, de cette pluie devenue boue sont nés les hommes. Notre part de Titan est notre part sombre, notre souillure, notre mal. Notre part du dieu à la vigne est notre part claire, notre joie, notre bien.

ÉTOILE. Nous sommes les cendres d'un monstre et d'un dieu.

LE PRÉSIDENT. Nous sommes des dieux nous-mêmes ! On nous a refusé le monde divin à cause du Titan en nous. On nous a condamnés à errer de vie de chair en vie de chair. Et nous voilà, Étoile… Pauvres errants… Sacs de cendres… À manger des mûres sur la cendre de mon bureau. À manger des mûres sur la cendre de l'Élysée.

ÉTOILE. Tu m'avais parlé d'un dragon. Un dragon de chiffres que tu n'avais pas pu mettre à genoux.

LE PRÉSIDENT. Un dragon… Un Titan… C'est pareil. Mais on vient ! Et nombreux ! Un petit groupe… Rien de mieux. Ce sont les hommes que j'imaginais. Mets-toi donc en valeur. Cache les mûres. Sois souriante. Reste en silence. Je m'en charge. *(Étoile qui voit le groupe s'avancer court se cacher.)* Mais qu'est-ce qui te prend ? J'ai besoin de toi. Où vas-tu te cacher ? Reste ! *(Entre la petite troupe du théâtre des campagnes. En tête, Gabriel tient Bélise dans ses bras. Derrière eux, Louison, Dorine, Sarah, Lorenzo et Didi portent la malle de costumes où l'on a mis Argan. En queue de cortège, Brock regarde le sol en pleurant.)* Messieurs dames, bonjour ! Auriez-vous un instant à accorder à une pauvre femme qui sait lire dans les yeux, le sang, les cartes et les pierres, des passés douloureux et des présages à venir ?

GABRIEL. Nous n'avons pas de temps. Laisse-nous passer.

LE PRÉSIDENT. D'où venez-vous ?

GABRIEL. De nulle part. Nous trouvons sous chaque arbre un pays.

LE PRÉSIDENT. Où allez-vous ?

GABRIEL. Nous cherchons une demeure abandonnée pour enterrer un homme dignement. Nous n'avons pas le cœur à parler davantage.

LE PRÉSIDENT. Je connais ce pays comme ma poche. Je peux vous indiquer la route pour quelques châteaux anciens.

GABRIEL. Laisse-nous passer. Laisse-nous à notre chagrin.

LE PRÉSIDENT. Pour mieux vivre, un oracle peut être un bon conseil je t'assure. *(À toute la troupe.)* Je vous en fais cadeau.

BROCK. On ne veut rien entendre. Tu ne comprends pas !

LE PRÉSIDENT. Pardon ?

BROCK. Tu ne comprends pas. Tu n'écoutes pas. On ne veut rien pressentir. Rien !

LE PRÉSIDENT. Ce n'est pas à toi que je parle.

BROCK. On te voit les dents manquantes quand tu ouvres la bouche. Laisse-nous le chemin avant que je ne te roue de coups.

SARAH. Brock !

BROCK. Ton âge ne m'arrêtera pas si tu nous fais barrage. Je vais te couvrir de bleus et tu seras noire comme une grande brûlée.

SARAH. Brock, du calme !

LE PRÉSIDENT. C'est entendu, jeune homme. Pas besoin de crier. Tu as le malheur violent, je ne t'en veux pas…

BÉLISE. Mon enfant, sois tranquille. Il ne veut de mal à personne cet homme maquillé. Il veut survivre comme nous tous. Laisse-le.

GABRIEL. Au revoir, vieil homme.

La troupe reprend sa marche et va pour sortir.

LE PRÉSIDENT. Toi à qui je parlais, toi qui mènes le cortège… Je te connais ! Tu t'appelles Gabriel ou je me trompe ? *(La troupe s'arrête.)* Si je me trompe, partez. Si je ne me trompe pas, alors je t'assure, écoute-moi. *(Gabriel s'approche du Président.)* Je ne me trompe pas. Te voilà chef. Te voilà roi, Gabriel. Aujourd'hui est un jour de malheur mais aussi un jour de succession, n'est-ce pas ? Et toi, l'enfant trouvé, tu mènes le cortège du Roi décédé.

GABRIEL. Comment connais-tu mon nom ?

LE PRÉSIDENT. Je l'ai lu dans tes yeux, dans cette façon que tu as de tenir ta mère de cœur dans tes bras tout serrés.

GABRIEL. Qu'est-ce que tu racontes ?

LE PRÉSIDENT. Tout l'espoir est en toi. Il y en a du poids sur ces petites épaules. Gabriel, tu seras la clef. *(Brock se précipite sur le Président qu'il fait tomber au sol.)* Frappe, jeune homme ! Que penses-tu changer en quelques coups ?

SARAH. Brock !

LE PRÉSIDENT. Allez, petit jaloux ! Frappe un vieux père. Malheureusement pour toi, je n'ai plus la peur des coups.

Étoile sort de derrière la table à maquillage.

ÉTOILE. Brock, lâche-le !

BROCK. Étoile ?

ÉTOILE. Lâche mon père !

LE PRÉSIDENT. Alors ça, c'est un comble ! Vous vous connaissez ?

ÉTOILE. Lâche-le…

Brock lâche le Président.

BROCK. Pardon.

LE PRÉSIDENT. Quoi pardon ?

BROCK. Alors tu es là, Étoile. Pourquoi tu es partie ?

LE PRÉSIDENT. Partie ?

BROCK. Pourquoi tu n'es pas restée à nos côtés ? Pourquoi ? Tu m'avais promis de faire la route avec nous. Et ce matin, à peine le soleil levé, je t'ai cherchée partout. Je me suis inquiété.

ÉTOILE. Je ne pouvais pas l'abandonner.

BROCK. Tu m'as menti.

LE PRÉSIDENT. C'est à moi qu'elle a menti ! Et je suis son père, c'est plus grave ! "Une nuit dans un arbre à attendre que ça passe…" Tu me dis. À partir d'aujourd'hui, tu n'es plus ma fille, tu m'entends ? Plus ma fille ! Et avant que vous n'arriviez, elle s'est cachée ! Elle se cache, l'effrontée.

GABRIEL. Voyante, maintenant, qu'est-ce que je dois faire ? Dis-moi !

LE PRÉSIDENT. Oh je ne sais pas… Tu te démerdes. Ma propre fille. Je n'y crois pas. Ma propre fille, me mentir avec tant de facilité… Depuis combien de temps tu me fais ça, hein ? Combien ?

GABRIEL. Tu m'en as dit trop… Que dois-je faire ?

LE PRÉSIDENT. Au troisième carrefour, prends le chemin qui monte la colline rouge. Là, il y a un petit manoir qui vous ira très bien pour ce que vous cherchez. Quel scandale ! Et moi qui me tords la tête à te raconter les histoires les plus vraies possibles… Tu me mens ! À moi, tu me mens !

GABRIEL. Et après…

LE PRÉSIDENT. Et les vingt ans aussi, c'était faux ?

ÉTOILE. Papa…

LE PRÉSIDENT. Oh ne me réponds pas ! Ne me réponds plus ! Fille indigne !

GABRIEL. Je dois partir seul ? Les quitter ou, au contraire, les emmener avec moi ?

LE PRÉSIDENT. Mais qu'il est agaçant celui-là ! Tu vois bien que ce n'est pas le moment.

GABRIEL. Je ne te demande pas grand-chose. Si tu me dis, je te donne toute ma nourriture !

BÉLISE. Non, Gabriel !

LE PRÉSIDENT. Toute ?

GABRIEL. Toute.

LE PRÉSIDENT. Qu'est-ce que tu as sur toi ?

GABRIEL. Des mûres, plein de mûres.

LE PRÉSIDENT. Montre voir. *(Gabriel lui donne son baluchon. Le Président regarde le butin et le prend avec lui.)* Écoute-moi bien. Je ne le dirai pas deux fois. *(Il prend la main de Gabriel et ferme les yeux. Très vite, comme en bâclant.)* Prends la route pour l'ancienne capitale. Là-bas, il ne reste qu'un grand tas de poussière. Un vaste champ de rien où une tour reste debout. Dans cette tour, il y a une jeune fille, une princesse très belle. Elle t'aimera, tu l'aimeras, vous serez heureux et tout sera gagné.

GABRIEL. Une princesse !

LE PRÉSIDENT. Eh bah oui, une princesse ! Allez, déguerpissez… Je ne veux plus vous voir !

BÉLISE. Il se moque de toi, Gabriel.

GABRIEL. Il me dit la vérité.

LORENZO. Gabriel…

GABRIEL. En route !

La troupe sort.

BROCK. Viens avec nous.

ÉTOILE. Je reste avec mon père.

BROCK. Père ou pas père, c'est ta vie qui se joue maintenant. Tu dois réfléchir.

ÉTOILE. Ils sont en train de partir, Brock.

BROCK. Tu veux rester tout ton temps avec lui ? À l'accompagner ?

ÉTOILE. Oui.

BROCK. N'abandonne pas ton avenir, Étoile.

ÉTOILE. Je ne l'abandonne pas. Il est là.

BROCK. Je sais que nous avons à faire ensemble.

ÉTOILE. Va-t'en !

BROCK. C'est toi que je cherchais.

ÉTOILE. Je suis désolée.

BROCK. Non, c'est moi qui suis désolé pour toi. Je vais faire en sorte de ralentir le pas de la troupe. Je vais marcher le plus lentement possible. Si tu changes d'avis… Si tu cours, même dans un jour, même dans deux jours, tu pourras encore nous rattraper.

Il sort. Restent le Président et Étoile.

LE PRÉSIDENT. Et tu joues toute cette petite scène à côté de moi ? Sans faire attention à ce que j'entends et à ce que je n'entends pas ? *(Le Président ouvre le baluchon de Gabriel. Il sort une mûre, la regarde, la mange.)* Ses mûres sont meilleures que les tiennes. Moins écrasées, mieux choisies, moins cueillies à la va-vite pour un cadeau de consolation. Plus vraies en somme. Je ne te demande pas si tu veux les goûter.

ÉTOILE. Non merci. Je n'ai pas faim.

Le Président regarde Étoile.

LE PRÉSIDENT. Pourquoi tu prends cet air bête ? Arrête de prendre cet air que tu as tout le temps. On dirait que tu louches ! Ces yeux, ils ne sont pas de moi… Tu n'auras jamais ma noblesse. C'est une affaire de sang ces choses-là. Il te manque mon sang, voilà tout. C'est comme ce profil. Il ne te met pas du tout en avantage, ce profil… Tu n'es pas belle ! Je m'en rends compte maintenant, les filtres que l'on se met devant les yeux toute une vie durant. "Les chats ne font pas des chiens", comme on dit. Enfin je te découvre, petit chiot… Répugnante enfant. *(Temps.)* Tu ne dis rien ?

ÉTOILE. Je n'ai pas envie de parler.

LE PRÉSIDENT. Étoile… Combien d'heures encore faut-il que je t'insulte pour que tu les rejoignes ? Pour que tu t'en ailles ?

ÉTOILE. Je ne m'en irai pas. Je ne veux pas avoir de regrets.

LE PRÉSIDENT. En continuant comme ça, je te promets une belle collection de regrets à mettre dans ta chambre, jusqu'à recouvrir tous les murs.

ÉTOILE. Et puis je ne l'aime pas.

LE PRÉSIDENT. Ce jeune malheureux ?

ÉTOILE. Oui.

LE PRÉSIDENT. Tu devrais pourtant… Il parle bien.

ÉTOILE. C'est l'autre que je veux.

LE PRÉSIDENT. Gabriel ?

ÉTOILE. C'est de lui que je suis amoureuse.

LE PRÉSIDENT. Si j'avais un conseil à te donner, je te dirais…

ÉTOILE. Oui, dis-moi.

LE PRÉSIDENT. On ne doit pas se refuser le bonheur de peur de faire le malheur d'un autre. Il faut penser à soi ! Se mettre au centre du jeu. Laisse-moi, dis à ce jeune homme que tu ne l'aimes pas et va voir Gabriel.

ÉTOILE. Toi non plus, tu n'as pas le droit de faire vivre mon bonheur en dépit du tien.

LE PRÉSIDENT. Penses-tu sincèrement que je serai heureux avec une petite étoile toute pâle et fanée à mes côtés ? En revanche, si je reste ici, c'est pour que tu reviennes…

ÉTOILE. Je reviendrai très vite.

LE PRÉSIDENT. Voilà qui est bien.

ÉTOILE. Alors je dois m'en aller ?

LE PRÉSIDENT. Eh bien oui.

ÉTOILE. Maintenant ?

LE PRÉSIDENT. Maintenant.

ÉTOILE. Au revoir, papa. Merci.

LE PRÉSIDENT. À très vite.

ÉTOILE. À tout bientôt. *(Temps.)* Tu n'as besoin de rien ?

LE PRÉSIDENT. Va-t'en avant que je m'énerve !

ÉTOILE. Oui.

Elle sort.

LE PRÉSIDENT. Mais ce n'est pas possible d'être aussi con ! "On ne doit pas se refuser le bonheur de peur de faire le malheur d'un autre." Où suis-je allé chercher une bêtise pareille ? Que la sagesse est triste quand elle vous sort de la bouche comme ça sans prévenir !

(Il s'assoit par terre.) Je vais vivre pour quoi maintenant ? Mon petit cœur… Ma petite étoile… Reviens vite !

— Le spectre —

On entend les voix de la troupe. Ils entrent dans le petit manoir au sommet de la colline rouge.

DORINE. Sarah, ma fille, viens voir ! Il y a une entrée dans le feuillage… Nous sommes arrivés.

GABRIEL. Il n'a pas menti, maman… Le masque n'a pas menti.

DORINE. Le portail est ouvert.

DIDI. Un petit Moulinsart !

BÉLISE. Et une vigne vierge…

LOUISON. Les arbres sont magnifiques.

GABRIEL. Majestueux.

DIDI. Ce manoir est typique du bâti de la région. Les ardoises en arête, c'est typique. C'est très rare tu vois…

LOUISON. Didi, depuis quand tu t'y connais en architecture ?

GABRIEL. La porte est ouverte.

BROCK. Il fait un noir d'encre.

LOUISON. Je vais ouvrir les volets.

DIDI. Ça me plaît beaucoup ici. On pourrait s'installer.

SARAH. L'herbe est haute. Attention aux serpents !

DORINE. La petite allée de graviers et tous ces papillons, ça me rappelle chez mon grand-père.

GABRIEL. Tu es la petite-fille d'un châtelain, Dorine ?

DORINE. Un châtelain alcoolique qui a fini ruiné comme tous les châtelains alcooliques.

LOUISON. La décoration est à mourir de rire ! Tout rococo…

DIDI. Rococo ?

LOUISON. Chambre rose bonbon. Chambre bleu pétrole. Chambre jaune poussin. Et salon caca d'oie.

GABRIEL. Nettoyons tout avant ce soir ! Au travail ! Préparons une grande table.

BROCK. Il faut creuser dans le jardin pour le trou.

LORENZO. Réquisition des hommes ! Allons creuser !

DORINE. Et si je veux creuser aussi ?

LORENZO. Mais bien sûr, ma chérie… Pardon.

SARAH. Maman, c'est un manoir de craie… Quand on pose la main dessus, le blanc reste tout collé à la paume.

Devant la façade du manoir blanc envahie par le lierre, on a dressé une table. Nappe blanche, serviettes de soie, argenterie blanchie, bouteilles en nombre et coupes de cristal. Toute la troupe du théâtre des campagnes est attablée. Au centre de la table, la place est vide.

BÉLISE. Argan, tu disais l'enterrement est une fête ! Je ne vais pas parler longtemps… Il y a vingt ans, une jeune femme est venue nous demander de l'eau. Il y a vingt ans, nous avions foi en notre petit art. Tu avais foi en ton art et on te suivait… Argan. Je te suivais ! Argan… J'ai passé toute ma vie à te suivre. Et aujourd'hui, le poisson pilote, la béquille, le talon gauche, la grande épaule n'est plus là. Tu n'es plus là ? Je ne vais pas parler longtemps… Il y a vingt ans, notre théâtre résonnait comme une petite prière pour ne pas être touché par la folie des hommes. Et la prière a été entendue. Nous étions des miraculés ! Ils ne sont pas venus frapper à notre porte. "Nous sommes des miraculés ! Nous devons mériter notre rang !" Tu ne tenais plus qu'à cela… Ton rang. Et au centre de la table de lecture, dans le panier à pain, il y avait Gabriel et Brock, nos soleils, nos cadeaux d'espoir. Gabriel et Brock sont là ! Ils ont tout préparé. Ils sont à tes côtés. Tu les as fait grandir. Regarde comme ils sont beaux !

BROCK. Maman…

BÉLISE. Je ne vais pas parler longtemps ! Je m'arrête bientôt… Nos vies ont commencé quand tout autour s'est éteint. “Nous jouerons *Œdipe roi* sans paroles à travers le pays.” Ce fut ton premier choix. Un silence long comme assoiffé qui a duré dix ans. Nous nous souvenons tous du premier mot d'Œdipe. Le public écoutait entier notre silence… Et comme un éclair dans le ciel blanc de l'hiver, ce mot : “Qu'ai-je fait ?” Il a dit : “Qu'ai-je fait ?” Ce fut à mes yeux bien plus que toutes les pages de trop de mots.

GABRIEL. Maman, il faut chanter.

BÉLISE. Et tout ce qui nous manquait, tu nous le rendais chaque jour dans ce “Qu'ai-je fait ?”. Je suis désolée… Je ne veux pas parler longtemps…

LORENZO. Ce n'est rien.

BÉLISE. Ce “Qu'ai-je fait ?”, tu l'emportes avec toi, Argan ! Et avec toi, tu m'emportes tout le reste. Les montagnes, et les prairies de mon adolescence… Tu me les emportes. Les portes que je laissais ouvertes au rez-de-chaussée pour que tu me rejoignes. La pomme d'amour de fête foraine. Le bel ébat et son coucher de soleil. Les bagarres. Les couteaux tirés… Tu me les emportes.

LORENZO. Bélise !

BÉLISE. Les trottoirs et tous les murets de la petite ville. Les plats dans le silence des nuits d'hiver. Les amours charnelles après les larmes… Tu me les emportes. *(Un long chant à la table s'élève.)* L'odeur du matin, tu me l'emportes ! Le vieux crabe qui nous regarde. Et ma beauté… Et les veines de tes bras… Tu me les emportes ! Le premier jardin et ses premiers chagrins. Les premiers Noëls. Les premiers Nouvel An au sommet d'une tour poisseuse à me consoler… Tu me les emportes ! Tous les bouquets, toutes les chansons que nous fredonnions à deux voix. La rivière et le lac où nous allions passer nos nuits… Tu me les emportes ! La possibilité d'une aube… Tu me l'emportes ! Tu me l'emportes ! Ma tête en arrière pour t'embrasser… Tu me l'emportes ! L'appui de ton nez sur ma joue. Emporte-moi loin d'ici ! Emporte-moi !

Tous les acteurs lèvent leurs verres dans un cri.

*

Sur la table du banquet, des bouteilles, des verres, des serviettes dans tous les sens, des taches de vin de-ci de-là et des chaises renversées. Brock est seul. Il vacille. Il continue à boire en bout de table. C'est l'aurore. Étoile entre en scène. Brock l'aperçoit.

BROCK. Tu es finalement venue… Toi ! Mais tu arrives quand ça se termine. Tu arrives quand le soleil se lève.

ÉTOILE. Brock, tu as bu ?

BROCK. Plus qu'il n'en faut. Nous avons trouvé un trésor dans ces caves ! Ma mère dit que les bouteilles sont bouchonnées mais je ne m'en rends pas compte. Je n'ai pas "le palais" comme on dit. Tu viens d'arriver ?

ÉTOILE. Je ne veux pas être de trop.

BROCK. Tu n'es pas la seule à être de trop.

ÉTOILE. Vous n'êtes pas ma famille.

BROCK. Tu n'es pas la seule je te dis. Où as-tu dormi cette nuit ?

ÉTOILE. Je n'ai pas dormi.

BROCK. Je ne sais pas si je suis heureux de te voir.

ÉTOILE. Tu préfères que je parte ?

BROCK. Non.

ÉTOILE. Alors qu'est-ce que je peux faire ? Il faudrait ranger…

BROCK. Boire comme tout le monde ! *(Il fait rouler une bouteille vers elle. Elle regarde la bouteille.)* Il faut pousser le bouchon dans la bouteille. Comme ça.

Il pousse le bouchon dans la bouteille et boit.

ÉTOILE. Je n'ai jamais bu.

BROCK. Il faut bien commencer. Tu en as de la chance de vivre une "première fois".

Elle prend la bouteille, pousse le bouchon dans la bouteille et boit.

ÉTOILE. Ce n'est pas bon.

BROCK *(dans un sourire)*. Eh oui !

Elle boit à nouveau.

ÉTOILE. J'ai pensé à mon père de sang.

BROCK. Ton père de sang ? C'est infâme comme appellation Étoile ! Infâme.

ÉTOILE. "Celui que je ne connais pas, qui m'a faite et qui m'a abandonnée." C'est mieux ?

BROCK. C'est déjà mieux, oui.

ÉTOILE. Je les enterrais tous deux à ma façon. Le connu et l'inconnu.

BROCK. Alors toi aussi tu es une adoptée ?

ÉTOILE. Oui… Comme toi ?

BROCK. Non. C'est bien là mon malheur. Il y a vingt ans, quand le bouleversement a eu lieu, il y en a eu des enfants laissés sur le bord des routes. Tu n'es pas la seule… Des grappes entières de nouveau-nés ! Des centaines d'espoirs abandonnés ! Et les quelques rescapés qu'il restait les ont récupérés comme on récupère des lucioles dans un pot à confiture, comme on récupère une étoile pour guider sa vie. Aux innocents les mains pleines, on le dit ! C'est ce qui est arrivé à Gabriel. L'enfant tombé du ciel ! L'enfant sourire ! Et moi…

ÉTOILE. Et toi ?

BROCK. Moi-même je suis l'enfant de Gabriel. Ma mère ne pouvait pas avoir d'enfants. Il a fallu que Gabriel apparaisse pour qu'elle puisse m'enfanter. "Un miracle !", ils disaient.

ÉTOILE. Tu es un miracle.

BROCK. Oh non il paraît que c'est courant tu sais… Ce genre de miracle n'a rien d'exceptionnel. La femme incapable qui adopte et peut tout à coup mettre au monde, c'est un miracle de bas étage. Je suis un miracle de bas étage.

ÉTOILE. Quel âge as-tu ?

BROCK. Vingt ans.

ÉTOILE. Et Gabriel ?

BROCK. Même chose.

ÉTOILE. Alors nous avons le même âge lui et moi ?

BROCK. Alors nous avons le même âge toi et moi.

ÉTOILE. Il va devenir le chef de la troupe ?

BROCK. Tu ne veux pas parler d'autre chose ?

ÉTOILE. Pardon ?

BROCK. Il te plaît tant que ça mon frère ?

ÉTOILE. Je n'ai pas dit ça.

BROCK. Ton admiration pour lui te sort des yeux.

ÉTOILE. Brock, c'est pas ça.

BROCK. Qui t'a dit de venir ? Qui t'a ouvert le chemin des possibles ?

ÉTOILE. Je ne vois pas de quoi tu parles.

BROCK. Tu ne vois pas de quoi je parle… C'est moi, Étoile ! Et tu viens là. Tu attends que je sois seul. Tu attends que j'aie bien bu, tu viens à ma rencontre et tu me parles de Gabriel ! De Gabriel, de Gabriel, de Gabriel ! Et moi qui pensais…

ÉTOILE. Que pensais-tu ?

BROCK. Je pensais que tu étais venue pour moi.

ÉTOILE. Je suis venue pour toi aussi.

BROCK. Menteuse ! Tiens, Étoile, je vais te montrer quelque chose…

ÉTOILE. Je vais me coucher. Je suis désolée. J'ai été maladroite. Je ne voulais pas ça…

BROCK. Ça ne va pas durer longtemps. Regarde ! Dans les caves, nous avons trouvé deux trésors. Le premier, tu le bois sans même t'en rendre compte. Le sang de la terre laissé là dans du verre depuis un demi-siècle ! Et maintenant, regarde le deuxième trésor ! On appelle ça, la salle de chasse. Tous les nobles de l'époque en avaient une… Une "salle de chasse" avec une collection de fusils du diable ! Je te montre… *(Il sort de sous la table un long fusil de chasse.)* Il est beau, n'est-ce pas ?

ÉTOILE. Je ne trouve pas ça beau.

BROCK. Alors je le charge.

Brock charge le fusil.

ÉTOILE. Brock, je n'aime pas du tout !

BROCK. Prends-le. *(Il lui tend le fusil.)* Attention, c'est lourd et c'est chargé, ça peut partir à tout moment.

ÉTOILE. Je n'aime pas je te dis.

BROCK. C'est pour jouer, ce n'est pas grave. *(Il rit. Étoile prend le fusil.)* Bien ! *(Il monte sur la table face à elle.)* Maintenant, pointe-moi !

ÉTOILE. Non.

BROCK. Tu ne risques rien.

ÉTOILE. Non.

Brock prend le canon du fusil et le pointe sur sa poitrine.

BROCK. Et je te fais une déclaration : je te dis, comme on fait pour toutes les déclarations, je te dis que je t'aime. Ne baisse pas le canon, Étoile !

ÉTOILE. Ça ne me fait pas rire. Je ne veux pas.

BROCK. C'est bientôt fini. Allez ! Alors je te dis que j'ai froid de t'aimer comme ça… Que je suis triste de t'aimer comme ça… Et toi tu me trouves faible ? C'est normal. On ne peut pas aimer les faibles, n'est-ce pas ? Je te dis que c'est bien parce que l'on ne se ressemble pas, que l'on pourra faire ensemble. Que c'est bien parce que tu lui ressembles à ce frère de fantasme, que tu ne pourras rien faire avec lui. Je te dis que tu ne peux pas comprendre pour l'instant. Et je te dis… Si tu m'aimes ! Si tu penses pouvoir m'aimer en retour ! Si tu m'aimes… Tire !

ÉTOILE. Arrête.

BROCK. Tire, Étoile ! Tire ! Je t'en supplie.

ÉTOILE. Arrête.

Gabriel entre.

BROCK. Mais tire ! Tu ne veux pas… *(Il tape du talon. Il mime la mise à mort, tombe dans les bras de son frère.)* Elle ne m'aime pas, Gabriel. Elle ne m'aime pas.

GABRIEL *(à Étoile).* Bonjour.

ÉTOILE. Bonjour ! *(Elle tire.)* Oh pardon ! C'est parti. Je n'ai pas fait exprès ! Pardon !

GABRIEL. Mazette ! Ça, c'est un réveil ! Personne n'est mort en coulisses ?

Le vieux Lorenzo entre. Il sue à grosses gouttes.

LORENZO. Gabriel, je crois que je suis mort mais je ne suis pas sûr ! Est-ce que tu peux me dire ?

GABRIEL. Regarde-moi.

LORENZO. Je te regarde.

GABRIEL. Fais de grands yeux !

LORENZO. Je fais de grands yeux.

GABRIEL. Tire la langue ! *(Lorenzo tire la langue.)* Dis : "Je ne suis pas mort." *(Lorenzo tente de dire la phrase en gardant la langue sortie.)* Tu es bien vivant.

Sarah entre. Lorenzo la regarde et lui fait de grands gestes en essayant d'articuler quelques mots, la langue encore pendue.

SARAH. Papa, tu n'es pas mort ! Combien de fois faut-il que je te… *(Elle voit Étoile. À Étoile.)* Oh ! Tu es là finalement. Tu viens d'arriver ?

GABRIEL. Allez ! Musique ! La fête ne fait que commencer. Elle durera six jours s'il le faut et sans que le sommeil nous prenne. *(Il prend le fusil des mains d'Étoile.)* Et le premier jour sans Argan va se lever.

La troupe entre en titubant. On se met à jouer de toutes sortes d'instruments.

SARAH. Bienvenue dans la petite famille. Redis-moi comment tu t'appelles.

ÉTOILE. Étoile.

SARAH. Étoile ? En voilà un nom. Il fallait oser.

ÉTOILE. Et toi ?

SARAH. Quoi moi ?

ÉTOILE. Comment tu t'appelles ?

SARAH. Sarah.

ÉTOILE. C'est joli.

SARAH. Tu trouves ? C'est mon père… Depuis qu'il y a eu le grand retournement, et que nous marchons par-delà les villages, mon père, Lorenzo, s'est mis dans la tête qu'il était juif.

ÉTOILE. Juif ?

SARAH. Le plus juif de tous les juifs ! Il dit qu'il a eu une révélation, et il m'a appelée Sarah !

ÉTOILE. Alors toi aussi, tu es juive ?

SARAH. Non ! Lui-même ne l'est pas pour deux sous. Et puis cette religion-là, c'est une affaire de mères, alors il me laisse tranquille. C'est son petit pays à lui ! Cette nouvelle appartenance lui a permis de vivre tout ça… Autrement, il n'aurait pas pu… Il n'aurait pas réussi. Il s'est mis à raconter des histoires aussi. À réinventer l'Ancien Testament ! Il pourrait t'en parler des heures.

ÉTOILE. J'adorerais !

SARAH. Je pense que les trois quarts de ce qu'il raconte sont faux.

ÉTOILE. S'il le raconte, c'est que ça doit être un peu vrai.

LORENZO. J'ai coécrit la Torah !

La musique s'intensifie. On danse. On boit.

LOUISON *(à tout le monde).* Nous devrions rester là ! Il me plaît bien à moi ce château ! On pourrait enlever les ronces et les orties et on ferait des plates-bandes ! Ça fait combien de temps qu'on n'en a pas vu, hein ? Des plates-bandes ? Pla-Tes-Ban-Des.

GABRIEL. Il n'y a plus de fleurs.

LOUISON. Est-ce pour autant qu'il faut les oublier ? Marguerites, jonquilles, coquelicots, tulipes et boutons-d'or ! Chacun donnera son envie et on cherchera le bulbe ancien à travers le pays pour ensuite le planter là. Dans notre terre à nous. Crocus et lilas blanc ! Pivoines et pissenlits ! Ce serait notre tableau à nous ! Et des œillets… Plein d'œillets ! Non ! Pas plein… Seulement des œillets ! Et de toutes les couleurs !

Didi entre en titubant.

DIDI. Je ne vois pas clair.

GABRIEL. Tant mieux, Didi ! Tant mieux !

DIDI. Qui me parle ?

GABRIEL. Allez, reprenons le travail où nous l'avons laissé. Ce jardin sera notre scène. Les bouteilles seront notre rampe. L'aurore sera notre décor. Nous commençons la répétition.

LOUISON. De quoi ?

GABRIEL. *Hamlet*, Louison ! Nous reprenons où Argan s'est arrêté ! Je serais Hamlet et puisque Bélise dort, tu seras Gertrude.

LOUISON. Enfin, je joue la mère !

GABRIEL. Lorenzo, comme prévu, tu seras Claudius.

LORENZO. Claudius ? Silence, les musiciens ! Je joue Claudius ! *(Montant sur la table et s'emportant.)* "Un juif n'a-t-il pas des yeux ?"

La musique s'arrête.

GABRIEL. Lorenzo ?

LORENZO. "Un juif n'a-t-il pas des mains, des organes, des dimensions, des sens, de l'affection, de la passion ? Un juif n'est-il pas nourri avec la même nourriture, blessé par les mêmes armes, exposé aux mêmes maladies, soigné de la même façon, dans la chaleur et le froid du même hiver et du même été que les chrétiens ?"

GABRIEL. Lorenzo, ce n'est pas ça !

LORENZO *(montant en volume)*. "Si vous nous piquez, ne saignons-nous pas ?"

GABRIEL. Lorenzo !

LORENZO. "Si vous nous chatouillez, ne rions-nous pas ?"

GABRIEL. Mais arrêtez-le.

LORENZO. "Si vous nous empoisonnez, ne mourons-nous pas ? Et si vous nous bafouez, ne nous vengerons-nous pas ?"

Tout le monde applaudit.

GABRIEL. Lorenzo, c'est très beau.

LORENZO. N'est-ce pas ?

GABRIEL. Oui, très beau, mais ce n'est pas ça.

LORENZO. Comment, ce n'est pas ça ?

GABRIEL. On ne joue pas Shylock, on joue *Hamlet* !

LORENZO. Quelle déprime…

GABRIEL. C'est très beau aussi *Hamlet*, tu sais ?

LORENZO. Alors on ne veut pas laisser la parole au vieux juif que je suis.

GABRIEL. Tu n'es pas un vieux juif.

LORENZO. Je suis LE vieux juif ! *(La musique reprend de plus belle. Hurlant.)* Tous les hommes sont juifs.

GABRIEL. Si tu veux…

LORENZO. Tous les hommes en errance avec la vieille magie des histoires dans leurs mains sont juifs. Et cette terre désertée est notre pays !

DIDI. Il faut que je boive de l'eau.

LORENZO. Regarde comme j'ai grossi ! N'est-ce pas de la magie, ça ? Depuis que nous n'avons plus rien à manger, moi, je grossis ! J'enfle comme un bœuf !

SARAH. Tu es comme enceinte.

LORENZO. Exactement, ma fille… Je suis enceinte ! C'est ma fille qui le dit ! Je suis enceinte de la calme perdition. Et vous verrez, je ferai des miracles !

GABRIEL. Pour l'instant, contente-toi de faire Claudius. Je t'en supplie, Lorenzo ! Contente-toi de faire Claudius. Silence ! *(La musique s'arrête.)* Nous reprenons la première scène et, Didi, tu auras le premier rôle !

DIDI. Le premier rôle ! C'est gentil de penser à moi mais là, je ne peux pas…

GABRIEL. Tu joueras le spectre.

DIDI. Le spectre ?

GABRIEL. L'apparition d'Hamlet père, c'est ce que nous allons jouer.

DIDI. Il y a du texte ?

GABRIEL. Invente ! Laisse-toi porter. Dis ce que tu veux… Va te préparer ! *(Didi sort se préparer.)* Sarah, Dorine, je veux que vous fassiez les deux gardes. Vous êtes au sommet des remparts du château danois. Il y a une épaisse couche de brume qui recouvre les plaines comme un grand manteau blanc ! *(On active la machine à fumée.)* Tout est prêt ? Silence ! Allons-y.

BROCK. Et moi je ne joue rien ? Gabriel, tu m'as oublié.

GABRIEL. Si ça te va, tu seras Horatio, le grand confident.

BROCK. Je ne veux pas être encore et toujours celui qui écoute.

GABRIEL. C'est un très beau rôle.

BROCK. Écouter tes paroles est un rôle que je connais déjà assez. Je préfère m'en aller.

GABRIEL. On a besoin de toi. Pardonne-moi. Dis-moi ! Que veux-tu jouer ?

BROCK. Je veux jouer le fils.

GABRIEL. Tu veux jouer Hamlet ?

BROCK. Mais tu l'as déjà donné à toi-même le rôle du fils… Et il t'ira très bien. Il te va très bien.

GABRIEL. Brock, ne boude pas… Tu es ridicule.

BROCK. Je m'en vais.

GABRIEL. Attends ! Je te le laisse.

BROCK. Tu me le laisses ?

GABRIEL. Je ne te le laisse pas, je te le donne. Tu es le fils. Toi seul es le fils. *(Temps.)* Et toi, Étoile, tu seras Ophélie.

ÉTOILE. Je ne connais pas cette histoire.

GABRIEL. Celle qui est aimée d'Hamlet et qui aime en retour.

ÉTOILE. Je ne suis pas sûre de pouvoir le faire.

GABRIEL. Pas besoin de connaître. Laissons-nous traverser ! Allez ! Tambours !

On frappe de grands coups. La brume prend toute la place dans le théâtre. Le soleil pointe son visage rougeoyant du matin. Les deux gardes montent sur la table.

SARAH *(jouant le premier garde)*. Nous voici sur les hauteurs des remparts. Es-tu là, mon ami ?

DORINE *(jouant le deuxième garde)*. Je suis là !
Est-ce le soleil nouveau-né qui nous montre sa face
À travers ce gros rideau de brume
Encore plein du sang d'un matin malheureux ?

SARAH. Oui, c'est bien lui.

DORINE. Hier soir, nous avons enterré notre roi.

SARAH. Comme cette aurore sent le temps ancien
Et comme toute cette brume
Semble appeler l'apparition de quelques fantômes merveilleux !

DORINE. Hier soir, nous avons mis sous terre notre bon roi parti trop tôt.

SARAH. On entend encore la fête mêlée de larmes et de sourires
Battre son plein dans le château.

DORINE. Dis-moi, ami… Entends-tu comme moi ?

SARAH. De quoi parles-tu ?

DORINE. Entends-tu ce galop ?

SARAH. Maintenant que tu me le dis… Oui, je crois entendre !
Il sonne comme le galop d'un messager qui approche ?

DORINE. Peut-être une heureuse nouvelle !
Un peu de lumière apportée à notre sombre époque.

SARAH. Cachons-nous, ne disons mot et observons !

Les tambours redoublent leurs rythmiques. Les deux gardes descendent de la table. Le rideau du ciel se met à trembler. Le spectre du père apparaît. Il a le visage pâle, le regard inquiet. On peine à reconnaître Didi.

DIDI *(jouant le spectre)*. Mon enfant ? Où es-tu mon enfant ? Je reviens ici… Aux portes de mon château comme soulevé par mille vents. Je reviens… Tournoyant sur la grande plaine des vivants. Il faut que je te revoie ! Mon enfant !

Brock, de sa place.

BROCK. Mon père ?

DIDI. Viens dans la lumière que je te voie un peu.

Brock monte sur la scène de fortune.

BROCK. Je suis là.

DIDI. Mon enfant ? Quelle est cette petite tête de non-aimé que tu portes devant moi ?

BROCK. Ne me dis pas que c'est la première fois que tu la vois.

DIDI. Mais si !

BROCK. Alors, c'est la première fois que tu me regardes.

DIDI. Que dis-tu, mon fils ?

BROCK *(montrant son visage en larmes).* Ce masque-là… C'est toi !

DIDI. Moi ?

BROCK. Tu l'as sculpté année après année.

DIDI. Je n'ai rien fait.

BROCK. Le masque du second ! L'évident pour qui on ne se fait pas de souci… L'autre, l'abandonné, le mélancolique, l'angoissé, on lui donne toutes les attentions mais le second… On l'oublie !

DIDI. Quels sont ces mots, mon fils ?

BROCK. On le laisse se construire sans talent ! Je n'avais pas le talent, comme tu disais si facilement. Pas ce talent !

DIDI. Je pensais que tu allais bien…

BROCK. Chaque nuit, je pleurais dans mes draps. Et vous ne saviez rien ? Rien de comme j'ai souffert ? Je gardais la tête enfouie dans l'oreiller pour ne pas être entendu. Chaque nuit, j'appréhendais de traverser le sommeil comme on traverse la mort. "À demain matin, Brock !" , je me disais l'âme remplie de peine. L'âme remplie de haine ! "À demain matin, mon pauvre Brock !" Et chaque matin, je m'enfonçais une aiguille dans le bras pour être sûr d'être bien là.

DIDI. Pourquoi n'as-tu rien dit ?

BROCK. Pourquoi n'avez-vous rien demandé ? Père… Tu entendais mes cris la nuit quand je me réveillais en sursaut et tu n'es jamais venu à mon chevet. Aujourd'hui, mes nuits n'ont pas changé. J'ai appris à les vivre, voilà tout. Les monstres tapissent les parois de mes rêves, papa. Ils m'attendent chaque nuit pour me rendre plus petit. Pour manger ma lumière. J'ai disparu devant vous jour à jour. Je suis un disparu ! Je vis comme dans un dé à coudre. Silencieux. Toujours acceptant, acquiesçant, sacrifiant. Mais la boisson et ton départ – ce départ-là même que j'ai raté – me font aujourd'hui libérer la parole, et mes désirs, et mes rancœurs. Et j'agraferai demain une autre vie à mon poitrail !

DIDI. Alors j'ai échoué sur tant de choses ? Il ne faut pas en vouloir au vieux et pâle bonhomme qui se tient devant toi. Je pensais sincèrement avoir réussi un peu… Je pensais… Ton éducation, ton bonheur…

Didi, costumé en spectre, continue la scène en mimodrame. Au loin, le texte se poursuit avec la voix d'Argan.

ARGAN. Tu riais beaucoup quand tu étais petit. Tu sais ? Non, tu as oublié. Il est plus facile de se souvenir du malheur. Ah ! Je ne pensais pas apparaître pour cela. Tu devais avoir bien plus besoin de me voir que moi de te voir.

BROCK. J'aurais aimé te ressembler !

ARGAN. Me ressembler ?

BROCK. Je ne ressemble à aucun de vous. D'où me vient-il ce nez ? Ces petits yeux ? D'où ? Longtemps, je me suis dit que vous m'aviez échangé. Que c'était moi le Gabriel ! Moi l'adopté ! Moi le nouveau venu ! Qu'il y avait eu erreur dans la petite enfance et que l'erreur persistait encore aujourd'hui.

ARGAN. Mon fils, c'est bien mon sang qui coule dans tes veines.

BROCK. En es-tu vraiment sûr ?

ARGAN. Oui.

BROCK. Ma mère ne t'aurait pas trompé avec je ne sais quel autre ?

DIDI. Hamlet, c'est toi ?

BROCK. Réponds-moi… Es-tu sûr d'être mon père ?

ARGAN. Si tu veux toute la vérité, je te la donne. La veux-tu ?

BROCK. Donne-la-moi.

ARGAN. Ne m'en veux pas. On ne joue plus, Brock…

Didi s'effondre. Le temps s'arrête. Le spectre d'Argan entre. Il monte sur le plateau et s'assoit auprès de Brock.

LE SPECTRE D'ARGAN. Ce nez que tu as, ces mains courtes et tremblantes, ces petits yeux et ce regard… Tous ces attraits que tu portes étaient ceux de mon père. Tu lui ressembles comme deux gouttes d'eau. Voilà ! Souvent, les traits d'un être sautent quelques filiations. C'est connu. Vois-tu, moi aussi, depuis toujours, je me suis demandé si j'étais le fils de mon père. Cet opposé que je voyais à la table du petit-déjeuner tous les matins. Et en te voyant arriver sur cette terre je n'ai plus eu de doute. Tu ne l'as pas connu ton grand-père. Ce n'était pas un homme de théâtre. Oh non ! C'était un homme, pour être franc, un homme méchant. Mais que j'aimais sûrement un peu. Je suis parti très jeune et très fâché, je ne l'ai jamais revu… Et tu es né. Depuis que tu es petit, il est là. Dans tes gestes, dans tes petites manies, dans tes coups d'œil furtifs… Même dans ta façon de dire les mots, je l'entends. Voilà pourquoi il m'était si difficile de partager quoi que ce soit avec toi, mon enfant. Et je te dirais même que ce matin, pour ce dernier adieu sur cette scène de fortune, pour le banquet de ma disparition, j'ai comme l'impression de dire au revoir à deux êtres. Celui qui m'a fait et celui que j'ai fait. Et je me demande qui est le spectre de nous deux.

BROCK. C'est horrible ce que tu me dis.

LE SPECTRE D'ARGAN. Tu ne voulais pas entendre la vérité ?

BROCK. J'aurais préféré ne pas l'entendre.

LE SPECTRE D'ARGAN. Je suis un homme de vérité.

BROCK. Hélas !

LE SPECTRE D'ARGAN. Tu es fâché ?

BROCK. J'aurais préféré ne pas être fâché, oui.

LE SPECTRE D'ARGAN. Tu veux que l'on reprenne la véritable histoire, Hamlet ?

BROCK. Je ne veux pas être Hamlet. Hamlet aime son père. Je n'en ai pas l'étoffe. Je serais Horatio.

LE SPECTRE D'ARGAN. Tu veux que je m'en aille ?

BROCK. Je préférerais oui.

LE SPECTRE D'ARGAN. Alors je m'en vais… Je m'en vais mon fils. Je m'en vais pour de bon.

BROCK. Va-t'en.

Le spectre d'Argan sort. Didi se relève de façon irréelle et suit Argan dans les coulisses. Le temps reprend son cours. Long silence.

SARAH *(à Gabriel)*. Est-ce que l'on continue ?

Long silence. Gabriel ne bouge pas. Bélise entre.

BÉLISE. Je me suis dit aussi que l'on pourrait mettre une belle table de petit-déjeuner. Et même si on n'a pas de café, pas de thé, pas de beurre, pas de croissant, pas de sucre, pas de confiture ni d'oranges à presser, on pourrait faire une belle table de petit-déjeuner, non ?

DORINE. On va le faire, Bélise !

LORENZO. Mais oui ! Mais bien sûr qu'on va le faire ! Les œufs, vous les préférez au plat ou brouillés ? Je m'occupe des œufs.

DORINE. Je prépare l'eau pour le thé.

LOUISON. Je sors le beurre du réfrigérateur pour qu'il soit bien mou.

DORINE. Très bien. Il faut se dépêcher, le soleil se lève. Il nous attend pas, le soleil. *(Bélise pleure.)* Ce sera le plus beau des petits-déjeuners. Bélise !

Lorenzo prend Bélise dans ses bras. Ils sortent tous, sauf Étoile et Gabriel. Silence.

ÉTOILE. Je ne vais peut-être pas rester.

GABRIEL. Pardon ? Tu as dit quelque chose ? Je n'ai pas entendu.

ÉTOILE. J'ai dit que je n'allais peut-être pas rester.

GABRIEL. Eh bien ne reste pas… Qu'est-ce que tu veux que je te dise ? Au revoir. Bonne route. *(Étoile sort en courant. Gabriel sort la lettre de sa poche et lit.)* "Prenez soin de notre enfant, il s'appelle Gabriel et nous l'aimons. Faites qu'il devienne un homme. Adieu la vie." Où est-il le fantôme qui a tracé ces mots ? *(Regardant le ciel qui s'éclaircit.)* Et qu'est-ce qui te prend, toi, mon monde, tout à coup, pour éclater ainsi ? Et toi là-haut, vieux décideur… *(Le vent se lève.)* Notre histoire est trop belle et tu veux la détruire ? *(Silence. Le vent retombe.)* Princesse, dis-moi que tu existes… Que je ne me trompe pas… Que tu existes… Toi, la promesse de sens… Tu existes ? La promesse existe et c'est déjà beaucoup. Je te vois en rêve, Anne ! Je t'entends ! Je viens à toi. Quel chemin prendre pour ne pas se perdre ?

Gabriel va pour sortir.

DIDI. Gabriel, c'est toi que j'entends ?

GABRIEL. Oui Didi, je vais marcher.

DIDI. Tu ne fais pas de bêtises ?

GABRIEL. Tu as été magnifique !

DIDI. Je ne m'en souviens pas… Ça a été ?

GABRIEL. Au-delà. Ça a été au-delà, comme toujours.

DIDI. Ça me dépasse.

GABRIEL. C'est que tu as l'âme pure, mon petit oncle.

DIDI. Tu pars marcher vers la mer ?

GABRIEL. Tu dis ça comme si je n'allais pas revenir… Je ne pars pas au bout du monde !

Gabriel embrasse son oncle sur le front.

DIDI. Ne nous abandonne pas.

GABRIEL. Je serai de retour dans la journée.

Gabriel sort.

DIDI. Ne nous abandonne pas.

Didi sort.

— Rien ne peut arrêter la triste roue des hommes —

Dans le manoir vide, Brock est allongé sur le sol. M. Badile entre. Il porte une minerve et un corset. Sa jambe gauche est en bois. Il marche péniblement avec une canne.

MONSIEUR BADILE. Bonjour, jeune homme… *(Brock sursaute.)* Je vous ai fait peur ? Ce n'était pas mon intention. Je fais impression sans le vouloir, c'est mon drame. Vous êtes seul, dans ce grand manoir de craie ? Je ne suis pas méchant. Je ne vous dérange pas ?

BROCK. Je ne suis pas seul.

MONSIEUR BADILE. Ah…

BROCK. Ou alors…

MONSIEUR BADILE. Oui ?

BROCK. Seul entouré des autres.

MONSIEUR BADILE. Comme je comprends cela. C'est un bel endroit ici ! Quelle heure est-il ?

BROCK. Si tard que le jour s'est levé.

MONSIEUR BADILE. L'heure du loup entre la nuit et le petit matin !

BROCK. On vous a blessé ?

MONSIEUR BADILE. Mésaventure…

BROCK. Comment êtes-vous venu ici ?

MONSIEUR BADILE. Mais je m'en sors toujours.

BROCK. Il faut marcher beaucoup pour venir jusqu'ici… Avec une jambe de bois…

MONSIEUR BADILE. L'effort ne me fait pas peur.

BROCK. Vous devez avoir faim ?

MONSIEUR BADILE. Toujours.

BROCK. Je crois qu'ils préparent le petit-déjeuner…

MONSIEUR BADILE. Ils ?

BROCK. La petite famille… Si vous voulez vous joindre à eux pour manger un morceau…

MONSIEUR BADILE. Non merci, je déteste les réunions familiales. Ça me met en colère. Si on a le malheur de m'inviter, je ne peux pas m'empêcher le scandale. C'est comme ça… Il faut que je dise tout pour que toujours s'écroule l'édifice familial ! Je suis un solitaire.

BROCK. Je ne vous connais pas.

MONSIEUR BADILE. C'est vrai.

BROCK. Passez votre chemin, je n'ai pas l'âme causante.

MONSIEUR BADILE. Vous ne voulez vraiment pas parler ?

BROCK. Non, je ne veux plus parler.

MONSIEUR BADILE. Vous pleurez ?

BROCK. Qu'est-ce que ça peut vous foutre ?

MONSIEUR BADILE. L'homme blessé qui n'a pas la parole m'importe beaucoup. Comment vous appelez-vous ?

BROCK. Brock.

MONSIEUR BADILE. Brock ? Brock ! *(M. Badile rit.)* On dirait un nom de clown.

BROCK. Je sais.

MONSIEUR BADILE. Qui a pu vous donner un nom pareil ! Ce n'est pas gentil... Vous n'avez rien d'un clown. Je suis sûr que vous êtes le chef !

BROCK. Oh non ! Pas du tout...

MONSIEUR BADILE. Si, si ! Je sens les choses. J'ai le fluide ! Ma mère me le disait toujours : "Toi, tu as le fluide." Ça ne vous dérange pas si je fume une cigarette ?

BROCK. Faites ce que vous voulez...

MONSIEUR BADILE. Depuis mon accident, c'est mon petit bonheur la cigarette.

BROCK. Que vous est-il arrivé ?

MONSIEUR BADILE. Une longue histoire... Trop longue à raconter. *(Il allume une cigarette.)* J'ai beaucoup souffert. Beaucoup ! Il ne faut pas se plaindre. Je suis encore là, et pour longtemps... Je touche du bois ! *(Il cogne sa jambe de bois.)* J'ai cru que je ne me remettrais jamais sur pied et me voilà, petit miraculé ! Je n'ai plus l'aisance de ma jeunesse, c'est vrai. Mais je me répare... Je vois la petite lumière d'une nouvelle vie qui s'agite tout près de moi. Et dedans mon cœur, je danse ! Vous ne pleurez plus ?

BROCK. Je suis fatigué.

MONSIEUR BADILE. Tu sais, Brock – on se tutoie, ça ne te dérange pas ? –, avant d'être un nom de clown, Auguste était un nom d'empereur.

BROCK. Je ne comprends pas.

MONSIEUR BADILE. Je te l'avoue ! Allez ! On ne va pas se cacher. On ne va pas commencer à se mentir si tôt, si vite, ce serait triste... Soyons franco entre nous ! Tu veux ? Je ne viens pas d'arriver... Voilà ! Je plaide coupable ! J'étais là. J'ai entendu ta souffrance. Ce cri de l'homme disparu aux yeux des autres. J'ai écouté ce que tu disais avec ton cœur. Plus poète que tous les poètes. Ils n'ont rien entendu, eux, cette bande de sourds. Tu pourrais dire le monde, tu pourrais tout éclairer que personne ne verrait rien ? Moi, j'ai tout vu.

Tout pressenti de la suite. Et je sors de ma petite cachette, comme un diable de sa boîte, pour venir te l'annoncer…

BROCK. Qu'as-tu à me dire ?

MONSIEUR BADILE. C'est bien ! Tu me tutoies ! Tu me fais plaisir.

BROCK. Je ne veux pas te faire plaisir.

MONSIEUR BADILE. Je suis venu te dire que tu seras roi, Brock ! Un grand roi ! Il y en a du poids sur ces petites épaules !

BROCK. Tu te moques de moi.

MONSIEUR BADILE. Tu es un homme sensé. Tu as en toi la parole sensée. Oui, enfin une parole sensée ! Tu seras le pragmatique dont nous aurons bien besoin. Bientôt la réunion ! Bientôt la reconstruction ! Bientôt la ville ! Ils pensent tous… Finie l'errance ! Bientôt les hommes et les femmes réactiveront la roue…

BROCK. Ils suivront Gabriel. Gabriel est le reconstructeur dont tu parles… Tu t'es trompé d'homme.

MONSIEUR BADILE. Ton frère fera l'acte merveilleux. Oui, c'est vrai… Et ensuite ?

BROCK. Quoi ensuite ?

MONSIEUR BADILE. Une fois le merveilleux passé, une fois le théâtre construit, une fois l'Homme réuni une fois les valises posées une fois les vêtements et les bibelots bien rangés sur des planches de bois qu'on a clouées bien droites, bien horizontales sur un mur bien blanc. On fait quoi ? Réponds ! On fait quoi ? On laisse l'homme réinventer sa vie dans la concordance des âmes ? On laisse faire la nature en confiance ? Ô l'horrible hypothèse !

BROCK. Pourquoi ?

MONSIEUR BADILE. Parce que c'est le malheur assuré, Brock ! Quand la quête est atteinte, il ne reste plus aux Hommes qu'à s'entre-dévorer. Non… Pour vivre heureux, on a bien besoin d'un chef qui régit les petitesses matérielles. Un homme qui se donne rendez-vous avec l'histoire. Tu seras celui-là…

BROCK. Vous ne savez pas ce que vous dites…

MONSIEUR BADILE. Tutoie-moi, Brock, je t'en conjure, ou je vais me vexer. Ce serait triste que je me vexe si tôt, non ?

BROCK. Comment tu t'appelles ?

MONSIEUR BADILE. Monsieur Badile, à ton service.

BROCK. Monsieur Badile.

MONSIEUR BADILE. Il ne faut pas répéter mon nom aux gens. J'aime l'anonymat. J'aime vivre caché. "Pour être heureux, vivons caché", c'est bien connu. Il faut que tu apprennes cela.

BROCK. Quoi donc ?

MONSIEUR BADILE. Vivre caché ! La première règle. Dans le passé, vois-tu, j'ai connu le pouvoir et ses rouages… C'est une grande mécanique tout à fait passionnante. Et si tu veux – si tu ne veux pas, je ne le prendrai pas mal –, on s'entend – tu fais ce que tu veux –, ce sera toi le chef ! Ce sera toi qui dictes ! Ce sera toi qui vois ! Moi, je serai toujours là pour te guider dans l'ombre, derrière. Et si tu m'écoutes, je te le promets, Brock, tu l'auras…

BROCK. Quoi ?

MONSIEUR BADILE. Tu l'auras la petite Étoile. Tu l'auras leur petit respect. Tu l'auras leur petite reconnaissance. Tu l'auras ta grande vengeance. Le pouvoir dans ce bas monde est toujours une affaire de vengeance. Celui qui domine venge un autre qui jadis fut dominé.

BROCK. Que faut-il faire pour cela ?

MONSIEUR BADILE. Être gentil. Ne plus te plaindre. Dire oui à tout. Demander pardon. Dire que la haine est passée. Être sourire.

BROCK. Ensuite ?

MONSIEUR BADILE. Travailler. Devenir irremplaçable. Prendre en charge les grands chantiers que personne ne veut faire. Être patient. L'Homme n'est pas sage. Il a soif de violence. C'est sa part de titan, son petit monstre. La sédentarité lui montera à la tête comme toujours. Ce sera à toi de tenir le Titan en laisse…

BROCK. J'aurais Étoile ?

MONSIEUR BADILE. Tu l'auras.

BROCK. Alors je te suis !

MONSIEUR BADILE. C'est toi que je cherchais… Donne-moi la main.

BROCK. Que vas-tu faire ?

MONSIEUR BADILE. Signer ta parole. N'aie pas peur… Donne-moi la main.

Brock tend sa main à M. Badile. M. Badile prend la main de Brock, l'approche de sa bouche et la mord.

BROCK. Ah ! Arrête !

M. Badile lâche sa prise, se mord la main gauche, mêle leurs sangs.

MONSIEUR BADILE. Nous sommes unis.

BROCK. Tu m'as fait mal !

MONSIEUR BADILE. Pas de plainte, Brock. Ce n'est qu'une petite douleur comparée aux affres des sommets qui t'attendent. Maintenant…

BROCK. Oui.

MONSIEUR BADILE. Grand sourire !

BROCK. Grand sourire !

— Grand sourire —

Sur un chemin. Le vent souffle. Gabriel entre, suivi d'Étoile.

GABRIEL. Tu passes ta vie à suivre les gens ? À les traquer ! On dirait une mouche qui me poursuit.

ÉTOILE. Je t'aime. Je t'aime. Je t'aime. Je t'aime. Je t'aime. Voilà… Les déclarations sont toujours ridicules. Elles font toujours pouffer ceux qui les entendent mais tant pis… Il en faut du courage pour vivre, tu ne crois pas ? Je dois être toute rouge.

GABRIEL. Étoile…

ÉTOILE. Tu es un abandonné comme moi… Tu écris comme moi… Tu es l'âme qu'il me faut !

GABRIEL. Tu te trompes. Je ne veux pas vivre avec quelqu'un qui me ressemble ! Surtout pas… Maintenant c'est moi qui suis désolé. Je suis désolé, Étoile.

ÉTOILE. Je suis ridicule.

GABRIEL. Mais non.

ÉTOILE. Je pensais qu'il fallait que je te dise.

GABRIEL. Tu as eu raison.

ÉTOILE. C'est toi que je cherchais.

GABRIEL. Mon destin est ailleurs.

ÉTOILE. Que dis-tu ?

GABRIEL. Une femme m'attend. Elle est au sommet d'une tour. Et elle me permettra de construire.

ÉTOILE. Gabriel ?

GABRIEL. Je ne veux rien construire avec toi.

ÉTOILE. Tu ne l'as pas cru ? Mon père a dit ça pour te faire partir. Il était en colère. Il a inventé !

GABRIEL. Elle s'appelle Anne ! Elle est comme une flamme et je ne vois rien autour. Je ne te vois pas Étoile.

ÉTOILE. Tu ne me vois pas ? *(Étoile s'allonge aux pieds de Gabriel.)* Tu ne me verras jamais ?

GABRIEL. Jamais.

ÉTOILE. Je ne te ferai plus de scènes. Je ne te demanderai plus rien mais je resterai à tes côtés.

GABRIEL. Tu vas te tuer à vouloir rester.

ÉTOILE. Je veux être comédienne.

GABRIEL. Comédienne ? C'est nouveau… Tu parais si timide.

ÉTOILE. Je serai la meilleure.

GABRIEL. Étoile…

ÉTOILE. Pas de compassion, je t'en prie !

GABRIEL. C'est entendu.

ÉTOILE. Où vas-tu ?

GABRIEL. Marcher sur les falaises qui tutoient l'horizon, me vider la tête pour revenir.

Gabriel sort. Étoile reste allongée sur le sol et gémit comme une enfant. Brock entre.

BROCK. Étoile ? Tu pleures ?

ÉTOILE. Oui, je pleure.

BROCK. Eh bien… Quel tunnel ! Quel long et sombre tunnel que toute cette histoire, tu ne trouves pas ? Mais tout tunnel a sa lumière au bout. À moins que nous soyons entrés dans une mine ! Dans ce cas, nous sommes perdus ! Mais je ne crois pas… *(Étoile sourit.)* Ah le voilà le petit sourire de midi. Ce matin, crois-moi ou non, je me suis réveillé comme lavé. Entends-moi, Étoile, je n'en peux plus d'être triste. J'en ai marre ! Marre de toute cette tristesse qui nous englue par-dessus, par-dessous… De tous côtés… Marre !

ÉTOILE. Il faut que je répète Ophélie.

BROCK. Ophélie ? Hou là là… C'est pas gai !

ÉTOILE. Ah bon ?

BROCK. Ah non, c'est pas gai du tout ! Mais il n'y a pas qu'Ophélie ! Il n'y a pas qu'Hamlet ! Bien heureusement ! Quel enfer ces tragédies sans fin… Parfois, je voudrais m'allonger dans un beau gazon bien tondu, sans mauvaises herbes, sans petites bêtes piquantes. Juste un beau gazon et ne rien faire ! Ne penser à aucune tragédie !

ÉTOILE. Moi, je voudrais que l'on me prenne dans les bras.

BROCK. Tu veux que je te prenne dans mes bras ?

ÉTOILE. Bah oui, puisque tu es là.

BROCK. Maintenant ?

ÉTOILE. Oui, maintenant.

BROCK. Je n'ai jamais fait ça.

ÉTOILE. Laisse tomber.

BROCK. Non. *(Il accourt et prend Étoile fort dans ses bras.)* Comme ça, c'est bien ?

ÉTOILE. C'est bien… C'est vigoureux.

BROCK *(desserrant son étreinte)*. Pardon !

ÉTOILE. Non, c'est très bien… Il fait beau dehors ?

BROCK. Magnifique ! Un temps magnifique. Mon frère est parti… Didi le cherche partout. Il s'inquiète le petit oncle.

ÉTOILE. Je l'ai vu partir, il voulait voir la mer. Marcher sur les falaises qui tutoient l'horizon.

BROCK. Il cherche la lumière au bout du tunnel !

— Le père de sang —

Bord de mer, une côte escarpée.

LA VOIX DE GABRIEL. Je suis revenu ! Je suis là… Je suis venu te revoir ! *(Gabriel entre. Il regarde la falaise, la mer, les arbres.)* Où est passée la branche que j'avais plantée là, dans la terre, face à la mer ? J'avais promis de venir te revoir si le doute prenait mon âme et tu as disparu ? *(Regardant la mer.)* Anne ! Je sais que tu m'entends ! Je t'ai rêvée. Tant de nuits à rêver ton histoire ! Elle commence comme ça. Tu veux que je te montre ? Je te montre… La pièce commence quand tu prends la mer, Anne ! Tu es là sur ton bateau. Le temps est beau comme aujourd'hui. *(Gabriel se dresse sur un rocher.)* Tu es là. Tu regardes l'horizon, une épée à la main. Tu as les cheveux courts d'un garçon. Tu existes ! Son des vagues. Tableau arrêté. Seul demeure le mouvement ondulé de l'eau. Pour faire la mer il faudra coudre une grande nappe, un grand tissu. On l'agitera et ce seront les vagues de l'océan. Lumières traversantes. Oui ! Le soleil étend ses rayons comme à l'horizontale. Le public attend. Il scrute l'immobilité. Et à ce moment, tu dis quelque chose comme : *(Jean entre en scène avec son tabouret comme à son habitude.)* "Horizon ! Bientôt tu seras à moi ! Horizon où l'eau tombe ! Oui, bientôt ! bientôt l'aventure, la véritable sonnera sa trompette. Horizon, je te regarde t'approcher et je frémis de tout mon corps à l'idée de te rencontrer."

JEAN. Pardon, jeune homme.

GABRIEL. Vous m'avez fait peur.

JEAN. Ça ne vous dérange pas si je m'assois là ? C'est ma petite habitude. J'ai l'habitude de venir ici chaque jour pour regarder un peu la mer.

GABRIEL. Bien sûr. Bien sûr.

JEAN. Non, je vous demande parce que vous aviez l'air pris par une grande affaire.

GABRIEL. Non non, je vous en prie. *(Jean pose son tabouret et s'assoit devant la mer. Silence. Gabriel le regarde.)* Vous venez ici souvent ?

JEAN. Tout le temps.

GABRIEL. C'est un bel endroit.

JEAN. Oui, très beau. Il change tous les jours. *(Silence.)* Ça semble infini, n'est-ce pas ?

GABRIEL. Oui.

JEAN. On comprend, quand on regarde ça, pourquoi les hommes d'avant pensaient qu'au bout… Là-bas… L'eau tombait dans le néant.

GABRIEL *(dans un sourire)*. La terre est plate, c'est bien connu !

JEAN. Mais oui. Mais oui, jeune homme, elle est plate ! Bien plate. Qui sait en définitive ? Vous êtes déjà allé à l'horizon vous ?

GABRIEL. Non, c'est vrai. *(Silence.)* Je peux vous poser une question indiscrète ?

JEAN. Avec plaisir.

GABRIEL. Pourquoi venez-vous toujours au même endroit ? La côte est assez vaste... Vous ne changez jamais ?

JEAN. C'est une longue histoire.

GABRIEL. C'est un lieu de l'enfance ?

JEAN. Pas du tout. Oh non ! Je ne viens pas de la mer moi. Je suis un citadin. Et vous, vous venez d'où ?

GABRIEL. Je ne sais pas.

JEAN. Vous ne savez pas ?

GABRIEL. Je viens des cendres. Voilà ce que je pourrais dire.

JEAN. Les cendres... Quand nous avons fui, nous, ma femme et moi... Quand nous avons fui de la capitale, après de longs jours de marche sans savoir où aller, nous sommes arrivés ici. Ici même. Nous avons monté le petit sentier que vous avez dû emprunter vous aussi. Et nous avons vu ça ! Et nous ne pouvions pas aller plus loin.

GABRIEL. Vous avez fui ?

JEAN. Comme beaucoup. Comme beaucoup... Mais c'était il y a longtemps. Maintenant, si vous saviez comme j'ai vieilli ! Regardez ces petites mains. Pleines de terre, tout osseuses, veineuses, flétries. Toutes périssables. Je ne leur avais jamais fait travailler la terre à ces petites mains. Eh bien je peux vous dire que la terre, le vent de la mer, le froid, la vache enragée, tout ça, ça vous fait vieillir un corps plus vite qu'on ne le pense.

GABRIEL. Je peux imaginer.

JEAN. Je suis désolé, je parle beaucoup. Il est rare que j'aie de la compagnie alors j'en profite. Comment vous appelez-vous ?

GABRIEL. Gabriel.

Silence.

JEAN. Gabriel ? *(Temps.)* Gabriel, c'est un joli nom. Je m'appelle Jean.

Jean tend la main à Gabriel.

GABRIEL. Enchanté.

Ils se serrent la main. Jean garde sa main serrée.

JEAN. Je peux vous embrasser ?

GABRIEL. Évidemment.

Ils s'embrassent.

JEAN. Vous semblez en bonne santé ! Ça fait plaisir à voir… Et vous avez des yeux… Des yeux si beaux… Je suis sûr que ce sont les yeux de votre mère.

GABRIEL. Je ne sais pas.

JEAN. Hou ! Ce vent est froid tout de même. On se pèle ! Je vais rentrer. *(Jean se lève et va pour partir. Il s'arrête, se tenant la jambe.)* Ah !

GABRIEL. Qu'est-ce qu'il y a ?

JEAN. C'est la hanche qui me fait une douleur… Une douleur atroce !

GABRIEL. Je vais vous aider.

JEAN. Non, ça ira…

Gabriel soutient Jean.

GABRIEL. Vous tremblez de partout. Vous ne voulez pas vous rasseoir ?

JEAN. Ça ira !

GABRIEL. Parlons encore un peu.

JEAN. Vous êtes très aimable et gentil mais…

GABRIEL. Venez nous voir alors. Avec votre femme. Je fais partie d'une troupe de comédiens.

JEAN. Vous faites du théâtre ?

Jean se rassoit.

GABRIEL. Oui.

JEAN. Et ça vous plaît ?

GABRIEL. Ça me plaît… Je ne dirais pas ça.

JEAN. Ça ne vous plaît pas ?

GABRIEL. Si bien sûr mais c'est au-delà vous voyez. Ça embrasse la vie ! C'est tout mêlé, tout emmêlé avec la vie. Et de plus en plus… Il n'y a plus de frontière. Alors parfois c'est du plaisir, parfois de la douleur, parfois de la haine… Mais toujours de l'amour. Oui, je dirais ça ! C'est toujours une affaire d'amour.

JEAN. Je suis heureux !

GABRIEL. Pourquoi ?

JEAN. Entendre ce que vous dites me rend heureux. Voilà tout. Et que jouez-vous maintenant ?

GABRIEL. Nous jouons des classiques : Shakespeare, Homère, Sophocle ! Et moi, je joue les rois !

JEAN. Les rois ! C'est bien ! Des grands rôles alors… Je suis fier de vous.

GABRIEL. Mais maintenant, vous savez… Je voudrais remonter sur les cendres de l'ancienne capitale.

JEAN. Pourquoi ?

GABRIEL. Sur ma route, une voyante m'a dit qu'une princesse m'attendait au sommet d'une tour et qu'elle était la clef.

JEAN. Croyez-la.

GABRIEL. Vous le pensez vraiment ?

JEAN. Il faut faire ! Quitte à se tromper. Faire ! Vous savez, moi, j'ai fait des grands choix et je vois avec le temps comme ils ont tout leur sens. Même si la princesse à délivrer n'existe pas, même si la tour n'existe pas, au moins vous serez remonté sur la ville et là…

GABRIEL. Nous pourrions construire un théâtre.

JEAN. Et la première ville depuis le grand incendie verra le jour grâce à vous. C'est merveilleux !

GABRIEL. Comme vous avez raison… Comme il est bon de vous entendre. Où habitez-vous ?

JEAN. Juste de l'autre côté de cette colline. Dans un petit vallon. Bien tranquille. Bien paisible.

GABRIEL. Je vais vous accompagner.

JEAN. Oh non !

GABRIEL. Ça me fait plaisir.

JEAN. Ce ne serait pas une bonne idée. Ma femme a le cœur fragile. Les surprises, recevoir du monde sans être prévenue, ça la met dans un état ! Ce n'est pas une bonne idée.

GABRIEL. Faisons au moins le chemin ensemble. Je pourrais voir votre maison de loin.

JEAN. Elle n'est pas belle à voir. Un vrai taudis. J'aime marcher seul et choisir mon rythme. Je vous en prie !

GABRIEL. D'accord. Je comprends… La hanche va mieux.

JEAN. Faites que rien ne vous arrête. Au revoir, beau jeune homme.

GABRIEL. Au revoir, monsieur. Et merci.

JEAN. Pour ?

GABRIEL. Pour tout ce que vous avez dit.

Jean sort.

*

Des voix dans le noir.

GABRIEL. On s'en va ! On s'en va ! On s'en va !

DIDI. Gabriel, tu es là ! Je me suis inquiété.

GABRIEL. Mon petit oncle, on s'en va !

DIDI. On s'en va ? Mais où ça ?

GABRIEL. On va construire un théâtre, comme un vieux fou construit son palais idéal !

DIDI. Quoi ? Mais Gabriel ! Gabriel !

— Le départ —

Devant la petite grille du manoir, des sacs, des valises sont posés sur le gravier. Il y a de l'agitation et un grand soleil. Un de ces soleils d'Italie. Les oiseaux chantent. On pense à partir.

BÉLISE. Dépêchez-vous… S'il vous plaît ! Oh mon Dieu, ce départ est sans fin… On n'y arrivera jamais… L'enfer des groupes ! Une heure qu'ils disent qu'on s'en va… On s'en va ! Ils répètent ! On s'en va ! On s'en va ! Et rien ! Quelle angoisse. Quel ennui. Quelle horreur ! J'aurais dû être reine ou standardiste à mon compte, je ne sais pas… Mais pitié… Mon Dieu ! Épargnez-moi les groupes. *(Sarah entre.)* Ma petite Sarah !

SARAH. Oui, tata Bélise !

BÉLISE. Arrête de m'appeler tata Bélise ! Peux-tu dire à ton père de se dépêcher ?

SARAH. Tu sais papa et le départ, c'est pas facile.

BÉLISE. Je sais bien. Justement !

Louison entre avec Didi qui la suit, costumé en Arlequin de toutes les couleurs. Louison rit aux larmes.

DIDI. Pourquoi tu ris ? Ça ne me va pas ?

LOUISON. Mais si, ça te va très bien… Ce n'est pas le problème. Mais la question c'est, pourquoi ?

DIDI. Pour les grandes occasions, je pense qu'il est de bon ton de mettre quelques parures.

LOUISON. Mais on va marcher pendant des semaines !

DIDI. Et alors, ça ne change rien.

BÉLISE. Alors, Didi, tu prépares un petit spectacle pour dire au revoir aux arbres ? *(Brock entre. Il porte un sac démesuré sur le dos.)* Te voilà, toi ! Où est ton frère ?

BROCK. Avec Dorine, il aide Lorenzo à ranger ses affaires.

BÉLISE. Mon Dieu ! À ce rythme, avec un peu de chance, nous aurons traversé le chemin avant que la nuit tombe.

BROCK. De toute façon, il faut attendre Étoile.

DIDI. Elle n'est pas là ?

BROCK. Elle est… *(Apercevant Didi.)* Mais mon oncle, qu'est-ce que c'est cet accoutrement ?

Louison éclate de rire.

DIDI. Je vois… Bravo à vous ! Je voulais mettre un costume de lumière pour ce départ qui me semble annoncer le voyage de nos vies mais bon, puisque l'on se moque…

LOUISON. Je t'aime, Didi.

BROCK. Je disais : Étoile est allée dire au revoir à son père.

BÉLISE. Celui qui a eu la bonne idée de rentrer cette folie dans le crâne de mon fils ?

BROCK. Lui-même.

BÉLISE. Charmant. Et elle rentre quand ?

BROCK. Elle devrait arriver.

BÉLISE. Elle devrait arriver ! Elle devrait… Et une couche de conditionnel supplémentaire… Je n'en peux plus. Je m'assois !

BROCK. Mais maman…

BÉLISE. Quatre heures que l'on part dans cinq minutes. Et l'autre qui "devrait" arriver. Non c'est trop pour ma nature délicate et ponctuelle ! Je m'assois.

Lorenzo et Dorine entrent.

LORENZO. Tu es sûre ?

DORINE. La brosse à dents a été mise dans le chiffon blanc qui a été roulé comme il se doit dans la petite boîte en fer avec les mines à plomb, le chapelet de ta maman, le petit couteau, le fil et les trois aiguilles.

LORENZO. Tu es bien sûre que les trois sont là ?

DORINE. Lorenzo, on les a recomptées ensemble.

LORENZO. Et les draps ?

DORINE. On les a tapés ensemble et pliés en douze comme à l'habitude.

LORENZO. Et les livres, on les a tous ?

DORINE. On a les deux.

LORENZO. Ah ! La boule à thé. On a oublié la boule à thé !

DORINE. J'ai la boule à thé, la pince à sucre, le chausse-pied en corne, le peigne à petites dents, le peigne à grosses dents, la pince à épiler, le rasoir, le blaireau, le bol émaillé qui va avec, le pendule, l'essuie-lunettes, le galop de ton enfance, la patte de lapin qui nous a bien servis et la boule à neige de Glasgow ! J'ai tout, mon amour, j'ai tout ! Fais-moi confiance !

BÉLISE. Lorenzo, tu es un fétichiste !

LORENZO. Je préfère refaire un tour quand même… On ne sait jamais.

Gabriel entre.

GABRIEL. Non, mon oncle, interdiction complète de retourner à la chambre. J'ai rendu les clefs au portier.

LORENZO. Gabriel, mon petit, tu ne peux pas me faire ça.

GABRIEL. La décision est sans appel !

LORENZO. C'est méchant ce que tu me fais là ! C'est vil… C'est bas et c'est méchant.

GABRIEL. Oui, mon vieux juif adoré.

Gabriel lui donne son bâton de marche qu'il avait oublié.

LORENZO. Mon bâton !

Étoile et le Président entrent.

BÉLISE. Voilà Étoile ! Non mes yeux ne me dites pas que vous avez bien vu ! Nous sommes tous là ? Nous ! Tous là ! Ce n'est pas possible… Je dois rêver. *(Elle se tape sur la main.)* Aïe ! Je ne rêve pas. En route, ne perdons pas de temps.

ÉTOILE. Mon père tenait à vous voir. Je me suis permis de l'amener jusqu'ici.

LORENZO. Tu as bien fait, Étoile. Monsieur… Votre fille est pour moi, pour nous, comme une… Comme… Comme une fille. Oui, votre fille est comme une fille, je n'ai pas d'autres mots. On l'aime beaucoup. Je dirais même, on a de la chance de l'avoir.

LE PRÉSIDENT *(l'air très ému)*. Merci, monsieur. *(Il lui serre la main vigoureusement.)* Mesdames et messieurs, mes chers amis, mes chers compatriotes… C'est assez ému que je me présente devant vous…

Il se tourne vers le public.

BÉLISE. Mon Dieu, un discours !

LE PRÉSIDENT *(dans un style éloquent)*. Oui, chers amis, chère famille devrais-je dire… À peine je vous vois et c'est une lumière de vie, une lumière éclatante qui m'éclaire, une lumière qui resplendit de votre unité et de votre courage ! J'ai retrouvé, ce matin, une petite Étoile pleine d'une joie nouvelle. Une Étoile comme je ne l'avais jamais vue. Et ce miracle, je vous le dois. Alors chers amis, réunis en ce jour où l'été affirme ses rayons ardents…

BÉLISE. Mais faites quelque chose…

LE PRÉSIDENT. Je tenais à vous dire… À vous faire entendre… À vous offrir, le mot est plus juste… Et cela avec toute la simplicité de mon âme… Un grand merci ! Voilà…

BROCK. Merci, monsieur. Pour ma part, je suis heureux de vous revoir et je tenais absolument…

LE PRÉSIDENT. Bien sûr, il y aura des embûches !

BROCK. Pardon ?

LE PRÉSIDENT. Bien sûr le voyage ne sera pas de tout repos. Bien sûr vous devrez affronter les méandres d'un groupe. Bien sûr toutes les rencontres ne sont pas rencontres heureuses. Mais comparé à la solitude d'un vieil homme… Comparé à l'ennui de l'immobilité… Comparé à la détresse d'un père qui voit sa fille prendre le large vers des jours inconnus… Je peux vous le dire, petite troupe, chers amis, famille de mon cœur… Vous avez une chance inestimable ! Si vous saviez comme l'homme de peu de mots, de peu d'estime que je suis, vous envie.

GABRIEL. Monsieur, comment faut-il vous appeler ?

LE PRÉSIDENT. Appelez-moi Françoise ce sera très bien.

GABRIEL. Alors Françoise, si je puis me permettre… Avez-vous quelque chose à nous demander ?

LE PRÉSIDENT. Moi ?

GABRIEL. Oui.

LE PRÉSIDENT. Quelque chose à vous demander ?

GABRIEL. Quelque chose à nous demander, oui…

LE PRÉSIDENT. Enfin… Mais non… Qu'est-ce qui vous fait penser cela ?

ÉTOILE. Papa, vas-y !

LOUISON. Qu'est-ce que c'est ce gros secret qu'on veut pas dire ?

LE PRÉSIDENT. Mais rien, mais rien.

ÉTOILE. Il veut venir avec nous !

LE PRÉSIDENT. Étoile !

BÉLISE. Tout ça pour ça ! Pfiou ! Je vous en prie mes enfants avançons ! Pas de simagrées. Vous n'étiez pas obligé, on ne fait pas dans la sélection. Si vous voulez venir, marchez en rythme et ça ira très bien.

LE PRÉSIDENT. C'est vrai ? Merci, madame ! Vous savez… Je suis discret. Je mange très peu. Je suis courtois et tout sauf d'un caractère lunatique. Je sais me taire quand il faut se taire… Parler quand il faut parler…

LORENZO. Ne vous inquiétez pas, ça ira très bien !

BÉLISE. Je vous en prie… Le jour est déjà beaucoup trop avancé ! Il faut marcher !

LE PRÉSIDENT. Sage parole ! En marche !

GABRIEL. En route !

La petite troupe se met à chanter et disparaît.

— Chacun son masque —

M. Badile entre. Il regarde la petite troupe s'éloigner.

MONSIEUR BADILE. Le jour point.

UNE VOIX DU PUBLIC. Pardon, monsieur, n'auriez-vous pas vu des hommes et des femmes qui marchent en groupe avec une roulotte ? Il y a un an, quelqu'un m'a dit qu'une troupe de théâtre poursuivait son travail parmi les cendres, la terre dévastée. Depuis, je marche à leur recherche. Le théâtre, c'est ma vie. J'aimerais les rejoindre, les accompagner…

MONSIEUR BADILE. Je les ai vus passer.

UNE VOIX DU PUBLIC. Passer seulement ?

MONSIEUR BADILE. De loin, je les connais à peine.

UNE VOIX DU PUBLIC. Vraiment ?

MONSIEUR BADILE. J'ai l'air de mentir ?

UNE VOIX DU PUBLIC. À vrai dire, un peu… Où vont-ils ?

MONSIEUR BADILE. Ils marchent vers les cendres de l'ancienne capitale. Le jeune homme qui les conduit…

UNE VOIX DU PUBLIC. Comment s'appelle-t-il ?

MONSIEUR BADILE. Gabriel.

UNE VOIX DU PUBLIC. Vous le connaissez bien.

MONSIEUR BADILE. Je le connais à peine.

UNE VOIX DU PUBLIC. Que fait ce Gabriel ?

MONSIEUR BADILE. Il est à la recherche d'un poème.

UNE VOIX DU PUBLIC. Ils sont partis il y a longtemps ?

MONSIEUR BADILE. Quelques jours de marche vers le nord.

UNE VOIX DU PUBLIC. Je ne savais pas qu'un poème était une chose que l'on cherchait comme un objet perdu.

MONSIEUR BADILE. Un poème est un amour. Gabriel cherche son amour.

UNE VOIX DU PUBLIC. Où est-il cet amour ?

MONSIEUR BADILE. Au sommet d'une tour… Une dernière tour restée debout dans les cendres comme une princesse de conte qui attend son réveil.

UNE VOIX DU PUBLIC. Va-t-il la retrouver ?

MONSIEUR BADILE. Bien sûr… C'est une histoire qui finit bien.

UNE VOIX DU PUBLIC. Quel drôle de sourire vous avez…

MONSIEUR BADILE. Je ne vous vois pas, venez dans la lumière si vous avez tant soif de discussion.

UNE VOIX DU PUBLIC. Oui, j'aime la discussion ! Je vous prie de m'excuser, je parle tout le temps. Un vrai moulin à paroles, je ne sais pas m'arrêter. C'est toujours trop long quand on m'écoute.

MONSIEUR BADILE. Eh bien venez et parlons. Comme vous, j'apprécie les détours. *(Le Comptable entre en scène.)* Mon Dieu... Un comptable... Excusez ma surprise, mais des habits si bien repassés, par les temps qui courent, ce n'est pas habituel.

LE COMPTABLE. Ça surprend toujours. Je comprends... Je n'ai pas changé de costume depuis le grand incendie. J'en prends grand soin. Mais votre habit aussi est parfait ! Un dandy qui fume des cigarettes, par les temps qui courent, ce n'est pas habituel.

MONSIEUR BADILE. Chacun son masque.

LE COMPTABLE. Chacun son masque.

MONSIEUR BADILE. Voulez-vous que je vous raconte la fin de toute cette histoire, monsieur le Comptable.

LE COMPTABLE. Votre fin ?

MONSIEUR BADILE. La fin.

LE COMPTABLE. De tout cela ?

MONSIEUR BADILE. De tout cela.

LE COMPTABLE. Avec plaisir.

MONSIEUR BADILE. La marche sera éprouvante. La tour parmi les cendres sera debout. La princesse en son sommet sera là. Le poème sera révélé. Le chant sera chanté. L'amour sera embrassé. Le monde séparé comme une pomme coupée en deux sera réuni. La Reine se réveillera.

LE COMPTABLE. Vous me voyez comblé, monsieur le dandy.

MONSIEUR BADILE. Badile, je m'appelle Badile.

LE COMPTABLE. Vous me voyez comblé, monsieur Badile.

MONSIEUR BADILE. Pas trop d'enthousiasme, monsieur le Comptable, je n'ai pas fini.

LE COMPTABLE. Ernest, je m'appelle Ernest.

MONSIEUR BADILE. Ernest... Un nom de combattant.

LE COMPTABLE. Hou là là, combattant, je ne le suis pas du tout.

MONSIEUR BADILE. Chacun son masque.

LE COMPTABLE. Chacun son masque.

MONSIEUR BADILE. Le théâtre sera construit. Tout autour, la ville sera érigée. Ils reformeront la cité. La cité sera ordonnée. Le pouvoir sera demandé. Le non-aimé prendra sa vengeance.

LE COMPTABLE. Sa vengeance…

MONSIEUR BADILE. Le pouvoir est toujours le fruit d'une vengeance, vous ne pensez pas ? Et quand celui que l'on n'écoute pas, qu'on laisse à l'écart, prend sa vengeance, le paysage se noircit très vite. On le sait… L'abandon du cœur est un nid de serpents.

LE COMPTABLE. Vous semblez ravi.

MONSIEUR BADILE. Les vainqueurs qui ne font pas attention aux vaincus sont les vrais assassins.

LE COMPTABLE. Vous êtes plein de haine.

MONSIEUR BADILE. Il y a de quoi… La haine ne s'invente pas, monsieur Ernest ! Je suis désolé de vous l'annoncer… C'est triste… Mais la plus belle partie de l'affaire est bientôt finie.

LE COMPTABLE. Vous souriez toujours quand vous parlez de tristesse ? C'est une habitude ?

MONSIEUR BADILE. Je plaide coupable… C'est mon petit péché à moi. Chacun son péché. Voir la bête qui se débat m'amuse, mais voir le monstre qui renaît me met en joie. Je n'y peux rien.

LE COMPTABLE. Que va devenir Gabriel ?

MONSIEUR BADILE. Une fois l'acte accompli ?

LE COMPTABLE. Oui.

MONSIEUR BADILE. Un pauvre directeur dans un édifice qui s'effondre. Son poème sera usé. Son théâtre sera vide. Le toit et les murs troués laisseront passer l'eau et le vent. Les mites mangeront les rideaux. L'argent manquera. Les comédiens partiront. Tout sera à refaire.

LE COMPTABLE. Où sera passé son amour ?

MONSIEUR BADILE. L'amour n'est pas fait pour être trouvé. C'est quand on le trouve que tout s'effondre. C'est quand il n'y a plus de quête que le Titan en l'homme mange sa part.

LE COMPTABLE. Je ne peux pas être d'accord avec votre parole.

MONSIEUR BADILE. Vous croyez vraiment que l'humain est capable de reconstruire sans que de nouveaux vainqueurs crachent sur de nouveaux vaincus.

LE COMPTABLE. Je le crois.

MONSIEUR BADILE. Tu crois vraiment que l'humain peut être sage ?

LE COMPTABLE. Je le crois.

MONSIEUR BADILE. Qu'il peut vivre dans l'écoute de la douleur de chacun et laisser la place à chaque douleur de chanter ?

LE COMPTABLE. Je le crois.

MONSIEUR BADILE. Comme je plains ton aveuglement.

LE COMPTABLE. Je ne suis pas aveugle puisque je vous vois devant moi.

MONSIEUR BADILE. Tutoie-moi voyons.

LE COMPTABLE. Mais j'espère…

MONSIEUR BADILE. L'espoir ne mène à rien contre la nature profonde.

LE COMPTABLE. L'espoir mène à tout.

MONSIEUR BADILE. Pauvre pauvre comptable, si tu avais vu cette petite famille toute pleine d'amour et d'espoir, comme toi… Crois-tu qu'elle marche vers la communion des âmes ? Tu ne réponds pas ? Si tu avais vu ce petit drame qui vient de se jouer, tu saurais que cette famille a, sans le savoir, fait rejaillir son ombre. Elle-même n'est pas sage. Tu te rends compte… Elle-même ! Quel espoir alors, si le noyau est déjà pourri ! On ne peut rien y faire. L'ombre nous dépasse. Et qui ne veut pas la voir est plus dangereux que moi.

LE COMPTABLE. Je la vois, je l'accepte et j'espère…

MONSIEUR BADILE. Tu penses que le monde nouveau sera différent du monde ancien.

LE COMPTABLE. Oui !

MONSIEUR BADILE. Imbécile !

LE COMPTABLE. La triste roue des hommes reprendra son mouvement mais l'âge d'or existe, il a existé, il existera. Je le vois tous les jours comme un phare lointain… L'âge d'or. L'Arcadie merveilleuse où nous nous soignerons à grands coups de saignée.

MONSIEUR BADILE. Dis-moi, tu t'entends parler ?

LE COMPTABLE. Des saignées d'ombres à la lumière des bougies, pour entendre la douleur des vaincus. Entendre le cri de l'abattu. Entendre la vengeance du non-aimé et s'en libérer.

MONSIEUR BADILE. Tu es ridicule.

LE COMPTABLE. Je sais.

MONSIEUR BADILE. Tu me fais pitié. Sincèrement.

LE COMPTABLE. Le phare est allumé et je n'ai peur de rien.

MONSIEUR BADILE. Ton phare est un mirage.

LE COMPTABLE. Sans mirage, nous n'allons nulle part.

MONSIEUR BADILE. Qu'est-ce qui se passe ?

LE COMPTABLE. Quoi ?

MONSIEUR BADILE. Pourquoi cette discussion ne veut pas se finir. Ces chimères m'ennuient tellement.

LE COMPTABLE. C'est que vous me refusez le dernier mot de cette partie.

MONSIEUR BADILE. Toi aussi tu me refuses le dernier mot de cette partie.

LE COMPTABLE. Oui.

MONSIEUR BADILE. Alors je m'en vais.

LE COMPTABLE. Adieu.

MONSIEUR BADILE. Non. À notre revoir.

LE COMPTABLE. Noir.

Noir.

PARTIE 6

LE CHANT DE LA RÉUNION

"Comme cette verticalité me fait mal."

Ou comment la princesse Anne, rebaptisée Psyché par Sophie, met fin à l'amour pour trouver Gabriel. Ou comment la Reine se réveille.

— Les fleurs d'hiver —

Le Roi est au chevet de sa reine endormie dans la cage de verre. Elle est recouverte de fleurs toutes jaunes. Il la regarde. Coroll et Garon écoutent, l'oreille collée sur la poitrine de la Reine.

LE ROI. Dites-moi qu'elle respire !

COROLL. Elle respire…

GARON. Oui, sire, elle respire, mais c'est de plus en plus difficile à entendre.

COROLL. C'est très loin !

GARON. Voilà, très loin…

COROLL. Le fond d'une grotte !

GARON. Très sombre…

LE ROI. Ah…

COROLL. Y a quelque chose !

GARON. Comme un petit soufflet au fond d'une cave.

LE ROI. Les femmes sont revenues ?

GARON. Sire…

LE ROI. Elles l'ont vue tomber à l'horizon ?

COROLL. Ça fait longtemps qu'elles sont rentrées !

GARON. Longtemps qu'on vous raconte !

COROLL. Longtemps qu'on vous répète !

GARON. Qu'elles sont revenues, bien revenues…

LE ROI. Et elles l'ont vue ?

COROLL. Partir vers le grondement ! Oui, elles l'ont vue…

GARON. Après… De l'autre côté de l'horizon, allez savoir les péripéties…

COROLL. Les ignominies…

GARON. Les salmigondis…

COROLL. Et toutes les breloques qu'il doit y avoir…

GARON. Si je les écrivais, moi…

COROLL. Ça tiendrait pas dans un livre !

GARON. Mais j'ai pas d'imagination…

COROLL. C'est vrai…

GARON. Et j'écris pas…

COROLL. C'est vrai.

GARON. Alors y a pas de risque.

COROLL. Vrai de vrai !

LE ROI. Penses-tu que ma fille vit encore ?

COROLL. Si elle vit comme la Reine respire, il doit pas lui rester grand-chose.

GARON. Tais-toi, Coroll !

LE ROI. Et l'homme dont j'ai rêvé, penses-tu qu'elle le retrouve ?

COROLL. Si seulement il existe…

GARON. Tais-toi, Coroll !

LE ROI. Il existe ! Le valet me l'a dit ! Il existe ! Il existe !

GARON. Bien sûr, sire !

COROLL. Aussi sûr qu'on existe, il existe ! C'est-à-dire que c'est pas tout à fait clair…

GARON. Tais-toi, Coroll !

COROLL. Moi, je crois que ce que je vois !

GARON. Et tu te vois pas ?

COROLL. Bah non…

GARON. C'est vrai ça.

LE ROI. Arrêtez de parler !

COROLL. Oui, sire.

GARON. Même quand on se voit dans l'eau, ça se trouve, on se voit pas.

COROLL. Chut…

LE ROI. Quel temps fait-il dehors ?

GARON. Il neige…

COROLL. Et c'est très beau.

GARON. Le manteau de la neige a recouvert le monde.

LE ROI. Comme une page blanche ?

GARON. Oui.

LE ROI. Pourquoi ces fleurs sont jaunes ?

GARON. C'est tout ce que nous avons trouvé.

COROLL. Ce sont des fleurs…

GARON. Et toutes les fleurs d'hiver sont jaunes…

COROLL. Pour rappeler à celui qui a froid…

GARON ET COROLL. … le soleil qui bientôt revient.

LE ROI. Le soleil qui bientôt revient !

GARON. Voilà.

SARAH *(dans les yeux du monde).* Avant que la roue reprenne son mouvement : *Le Dernier Bout de chandelle*, drame amoureux !

Dans le noir.

SOPHIE. On allumera une chandelle et le temps qu'elle se consume sera le temps d'un acte. Le temps d'un monde imaginaire. On jouera dans des salles obscures et l'on redécouvrira l'homme à la lueur vibrante du feu. Tu décideras des scènes comme ça… Sans savoir… Je fermerai les volets et, dans le noir, on invitera les noms de tes cauchemars, tu veux ?

PSYCHÉ. Oui !

On allume une chandelle. Psyché est allongée dans les bras de Sophie.

PSYCHÉ. Qu'est-ce qui se passe, Anne…

SOPHIE. Quoi ?

PSYCHÉ. Tout à coup, je me demande…

SOPHIE. Parle, Œrine, qu'est-ce qui t'arrive ?

PSYCHÉ. Je ne sais pas… Il m'arrive. C'est large… Oh mon Dieu. Il est bleu le ciel…

SOPHIE. Oui.

PSYCHÉ. Bleu ?

SOPHIE. C'est ça, bleu.

PSYCHÉ. Mais ce bleu-là… Je me suis toujours… toujours dit… Que c'était un rideau, tu vois ?

SOPHIE. Non, je ne vois pas.

PSYCHÉ. Sous le rideau bleu, il y a le cosmos ! Il nous regarde derrière le rideau bleu. Et je me dis que le cosmos aussi, c'est un rideau, voilà. Un autre rideau derrière lequel il y a encore autre chose.

SOPHIE. Tu vas reprendre des couleurs d'un coup d'un seul ! Il faut que tu te reposes.

PSYCHÉ. Oui. Oh là, ça surprend ça, non ? *(Elle rit.)* Ça fait bête…

SOPHIE. Mais non…

PSYCHÉ. De quoi j'ai l'air ?

SOPHIE. Tu es très belle…

PSYCHÉ. Et si derrière le cosmos, il y avait seulement une pauvre petite cuisine.

SOPHIE. Arrête de parler.

PSYCHÉ. Oui, la mienne… Toute pauvre, petite et juste une bougie. Un petit bout de chandelle dans une petite cuisine derrière un grand rideau d'étoiles.

SOPHIE. Non. Il faut que tu t'arrêtes… Que tu laisses un peu couler, d'accord ?

PSYCHÉ. Quelle heure sommes-nous, quel jour sommes-nous, quelle année ? Il me semble que l'on nous a enfermées hier. Peut-être cela fait vingt ans. Peut-être ai-je quarante ans. Et toi, tu approches de ta fin… Qui peut savoir ? On ne voit rien ici.

SOPHIE. Tais-toi, je t'en prie.

PSYCHÉ. Qu'est-ce qui se passe ?

SOPHIE. Je ne sais pas.

PSYCHÉ. Je me noie ?

SOPHIE. Non ! Tu ne te noies pas… Tu es sur le pont. Tu es avec moi.

PSYCHÉ. C'est l'horizon qui approche… Il faut que j'aille à ma cuisine. C'est normal.

SOPHIE. Qu'est-ce qui est normal ?

PSYCHÉ. Je suis heureuse, ma princesse.

SOPHIE. Ne lâche pas ta tête en arrière ! Non, pas comme ça, pas maintenant ! *(Psyché lâche sa tête en arrière. La bougie s'éteint. Noir. Longs et lourds sanglots. Dans le noir.)* Pourquoi tu fais ça ?

PSYCHÉ. Sophie… On l'a si bien réussi, je suis heureuse. Une folie ! Viens que je t'embrasse.

SOPHIE. Va-t'en.

PSYCHÉ. Ah non, Sophie !

SOPHIE. Tu m'as claqué dans les doigts.

PSYCHÉ. Viens que je t'embrasse.

SOPHIE. Tu me déchires ! Va-t'en !

PSYCHÉ. Tu es bête quand tu es sérieuse.

SOPHIE. Tu m'as fait mal, c'est tout. Je ne joue plus.

PSYCHÉ. On dirait une petite fille…

SOPHIE. J'ai eu peur.

PSYCHÉ. Eh oui !

SOPHIE. Je suis fâchée.

PSYCHÉ. Et moi je t'embrasse, sur le front.

SOPHIE. Ouvre plutôt les volets.

PSYCHÉ. Je veux un baiser, sans te voir. Un baiser sans que tu me voies.

SOPHIE. Va ouvrir les volets.

PSYCHÉ. Tu ronchonnes comme une vieille mère.

SOPHIE. Je suis ni ta mère, ni vieille. Va !

On entend des pas. Psyché ouvre le volet de la chambre. Apparaît la lumière d'un matin sec. On distingue une chambre. Une table, un bureau plein de papiers, des chaises, une multitude d'objets abîmés. Tous les murs sont recouverts de papiers griffonnés, annotés. On voit un évier blanc avec toute une tuyauterie qui disparaît, une porte, d'autres fenêtres aux volets clos. Psyché court à la table. Elle écrit à toute vitesse la scène qu'elle vient de jouer avec Sophie. Une fois sa page remplie d'écriture, elle la punaise au mur, puis reprend son travail. Sophie est restée au sol, les yeux sur l'assiette où la bougie s'est éteinte.

Tu te souviens avant ? On éteignait les bougies sans qu'elles aient le temps de finir. Il n'y avait pas de fin. La fin c'était nous qui la proclamions. "On s'arrête !" et on soufflait. Maintenant notre dernier bout de chandelle est mort.

PSYCHÉ *(en écrivant).* Non, il en reste un dans la boîte.

SOPHIE. Encore un !

PSYCHÉ. Un tout petit. Pourquoi tu restes par terre ?

SOPHIE. Psyché…

PSYCHÉ. Reste pas par terre.

Psyché punaise un autre feuillet au mur de l'appartement. Elle regarde l'ampleur de son travail.

SOPHIE. Plus rien n'est droit ici. C'est penché, tout penché. Il faut remettre droit. Ouvre les derniers volets, veux-tu ?

PSYCHÉ. Attends !

SOPHIE. Je vais le faire. *(Sophie ouvre les derniers volets.)* Il fait beau. Il fait matin.

Psyché court regarder à la fenêtre.

PSYCHÉ. Oui, un vrai bleu matin.

Sifflement.

SOPHIE. Et ce bruit…

PSYCHÉ. C'est le lavabo.

SOPHIE. Oh oui, le lavabo !

PSYCHÉ *(regardant par la fenêtre).* J'ai l'impression que le même sac plastique chaque heure traverse la même place de droite à gauche poussé par le même vent.

Fin du sifflement.

SOPHIE. Il faudrait la laver cette table.

PSYCHÉ. Et cette cheminée au loin…

SOPHIE. Un coup d'éponge !

Sophie prend une éponge et frotte frénétiquement la table.

PSYCHÉ. Fumée perpétuelle… Tu penses qu'une fois mortes la cheminée…

SOPHIE. Qui mortes ?

PSYCHÉ. Nous.

SOPHIE. Eh bien ?

PSYCHÉ. La cheminée…

SOPHIE. Quoi ?

PSYCHÉ. Est-ce qu'elle fumera encore ?

SOPHIE. Mais oui… Pour qui tu te prends !

PSYCHÉ. Moi, je ne pense pas. Je me dis que la cheminée se pose la même question que moi. Elle disparaîtra avant moi !

SOPHIE. Ce lavabo ! Il faut trouver une solution à coups de marteau.

PSYCHÉ. Sophie !

SOPHIE. Quoi encore ?

PSYCHÉ. Je ne veux pas que la nuit tombe.

Sophie arrête de frotter la table.

SOPHIE. Embrasse-moi.

PSYCHÉ. Je ne veux pas que la nuit tombe.

SOPHIE. Elle ne tombera pas si tu m'embrasses.

PSYCHÉ. Je ne veux pas qu'elle tombe.

SOPHIE. Si je dis que la nuit ne tombera pas si tu m'embrasses, c'est qu'elle ne tombera pas si tu m'embrasses. Si je te dis qu'une averse lavera nos pieds sous la table et que nous pourrons nous y baigner, tu me crois ?

PSYCHÉ. Oui.

SOPHIE. Si je te dis que pendant notre baiser il poussera un arbre, là, dans le coin du salon. Un petit arbre qui deviendra grand après, tu me crois ?

PSYCHÉ. Oui.

SOPHIE. Et nous contemplerons les saisons passer jour après jour, la main sur la main de l'autre.

PSYCHÉ. Quand tu me parles avec tes bras en avant… Je t'aime.

SOPHIE. Lâche cette fenêtre !

PSYCHÉ. Non.

SOPHIE. La nuit ne tombera pas.

PSYCHÉ. Laisse-moi.

SOPHIE. Pas aujourd'hui.

Psyché s'éloigne de la fenêtre. Elle s'approche de Sophie qui s'est assise à la table. Elle l'embrasse. Elle s'assoit à côté d'elle et pose sa tête sur son épaule.

PSYCHÉ. Que fait-on, Sophie ?

SOPHIE. On se remet au travail quotidien.

PSYCHÉ. Non.

SOPHIE. On éponge la table. On passe le balai. On lave chaque assiette.

PSYCHÉ. Non.

SOPHIE. Et chaque verre, même s'ils sont déjà propres. On passe le chiffon dans les coins. On tue les araignées.

PSYCHÉ. Oh oui les araignées !

SOPHIE. On ouvre les fenêtres pour faire passer le vent. On brûle les aiguilles. On perce tes ampoules.

PSYCHÉ. Non !

SOPHIE. On gratte les casseroles. On cire le parquet. On recloue les tapis sur les chaises.

PSYCHÉ. Non, non et non !

SOPHIE. On fait taire ce lavabo ! Et puis on prend le papier, l'encre qu'il nous reste… Avec tout ce que tu écris, il nous reste pas beaucoup… Et on taille les plumes et on écrit pour nous deux. Tu veux bien ? Seulement pour nous deux, sur la table propre. *(Frappant dans ses mains.)* Allez !

Sophie essore l'éponge dans la bassine et retourne frotter la table.

PSYCHÉ. Non ! Rejouons vite…

SOPHIE. Après… D'abord il faut vivre.

PSYCHÉ. Est-ce vivre ça ?

SOPHIE. Ce n'est que ça.

PSYCHÉ. Je vais retourner à la fenêtre. Moi je veux regarder et non pas tous les jours tourner la même roue.

SOPHIE. Vivre c'est refaire.

PSYCHÉ. C'est réinventer !

SOPHIE. Et tu réinventes des choses collées à ta fenêtre et à tes papiers ?

PSYCHÉ. Je réinvente le monde.

SOPHIE. Tu te rends creuse !

PSYCHÉ. Creuse ?

SOPHIE. Va nous remonter l'horloge ! Ça va nous faire du bien.

PSYCHÉ. Je mets quelle heure ?

SOPHIE. Celle que tu veux… Celle qui t'amuse.

PSYCHÉ. Alors je mets midi moins une.

SOPHIE. L'heure du déjeuner !

PSYCHÉ. Mais on dira que c'est minuit moins une. C'est plus rigolo.

SOPHIE. Si tu veux.

Psyché remonte l'horloge à minuit moins une.

PSYCHÉ. Il y a une histoire avant minuit, tu te souviens ?

SOPHIE. Je ne vois pas.

PSYCHÉ. Une pauvre fille et un grand bal…

SOPHIE. Ça ne me dit rien.

PSYCHÉ. Une vieille histoire !

SOPHIE. N'élève pas la voix je t'en prie.

PSYCHÉ. Aux douze coups de minuit, elle court… Elle… Ah !

SOPHIE. Calme-toi.

PSYCHÉ. Je ne sais plus ! Elle court et tout devient cendres. Les murs deviennent cendres ! Les objets et les serviteurs et le jardin… Le jardin avec ses gros fruits qui brillent dans la nuit… Un gros tas de cendres qu'il devient ! Et elle, qui a une belle robe, elle se retrouve avec une robe toute vieille et tachée. Non ce n'est pas ça ! Il y a un prince ! Sophie !

SOPHIE *(continuant de frotter la table)*. Aide-moi !

PSYCHÉ. Elle perd sa chaussure ! Elle s'en va en boitant dans la cendre et disparaît dans la nuit.

SOPHIE. Aide-moi…

PSYCHÉ. Je veux pleurer et tu me demandes de t'aider à frotter une table, taper un lavabo, mettre un clou à je ne sais quel tabouret. Toi tu n'écoutes rien ! Moi je suis seule à tes côtés !

SOPHIE. Je suis là.

PSYCHÉ. Je ne te crois pas. Je suis plus seule que toi dans cette vieille chambre, couverte de tes baisers. Et tous ces baisers ne sont qu'une illusion…

SOPHIE. Ne me dis pas ça.

PSYCHÉ. Comme ce château, comme ces vergers, comme ces gros fruits brillants dans le jardin, comme ces soleils qui se lèvent et se couchent, comme tous ces grands couverts, ces grands verres qui ne sont que cendres à venir !

L'horloge sonne les douze coups vibrants de minuit.

SOPHIE. Je n'ai jamais aimé. Quand ça sonne, on dirait une sentence !

PSYCHÉ. Il est l'heure ! Rejouons !

SOPHIE. Nous rejouerons demain.

PSYCHÉ. Je suis arrivée au bout. Je tourne comme un monstre dans sa cage. Si l'on ne joue plus, allons-nous-en d'ici. Sortons !

SOPHIE. Ça te reprend ! Combien de fois faut-il que je t'explique.

PSYCHÉ. Il n'y a que nous pour rester dans cette tour. Où sont les autres ?

SOPHIE. Il n'y a plus personne.

PSYCHÉ. Tu mens.

SOPHIE. Ils ont voulu partir et ils se sont noyés dans un grand fleuve ! Un grand fleuve boueux qui passe et emporte tout. Je… Je les ai vus ! Et il y a eu cet incendie… On a eu bien de la chance ! J'ai eu bien de la chance…

PSYCHÉ. Tu bégayes, menteuse ! Ils s'en sont tous allés ! Ils sont partis ! Ils ont disparu à l'horizon, voilà tout !

SOPHIE. Nous sommes fatiguées.

PSYCHÉ. Prenons la route ! Qu'attendons-nous ?

SOPHIE. Tu n'es pas heureuse ici ?

PSYCHÉ. Quand la bougie s'éteint, je veux découvrir le dehors.

SOPHIE. Tu ne découvres rien ici ?

Sophie pleure.

PSYCHÉ. Dès que je parle de partir, tu pleures. C'est triste ça... C'est triste et c'est méchant.

SOPHIE. Méchant ?

PSYCHÉ. Oui, très méchant. Tu pleures. Tu me demandes mes bras. Tous les jours tu me dis qu'il n'y a rien à vivre là-bas. Qu'il n'y a pas d'arbre de l'autre côté. Tous les jours tu me dis qu'un arbre va pousser là, dans le coin du salon. Comme je suis arrivée, moi, là... Dans le coin du salon. Tu me dis que nous regarderons les saisons passer. Et moi, je te crois ! Bête que je suis... Je t'embrasse, je te console, je te rassure. Et toi, du coin de l'œil, tu me gardes comme un chien !

SOPHIE. Psyché !

PSYCHÉ. Quand tu sens que je pourrais partir, tu fermes les volets, tu allumes la bougie... Belle invention ! Partir sans bouger ! Tu me fais rejouer le passé pour m'adoucir. Et tu me récupères comme poupée de chiffon.

SOPHIE *(montrant les murs couverts de papiers).* Sans moi, tu n'aurais pas retrouvé tout ça !

PSYCHÉ. Et tous les gestes quotidiens qui m'empêchent. Le même rouage à remonter... La table qui nous englue tous les matins ! Dis-moi que c'est toi, le soir venu, qui y renverses un peu de sucre en cachette avec de l'eau pendant que je dors. Dis-le-moi !

SOPHIE. Psyché !

PSYCHÉ. La nuit, tu prépares pour remplir la journée !

SOPHIE. Psyché !

PSYCHÉ. Ce n'est pas mon nom ! C'est le tien. C'est toi qui me l'as donné. En souvenir, dis-tu ? La dernière bougie est dans la boîte et tu en as peur. Peur de ne plus pouvoir fermer les volets. Je vais te claquer dans les doigts, Sophie !

SOPHIE. Assez ! Je t'ai récupérée… Un oisillon au cou tout maigre que tu étais. Tu ne te souviens pas ?

PSYCHÉ. Je me souviens de tout.

SOPHIE. Tu me parles comme à un geôlier ! Si je te dis qu'un arbre poussera là, dans le coin du salon, c'est pour y croire moi-même. Pour me souvenir que le temps passe encore. Pour croire qu'un jour nous regarderons des fruits pousser, pas pour te retenir.

PSYCHÉ. Sophie, je veux partir.

SOPHIE. Tu veux partir ? Va-t'en ! Il n'y a jamais eu de clefs sur la porte.

PSYCHÉ. C'est la première fois que tu me le dis.

SOPHIE. Tu te croyais enfermée ?

PSYCHÉ. Non.

SOPHIE. Alors ?

PSYCHÉ. C'est la première fois que tu me le dis. C'est tout.

Psyché se dirige vers la porte. Elle pose la main sur la poignée.

SOPHIE. Psyché, je t'en supplie, si tu pars, pars cette nuit. Quand je dormirai… Je t'en supplie ! Attends que je ronfle. Sois bien sûre que je dors profondément. Prends sans faire de bruit tout ce qu'il te faut. Emporte tous les objets que tu as ébréchés. Brûle les mots que tu m'as écrits, ils sont dans le tiroir de la table. Fais brûler de l'encens aussi pour que ton odeur s'efface. Enlève tous tes cheveux des draps. Et tape le matelas pour que ton empreinte s'efface. *(Psyché ouvre la porte et reste immobile à regarder le dehors.)* Je te le demande à genoux. Accorde-moi ce départ. Que je puisse au réveil me dire : "Oui, tout cela n'était qu'un rêve !" Tu ne peux pas me laisser avec tout ça. Je t'en supplie, n'en parlons plus et va-t'en en secret.

Psyché referme la porte. Elle retourne à la fenêtre.

PSYCHÉ. Tiens, le sac a disparu… Il devrait revenir. On se demande toujours s'il va revenir. On n'y croit pas. On se dit : peut-être ce coup-ci… Et il revient.

SOPHIE *(toujours à genoux. Elle ne quitte pas Psyché des yeux sur toutes les répliques qui suivent).* Sais-tu où est le marteau ?

PSYCHÉ *(elle ne quitte pas le dehors des yeux sur toutes les répliques qui suivent).* Pourquoi ?

SOPHIE. Le lavabo.

PSYCHÉ. Il n'est pas à côté ?

SOPHIE. Tu dois avoir raison, je n'ai pas cherché.

PSYCHÉ. La dernière fois que j'ai regardé, il y était.

SOPHIE. Oui, il y est.

PSYCHÉ. C'est ce que je pensais… Ah le voilà !

SOPHIE. Qui ?

PSYCHÉ. Le sac. Le revoilà !

SOPHIE. Ah ! Tu ne veux pas m'aider pour le lavabo ?

PSYCHÉ. Maintenant ?

SOPHIE. Oui, maintenant.

PSYCHÉ. Ça me reprend, Sophie.

SOPHIE. Quoi ?

PSYCHÉ. Non, pas maintenant.

SOPHIE. Qu'est-ce qui te reprend ?

PSYCHÉ. Peur…

SOPHIE. Que la nuit tombe.

PSYCHÉ. Oui.

Sophie tend les bras vers Psyché.

SOPHIE. Elle ne tombera pas dans notre baiser.

PSYCHÉ. Occupons-nous du lavabo, veux-tu…

Psyché fait un geste de la main vers le lavabo qui se remet à siffler. Sophie lâche Psyché des yeux, regarde le lavabo. Elle se lève et va chercher le marteau.

SOPHIE. Viens m'aider. Tenir le tuyau… Qu'il n'éclate pas. *(Psyché va aider Sophie qui frappe violemment la tuyauterie. Ça sonne ! Douze coups vibrants. Le sifflement s'interrompt.)* Je me souviens de la vieille histoire…

PSYCHÉ. L'histoire de la minuit ?

SOPHIE. C'est une jeune fille très belle. Trop belle. Elle a des sœurs, oui, deux je crois… Et les deux sœurs ne supportent pas cette beauté. Alors elles la gardent à la maison et lui font faire les tâches ménagères. La poussière du plancher. La cendre du poêle. La suie de la cheminée. Les sœurs sont laides, très laides et méchantes, très méchantes. Et elles cachent la beauté de la petite sous la poussière du plancher, sous la cendre du poêle, sous la suie de la cheminée. Un jour, un prince donne un bal. Et la petite beauté voit ses sœurs partir au bal. Elle pleure. La fée marraine la voit pleurer.

PSYCHÉ. Qui est la fée marraine ?

SOPHIE. Une sorcière pleine de bonté.

PSYCHÉ. Ah oui ?

SOPHIE. La fée marraine prend une citrouille et elle en fait un carrosse. Coup de baguette ! Pouf ! Plus de suie, plus de cendre, plus de poussière… Mais une belle robe d'or et de satin. "À minuit, le charme sera rompu !" dit la fée marraine.

PSYCHÉ. Tout en cendres, c'est ce que j'avais dit…

SOPHIE. Au bal, elle est la plus belle d'entre les plus belles. Le prince tombe amoureux et minuit !

PSYCHÉ. Ça sonne !

SOPHIE. Tout tremble.

PSYCHÉ. Et son soulier, elle le perd ?

SOPHIE. Elle court comme une folle et fait exprès de le perdre.

PSYCHÉ. Exprès ?

SOPHIE. Pour que le prince la retrouve.

PSYCHÉ. Et le prince la retrouve ?

SOPHIE. Je ne sais plus…

PSYCHÉ. Comment ?

SOPHIE. Je crois. Oui. Les histoires finissent toujours ainsi.

PSYCHÉ. Et la fée marraine ?

SOPHIE. On n'en parle plus. On l'oublie. Ce n'est pas elle l'important.

PSYCHÉ. Je veux que tu t'endormes.

SOPHIE. Pas maintenant. Laisse-moi profiter.

PSYCHÉ. Je veux !

SOPHIE. Aujourd'hui, si je m'éteins, c'est pour toujours.

PSYCHÉ. Tu dis des bêtises !

SOPHIE. Non.

PSYCHÉ. Tu veux me faire peur.

SOPHIE. Non.

PSYCHÉ. Tu me dis ça pour que je pleure, pour que je reste.

SOPHIE. Va au bal ! Va rejoindre le prince… Je te fais un cadeau et tu m'embrasses et nous gardons encore un peu de temps et nous n'en parlons plus et tu fais comme je t'ai demandé. D'accord ?

PSYCHÉ. Un cadeau !

SOPHIE. Tu veux bien ?

PSYCHÉ. D'accord.

SOPHIE. Mets tes mains sur tes yeux. Ne regarde pas !

Psyché met les mains sur ses yeux. Sophie va prendre une boîte en carton sous le lavabo, fermée par un long ruban rouge. Elle la pose sur la table.

PSYCHÉ. Je peux regarder !

SOPHIE. Pas encore. *(Sophie dénoue le ruban et sort une grande robe d'or et de satin. Elle la tend à bout de bras devant Psyché.)* Tu peux regarder.

Psyché ouvre les yeux.

PSYCHÉ. Que c'est beau. C'est à toi ?

SOPHIE. Je te la donne.

PSYCHÉ. C'est trop.

SOPHIE. Elle t'ira.

PSYCHÉ. Je la mets maintenant ?

SOPHIE. Non. Tu la porteras le moment venu.

PSYCHÉ. Pardon. Pour tout ce que j'ai pu dire. Tu es comme une fée marraine. Tu resteras. Où que j'aille, je frotterai, je tuerai les araignées en prononçant ton nom.

SOPHIE. De quoi parles-tu ? Demain, si tu veux, nous refermerons les volets, nous allumerons le dernier bout de chandelle et nous jouerons le réveil !

PSYCHÉ. Merci.

Psyché embrasse Sophie. Pendant ce long baiser, un petit arbre couvert de fleurs jaunes pousse dans le coin du salon.

SOPHIE. Maintenant, à toi le marteau. *(Frappant dans ses mains.)* Allez ! Moi, je tends le tissu…

PSYCHÉ. Sophie !

SOPHIE. Sur les chaises crevées.

PSYCHÉ. Sophie !

SOPHIE. Dépêchons-nous, il reste encore bien des choses…

PSYCHÉ. Sophie !

SOPHIE. À redresser !

PSYCHÉ. Mais regarde ! Il a… il a poussé dans le coin du salon. Comme tu l'avais… Il a… Ma Sophie. *(Sophie regarde l'arbre. Elle ne dit rien. Les deux femmes s'assoient par terre à le contempler.)* Nous sommes au printemps.

SOPHIE. Je suis heureuse. *(Un long silence véritable. Tout sera dit dans ce silence, bien plus que dans toutes les paroles passées.)* Je vais m'endormir. Dormir profondément.

Sophie s'allonge dans un coin de l'appartement. Psyché regarde autour d'elle. On entend le chant d'une troupe. Psyché ouvre la fenêtre. Le chant emplit la pièce. Elle court dans l'appartement, sort un sac de sous le lavabo. Elle enlève ses habits et les met dans le sac. Elle enfile la robe dans un geste lent et cérémonieux.
Gabriel apparaît à la fenêtre. Il la regarde. Elle le regarde. Il entre dans l'appartement.

GABRIEL. J'ai escaladé jusqu'ici. C'était la seule façon… Je ne veux pas te faire peur.

PSYCHÉ. Tu ne me fais pas peur.

GABRIEL. Je pensais être fou.

PSYCHÉ. Il faut chuchoter !

GABRIEL. Pardon.

PSYCHÉ. Sophie s'est endormie.

GABRIEL. Qui est Sophie ?

PSYCHÉ. Ma fée marraine. Il ne faut pas qu'elle nous entende.

GABRIEL. Pourquoi ?

PSYCHÉ. Elle serait malheureuse.

GABRIEL. Tu veux venir avec moi ?

PSYCHÉ. Oui.

GABRIEL. Ta fée marraine sait que tu t'en vas ?

PSYCHÉ. Oui.

GABRIEL. Réveille-la ! Emmenons-la avec nous.

PSYCHÉ. Son malheur serait plus grand si elle devait nous suivre.

GABRIEL. Tu ne sais pas.

PSYCHÉ. Elle m'a demandé de partir en secret. Je crois qu'elle nous écoute. Je crois qu'elle fait semblant de dormir et qu'elle pleure sans ouvrir ni les yeux ni la bouche. Il ne faut pas rester longtemps ici.

GABRIEL. Viens avec moi.

PSYCHÉ. Je n'ai pas de chaussures.

GABRIEL. Prends les miennes.

Gabriel retire ses chaussures et les donne à Psyché.

PSYCHÉ. Tu vas te faire du mal sans tes chaussures.

GABRIEL. Ce n'est rien maintenant que je t'ai rencontrée.

PSYCHÉ. Comment es-tu venu jusqu'ici ?

GABRIEL. C'était un long chemin.

PSYCHÉ. Tu savais que j'étais là ?

GABRIEL. Oui.

PSYCHÉ. Comment tu t'appelles ?

GABRIEL. Je m'appelle Gabriel.

PSYCHÉ. Gabriel… Ce nom, je me souviens. Sur mon navire, je t'appelais !

GABRIEL. Je sais.

PSYCHÉ. C'est pour toi que j'ai fait tout ça !

GABRIEL. Tu es Anne.

Psyché redevient Anne.

ANNE. Je suis Anne. Oui.

GABRIEL. Je t'ai rêvée, Anne.

ANNE. Je t'ai rêvé, Gabriel.

GABRIEL. Alors tu existes ?

ANNE. Tu en as douté ?

GABRIEL. Tous les jours.

Gabriel tombe lentement à genoux devant Anne.

ANNE. Qu'est-ce qu'il t'arrive ? Pourquoi se mettre à genoux devant moi ?

GABRIEL. Si tu existes… Cela veut sûrement dire que moi aussi j'existe.

ANNE. Relève-toi.

GABRIEL. Ce n'est rien.

ANNE. Bien sûr que tu existes.

GABRIEL. Ce "bien sûr" est trop grand.

ANNE. Relève-toi, partons !

Anne relève Gabriel.

GABRIEL. Qu'as-tu fait à ta main ?

ANNE. Elle est blessée.

GABRIEL. Pourquoi ?

ANNE. À force d'écrire je me suis fait des ampoules. Sophie les perçait tous les jours avec une aiguille brûlée.

GABRIEL *(regardant les murs couverts d'écriture)*. C'est toi qui as écrit tout ça ?

ANNE. Oui.

GABRIEL. Qu'est-ce que c'est ?

ANNE. Les noms de mes cauchemars. Des pattes de mouches sur la page du monde. Tu es venu seul ? Est-ce vrai qu'il n'y a plus personne ici ? Est-ce vrai qu'il ne reste que nous dans les cendres d'un monde disparu ?

GABRIEL. Non.

ANNE. Ah…

GABRIEL. Ma famille est là, en bas, à nous écouter. À pleurer eux aussi, sans ouvrir ni les yeux ni la bouche. Ils ont hâte de te voir !

ANNE. Je suis heureuse !

GABRIEL. Anne…

ANNE. Allons les rejoindre ! Emportons tout cela !

GABRIEL. Qu'allons-nous faire maintenant que nous n'avons plus personne à chercher ?

ANNE. Nous devons construire une boîte. Elle aura la forme d'un crâne, la taille d'un bâtiment. Une maison pleine d'ombres posée sur des gravats. Une grande coupole et un plateau de bois. Nous y jouerons mon histoire ! Nous allumerons des bougies et le temps qu'elles se consument sera le temps d'un acte.

*

Dans le champ de cendres, auprès d'un petit arbre aux fleurs jaunes, le Roi regarde sa reine allongée. Les deux balayeurs écoutent la respiration de la Reine. Ils pleurent.

COROLL. Sire, elle ne respire plus.

LE ROI. Elle ne respire plus ?

GARON. Faut-il que je coure au château pour apprendre la nouvelle ?

LE ROI. Non !

GARON. Nous construirons un mausolée de la forme d'un crâne, grand comme un palais. Et sur le bord du fleuve, il portera son nom !

LE ROI. Non ! Elle va se réveiller.

COROLL. De ce sommeil-là, personne ne se réveille…

LE ROI. Laissez-moi m'endormir à ses côtés. Elle va se réveiller.

*

Dans l'appartement de Sophie, Anne et Gabriel retirent les papiers du mur.

ANNE. Il y a une fable dans mon pays que l'on raconte sur une pomme coupée en deux. Deux moitiés séparées qui doivent se retrouver. L'une embrasse la chair de l'autre et le fruit se recolle.

GABRIEL. C'est un geste impossible.

ANNE. Dans la fable, le geste existait le temps d'un instant. En celui qui écoute, les deux hémisphères se recollaient. Une sphère ! Oui, aujourd'hui le fruit se reforme et nous allons construire. On ne fait de grandes choses qu'en étant amoureux et je crois que je t'aime, Gabriel. Je crois que je t'aime.

GABRIEL. Je crois que je t'aime aussi.

ANNE. Aide-moi, je ne dois rien laisser.

GABRIEL. Comment commence ton histoire ?

ANNE. Je ne sais pas.

GABRIEL. Tu dois avoir une idée ?

ANNE. On ne fait rien avec des idées.

GABRIEL. Alors dis-moi sans réfléchir !

ANNE. Elle commence par le réveil de la Reine.

— La construction de la boîte —

Mouvements de machinerie. On s'affaire. Planches, cordages en tous sens. Le Président tire les cartes à Bélise sur une vieille malle au milieu de l'agitation.

LE PRÉSIDENT. Posez les mains sur les cartes. *(Bélise pose les mains sur les cartes retournées.)* Non, malheureuse, ne les posez pas vraiment.

BÉLISE. Oh, que c'est désagréable ! Expliquez-vous clairement.

Le Président prend les mains de Bélise.

LE PRÉSIDENT. Tenez-les comme ça… À un centimètre. Il faut que ça vous frôle. Vous sentez ?

BÉLISE. Quoi ?

LE PRÉSIDENT. La chaleur…

BÉLISE. Je ne sens rien.

LE PRÉSIDENT. Il faut que vous lâchiez. Acceptez de croire que c'est possible sinon on n'arrivera à rien. *(Posant ses mains sur les siennes à nouveau.)* Laissez-vous faire. Fermez les yeux. C'est mieux ! Sentez l'âme des cartes qui vous arrête, qui vous confond. Vous y venez. Vous y êtes. Et maintenant… Tirez-en une ! Vite ! Sans réfléchir ! Vite ! *(Bélise précipitée et maladroite tire une carte. Elle la montre au Président.)* Merveilleux !

BÉLISE. Dites-moi tout ! Une réussite ? Une fin heureuse ?

LE PRÉSIDENT. L'amour !

BÉLISE. L'amour ?

LE PRÉSIDENT. Il est là, à votre porte.

BÉLISE. Qu'est-ce que c'est que cette histoire ?

LE PRÉSIDENT. Il est prêt à revivre dans sa première jeunesse.

BÉLISE. Je ne suis pas convaincue.

Gabriel entre avec deux nouveaux jeunes gens portant une boîte grise, verte, opaque.

GABRIEL. Posez ça là. Dépêchez-vous… Bon ! Comment vous vous appelez déjà ?

JACQUOTTE. Jacquotte.

GABRIEL. Jacquotte, c'est vous qui l'avez faite cette boîte…

JACQUOTTE. Avec Thibault. C'est mon frère.

THIBAULT. Moi, c'est Thibault.

GABRIEL. Bonjour, Thibault. Alors c'est vous deux qui l'avez faite cette boîte…

JACQUOTTE. Ouais.

GABRIEL. Pour les dimensions, elle est très bien !

JACQUOTTE. Merci.

GABRIEL. C'est une boîte, je ne dis pas… Mais ce n'est pas du verre, n'est-ce pas ?

JACQUOTTE. Ah non, c'est pas du verre ! Ça, c'est sûr, c'est pas du verre.

GABRIEL. Bien ! Moi, quand je vous ai rencontrés…

JACQUOTTE. Ouais.

GABRIEL. Je vous ai demandé si vous pouviez me faire une boîte en verre…

JACQUOTTE. Ouais.

GABRIEL. Et vous m'avez dit : Ouais.

JACQUOTTE. Ouais.

GABRIEL. Mais là… Jacquotte !

JACQUOTTE. Ouais.

GABRIEL. C'est pas du verre, n'est-ce pas ?

JACQUOTTE. Ah non là, c'est sûr, c'est pas du verre.

GABRIEL. Pourquoi vous ne m'avez pas fait une boîte en verre ?

JACQUOTTE. Parce que j'en ai pas.

GABRIEL. Vous n'en avez pas.

JACQUOTTE. Du verre, j'en ai pas.

GABRIEL. Alors pourquoi vous m'avez dit que vous pouviez faire une boîte en verre si vous n'aviez pas de verre ?

THIBAULT. C'est vrai, pourquoi t'as fait la boîte en verre si t'avais pas de verre ?

JACQUOTTE. C'est vrai pourquoi j'ai… Je pensais que c'était la boîte qu'était importante.

GABRIEL. Elle est en quoi là votre boîte ?

JACQUOTTE. Plastique !

GABRIEL. Plastique ?

THIBAULT. Plastique trouvé, fondu, aplati, coupé, assemblé.

JACQUOTTE. Du boulot…

GABRIEL. Je n'en doute pas.

JACQUOTTE. Pas les mêmes, c'est pour ça que c'est pas égal.

GABRIEL. Pas les mêmes quoi ?

JACQUOTTE. Plastiques !

GABRIEL. C'est pour ça que c'est opaque surtout.

JACQUOTTE. Ouais… Mais ça casse pas !

GABRIEL. Vous êtes sûrs que ça casse pas ?

JACQUOTTE. Ouais.

THIBAULT. Moi, je suis pas sûr.

JACQUOTTE. Non, ça casse pas, ça c'est sûr.

GABRIEL. Bélise !

BÉLISE. Oui, Gabriel.

GABRIEL. Va dans la boîte s'il te plaît, j'aimerais voir quelque chose.

BÉLISE. Quand c'est demandé aussi gentiment, on ne peut pas refuser…

LE PRÉSIDENT. Laissez-moi vous aider !

BÉLISE. Oh…

Le Président soulève la boîte. Bélise s'allonge sous la boîte. Le Président repose la boîte.

GABRIEL. Maintenant, Jacquotte !

JACQUOTTE. Ouais.

GABRIEL. Vous voyez mon problème…

JACQUOTTE. Pardon ?

GABRIEL. Je fais ça pour vous montrer mon problème !

JACQUOTTE. Bah ça casse pas.

GABRIEL. Ça casse pas c'est vrai, mais…

JACQUOTTE. Ouais ?

GABRIEL. Il y a quoi dans la boîte ?

Temps.

THIBAULT. La dame !

GABRIEL. Bravo, Thibault !

JACQUOTTE. J'avais oublié.

GABRIEL. Et pourquoi vous avez oublié ?

JACQUOTTE. Parce que j'ai pas de mémoire.

GABRIEL. Parce que vous ne la voyez pas !

JACQUOTTE. Faut pas crier.

GABRIEL. Et moi j'ai besoin qu'on la voie et c'est pour ça que je vous ai demandé de faire une boîte en verre ! Pas une boîte en plastique opaque !

JACQUOTTE. Ah ouais !

LA VOIX DE DORINE DANS LA SALLE. Rideau ! Rideau ! Premier essai ! Rideau !

Un grand rideau descend des cintres du théâtre et masque toute la scène. Du public, on voit la doublure en tissu rouge pâle ainsi que les coutures.

LA VOIX DE GABRIEL DERRIÈRE LE RIDEAU. Ah ! Voilà ! Le rideau en velours rouge ! Dorine… Merci d'être là ! Enfin quelque chose de bien !

Dorine monte sur la scène et regarde le rideau.

DORINE. Gabriel, je comprends que de ton côté ça soit bien, on l'a mis à l'envers. Chargez le rideau ! Faut dénouetter ! Besoin de monde au plateau pour dénouetter, dépêchons-nous !

La perche du rideau descend à hauteur de ceinture. Toute la troupe entre et se met en ligne pour dénouetter le rideau.

GABRIEL. Bravo, Dorine ! On perd du temps… Mais bon, perdons du temps, nous n'avons que ça à faire.

DORINE. Mon Dieu, il est insupportable !

LORENZO. Depuis trois jours, ce n'est pas qu'il est insupportable, c'est que c'est une horreur !

GABRIEL. Pardon ?

LORENZO. On dit que tu es une horreur, Gabriel ! À continuer comme ça, plus personne ne te supportera.

DORINE. Et les gens commencent à fatiguer…

LORENZO. Bien sûr que les gens fatiguent ! Il ne s'en rend pas compte. Il croit que c'est normal d'être là, pendant des heures, à écouter les folies de sa tête.

GABRIEL. Tu n'es pas obligé de parler de moi à la troisième personne, je suis là, Lorenzo !

DORINE. Cette création est sans fin.

LORENZO. Plus personne ne comprend ce qu'il fait.

GABRIEL. Si vous n'êtes pas content…

SARAH *(l'imitant)*. Vous pouvez partir !

GABRIEL. Exactement…

LORENZO. Tu es une horreur !

GABRIEL. Sarah, je suis une horreur ?

SARAH. C'est vrai que tu n'es pas facile.

THIBAULT. J'y pense… Votre boîte en verre, personne pourra vous la faire.

GABRIEL. Arrêtez de me parler comme à un enfant…

LORENZO. Donnez-lui de l'opium ! Je ne sais pas, moi… Un massage, une bonne cuite ! Pourvu qu'il se calme.

JACQUOTTE. Il a raison. Du verre par les temps qui courent, ça se trouve pas… Ça se cherche mais ça se trouve pas.

THIBAULT. Et puis pour une grosse boîte de cette taille ! Non, c'est impossible !

GABRIEL. Impossible ? Et comment je vais faire moi ?

BÉLISE *(de dessous la boîte).* Mon chéri, je peux sortir ? Je ne me sens pas bien ! Je suis claustrophobe ! Je vais mourir !

GABRIEL. Bélise, je t'avais oubliée. *(Au Président.)* Eh bien faites quelque chose ! Ne restez pas là comme un mollusque puisqu'elle vous appelle.

LE PRÉSIDENT. Je suis là ! Ma très chère, je suis là…

Le Président délivre Bélise.

BÉLISE. Quel enfer ! Cette odeur. On étouffe là-dedans. Tu veux me voir six pieds sous terre, Gabriel ?

LE PRÉSIDENT. Mon Eurydice, je vous ramène du royaume des limbes.

BÉLISE. "Mon Eurydice !" "Le royaume des limbes." Qu'est-ce qui vous prend ?

LE PRÉSIDENT. Laissez-moi vous aider.

BÉLISE. Ne me touchez pas ! Je ne suis pas bien.

GABRIEL. Arrêtez de hausser le ton, s'il vous plaît.

LORENZO. C'est toi qui dis ça ?

GABRIEL. Oui c'est moi ! J'ai besoin de calme pour réfléchir.

DORINE. Le maître a besoin de calme…

BÉLISE *(au Président).* Quand est-ce que vous retirerez ce maquillage et ce costume ? Vous êtes ridicule.

LE PRÉSIDENT. Ridicule…

BÉLISE. Personne ne vous l'a jamais dit ?

LE PRÉSIDENT. Je pensais que ça vous plaisait.

BÉLISE. Ça ne plaît à personne. Voyons ! Ouvrez les yeux !

LE PRÉSIDENT. Je croyais…

BÉLISE. C'est vulgaire !

Brock entre.

BROCK. Maman, nous t'attendons pour l'essayage costume.

BÉLISE. Mais je suis là voyons, je suis là.

Bélise sort avec Brock. Didi entre, du scotch sur les yeux et une canne à la main, accompagné de Louison.

LOUISON. Attention ! Pas par là… Tu vas tomber.

DIDI. Je peux y arriver tout seul !

GABRIEL. Mais qu'est-ce qu'il fait lui ?

LOUISON. Didi, pourquoi tu fais ça ?

DORINE. On emporte le rideau au lointain !

LORENZO. Attention à Didi…

Mouvement de toute la troupe qui sort de scène avec le rideau.

LOUISON. Pourquoi, Didi ?

DIDI. Je répète mon rôle d'Homère.

LOUISON. J'ai des choses à faire moi aussi.

DIDI. Je n'ai pas besoin de ton aide.

LOUISON. Faut-il se mettre dans des états pareils pour jouer un aveugle ?

DIDI. Les vrais acteurs sont des acteurs de rigueur.

Didi sort accompagné de Louison. Étoile entre.

GABRIEL *(regardant la boîte)*. Je dois trouver une solution.

ÉTOILE. Qu'est-ce que c'est ?

GABRIEL. La cage de verre dans laquelle la Reine se réveille. *(Étoile rit.)* Ce n'est pas drôle… C'est dramatique.

Brock entre à nouveau.

BROCK. Étoile, tu es là…

Brock se précipite vers Étoile et l'embrasse. Elle se recule.

ÉTOILE. Pas devant tout le monde. Pas comme ça. Tu sais que je n'aime pas.

BROCK. Pardon… Je ne le referai plus. *(Étoile sort.)* Quel est encore ce regard noir, mon frère ?

GABRIEL. Le regard de celui qui ne sait plus, mon frère.

La voix de la princesse emplit tout le théâtre. La troupe s'active comme une fourmilière.

LA VOIX D'ANNE. Je veux du lierre frais pour les poètes. Je veux que soit gravée une étoile à tous les talons de toutes les chaussures. Je veux que l'étoile soit peinte en blanc. Je veux que l'on ouvre de grandes fenêtres dans les murs avec d'épais volets en bois. Je veux que la lumière du jour nous soit cachée. Je veux savoir que nous pourrions la voir mais toujours la cacher. Je veux que les clous soient redressés. Je veux que l'on renforce les chaises, les tabourets, les bancs, tout ce qui peut être renforcé. Je veux que les tables soient nettoyées. Je veux arrêter l'heure. Qu'à l'horloge de notre intérieur, il soit toujours minuit. Je veux que le sol soit balayé. Je veux que les murs soient balayés. Je veux que la coupole soit balayée. Je veux que les fenêtres soient balayées. Je veux que l'on tue les araignées. Je sais qu'elles sont gardiennes, mais en souvenir je veux qu'elles soient toutes tuées. Je veux qu'en entrant dans ce lieu merveilleux, l'on pose sa main droite sur son sein gauche pour écouter son cœur. Je veux que les lumières ne soient jamais toutes éteintes. Je veux qu'il y ait toujours un rayon. Je veux faire qu'il y ait toujours un rayon dans l'obscurité. Je veux faire qu'il y ait toujours autant de bouteilles vides que de bouteilles pleines. Je veux forcer l'équilibre. Je veux que l'on pense au premier être qui nous a embrassés. Je veux que le plancher soit lessivé. Je veux que les objets d'argent soient frottés, toutes les épées, tous les poignards. Je veux prendre de l'encre noire, je veux prendre de lourds pinceaux et là-haut, au dernier balcon, au paradis, je veux que l'on écrive en grandes lettres Jules et Henri. De grandes lettres noires sur de la feuille d'or. Je veux que l'on pense aux rues de nos enfances. Je veux que l'on sépare la cire du miel. Je veux que l'on prépare les mèches et que l'on monte les bougies droites. Je veux que l'on peigne au sommet de la coupole un immense poisson long comme deux femmes avec quatre gros yeux par flanc et un dos bleu comme le ciel. Pour blason, je veux le dessin d'un arbre aux racines comme des branches, aux branches comme des racines. Qu'il n'y ait ni haut ni bas en ce pays nouveau !

JACQUOTTE. C'est sûr qu'avec du verre on n'y arrivera pas.

GABRIEL. Sarah, aide-moi !

SARAH. Oui, Gabriel ?

GABRIEL. Comment pourrait-on faire une cage de verre sans verre ?

THIBAULT. C'est moi qui l'ai faite mais je me suis trompé.

SARAH. Ça arrive à tout le monde !

DORINE. C'est à ma portée ! Une cage de verre sans verre… Je vais faire un miracle ! Réfléchissons posément. Soyons malins…

Le Président est resté immobile seul dans la pénombre. Étoile entre à nouveau et s'approche de son père.

ÉTOILE. Papa, ça va ?

LE PRÉSIDENT. Pardon ?

ÉTOILE. Tu restes tout immobile, loin des autres… Ça va ?

LE PRÉSIDENT. Oui.

DORINE. Le verre est transparent.

GABRIEL. C'est bien notre problème !

DORINE. Non, Gabriel… C'est notre solution !

JACQUOTTE. Je peux demander à mon oncle… C'est un vrai bricoleur… Il est malin pour ces choses-là !

DORINE. Laissez-moi faire ! Le verre se fait oublier, n'est-ce pas…

GABRIEL ET SARAH. Oui !

DORINE. Alors…

JACQUOTTE ET THIBAULT. Alors ?

DORINE. Pour faire une cage de verre sans verre, il suffit de ne pas mettre de verre !

GABRIEL. Pas de verre ?

DORINE *(dessinant dans les airs)*. La structure… Et… Rien !

GABRIEL. La structure et rien !

DORINE. Il suffira de l'imaginer.

SARAH. Maman, tu es un génie !

GABRIEL. Jacquotte, Thibault, vous pourriez nous faire ça ?

THIBAULT. J'ai pas compris.

SARAH. Une cage de verre sans verre.

THIBAULT. J'ai pas compris.

GABRIEL. Jacquotte ?

JACQUOTTE. Vous voulez vraiment pas que je demande à mon oncle ? Il a plein d'idées !

GABRIEL. Regardez, c'est simple… *(Dessinant dans les airs des lignes verticales.)* Une arête, une arête, une arête, une arête pour les quatre coins.

DORINE *(dessinant avec son doigt sur le sol).* Et puis une arête, une arête, une arête, une arête pour la base.

SARAH *(dessinant dans les airs).* Et puis une arête, une arête, une arête, une arête pour le toit.

Dorine, Sarah, Lorenzo et Gabriel se retrouvent dans leur cage de verre imaginaire.

GABRIEL. Ce sera merveilleux.

THIBAULT. Mais à la place des vitres, on met quoi ?

SARAH. On met rien, Thibault.

GABRIEL. On laisse imaginer.

DORINE. Juste la structure et rien.

JACQUOTTE. On va le faire !

À l'écart.

LE PRÉSIDENT. Dis-moi franchement.

ÉTOILE. Oui, papa…

LE PRÉSIDENT. Tu me trouves ridicule ?

ÉTOILE. Ridicule ? Mais non, voyons… Qui t'a mis ça dans la tête ?

LE PRÉSIDENT. Je ne te fais pas honte ?

ÉTOILE. Jamais. Tu ne m'as jamais fait honte.

LE PRÉSIDENT. Tu es sûre ?

ÉTOILE. Papa ? Qu'est-ce qui te prend ?…

LE PRÉSIDENT. Tu me l'aurais dit ?

LA VOIX D'ANNE. Je veux que l'on allume les bougies. Je veux que des centaines de perchoirs soient sur le toit de notre bâtisse, et que les oiseaux migrateurs puissent s'y reposer. Je veux que nous gravions dans le bois de notre plateau tous les noms des amours et des amis croisés. Je veux que les dessous de notre scène soient baptisés du nom d'Œrine, c'est là que nous nous changerons, que nous

nous maquillerons en cachette, sous les pas des autres. Je veux que deux lumières rouges au premier balcon nous rappellent toujours à notre danger. Je veux que dans notre grenier soient gardés tous les souvenirs, tous les papiers. Je veux qu'on y laisse toujours une lampe allumée et qu'un matelas nous permette de nous y coucher pour un sommeil réparateur. Je veux que tout le monde se retrouve au travail d'un instant et que la compréhension soit bannie de notre langage. Je veux une grande nappe pour la mer qu'il faudra agiter. Je veux qu'au premier son de vague, le bâtiment se décroche, se décolle du sol et s'envole, loin dans les airs, tiré par je ne sais quels cerfs-volants. Je veux que le navire vogue dans les nuages, par les grands vents, jusqu'au pays de mon père. Je veux que mon père me revoie ! Je veux que mon père soit fier de sa fille de retour pour le réveil de la Reine.

*

Le Roi dort dans la neige. Il dort dans les bras de ses deux jardiniers au côté de l'arbre aux fleurs jaunes. Devant eux, la cage de verre où la Reine est allongée. Autour de la cage, des bougies innombrables font une lumière vibrante. Jules le Blanc, Henri, la princesse Anne, Œrine, les médecins, les femmes du bateau, les courtisans du château sont là au chevet de Leur Altesse. Toute la troupe du théâtre des campagnes est là aussi. Les infirmiers, les incendiaires, le vieillard se sont invités à ce tableau. Dans l'ombre, on distingue la silhouette de M. Badile et d'Ernest qui regarde silencieux, loin des autres. Tout à coup, le corps de la Reine se redresse. Elle regarde son roi et toute la foule des personnages.

LA REINE. Mon roi… Il faut se réveiller. Il n'est plus l'heure de dormir. Tu entends le torrent comme il gronde au loin ? C'est la fonte qui commence son travail pour rejoindre la mer…

LE ROI. Ma reine ?

LA REINE. Comme cette verticalité me fait mal. J'ai dormi longtemps ?

LE ROI. Très longtemps…

LA REINE. Alors j'ai vieilli ?

LE ROI. Oui. Nous avons vieilli.

LA REINE. Ces mains… Ce sont mes mains ?

LE ROI. Oui.

LA REINE. Qu'elles sont laides…

LE ROI. Tu es très belle.

LA REINE. Où est ma petite Anne ? Elle est partie, c'est ça…

LE ROI. Oui, elle est partie sauver celui qui pouvait nous sauver.

LA REINE. Qui est-ce ? Que s'est-il passé ?

LE ROI. Il y a eu un grand incendie. Il y a eu un champ de cendres. Il y a eu un grand oubli de l'autre côté du monde. Des hommes et des femmes ont fait table rase. Un serpent a mordu ta cheville. Et tu t'es endormie comme s'endort une malade entre le fleuve de la vie et le fleuve de la mort.

LA REINE. Et aujourd'hui je me réveille ?

LE ROI. Et aujourd'hui tu te réveilles.

LA REINE. Pourquoi ?

LE ROI. Dans le grand incendie, il y avait un nourrisson. Un nourrisson devenu jeune homme dans l'errance silencieuse.

LA REINE. Qui est ce jeune homme ?

LE ROI. Anne l'a retrouvé !

LA REINE. C'est bien.

LE ROI. Il s'appelle Gabriel.

LA REINE. Anne et Gabriel !

LE ROI. Ensemble, maintenant, ils écrivent des histoires pour que l'on ne meure pas.

LA REINE. Des histoires ? Quelles histoires ?

LE ROI. Des contes avec des rois, des reines, des princesses, des poètes. Avec des amours et des peines, des pertes, des haines et des retrouvailles.

LA REINE. Je suis une histoire, mon roi ?

LE ROI. Oui ! Nous sommes tous des histoires. Gabriel lui-même est une histoire.

LA REINE. Ah bon ? Où est Jules ? Où est Henri ?

LE ROI. Ils ne sont plus avec nous, mais pour ton réveil, ils se sont invités.

LA REINE. Alors nous allons pouvoir manger une fois tous ensemble.

LE ROI. Oui, mon amour.

LA REINE. Et maintenant que me voici debout, que va-t-il advenir ?

LE ROI. Après la joie passée, les heures sombres reviendront, comme toujours.

LA REINE. Qui n'a pas vu la nuit ne connaît pas le jour. C'est ce que l'on disait quand j'étais une enfant.

LE ROI. Oui.

LA REINE. Mais dis-moi, mon roi…

LE ROI. Quoi ?

LA REINE. Seront-ils tous sauvés ?

LE ROI. De quoi parles-tu ?

LA REINE. À la fin véritable, seront-ils tous sauvés ?

LE ROI. Je te le promets.

GABRIEL. Je crois que de cette union naîtra un chant.

LE ROI. Oui.

GABRIEL. Je crois que seul un chant peut redonner mouvement au temps.

LE ROI. Oui.

GABRIEL. Je crois que ce chant sera le signal et qu'à ce signal, le chien, lentement, sans violence, prendra la cheville de la Reine dans sa gueule. Je crois alors que la Reine ouvrira les yeux.

LE ROI. Oui.

GABRIEL. Je crois qu'à ce moment, nous aurons fini.

LE ROI. Oui.

GABRIEL. Je crois que nous serons arrivés à une première fin, toute pleine.

LE ROI. Oui.

GABRIEL. Je crois que les oiseaux à nouveau voleront dans le ciel. Je crois que les arbres à nouveau danseront leurs feuillages. Je crois qu'alors, nous pleurerons de joie.

LE ROI. Oui. Nous pleurerons de joie.

— Rien ne peut arrêter la triste roue des hommes —

Le Président s'est entièrement changé. Il a troqué son maquillage et son costume de femme pour un costume simple. Il attend debout dans la pénombre. Étoile entre.

ÉTOILE. Papa, c'est toi ? Que fais-tu dans le noir ?

LE PRÉSIDENT. Étoile, n'allume pas la lumière. Je ne veux pas que tu me voies. Pas maintenant…

ÉTOILE. Qu'est-ce que tu as fait ?

LE PRÉSIDENT. Laisse-moi, je t'en prie. J'ai besoin d'être seul.

ÉTOILE. Mais…

LE PRÉSIDENT. Je t'en prie. Va-t'en. Je viendrai te voir ce soir. Avant, il faut que je règle une affaire importante.

ÉTOILE. D'accord. Tu es sûr que tu n'as besoin de rien ?

LE PRÉSIDENT. Je suis sûr.

ÉTOILE. Je peux…

LE PRÉSIDENT. S'il te plaît, laisse-moi.

ÉTOILE. D'accord.

Étoile sort. Bélise entre.

LE PRÉSIDENT. Bonjour, Bélise.

BÉLISE. Ah ! Qui êtes-vous ?

LE PRÉSIDENT. Vous ne me reconnaissez pas ?

BÉLISE. Je ne vois que votre silhouette…

LE PRÉSIDENT. J'ai fait ce que vous m'avez dit. Pour la première fois depuis vingt ans… J'ai coupé mes cheveux, gratté mon épais maquillage. J'ai changé mes foulards, mes voiles et ma robe contre un costume simple. Voilà. Fini le temps du jeu et des masques. Me voici redevenu un homme pour vous.

BÉLISE. Fini le temps du jeu et des masques, vous voici redevenu…

LE PRÉSIDENT. Je me sens comme tout nu.

BÉLISE. Monsieur le Président ?

LE PRÉSIDENT. Appelez-moi François.

BÉLISE. François, je ne vous avais pas… Je vous demande pardon.

LE PRÉSIDENT. Ce n'est rien. Moi non plus, devant la glace, je ne me suis pas reconnu. Je suis resté longtemps à me regarder. Regarder l'homme que j'avais été et je n'osais plus sortir. De peur de rencontrer les autres. C'est terrible de sentir que la boucle est bouclée comme on dit. Vous ne parlez plus ? Dites-moi que vous me préférez ainsi.

BÉLISE. Je ne sais pas.

LE PRÉSIDENT. Ah bon ?

BÉLISE. Approchez-vous. *(Le Président s'approche de Bélise. Il entre dans la lumière.)* Vous voilà redevenu…

LE PRÉSIDENT. Oui.

BÉLISE. Vous l'avez fait pour moi ?

LE PRÉSIDENT. Oui.

BÉLISE. Comme si rien…

LE PRÉSIDENT. Rien ne s'était passé. Ça vous fait peur ?

BÉLISE. Oui.

LE PRÉSIDENT. Tout à l'heure, je me regardais et je voyais un monstre.

BÉLISE. Vous n'auriez pas dû…

LE PRÉSIDENT. C'est vous qui m'avez dit…

BÉLISE. J'étais en colère.

LE PRÉSIDENT. C'est stupide.

BÉLISE. Ce n'est pas stupide du tout. C'est adorable.

LE PRÉSIDENT. Je vous aime.

BÉLISE. Taisez-vous. Prenez-moi la main et sortons voir la nuit.

Le Président prend la main de Bélise. Ils sortent. Brock entre, suivi par M. Badile.

MONSIEUR BADILE. N'avais-je pas dit la vérité ?

BROCK. Je ne savais pas que vous étiez là…

MONSIEUR BADILE. À partir d'aujourd'hui, je serai toujours là, Brock. C'est à ton tour maintenant. N'oublie pas notre pacte.

BROCK. Je ne sais pas quoi faire.

MONSIEUR BADILE. Je t'ai promis Étoile, elle est à toi. Je n'avais pas menti. La joie est passée. Il est venu le temps de ton règne.

BROCK. Je ne sais pas si je veux.

MONSIEUR BADILE. Ce n'est pas une affaire de vouloir. C'est une affaire de destin. Pas de volonté dans cette histoire. Tu ne peux qu'accompagner le fil de l'eau. Tu m'as donné la main. La suite, c'est toi !

BROCK. Je ne veux pas faire de mal.

MONSIEUR BADILE. Mais moi non plus, qu'est-ce que tu crois ? Tu vas construire, Brock. Tu me l'as promis. Ici s'élèvera ta ville ! Ici s'ordonnera la petite vie nouvelle ! Grâce à toi ! Tu seras un héros, Brock. C'est toi que l'histoire retiendra ! Anne et Gabriel, ce n'est qu'un dessin périssable à côté de celui que tu traceras sur la terre. À toi de prendre les rênes ! À toi de dicter ta loi ! À toi de faire de ton nom un drapeau pour le reste des siècles !

PARTIE 7

LE CHANT D'AUGUSTE

"Quand le superficiel me fatigue, il me fatigue tant que j'ai besoin d'un abîme."

ANTONIO PORCHIA

Ou comment Brock est devenu le chef de la ville.
Ou comment Anne et Gabriel abandonnent le théâtre en ruine pour retrouver l'éternité.

— Prologue —

Sarah est debout sur sa chaise. Lorenzo la regarde. Derrière eux, on entend le chant d'un requiem. On entend les voix du Roi, de la Reine et de Gabriel.

LA REINE. Qui n'a pas vu la nuit ne connaît pas le jour. C'est ce que l'on disait quand j'étais une enfant.

LE ROI. Oui.

LA REINE. Mais dis-moi, mon roi…

LE ROI. Quoi ?

LA REINE. Seront-ils tous sauvés ?

LE ROI. De quoi parles-tu ?

LA REINE. À la fin véritable, seront-ils tous sauvés ?

LE ROI. Je te le promets.

GABRIEL. Je crois que de cette union naîtra un chant.

LE ROI. Oui.

GABRIEL. Je crois que seul un chant peut redonner mouvement au temps.

LE ROI. Oui.

GABRIEL. Je crois que ce chant sera le signal et qu'à ce signal, le chien, lentement, sans violence, prendra la cheville de la Reine dans sa gueule. Je crois alors que la Reine ouvrira les yeux.

LE ROI. Oui.

GABRIEL. Je crois qu'à ce moment, nous aurons fini.

LE ROI. Oui.

GABRIEL. Je crois que nous serons arrivés à une première fin, toute pleine.

LE ROI. Oui.

GABRIEL. Je crois que les oiseaux à nouveau voleront dans le ciel. Je crois que les arbres à nouveau danseront leurs feuillages. Je crois qu'alors, nous pleurerons de joie.

LE ROI. Oui. Nous pleurerons de joie.

SARAH *(dans les yeux du monde).* Ainsi se termine notre histoire. Les deux hémisphères se sont retrouvés, si rare que cela puisse paraître. La Reine s'est réveillée ! *(Regardant son père.)* Fin !

LORENZO. J'aime quand tu me racontes cette histoire. Cela pourrait durer tous les jours de ma vie.

SARAH. Je peux descendre de la chaise maintenant ?

LORENZO. Es-tu sûre de vouloir retourner au monde d'aujourd'hui ? Tu ne préfères pas me raconter encore ?

SARAH. J'ai fini.

LORENZO. Alors descends. *(Sarah descend de sa chaise.)* Je suis triste mon enfant.

SARAH. Je sais.

LORENZO. Voilà dix ans que l'histoire est finie. Il n'aura pas fallu longtemps pour que le ver vienne au cœur de la pomme.

SARAH. Qui n'a pas vu le jour ne connaît pas la nuit. Sois heureux d'avoir connu le jour !

LORENZO. Je ne veux pas rester ici.

SARAH. Je sais.

LORENZO. Je veux partir.

SARAH. Si tu le veux tant, arrête de te plaindre et partons, mon père.

LORENZO. Tu as raison.

Lorenzo prend la main de Sarah. Ils sortent.

— La ville de Brock —

Une ville. Les chemins autrefois boueux se sont couverts de pavés. Il fait beau. Brock regarde sa ville. Il est élégant, habillé richement. Il fume. Il s'approche du public.

BROCK. Dix ans sont passés. C'est long dix ans, c'est rien ! Me voilà devenu chef de la nouvelle cité. Oui ! Moi, tout gentil Brock, me voilà nommé ! Brock Ier ! Je suis Brock Ier et je n'ai peur de rien. Il y a dix ans, une fois la Reine des contes réveillée… Une fois la populace réunie… Une fois cette masse, là, bien en attente sur les cendres de l'ancienne capitale… Avec un drapeau de sourire, j'ai proposé des élections ! J'ai dit : "Que ceux qui veulent que l'on vote pour un nouveau responsable organisateur lève la main." Une voix a dit : "C'est quoi un nouveau responsable organisateur ?" J'ai dit : "Quelqu'un qui se charge de faire ce que vous ne voudrez pas faire ! Rééditer les lois, notifier les naissances, lister les morts, faire les comptes, être le responsable vis-à-vis de la fronde, rendre justice, organiser la répartition, donner des justifications à la famine, au meurtre, aux temps d'agitations, temporiser les chantiers, dessiner les plans, être le noyau par lequel passent tous les fils de tous les métiers, de toutes les actions, de toutes les audaces prises ou même avortées, prévenir les maladies et n'oublier personne. Ceux qui veulent que l'on vote pour ce nouveau responsable organisateur, eh bien, qu'ils lèvent la main." On a voté l'idée du vote à main levée ! Succès considérable… Je me suis présenté. Je suis rentré en campagne. J'ai rempli les poches de chacun, de ces petits bijoux en toc, sans valeur, mais dont l'éclat semble si vrai et que l'on nomme promesses. Et bien sûr, j'ai gagné.
"Je t'aiderai pour faire ton toit – Tu seras mon récolteur et tu auras un grand pouvoir – Avec moi, tu auras une femme, comme tout le monde – Je te resservirai quand tu auras faim – Je ne t'oublierai

pas – Je saurai me montrer reconnaissant – Tu seras chez moi comme dans la maison de ton ami."
Unanimité, sœur chérie, tu m'as mis à la meilleure place ! Et j'ai bien travaillé. Je suis un bon responsable organisateur. Je mets de l'ordre ! Les gens adorent l'ordre ! Tout le monde est content. Comme une fourmilière, la cité sort de terre plus vite qu'un volcan ! Ça bouillonne, ça rit, ça meurt, ça se dispute, ça ne se tait jamais… En bref, c'est reparti !

Sophie entre en scène. Elle est en haillons. On la reconnaît à peine.

SOPHIE. Bonjour, monsieur.

BROCK. Qui es-tu, étrangère ? Je ne te connais pas.

SOPHIE. Étrangère ? C'est la première fois que l'on me nomme ainsi.

BROCK. C'est parce qu'ici est un nouveau pays avec des lois et quelques habitudes. Que veux-tu ?

SOPHIE. Rencontrer le responsable et me faire une place.

BROCK. Quelle place ?

SOPHIE. N'importe laquelle. Pendant dix ans, je suis restée à l'écart. J'ai marché sur les routes, blessée par une vieille histoire. Aujourd'hui, j'ai faim…

BROCK. Que demandes-tu ?

SOPHIE. Je ne demande pas grand-chose.

BROCK. Tu demandes beaucoup.

SOPHIE. Je suis grande travailleuse et je sais m'adapter plus vite que beaucoup de gens…

BROCK. Que sais-tu faire ?

SOPHIE. Tout.

BROCK. Tu es en bonne santé ?

SOPHIE. J'aurais voulu voir le responsable.

BROCK. Le responsable, c'est moi.

SOPHIE. Je ne vous imaginais…

BROCK. … pas comme ça. Je sais.

SOPHIE. Pardon.

BROCK. Tu apprendras à me reconnaître.

SOPHIE. Bien sûr.

BROCK. Nous allons te trouver quelque chose.

SOPHIE. Je vous remercie.

BROCK. Ne me remercie pas, j'ai besoin de toi comme tu as besoin de moi. Laisse-moi plutôt te présenter ma ville, ta nouvelle maison. Ici, nous sommes partis de rien et nous avons tout fait ! Nous avons séparé, par le feu, les impuretés du fer, nous avons redécouvert l'art d'assembler et la finesse et le verre. Et la transparence, bien sûr, notre maîtresse à tous. Pour commencer… Ici, comme au centre de tout, comme l'axe sur lequel tourne la roue, la tour du renouveau !

SOPHIE. Impressionnant.

BROCK. Elle reflète chaque matin le rouge du soleil qui se lève. Comme le sang d'une naissance. À côté, tu peux voir le palais de justice… Immaculé ! C'est de la craie vernie en trois couches. Un bâtiment que l'on croirait en sucre mais qui résiste à toutes les intempéries.

SOPHIE. Il n'est pas grand.

BROCK. Il ne demande qu'à déployer ses ailes. Aile nord, aile sud, aile est, aile ouest sont déjà dessinées. Une croix considérable que l'on verra du ciel. Ici, l'hôtel de ville… Douze galeries, quatre salles du conseil, cinquante portes dérobées, vingt corridors bien cachés. C'est mon petit palais.

SOPHIE. Tout ça est à vous seul ?

BROCK. Le toit est en or blanc, on jurerait du zinc, tu ne trouves pas ? Ici, l'avenue principale. Les arbres sont petits, tout jeunes encore mais les bâtiments, eux, dépasseraient bien des chênes centenaires.

SOPHIE. Et les gens vivent ici ?

BROCK. Dans ces bâtiments ? Non, pas encore. Ce ne sont pour l'instant que des façades. Passe une porte et tu seras toujours aux terrains des éboulis. Mais tu sais ce qu'on dit : Rome ne s'est pas faite en un jour… Il paraît. Ici, la maison d'ordre tout en granit ramené de la côte. Ici, la maison du recensement, autant de briques dans ce mur que d'âmes dans cette ville. Ici, la fontaine des vieux mythes, Zeus, Dionysos, les Titans. Tous sont là ! Système à triples pompes pour jets considérables. Ici, le jardin communal. Arbres en cubes, pivoines jaunes, montagne d'œillets et faux graviers.

SOPHIE. Quels sont ces cris ?

BROCK. Des canards mécaniques qui appellent les vrais oiseaux à venir patauger dans une mare artificielle pour que ça paraisse plus vivant.

SOPHIE. Quelle étrange idée.

BROCK. Ici, la maison des foires, nous venons de l'inaugurer ! Dans le hall, étals de sucreries, doubles escaliers menant dans les salles des cauchemars et des têtes coupées, grande roue clignotante dans un hangar aux normes de sécurité. Pas de vue certes, mais quelles sensations ! Labyrinthes, restaurants, salles à sexe, piscine de boue, stand de tir, stand à fléchettes, stand à injures, stand à chamboule-tout, fanfare toute la nuit qui massacre les grands classiques disparus, grands fauves en cage et machines à jouer son âme… Les gens adorent, on ne désemplit pas.

SOPHIE. Où sont les habitants ?

BROCK. À la périphérie voyons, où veux-tu qu'ils soient ? On vient au centre pour admirer, s'amuser, travailler, juger, avoir peur… Pas pour vivre.

SOPHIE. Quel est ce bâtiment, tout vieux et décrépi qui semble abandonné ?

BROCK. Ça ? C'est le théâtre.

SOPHIE. Le théâtre.

BROCK. Il avait sa superbe au début mais, fait à la va-vite, il ne tient pas le temps.

SOPHIE. On y joue toujours ?

BROCK. Plus grand-chose.

SOPHIE. Que joue-t-on ?

BROCK. Des pièces qui ne racontent plus rien, mal foutues, toutes boiteuses. Avant, on y contait des aventures de rois et de reines, d'odyssées, mais ça s'est perdu, ça s'est vidé…

SOPHIE. L'histoire d'une princesse qui a perdu ses frères et qui cherche un homme de l'autre côté du monde ?

BROCK. Comment le sais-tu si tu n'es jamais venue ?

SOPHIE. On me l'a raconté…

BROCK. Ah oui ?

SOPHIE. Qui dirige la troupe ?

BROCK. Mon frère.

SOPHIE. Comment s'appelle-t-il ?

BROCK. Gabriel.

SOPHIE. Est-il avec une femme ?

BROCK. Oui. On l'appelle Anne… Tu pâlis.

SOPHIE. C'est que je n'ai rien mangé depuis longtemps.

BROCK. Nous te donnerons de quoi…

SOPHIE. Peut-on y voir des pièces ?

BROCK. Au théâtre ?

SOPHIE. Oui.

BROCK. Voilà longtemps qu'ils n'ont pas ouvert au public. Ils disent qu'ils répètent et je crois que c'est vrai. Mais quoi… Anne et Gabriel… Ils écrivaient, ils n'écrivent plus. Ils jouaient, ils ne jouent plus. Ils aimaient, ils n'aiment plus. Mon frère devient aigri, méchant, violent même. Je ne le reconnais plus. Moi qui l'ai tellement admiré. Nombre d'entre nous lui ont dit de s'arrêter, mais il s'accroche, tu comprends. Il ne veut pas, il reste en place, il continue. Le pauvre… Moi, je fais des efforts pour que le cœur de la ville reste ardent, que les gens ne s'ennuient pas et, lui, il broie du noir toute la journée. Il ne donne plus rien, ne partage plus rien… Il est comme dans le passé. La vie, ce n'est pas le passé ! La vie, c'est devant, c'est maintenant, c'est demain, c'est ce que nous allons construire ensemble !

SOPHIE. Je vois.

BROCK. Pour ce soir, tu dormiras au grand hall. C'est le lieu de transit avant de pouvoir s'installer. On s'occupera de toi là-bas. On est très organisé.

SOPHIE. Merci.

BROCK. C'est normal. Passe me voir demain à l'hôtel de ville… Huit heures ! Sois ponctuelle ! C'est important. Fais-moi demander et je te dirai ce qu'il faut faire. Si tout va bien, tu commenceras le jour même.

SOPHIE. Entendu.

BROCK. Le soir va se coucher. Dépêche-toi. Le grand hall ferme tôt.

SOPHIE. Comment vous appelez-vous. ?

BROCK. Appelle-moi simplement Brock et ce sera très bien.

SOPHIE. Je m'appelle Sophie.

BROCK. Nous sommes nombreux ici… Je ne peux pas retenir tous les noms. *(Sophie sort.)* Cette femme m'inquiète. Elle a dans les yeux plus de fond que dans ses paroles.

Auguste entre. C'est une petite fille de dix ans. Elle est maquillée comme un petit clown.

AUGUSTE. Papa, regarde !

BROCK. Mais qui t'a fait ça, ma petite chérie ?

AUGUSTE. C'est grand-oncle Didi. Je suis allée chez lui et il m'a maquillée comme un petit clown. Il dit que je suis un petit clown et moi j'adore !

BROCK. Mais tu n'es pas un petit clown.

AUGUSTE. Si ! Il dit que je le fais rire comme un petit clown.

BROCK. Retire ça tout de suite. Ça ne te va pas du tout ! Je ne veux pas que tu te promènes dans la ville comme ça…

AUGUSTE. Pourquoi ?

BROCK. Si tu gardes ce maquillage trop longtemps, tu ne pourras plus l'enlever. Il restera accroché à ta peau pour toujours…

AUGUSTE. Ah bon ?

BROCK. Oui ! C'est très dangereux ! Tu imagines après, quand tu seras grande…

AUGUSTE. Il m'a dit que ça partait à l'eau.

BROCK. Tonton Didi dit n'importe quoi. Viens là ! *(Auguste s'approche de son père qui sort un mouchoir pour la démaquiller.)* Ah non, tu ne pleures pas. Tu es ma fille. Tu es belle. Tu es grande. Tu n'es pas un clown.

Il la démaquille.

AUGUSTE. Ça me faisait plaisir.

BROCK. Et moi ça me fait du mal. Je ne veux pas que l'on se moque de toi. Tu comprends ?

AUGUSTE. Oui.

BROCK. Je veux que tu sois belle.

AUGUSTE. Tu ne m'en veux pas ?

BROCK. Je ne t'en voudrais jamais. Arrête de pleurer…

AUGUSTE. Pardon.

BROCK. Tu es la chose la plus importante qui est arrivée dans ma vie. Je ne veux pas qu'on te fasse de mal. C'est tout…

AUGUSTE. Je rentre à la maison.

BROCK. Va, mon amour. Je rentre bientôt.

Auguste va pour partir. Étoile entre.

ÉTOILE. Qu'est-ce qui se passe, Auguste ?

AUGUSTE. Maman…

ÉTOILE. Tu as pleuré ?

AUGUSTE. Papa ne veut pas que grand-oncle Didi me maquille en petit clown.

ÉTOILE. Pourquoi ça ?

AUGUSTE. Ça lui fait du mal. Et moi je ne veux pas faire de mal à papa.

BROCK. Ce n'est plus de son âge !

ÉTOILE. Brock !

BROCK. Les autres enfants se moquent quand elle est maquillée.

ÉTOILE. Ils se sont moqués de toi ?

AUGUSTE. Non.

BROCK. Les enfants sont cruels. Tu ne sais pas ce qu'ils disent dans ton dos.

ÉTOILE. Brock !

AUGUSTE. Je vais rentrer !

ÉTOILE. Oui, ma chérie… Je te rejoins. *(Auguste sort.)* Pourquoi tu lui as mis cette idée dans la tête ?

BROCK. Je ne veux pas qu'on se joue d'elle ! On s'est assez joué de moi.

ÉTOILE. Personne ne se moque d'Auguste.

BROCK. Je ne veux plus qu'elle voit oncle Didi. Il a une mauvaise influence sur elle.

ÉTOILE. Une mauvaise influence ? De quoi tu parles ?

BROCK. Il lui raconte des choses. Des histoires du passé.

ÉTOILE. C'est ton imagination.

BROCK. Il lui parle de moi. Il se moque.

ÉTOILE. Didi ne ferait jamais ça… Elle l'adore ! Tu t'inquiètes pour rien.

BROCK. Tu ne sais pas ce que c'est. On a ri de moi quand j'étais un enfant. Je veux la protéger, c'est tout.

ÉTOILE. Et tu la fais pleurer…

BROCK. Étoile, je suis fatigué… Ne m'en veux pas.

ÉTOILE. Tu en fais trop. Il faut que l'on se repose, que l'on repasse du temps ensemble. Que tu vides un peu ta tête. Viens…

Étoile prend la main de Brock, ils vont pour sortir. Étoile s'arrête en regardant le théâtre.

BROCK. Que regardes-tu ?

ÉTOILE. Le théâtre qui s'écroule.

BROCK. Un spectacle trop triste pour le regarder trop longtemps.

ÉTOILE. Les répétitions me manquent. Ils me manquent tous… Je les imagine dans leur boîte noire comme dans la gueule d'un loup.

BROCK. Nous irons les voir demain.

ÉTOILE. Tu le dis tous les jours.

BROCK. Demain, je te le promets. Rentrons.

Ils sortent.

— La fin de Gabriel —

Dans la pénombre du théâtre, Gabriel est seul.

GABRIEL. Je le savais bien qu'une fois l'ascension du sommet achevée, on contemple un abîme… Je le savais bien qu'une fois la construction amoureuse achevée, la petitesse humaine ne peut pas être à même hauteur… Mais je croyais ! J'ai cru en un pays sans vitesse, suspendu dans l'espace. Un pays où les enfants seraient des rois. Un pays où nous serions les serviteurs de nos enfances. Je me suis trompé.

UNE VOIX DANS LA SALLE. Nous avons nos maisons à construire !

GABRIEL. N'est-ce pas votre maison ?

UNE VOIX DANS LA SALLE. Ce n'est plus comme avant et ce n'est pas grave.

GABRIEL. C'est très grave.

UNE VOIX DANS LA SALLE. Nous n'avons plus le temps.

GABRIEL. Combien d'années nous restent à vivre. N'est-ce pas suffisant ?

UNE VOIX DANS LA SALLE. Arrête de te plaindre.

GABRIEL. Je suis malheureux !

UNE VOIX DANS LA SALLE. Grandis un peu.

GABRIEL. Je n'ai jamais été aussi petit.

UNE VOIX DANS LA SALLE. Tu avais tout pour toi. C'est toi qui as détruit.

GABRIEL. Il me manque l'essentiel.

UNE VOIX DANS LA SALLE. Nous t'aimons tous.

GABRIEL. Je vous déteste tous.

UNE VOIX DANS LA SALLE. Arrête-toi un peu et parlons de rien.

GABRIEL. Je n'ai qu'une vie.

UNE VOIX DANS LA SALLE. Viens avec nous dehors.

GABRIEL. Je ne veux pas voir le ciel. Il est plein de mes défaites.

UNE VOIX DANS LA SALLE. Tu ne penses qu'à toi.

GABRIEL. Vous ne pensez à rien.

UNE VOIX DANS LA SALLE. Ils ont ouvert la maison des foires, ça paraît incroyable ! Viens avec nous !

GABRIEL. Où sont tous les oiseaux ?

UNE VOIX DANS LA SALLE. Gabriel, tu finiras seul.

GABRIEL. Tant mieux.

UNE VOIX DANS LA SALLE. Tu nous inquiètes. N'oublie pas tes amis.

GABRIEL. Vous n'êtes pas mes amis.

UNE VOIX DANS LA SALLE. Nous seuls t'avons fait.

GABRIEL. Elle seule m'a fait.

UNE VOIX DANS LA SALLE. Sans nous, tu n'es plus rien.

GABRIEL. Sans moi, vous n'êtes plus rien.

UNE VOIX DANS LA SALLE. Sans toi, nos marches sont plus heureuses.

GABRIEL. Alors marchez bien !

UNE VOIX DANS LA SALLE. Tu pleureras beaucoup quand on sera partis.

GABRIEL. Laissez mes larmes !

UNE VOIX DANS LA SALLE. Quand tu seras calmé, ne crains pas de revenir nous voir.

GABRIEL. Je ne reviendrai plus.

UNE VOIX DANS LA SALLE. L'homme méchant te va si mal !

GABRIEL. Allez mourir !

Anne entre.

ANNE. Gabriel, pourquoi tu restes seul dans l'ombre de la salle comme dans la gueule d'un loup ? Tout le monde est parti depuis longtemps déjà. Il est l'heure de dormir.

GABRIEL. Ces voix… Toutes ces voix me persécutent…

ANNE. Quelles voix ?

GABRIEL. Il n'aura fallu que dix ans pour que ta découverte ne mène plus à rien. Ton œuvre merveilleuse est tombée dans l'oubli.

ANNE. Ce n'est pas fini.

GABRIEL. Il aura fallu dix ans pour que la ville se reconstruise et que notre amour s'éteigne.

ANNE. Notre amour est toujours là. Lève-toi !

GABRIEL. Je vais dormir ici. L'odeur du bois me fait du bien.

ANNE. Demain, le matin, il faudra ouvrir les portes ! Sinon plus personne ne viendra…

GABRIEL. Le matin, les horaires, les papiers…

ANNE. Ils vont partir, Gabriel.

GABRIEL. Les comptes, les notes, les pauses… Pourquoi tu fais ça ? Ce n'est pas ton rôle. Je ne t'ai rien demandé. Tu devais être la voile du bateau… Tu devais être le vent dans la voile ! Tu es devenue la gestionnaire des vivres. Pourquoi ? Pour ne pas voir que nous n'allons nulle part. Nous n'avons plus rien à dire ensemble…

ANNE. Si tu continues à te lamenter… Tu auras tout perdu.

GABRIEL. J'ai tout perdu déjà. Quand la roue est lancée, nul ne peut l'arrêter.

ANNE. Lève-toi !

GABRIEL. Tu n'entends pas que mon cœur est vide. Je tourne en rond. Anne, pardonne-moi…

Le Roi entre en scène suivi de la Reine, des médecins, de Coroll et de Garon.

LE ROI. Ma princesse, nous devons vous le dire… Voilà ! La chose est décidée : nous partons !

ANNE. Mon père…

GABRIEL. Vous partez ?

LE ROI. Oui, mon enfant. Ce matin, j'ai mangé une pomme et elle était pourrie...

LA REINE. Ce matin, j'ai bu un verre d'eau et j'ai perdu mon dentier...

LE GROS MÉDECIN. Ce matin, je n'avais plus du tout d'appétit...

LE GRAND MÉDECIN. Ce matin, j'ai oublié le nom de ma femme et de ma fille...

LE PETIT MÉDECIN. Ce matin, j'ai regretté ma chambre d'étudiant...

COROLL. Et moi, je me suis levé, j'ai regardé le ciel bleu. Il était pas bleu pareil !

GARON. Et moi, je me suis même pas levé ! C'est vous dire...

LE ROI. Alors, après concertation, et cela joyeusement, nous avons décidé de partir !

ANNE. Où allez-vous ?

LA REINE. Au pôle, mon enfant... Loin vers le nord, sous les nuits boréales. Sur les plateaux d'argent où vivent les grands ours ! Voir les banquises ! Moi, je trouve que ça manque de banquises, ce spectacle... Tant qu'à tout mettre dedans, autant mettre le rien !

GABRIEL *(se levant)*. Je veux venir avec vous.

LE ROI. Petit bonhomme, nous n'avons pas de place pour te prendre.

GABRIEL. Je peux me mettre dans un coin.

LA REINE. Nous nous retrouverons quand il sera temps.

GABRIEL. Laissez-nous prendre nos affaires ! Nous vous suivons !

LE ROI. Vous n'allez pas nous suivre tout le temps ! Il y a un temps pour tout. Le temps des envolées joviales et le temps des constructions pénibles.

GABRIEL. N'a-t-on pas le droit de refuser les constructions pénibles ?

LE ROI. Oh si, bien sûr ! Quelques clochards célestes l'ont fait. Mais dans ce cas, il faut dire adieu à tout le reste et ne pas avoir peur de la peine.

GABRIEL. Je le ferai !

LE ROI. Non, tu ne le feras pas ! Tu n'en es pas capable !

LA REINE. Si tu en étais capable, voilà belle lurette que tu serais parti.

GABRIEL. Je suis plus fort que vous ne le croyez !

LA REINE. Tu t'égosilles beaucoup pour quelqu'un de fort…

LE ROI. Et puis tu n'es pas seul ! Tu parles toujours comme ça ? Moi, moi, moi ! Pensant que tous vont te suivre avec évidence. Anne, que veux-tu faire ?

ANNE. Les épisodes se suivent sans jamais se conclure. Je sens que la fin est ailleurs. Je l'attends.

LA REINE. Tu ne la cherches pas, tu l'attends ?

ANNE. Ce n'est plus le moment de chercher.

LA REINE. Bien dit ! En route !

ANNE. Ma mère, allons-nous nous revoir ?

LA REINE. Bien sûr. Personne ne quitte personne.

GABRIEL. Je vous accompagne. *(Gabriel se lève et s'écroule.)* Mes jambes !

LE ROI. Regardez-moi ça ! Il ne tient même plus sur ses pattes. Quelle tristesse…

GARON. La déchéance, c'est pas joli !

COROLL. Ça fait pitié à voir !

GARON. Ça me dégoûte !

COROLL. On dirait une larve… Prête à accoucher d'une mouche.

LA REINE. Calmez-vous tous les deux. Qu'est-ce qu'il vous prend ?

COROLL. C'est lui, il aime bien quand on le rabaisse.

LE ROI. Que l'on attelle le traîneau de la Reine !

LE GROS MÉDECIN. Qu'on aille chercher les cerfs-volants pour que s'envole le traîneau de la Reine !

LE CONDUCTEUR DU TRAÎNEAU *(entrant)*. Tout est prêt, Votre Altesse… Les cerfs-volants sont accrochés. Le vent se lève. Le temps est dégagé. Nous n'attendons plus que vous pour nous envoler.

LA REINE. La lune est pleine… Allons à mon traîneau.

Ils sortent.

GABRIEL. Anne… Qu'est-ce qu'il m'arrive ? Aide-moi ! Ne restons pas là. Courons à leur poursuite.

ANNE. Ils sont partis, Gabriel. Nous ne pouvons rien faire. Sans un bruit, ils partent dans la nuit…

Didi et Louison entrent en scène.

DIDI. Gabriel !

LOUISON. Didi !

DIDI. J'ai beaucoup réfléchi.

LOUISON. Parlons-en encore un peu.

DIDI. Non ! Longtemps j'ai ruminé… La chose est décidée.

GABRIEL. Qu'as-tu ruminé, petit oncle ?

DIDI. Je ne te reconnais plus. Plus personne ne te reconnaît ici. Il n'y a plus de fond dans ton cœur et personne n'ose le dire. Je le dis, pour eux ! Nous sommes là, depuis des mois, à suivre tes répétitions pour n'entendre que des phrases de haine et d'adieux. Des scènes de haine et d'adieux qui tournent en rond comme dans une cage. Gabriel, je n'en peux plus de ta haine des hommes et des femmes. J'ai une vie à faire moi aussi et ce n'est pas un mal. J'ai un amour à vivre. Je ne suis pas à ton service. Je ne supporte plus tes remarques et tes refus d'arrêter quand la foi a pourtant fui, elle, chaque petit bout de bois de cette grande salle. Alors je suis venu te dire que je m'en vais.

GABRIEL. Toi ?

DIDI. Oui ! Tu te rends compte… Le cœur le plus croyant s'en va. Voilà ! Je m'en vais. J'arrête… Peut-être je ferais dans ma chambre des petites marionnettes. Loin du regard des autres. Mais ce lieu… Ce lieu est devenu ton crâne… Et ton crâne, mon petit Gabriel chéri que j'ai tant bercé, est trop sombre pour moi.

GABRIEL. Tu ne peux pas me dire ça !

DIDI. Je te le dis.

GABRIEL. Alors va-t'en.

DIDI. Adieu.

GABRIEL. Va-t'en !

DIDI. Si tu veux me revoir…

GABRIEL. Je m'en passerai très bien.

DIDI. Si tu veux me revoir, viens dans ma maison. Viens voir le salon que tu n'as jamais vu. Viens boire le café que tu n'as jamais bu. Viens découvrir mon jardin et mon potager. Je suis devenu un passionné des potagers… Tu ne le sais pas. Nous n'avons pas parlé depuis longtemps…

GABRIEL. Didi…

DIDI. Non. Tu ne me demandes plus rien. Je ne te parlerai qu'à ma table.

Didi sort.

GABRIEL. Louison, tu t'en vas avec lui ?

LOUISON. Oui, Gabriel. Je l'aime.

GABRIEL. Et c'est toujours aux femmes de suivre ?

LOUISON. Tu te trompes encore. Beaucoup des mots de Didi sont mes mots répétés, tu sais… Ce sont nos mots à tous les deux. Fruits de nos longues veilles. Je m'en vais avec lui, il s'en va avec moi, c'est pareil. Et ce sera très dur pour nous, tu sais. Nous faisons le deuil de toute notre vie pour espérer en vivre une autre. Je pense beaucoup à Argan en ce moment. Sa droiture, sa peur des hommes et de la triste roue des masses qui ne peut s'empêcher de tourner, de tout ravager. Je pense beaucoup à ce moment. Oui… Quand nous avons vu les cendres à perte de vue et que nous avons décidé de continuer. Oh que c'était beau ce que nous avons vécu, Gabriel… Toi qui grandissais… Mais tu es grand maintenant. Et c'est fini. J'espère que nous te reverrons, que tu marcheras jusqu'à nous. Au revoir.

Louison sort de scène.

GABRIEL. Ingrats ! Salopards ! Me dire ça à moi qui ai voulu le bonheur de chacun. S'ils ont une maison, s'ils ont un amour, s'ils ont une vie possible, du café sur la table… C'est grâce à moi !

ANNE. Demain nous irons chez eux.

GABRIEL. Jamais de la vie !

ANNE. Gabriel…

GABRIEL. Qui pense à moi ? Ne me touche pas… Tu es la responsable de mon malheur… Je te déteste. Écarte-toi de moi !

ANNE. Tu n'as jamais parlé comme ça.

GABRIEL. Qui m'a rentré ce drame dans la tête ? Je déployais ton monde, tes fantômes, ta magie… Aujourd'hui, les fantômes s'en vont. Ils sont bien loin maintenant, les cerfs-volants dans le ciel noir. Mon oncle est parti ! Ma Louison est partie !

Bélise entre avec le Président.

BÉLISE. Mon chéri ?

GABRIEL. Quoi encore ?

ANNE. Bélise, vous ne voulez pas revenir à un autre moment ?

BÉLISE. Ah non ! Nous avons assez réfléchi, il y a un moment pour tout. Si on le repousse maintenant, on ne le fera jamais…

ANNE. Ne me dites pas que vous partez…

BÉLISE. Plein mille !

LE PRÉSIDENT. Bélise, un peu de tact…

BÉLISE. Est-ce qu'il en a eu du tact lui avec sa pauvre mère qui l'a biberonné, cocooné, adoré ? Rien ! À peine s'il me donnait un rôle de femme de ménage… M'insultant, me disant que je n'avais plus rien à dire quand c'était lui qui était vide…

GABRIEL. Vous partez vous aussi ?

BÉLISE. Oui, mon grand ! Je ne peux plus t'accompagner, plus voir ces planches qui me rendent malade.

GABRIEL. C'est un cauchemar !

BÉLISE. Tout à fait, mon fils, tu es un cauchemar !

LE PRÉSIDENT. Bélise !

BÉLISE. Mais ce n'est pas mon fils. Pourquoi je dis "mon fils" ? C'est fou comme on se trompe. Je pensais que tu serais notre lumière et Brock notre ciel noir… Aujourd'hui que les ans ont passé tu es notre ciel noir et Brock notre lumière.

GABRIEL. Je suis heureux pour lui.

LE PRÉSIDENT. Vous savez, depuis que je suis grand-père… Comme ça me fait plaisir ! Je ne pense plus qu'à ça… Et c'est vrai que je n'ai plus trop le temps pour le théâtre… Ce n'est pas que je n'aime pas… J'aime beaucoup…

GABRIEL. Ne faites pas de manières !

BÉLISE. Mais non ! Pourquoi tu ne lui dis pas la vérité ?

GABRIEL. La vérité ?

LE PRÉSIDENT. Bélise…

BÉLISE. François a été promu !

ANNE. Promu ?

BÉLISE. Je vous présente le nouveau directeur de la maison des foires.

GABRIEL. Ah… Toutes mes félicitations.

LE PRÉSIDENT. Ce n'est pas…

BÉLISE. C'est un très beau poste.

GABRIEL. Bélise, comment tu parles ?

BÉLISE. Les gens adorent. C'est un poste à son échelle et je vais avoir un spectacle !

GABRIEL. Un spectacle ?

BÉLISE. Oui, un spectacle de moi, pour moi, par moi, sur moi. Du *music-hall* ! Toute seule en scène dans un grand rond de lumière. Tour de chant, paillettes, blagues en tout genre ! Nous y travaillons ! Je crois que ce sera d'un certain goût !

GABRIEL. Un certain goût…

BÉLISE. Oui. Et puis payé ! Tu te rends compte ? Payé !

GABRIEL. La triste roue des hommes a repris son mouvement.

BÉLISE. Oh toi et tes grandes phrases… Allez, François, nous y allons. On étouffe ici, on étouffe !

LE PRÉSIDENT. Si vous voulez venir à la maison des foires… Vous n'avez qu'à entrer. Vous serez toujours nos invités.

ANNE. Merci, François.

GABRIEL. Plutôt mourir la gueule ouverte !

BÉLISE. Alors bonne mort, Gabriel, tu nous raconteras comment c'était…

Ils sortent. Entrent Sarah suivie de Lorenzo et Dorine, des sacs sur le dos.

LORENZO. Gabriel !

GABRIEL *(les voyant)*. Mais non, vous n'allez pas tous vous y mettre ?

SARAH. Nous partons !

GABRIEL. Vous ne voulez pas attendre demain ?

SARAH. Nous avons fait notre choix.

GABRIEL. C'est un choix très original, Sarah… Très original !

SARAH. Nous partons sur les routes !

GABRIEL. Bah oui, pourquoi pas…

LORENZO. Je te l'ai toujours dit et redit, Gabriel. L'errance est notre vie. Votre poème, Anne, était notre patrie. Notre pays de mots. Maintenant qu'une véritable terre est là sous nos pieds, le poème ne peut plus être. Et nous perdons notre âme. Je ne veux pas perdre mon âme. Je ne veux pas que nos cœurs se retournent. Nous partons sur les routes, nous reprendrons les vieilles pantomimes d'Argan. Nous serons peut-être minables mais au moins nous serons sauvés.

GABRIEL. Bah voyons… Alors au revoir !

SARAH. Tu ne nous embrasses pas ?

GABRIEL. Non.

ANNE. Dorine, tu t'en vas, toi aussi ?

DORINE. Je ne vais pas rester ici à compter mes regrets. Adieu petit neveu ! Si tu veux marcher par les chemins un jour, peut-être nous croiserons-nous…

Ils sortent.

GABRIEL. C'est bon ? Ils s'en sont tous allés ? On n'attend plus personne ? Toute la troupe a foutu le camp ? Allez ! Finissons-en ! Que sonne minuit !

Sophie entre par la salle. Elle reste dans la pénombre.

SOPHIE. Bonsoir.

GABRIEL. Non, je me suis trompé, ce n'est pas fini ?

SOPHIE. Je me suis permis d'entrer. Il faut que je vous parle.

GABRIEL. Nous sommes fermés.

SOPHIE. Je viens d'arriver à la ville. J'ai demandé quel était ce vieux bâtiment en ruine. On m'a dit que c'était le théâtre.

GABRIEL. Vous n'êtes pas d'ici ?

SOPHIE. On m'a appelée l'étrangère quand je suis arrivée.

GABRIEL. D'où venez-vous ?

SOPHIE. Il y a dix ans, j'ai fait le chemin à rebours des autres.

ANNE. Pourquoi ?

SOPHIE. Une vieille histoire qui me faisait du mal m'empêchait de venir.

GABRIEL. Ce lieu vous plaît ?

SOPHIE. Oui.

GABRIEL. Je vous le donne. Il est à vous !

SOPHIE. Je ne comprends pas.

GABRIEL. Il vous appartient.

SOPHIE. Je n'en veux pas.

GABRIEL. Vous êtes la première depuis bien longtemps à oser passer cette porte. Vous l'aimez… Je vous le donne… Prenez-le !

SOPHIE. Je ne peux pas.

GABRIEL. Je vous signe un papier si vous voulez. Il paraît que ça redevient la coutume.

SOPHIE. Je n'ai rien en échange.

GABRIEL. Donnez-moi votre rôle d'étrangère, je vous donne ce théâtre.

SOPHIE. Monsieur…

GABRIEL. Prenez ma place. Je prends la vôtre. Tenez, ce manteau était celui d'Argan, le chef de notre troupe. Je vous le donne aussi.

SOPHIE. Je ne suis pas une étrangère.

ANNE. Je veux vous voir… *(Sophie entre dans la lumière.)* C'est toi ?

SOPHIE. Oui.

ANNE. Que t'est-il arrivé ?

SOPHIE. Rien.

ANNE. Tes mains… Ces haillons… Ce visage… Ces dents noires… Que s'est-il passé ?

SOPHIE. J'ai vécu au gré des saisons, voilà tout.

ANNE. Je suis allée te chercher. Je voulais te montrer, et tu n'étais plus là…

SOPHIE. Je me suis enfuie dès le lendemain de ton départ. J'ai vécu aux rayons du soleil, au rythme de la pluie, à la force du vent. Tous les jours, je me demandais si tu avais existé. Et me voilà devant toi.

GABRIEL. Qui est-ce ?

ANNE. Ma fée marraine.

GABRIEL. Sophie ?

SOPHIE. C'est moi.

GABRIEL. Anne parle de vous tous les jours.

ANNE. Je vais m'occuper de toi.

SOPHIE. Je ne suis plus la fée marraine, tu vois… Les rôles se sont échangés… À moi d'être la petite Cendrillon, la pauvre Psyché face à la gardienne des histoires.

ANNE. Laisse-moi les échanger à nouveau. Donne-moi ces habits. Refais de moi une pauvre errante. Redeviens la fée marraine. Prends la clef qu'il te tend.

SOPHIE. Maintenant ?

ANNE. Maintenant.

SOPHIE. Alors à peine tu me vois et tu veux repartir ?

ANNE. Nous ne pouvons pas rester ici.

SOPHIE. À peine l'on se dit quelques mots, tu me quittes à nouveau.

ANNE. Non, ce n'est pas moi qui m'en vais, Sophie. C'est toi qui, au moment du départ, reviens.

GABRIEL. Acceptes-tu cette clef que je te donne ?

SOPHIE. Je l'accepte.

Étoile borde Auguste dans sa petite chambre d'enfant.

AUGUSTE. Maman, qu'est-ce qu'il y a dans le théâtre ? Pourquoi nous n'y allons plus ?

ÉTOILE. Papa te l'a déjà dit. C'est un endroit dangereux, il s'écroule et on ne sait pas ce qui pourrait nous tomber sur la tête.

AUGUSTE. Mais c'est pas grave…

ÉTOILE. Et puis ce que racontent Anne et Gabriel n'est pas de ton âge.

AUGUSTE. C'est pas vrai ! Pourquoi tu n'en parles plus ?

ÉTOILE. Auguste…

AUGUSTE. J'aimais quand tu me racontais les répétitions… Les toiles, les lumières, les histoires de bateaux et de rois et de reines. Dans ma tête, alors, il y avait tout l'univers…

ÉTOILE. Maintenant, il faut dormir.

AUGUSTE. Il ne te manque pas à toi…

ÉTOILE. Quoi ?

AUGUSTE. L'univers !

ÉTOILE. Qu'est-ce que tu racontes ?

AUGUSTE. Dès que je te demande d'en parler, tu es triste et tu te tais.

ÉTOILE. Tu te fais des idées…

AUGUSTE. Je vois bien. Comme je vois la colère de papa quand je veux en parler. Comme je vois sa peur dans les yeux quand Didi me maquille. À quoi jouez-vous ?

ÉTOILE. Ton père est fatigué. Il a beaucoup de choses à faire…

AUGUSTE. Vous vous prenez encore dans les bras ?

ÉTOILE. Bien sûr !

AUGUSTE. Quand je fais des cauchemars et que je viens dans votre lit, vous dormez si loin l'un de l'autre.

ÉTOILE. Ce sont des histoires d'adultes.

AUGUSTE. Quand je serai grande, je ferai un spectacle ! Je danserai et il verra ça ! Et il ne sera pas en colère et il n'aura plus peur… Et toi, tu ne seras plus triste…

ÉTOILE. Allez, il faut dormir !

AUGUSTE. Tu peux laisser la lumière allumée ?

ÉTOILE. Oui. À demain, ma chérie.

Étoile embrasse Auguste sur le front. Elle sort de la chambre en laissant la lumière allumée.

— L'adieu à Sophie —

Anne, Gabriel et Sophie ont échangé leurs vêtements. Sophie est très belle. Elle porte le manteau d'Argan. Sous le manteau, on distingue la robe d'or et de satin. Anne et Gabriel ont enfilé les haillons de Sophie.

ANNE. Adieu, Sophie…

SOPHIE. Ne dis plus un mot. Je ne veux pas entendre ta voix. Seulement te voir détourner ton regard encore une fois. Tu retournes à la lumière du jour. Je retourne à la lumière de la chandelle. Adieu, Gabriel ! Je vous laisse celle que j'aime. Je garde les étoiles qu'elle a peintes aux talons des chaussures, les couronnes de lierre, le poids des mots. Les noms de ses frères. L'oiseau bleu à la coupole. Les racines comme des arbres. Je garde le son de sa voix. Je garde tous les mots comme une chienne garde la maison. Les histoires sont à moi. Et vous partez dans la nudité du monde. La marche comme prière jusqu'à l'éternité. Courage ! Allez au bout de votre exil. Ne revenez jamais. *(Anne et Gabriel sortent.)* Te voilà seule, Sophie. Une fois de plus… Toi qui n'as rien demandé. Quelle sécheresse… Le vent souffle au sommet de ta vie. Plus d'arbres ici. Plus d'amis.

Te voilà à nouveau au service. Tu as mal, Sophie ? Réjouis-toi de ton sort. Lève la tête. Tends la peau sur les chaises. Redresse tout ce qui doit être redressé. Voilà tout ce qu'il restera de toi.

— La colère de Brock —

Le lendemain matin, dans la salle du conseil de l'hôtel de ville, Brock est entouré de ses conseillers.

BROCK. Mesdames, messieurs, conseillères, conseillers, je veux tout savoir. Comment se porte la cité ?

LE CONSEILLER À LA VILLE. Bien ! Fort bien !

LA CONSEILLÈRE AUX TRAVAUX FINIS. À la suite de la construction de l'hôtel de ville, quelques voix se sont fait entendre.

LE CONSEILLER AU RECENSEMENT. À cause des morts sur le chantier…

BROCK. Oui.

LA CONSEILLÈRE AUX ASSOCIATIONS. Des groupes se réunissent. Il serait prématuré de parler de dissidence. Mais il est certain que les discussions basses touchent à la recherche d'une alternative.

LA CONSEILLÈRE À LA CULTURE. Ils font des comités !

LE CONSEILLER À LA VILLE. Ils réfléchissent à de nouvelles solutions !

LE CONSEILLER AUX ESPACES VERTS. Ils éditent des tracts !

LE CONSEILLER POLITIQUE. Les comités sont nombreux et les cercles sont petits… Par chance, ils se détestent tous. Les pensées sont parfois proches, parfois très éloignées… Tant qu'ils ne s'entendent pas, nous ne risquons rien !

BROCK. Comment se font-ils appeler ?

LE CONSEILLER POLITIQUE. L'un d'eux se fait appeler : "Pour un printemps qui chante".

BROCK. Quelle originalité !

LE CONSEILLER À LA VILLE. Mais nous avons aussi : "Une nouvelle ville pour une nouvelle vie." "L'amicale des maisons rouges." "Les nouveaux républicains." "Le parti anti-brockiste." "Le parti néo-brockiste." "Le parti ultra-brockiste."

LE CONSEILLER POLITIQUE. Ce dernier est un soutien certes, mais un soutien dangereux. Ce peut être une mauvaise publicité. Vous devriez vous en séparer.

LE CONSEILLER À LA VILLE. "La nouvelle gauche." "La gauche sociale." "La nouvelle gauche sociale." "L'ultra nouvelle gauche sociale." "La nouvelle gauche ultra-sociale." "La sociale gauche nouvelle", sûrement la plus organisée des six.

LE CONSEILLER POLITIQUE. "Les conservateurs…"

BROCK. Déjà ?

LE CONSEILLER POLITIQUE. "Les identitaires pour tous." "Le syndicat des ramasseurs de pierres." "Le syndicat des réceptionneurs de pierres."

LA CONSEILLÈRE AUX TRAVAUX FINIS. Une entente compliquée…

LA CONSEILLÈRE AUX ASSOCIATIONS. "Les réalistes." "Les néo-réalistes." "Le comité des voisins…"

LE CONSEILLER POLITIQUE. Un comité sérieux ! Il faudrait s'en méfier.

LA CONSEILLÈRE À LA CULTURE. "Les amis de la liberté." "Les néo-bolcheviks."

BROCK. Néo-bolcheviks ? C'est une plaisanterie ?

LA CONSEILLÈRE À LA CULTURE. Ce sont des jeunes. Ils ont récupéré le nom par plaisir esthétique mais ils seraient plutôt de la race libérale.

BROCK. La liste est encore longue ?

LE CONSEILLER POLITIQUE. Nous n'en sommes même pas à la moitié…

BROCK. Choisissez-en cinq au hasard, donnez-leur de l'argent. Sortez-les de la marge, dites-le à tous les autres, ce sera un carnage.

LE CONSEILLER POLITIQUE. Nous nous en occupons.

LE CONSEILLER À LA NOUVEAUTÉ. Suite à votre demande nous avons remis en route ce bon vieux procédé des sondages.

BROCK. Merveilleux !

LE CONSEILLER À LA NOUVEAUTÉ. Le premier sera édité demain. Nous espérons un succès.

BROCK. C'est parfait.

LE CONSEILLER À LA NOUVEAUTÉ : Voulez-vous les entendre ?

BROCK. Avec plaisir.

LE CONSEILLER À LA NOUVEAUTÉ. Sur un échantillon de deux cents personnes sélectionnées par tranche d'âge et par métier pour avoir un panel représentatif de la société, voici les premiers sondages de notre ville.
À la question : "Plutôt thé ou café ?", 58 % seraient plutôt café, 24 % plutôt thé, 8 % aucun des deux, 5 % ça dépend du café et du thé, 4 % ne se prononcent pas, 1 % aimeraient bien répondre mais ne sont pas sûrs de vraiment bien comprendre la question.
À la question : "La maison des foires vous satisfait-elle ?", 54 % absolument c'est formidable, 22 % oui beaucoup, 10 % très contents, 8 % tout à fait ravis, 5 % n'y sont jamais allés mais ça a l'air très bien, 1 % aimeraient bien répondre mais ne sont pas sûrs de vraiment bien comprendre la question.
À la question : "Est-ce que le théâtre vous manque ?", 52 % pas du tout, 20 % non non, 17 % ah bon y a un théâtre ?, 10 % Gabriel est un monsieur très méchant, 2 % ne se prononcent pas, 1 % aimeraient bien répondre mais ne sont pas sûrs de vraiment bien comprendre la question.
À la question : "Êtes-vous satisfaits de l'action de Brock à la tête de notre cité ?", 58 % extrêmement satisfaits, 20 % très satisfaits,

12 % vraiment satisfaits, 7 % satisfaits, 2 % pas toujours satisfaits mais globalement satisfaits quand même et 1 % aimeraient bien répondre mais ne sont pas sûrs de bien comprendre la question mais quand même satisfaits.
À la question…

BROCK. Merci, ça ira très bien.

LE SECRÉTAIRE DE CABINET. Monsieur, une dame qui se dit étrangère vous demande. Elle dit qu'elle a rendez-vous avec vous à huit heures précises.

BROCK. La séance est levée, vous pouvez disposer ! *(Tous les conseillers sortent de la salle.)* Faites-la entrer… *(Sophie entre.)* Huit heures ! Comme je t'ai demandé, j'aime la ponctualité. *(Il la regarde. Silence.)* Quel est ce manteau que tu portes devant moi ?

SOPHIE. Je suis allée au théâtre.

BROCK. Je vois ça…

SOPHIE. J'ai rencontré votre frère qui m'a donné ce manteau et les clefs du bâtiment. Il m'a demandé de reprendre sa suite. Je lui ai promis de le faire et je compte honorer ma promesse.

BROCK. Pourquoi es-tu allée là-bas ? Ne t'avais-je pas dit…

SOPHIE. Cet endroit m'attirait.

BROCK. Que fait mon frère ?

SOPHIE. Il est parti…

BROCK. Parti…

SOPHIE. Avec Anne.

BROCK. Mon frère est parti de la ville sans venir me voir ? Il te donne les clefs du théâtre… Il te donne le manteau de mon père… Sans venir me voir ! Où se sont-ils enfuis ?

SOPHIE. Je ne sais pas…

BROCK. Retire ce manteau !

SOPHIE. Je suis juste venue vous dire que je ferai la tâche qu'il m'a demandé d'accomplir.

BROCK. Comment a-t-il pu te donner ce manteau ? Depuis quand peut-on donner un objet qui ne nous appartient pas ? Tout est à moi ici. Tu n'as pas compris ? Cette ville… Ces pierres, ces rues qui la constituent… Cette terre même m'a été octroyée par le consentement de tous ! Et tu crois pouvoir venir prendre un quelconque pouvoir en ce sein… Toi ? Une étrangère ?

SOPHIE. Je m'appelle Sophie.

BROCK. Ton nom m'importe peu, je te l'ai déjà dit.

SOPHIE. Je reprends ce théâtre comme il me l'a demandé.

BROCK. Je ne te donnerai rien.

SOPHIE. Je n'ai pas besoin de votre aide.

BROCK. Ici, la vie ne se joue pas comme ça. Rends-moi ce manteau ou je te l'arrache de force.

SOPHIE. Je suis plus forte que vous ne le croyez.

BROCK. Tu es seule devant moi.

SOPHIE. Tu es seul, toi aussi, devant moi.

BROCK. Non ! J'ai le peuple avec moi. Je ne suis pas seul.

SOPHIE. Je prendrai la parole sur la place centrale pour annoncer la réouverture du lieu abandonné.

BROCK. Tu ne prendras rien du tout.

SOPHIE. Pourquoi m'en empêcher ?

BROCK. Retire ce manteau ou tu ne sortiras pas de cette pièce. Sois raisonnable.

SOPHIE. Quelle haine anime vos paroles ?

BROCK. Tu ne connais rien… Ce bâtiment est dangereux. Il risque de s'écrouler à tout moment et pourrait faire beaucoup de morts. C'est de mon devoir de sécuriser cette menace pour mes concitoyens.

SOPHIE. Faisons-le ensemble. Je mènerai le chantier.

BROCK. Quel chantier ? C'est irrécupérable. Maintenant que mon frère est parti… Ce soir, je mettrai le feu au théâtre. Et cette histoire trop longue sera enfin finie.

SOPHIE. Je m'y opposerai.

BROCK. Retire ce manteau.

SOPHIE. Je m'enfermerai dedans, cette nuit, s'il le faut.

BROCK. Penses-tu vraiment que ta vie m'arrêtera ?

SOPHIE. Qui êtes-vous ?

BROCK. Un homme sensé qui veut le bien de son pays.

SOPHIE. Adieu !

BROCK. Tu ne sortiras pas de cette pièce tant que tu n'auras pas enlevé ce manteau.

SOPHIE. Je ne l'enlèverai jamais. Je prendrai du fil et une aiguille pour me le coudre à même la peau.

BROCK. C'est entendu. *(Brock ouvre la porte de son bureau.)* Messieurs ! *(Deux hommes entrent dans le bureau.)* Prenez cette femme ! Enfermez-la. Je ne veux pas qu'elle sorte d'ici avant demain matin.

Les deux hommes emmènent Sophie.

— La sortie de la ville —

Anne et Gabriel sortent de la ville. Ils arrivent sur une longue plaine à perte de vue. Face à ce spectacle, Gabriel s'arrête.

ANNE. Nous avons passé la porte de la ville. Gabriel, regarde, la plaine s'étend à perte de vue… À nous l'exil…

Gabriel serre fort la main d'Anne.

GABRIEL. Anne…

ANNE. Oui ?

GABRIEL. Je ne suis pas bien. La nuit est-elle tombée ?

ANNE. Non, il est midi.

GABRIEL. Je ne vois plus rien.

ANNE. Le soleil est haut dans le ciel.

GABRIEL. On dirait une chambre dont on aurait fermé tous les volets.

ANNE. Comment ?

GABRIEL. Tout est noir devant moi.

ANNE. Ce n'est rien…

GABRIEL. Aide-moi !

ANNE. Oui.

GABRIEL. Tu as dit quelque chose ?

ANNE. Oui.

GABRIEL. Tu es là ?

ANNE. Je suis là.

GABRIEL. Je peine à t'entendre.

ANNE. Je suis tout à côté de toi.

Gabriel tombe à genoux.

GABRIEL. Je m'enferme dedans ? Parle-moi !

Anne prend Gabriel dans ses bras.

ANNE. Je te parle.

GABRIEL *(parlant de plus en plus difficilement)*. Je sens ta main sur moi.

ANNE. Oui, je ne t'abandonne pas.

GABRIEL. Je ne t'entends plus. Pour dire oui, frappe deux fois mon épaule. Si je ne vois plus, tu verras pour moi ? *(Anne frappe deux fois l'épaule de Gabriel.)* Tu écouteras pour moi ? *(Anne frappe deux fois l'épaule de Gabriel.)* Tu parleras pour moi ? *(Anne frappe deux fois l'épaule de Gabriel.)* Je ne peux plus me lever…

ANNE. Doucement…

GABRIEL. Je respire si mal…

ANNE. Tout va bien…

GABRIEL. Mon amour…

Gabriel ouvre la bouche sans pouvoir parler.

ANNE. Je suis là. Je parle pour toi. J'écoute pour toi. Je vois pour toi. Je marcherai pour toi. Nous allons jusqu'au pôle, jusqu'à la page blanche. Là-bas, nous serons bien. La main sur la main de l'autre. Nous contemplerons un petit arbre, qui deviendra grand dans une lumière d'aurore.

— La dernière nuit —

Premier mouvement

Dans la maison de Brock. C'est la nuit.

ÉTOILE. Brock, que fais-tu ? Pourquoi t'es-tu habillé de noir ? Pourquoi ce lourd manteau ?

BROCK. Je dois sortir.

ÉTOILE. À cette heure ? Il est bientôt minuit.

BROCK. Oui !

ÉTOILE. Mais toute la ville dort…

BROCK. Je dois accomplir quelque chose que l'on m'a demandé. Retourne te coucher, je rentre bientôt.

ÉTOILE. Tu as la voix blanche.

BROCK. C'est ma voix, c'est tout.

ÉTOILE. Est-ce une triste affaire que tu dois accomplir ?

BROCK. Mais non…

ÉTOILE. Tu détournes ton regard.

BROCK. C'est une broutille. Une petite chose de rien du tout.

ÉTOILE. Tu en as pour longtemps ?

BROCK. Je rentre bientôt. Va te coucher… Je reviens vite.

Brock embrasse Étoile. Il sort de la maison.

— Le voyage de Gabriel —

Première station

Sur la longue plaine. Didi et Louison cultivent un bout de terre. Anne entre. Elle pousse une brouette dans laquelle est allongé le corps de Gabriel.

LOUISON. Anne ?

DIDI. Que faites-vous là ? Qu'est-il arrivé à Gabriel ?

ANNE *(d'une voix étrange, ni la sienne, ni celle d'un autre)*. Je suis là, mon oncle. Je vais bien. Anne parle pour moi.

DIDI. Petit bonhomme. Je ne voulais pas te faire de chagrin. J'y pense tous les jours, tu sais… Pardon.

ANNE. C'est moi qui te demande pardon. Je n'étais plus là. Mais c'est fini… Je suis parti de la ville pour de bon.

DIDI. Je suis heureux que tu sois venu me voir.

ANNE. Je voulais découvrir votre jardin à tous les deux. Une première et dernière fois.

LOUISON. Dernière fois, tu dis ?

ANNE. Nous devons continuer notre marche.

DIDI. Où allez-vous ?

ANNE. Vers le pôle ! Là-bas, on dit que les amours se rejoignent sur le miroir de l'eau gelée. On dit que la parole est en arrêt. Il ne reste qu'un immense silence pour laver nos âmes.

DIDI. Tu es venu nous chercher ?

ANNE. Non.

DIDI. Notre fin est ici…

ANNE. Je sais bien.

LOUISON. Tu es venu nous dire un vrai et dernier au revoir alors ?

ANNE. Oui, c'est ça.

Didi et Louison embrassent le corps allongé de Gabriel.

— La dernière nuit —

Deuxième mouvement

Dans une rue de la ville. Étoile frappe à la porte d'une maison.

ÉTOILE. Ouvrez-moi ! Ouvrez-moi !

LE VOISIN. Étoile, c'est toi ? *(Le Voisin ouvre sa porte.)* Tu as vu l'heure qu'il est ?

ÉTOILE. Il se passe une chose horrible !

LE VOISIN. Pourquoi hurles-tu ?

ÉTOILE. Je peine à comprendre !

LE VOISIN. Que se passe-t-il ?

ÉTOILE. Brock est parti de la maison pour le travail, m'a-t-il dit.

LE VOISIN. À cette heure ?

ÉTOILE. Il paraissait sombre et inquiet.

LE VOISIN. Parle calmement.

ÉTOILE. À son départ, un terrible pressentiment a envahi mon cœur. Je suis montée dans la chambre d'Auguste pour voir si elle dormait bien.

LE VOISIN. Eh bien ?

ÉTOILE. Je suis rentrée dans la chambre... Il faisait froid ! La fenêtre était ouverte et le vent entrait dans la maison !

LE VOISIN. Qu'est-ce que tu dis ?

ÉTOILE. Mon enfant a disparu ! La fenêtre était ouverte ! Son lit était vide ! Je ne sais pas ce qu'il s'est passé... Il n'y a plus ses chaussures, ni son manteau.

LE VOISIN. Il faut trouver Brock tout de suite !

ÉTOILE. J'ai couru pour l'appeler mais il avait disparu dans la nuit ! Je ne sais pas où il est ! Il n'a pas voulu me dire ce qu'il avait à faire. Je suis seule... Il va se passer quelque chose de grave. Je le sens.

Le Voisin court dans la rue et frappe aux portes des maisons.

LE VOISIN. Sortez ! Réveillez-vous ! Prenez des torches ! Auguste, la fille de Brock et d'Étoile, a disparu. Auguste a disparu !

— Le voyage de Gabriel —

Deuxième station

Sur la longue plaine. Lorenzo, Dorine et Louison costumés comme des clowns de pantomime jouent de la musique, marchent sur les mains, préparent des numéros de jonglage. Un chien les accompagne. Anne entre. Elle pousse une brouette dans laquelle est allongé le corps de Gabriel.

DORINE. Regardez, c'est Anne qui vient vers nous !

SARAH. Papa, Gabriel aussi est là ! Il semble si fatigué...

LORENZO. Que s'est-il passé ?

ANNE *(d'une voix étrange, ni la sienne, ni celle d'un autre).* Mes amours, j'espérais croiser votre vie d'errance… Quel bonheur de vous voir !

LORENZO. Gabriel ? C'est toi qui parles ?

ANNE. Oui, mon oncle !

DORINE. C'est bon d'entendre ta voix rassurée !

ANNE. Vous avez des masques magnifiques.

LORENZO. Clown blanc, clown rouge, petit clown. Le triumvirat du rire dépressif !

SARAH. Numéro d'acrobaties ! Pantomimes en tous genres !

DORINE. Ventriloquie avec la bouche qui bouge !

LORENZO. Lancer de couteaux en mousse !

SARAH. Funambule sur un fil posé par terre !

LORENZO. Tour de magie raté mais sans trucage !

DORINE. Voyante qui ne voit rien !

LORENZO. Et les grands fauves bien sûr !

SARAH. Un petit chien bâtard qui ne veut pas passer dans un cerceau sans flammes…

ANNE. Ça marche bien ?

LORENZO. Sublimement mal.

SARAH. Et vous ?

ANNE. Nous avons quitté le théâtre et la ville. Anne m'accompagne ! Ou est-ce moi qui l'accompagne ? On ne sait plus… J'avance par station. Je dis adieu à ceux que j'aime.

SARAH. Où allez-vous ?

ANNE. Nous remontons vers le nord jusqu'à ce que plus aucune végétation n'habite le paysage.

DORINE. Laisse-nous venir avec vous !

LORENZO. Dorine a raison ! Faisons un bout de route ensemble.

SARAH. Nous serons la musique de ce dernier voyage.

ANNE. Allons-y ! Ne perdons pas de temps. La fin approche.

Ils sortent.

— La dernière nuit —

Troisième mouvement

Sur la scène de la maison des foires. Bélise est en tenue de cabaret. Dans un rond de lumière, elle chante en playback une chanson de charme. Le Président la regarde. Autour d'elle, les techniciens installent les derniers effets à venir. Didi et Louison entrent, paniqués. Louison monte sur la scène.

LOUISON. Bélise…

BÉLISE. Oh non ! C'était bien là ! J'étais bien ? Donnez-moi une cigarette…

LOUISON. Il se passe quelque chose.

BÉLISE. Gabriel a fait des bêtises ?

DIDI. Gabriel est parti.

BÉLISE. Comment ?

DIDI. Il a quitté le théâtre. Il est venu nous voir avec Anne.

LOUISON. Il nous a laissé une lettre pour toi.

Louison donne la lettre à Bélise. Bélise lit. Elle s'assoit.

BÉLISE. Je ne suis pas bien.

LE PRÉSIDENT. Que dit-il ?

BÉLISE. Il me dit adieu. Mon enfant m'écrit adieu… Comme une lettre sur la poitrine d'un petit abandonné. Et moi je suis là. Et je ne l'ai pas embrassé. Mon soleil… Mon cadeau d'espoir s'en est allé.

LE PRÉSIDENT. Bélise…

BÉLISE. Qu'est-ce que j'ai fait ? Je veux le voir. Est-il parti loin ? Est-il parti il y a longtemps ? Vers où est-il allé ?

DIDI. Il marche vers le nord.

BÉLISE. Je veux le rejoindre. Je veux le voir. Qu'il sache !

DIDI. Il sait… Nous le reverrons.

BÉLISE. Non !

LOUISON. Si nous sommes là, c'est pour autre chose…

BÉLISE. Quoi ?

LE PRÉSIDENT. Un drame se prépare ?

LOUISON. Tous les habitants de la ville sont sortis dans la rue.

BÉLISE. Mais quelle heure est-il ?

DIDI. On approche minuit.

LOUISON. Ils ont allumé des flambeaux !

BÉLISE. Une révolte ?

LOUISON. Non ! On cherche Auguste !

LE PRÉSIDENT. Auguste a disparu ?

DIDI. Oui.

LE PRÉSIDENT. Quand ?

DIDI. Cette nuit, Étoile a trouvé sa chambre vide. Sa fenêtre était ouverte.

BÉLISE. Où est Brock ?

LOUISON. Il est parti dans la nuit sans dire où il allait. Nous le cherchons aussi. Auguste a disparu et lui ne le sait pas.

Dernière station

Sur la longue plaine, Anne transporte Gabriel allongé dans une brouette. À leur côté, Lorenzo, Sarah et Dorine jouent de la musique. Une femme est assise devant une petite croix en bois plantée dans la terre. On reconnaît Julie qui a vieilli. Le petit groupe s'arrête à sa hauteur.

JULIE. Qui êtes-vous, jeunes gens, qui jouez cette musique ? Voilà bien longtemps que je n'ai pas entendu cela… Je croyais qu'il n'y avait plus personne pour marcher sur cette plaine. Depuis qu'une ville a élevé ses bâtiments dans les airs, l'errance est devenue une chose bien rare. Où allez-vous ?

ANNE *(d'une voix étrange, ni la sienne, ni celle d'un autre)*. Nous marchons vers le nord. Le Grand Nord où plus un paysage ne s'invite au regard des hommes. Et vous, que veillez-vous, seule sur cette longue plaine ?

JULIE. Le corps de mon défunt mari que j'ai mis sous la terre.

ANNE. Je suis désolé.

JULIE. Il ne faut pas.

ANNE. Comment s'appelait-il ?

JULIE. Il s'appelait Jean. C'était un homme bon. C'était l'homme de ma vie.

ANNE. Un jour, j'ai rencontré un homme qui portait ce nom.

JULIE. Toute sa vie, il s'est occupé de moi. Il m'a accompagnée. Je suis aveugle. Il était mes yeux. C'était un homme simple vous savez. Un homme simple, profondément malheureux mais qui ne le montrait jamais. Il acceptait sa vie. Il s'occupait de moi. Tous les jours, il allait au sommet de la falaise pour regarder la mer et retracer le fil de sa vie… Seul face au ressac.

ANNE. Oui.

JULIE. Le ressac de la mer… L'étendue infinie qui nous avait arrêtés il y a quoi… Plus de trente ans de ça…

ANNE. Vous aviez fui ?

JULIE. Comme beaucoup… Partis de la ville, nous avions fui vers l'ouest, sans savoir où aller… Et le spectacle de la mer nous avait arrêtés. Nous avions alors construit notre maison… Un pauvre taudis dans un coin bien paisible, bien tranquille, bien protégé du vent.

ANNE. Je connaissais votre mari !

JULIE. Jeune homme, vous le connaissiez ?

ANNE. Un jour, je l'ai rencontré sur la falaise, face à la mer.

JULIE. Il n'était pas causant avec les inconnus…

ANNE. Pourtant nous avions parlé. Il m'avait dit de faire… Quitte à se tromper. Il souffrait à la hanche.

JULIE. Oui, c'est vrai.

ANNE. Il avait un petit tabouret pour s'asseoir face au vent. Et il s'appelait Jean.

JULIE. C'est bien lui.

ANNE. Sans cet homme, je n'y aurais pas cru. Sans cet homme, la ville dont vous parliez n'aurait pas élevé ses bâtiments dans les airs.

JULIE. Ah bon ? Il ne m'a jamais parlé de vous. Je ne savais pas qu'il avait rencontré un jeune homme. Comment vous appelez-vous ?

ANNE. Gabriel.

Silence.

JULIE. Et quel âge as-tu, Gabriel ?

ANNE. Trente ans.

JULIE. Je peux prendre tes mains ?

ANNE. Bien sûr.

Anne s'approche de Julie. Julie prend les mains d'Anne.

JULIE. Et toucher ton visage ? *(Julie touche le visage de Gabriel.)* Jean, pourquoi m'as-tu caché sa rencontre ? Je ne comprends pas ?

ANNE. Que se passe-t-il, madame ?

JULIE. Je m'appelle Julie. Je suis désolée, mon petit. Si tu savais…

ANNE. Anne, la dame aveugle pleure sur mes mains.

JULIE. Il y a trente ans, à la porte d'une roulotte de comédiens, nous abandonnions notre enfant, Jean et moi. Et jamais nous n'avons dépassé ce moment. Aujourd'hui, où le rouleau de la vie arrive à son extrémité, je te rencontre, jeune Gabriel, et je ne sais pas si je vis encore.

ANNE. "Prenez soin de notre enfant, il s'appelle Gabriel et nous l'aimons… Faites qu'il devienne un homme. Adieu la vie."

JULIE. Alors c'est bien toi ?

ANNE. Ma mère ?

JULIE. C'est moi qui ai fait le dernier geste. C'était la seule façon. Pardonne-moi.

ANNE. Je te pardonne.

JULIE. Cette parole est trop grande pour mon cœur. Je pourrais m'éteindre là. Le fruit de ma vie est enfin réuni. Ce pardon que j'attendais…

ANNE. Je t'emmène avec moi. Nous marchons jusqu'au nord, jusqu'au pôle.

JULIE. Je ne peux pas. Je suis trop fatigué.

ANNE. Je te porterai sur mon dos.

JULIE. Non.

ANNE. Tu me raconteras ta vie, je te raconterai la mienne.

JULIE. Je dois rester à ses côtés.

ANNE. Pourquoi ?

JULIE. Je ne peux pas partir si loin de Jean. Je me suis promis de finir mes jours à ses côtés. Si loin de lui, je serai malheureuse.

ANNE. Alors je reste ici.

JULIE. Tu dois aller au bout. Finir. Ils l'attendent tous. La fin. Si tu restes ici à mes côtés, rien ne sera terminé.

ANNE. À peine je te connais et je dois repartir.

JULIE. Reste aujourd'hui. Parlons sans nous arrêter. Disons-nous tous les mots que nous pouvons nous dire. Et juste avant que le soleil ne tombe, reprends ton chemin.

— La dernière nuit —

Dernier mouvement

Devant la porte du théâtre, Brock marche dans l'obscurité. M. Badile apparaît.

MONSIEUR BADILE. Alors Brock, on y arrive !

BROCK. Tu m'as fait peur. Que fais-tu là ?

MONSIEUR BADILE. Je ne pouvais pas manquer ce spectacle. Enfin tu vas faire tomber cette vieille bâtisse qui t'a fait tant de mal !

BROCK. Il le faut bien. Ce n'est pas pour moi que je le fais. Ce bâtiment est dangereux. Je ne veux pas d'accident.

MONSIEUR BADILE. Bien sûr.

BROCK. Laisse-moi le faire seul.

MONSIEUR BADILE. Quelle délivrance. Je suis fier, Brock ! Fier de te voir accomplir ce que tu as promis. *(Brock met le feu à une torche. La musique de Lorenzo, Dorine et Sarah sort du théâtre. Il arrête son geste.)* Ne réfléchis pas trop, mon ami. Mets le feu au plus vite. Pars sans te retourner.

BROCK. Quel est ce son que l'on entend ? Ça semble venir du cœur du bâtiment ?

MONSIEUR BADILE. Ce n'est rien.

BROCK. On jurerait de la musique.

MONSIEUR BADILE. C'est ton imagination. Ton sentiment qui, comme un diable, veut détourner ta main. Allez, mon ami, mets le feu ! Pars dans la nuit ! Ne laisse pas ta pensée freiner ton action !

BROCK. S'il y avait quelqu'un à l'intérieur ?

MONSIEUR BADILE. Puisque je te dis qu'il n'y a personne !

BROCK. Pourquoi cette grande fenêtre est cassée ?

MONSIEUR BADILE. Des gamins ont dû s'amuser avec des pierres. Tu ne me fais pas confiance ? Mets le feu !

BROCK. Et si quelqu'un y était entré pour y passer la nuit !

MONSIEUR BADILE. Ce n'est pas le cas !

BROCK. Je vois de la lumière.

MONSIEUR BADILE. Gabriel a dû oublier de l'éteindre en partant.

BROCK. J'entends une voix !

MONSIEUR BADILE. Il n'y a que le silence. Tu délires.

BROCK. Je vais rentrer voir.

MONSIEUR BADILE. Non, Brock !

BROCK. Et je ferai le feu dedans…

MONSIEUR BADILE. Non, Brock ! C'est dangereux.

Brock va pour ouvrir la porte. Badile retient son bras.

BROCK. Pourquoi retenir mon bras ? Que me caches-tu ? De quoi as-tu si peur ?

MONSIEUR BADILE. Je ne voudrais pas que tout ton travail soit mis à terre pour une broutille.

BROCK. Une broutille ?

MONSIEUR BADILE. Un souvenir qui pourrait t'empêcher…

On entend le rire d'un enfant dans le théâtre.

BROCK. Auguste ! C'est le rire d'Auguste que j'entends dans le théâtre ?

MONSIEUR BADILE. C'est une illusion.

BROCK. Ne me touche pas. Mon enfant est là ! Et tu le savais ?

MONSIEUR BADILE. Brock, je vais me fâcher !

BROCK. Laisse-moi entrer ! Lâche-moi !

MONSIEUR BADILE. Je vais devoir le faire moi-même comme d'habitude. *(Brock frappe M. Badile avec son flambeau en plein visage.)* Que fais-tu ? Si tu me frappes, c'est toi que tu frappes. Nous avons un pacte. Tu comprends ? Si je meurs, c'est toi qui meurs avec moi.

Brock frappe encore son maître de plusieurs coups au visage. M. Badile tombe puis se relève. Brock frappe encore. Le corps de M. Badile s'enflamme comme une torche. Il titube, il s'effondre. Le Comptable entre. Il s'approche du corps enflammé qui continue de bouger. Il regarde Brock. Brock entre dans le théâtre et referme la porte derrière lui.

— La porte de l'éternité —

Sur la banquise, Anne et Gabriel marchent main dans la main. Ils sont accompagnés de Sarah, Lorenzo et Dorine qui jouent de la musique. Sur la neige immaculée et à perte de vue, le Roi, la Reine et toute la cour regardent les aurores boréales qui dansent dans le ciel.

— L'éternité —

Brock entre dans le théâtre. Sur la scène, sa fille, Auguste, joue à actionner la machine à neige. Un grand drap blanc s'agite dans le vent. Les reflets des projecteurs sur le tissu blanc pourraient faire croire à une véritable aurore boréale. Auguste rit et danse seule sur le plateau de bois. Dans la neige artificielle, elle a assis toute une troupe de marionnettes qui regardent le spectacle. La musique de Sarah, Lorenzo et Dorine continue son mouvement.

AUGUSTE. La neige tombe ! Elle n'est pas froide ! Elle est chaude comme les draps du lit ! Elle ne fond pas ! Ici, elle ne fondra jamais ! Les hommes et les femmes et les rois et les reines et les pauvres et les simples et les méchants et tous les autres bien nombreux ! Tous regardent le geste ! Une aurore boréale inventée pour vous ressembler ! Personne ne mourra ce soir ! Nous serons tous petits face à votre monde ! Et nous n'aurons pas peur d'être petits puisque le monde est nous ! Regardez ! Je danse sans me voir ! Je danse pour danser ! Verticale comme le premier des singes merveilleux ! Je danse pour tous ces petits êtres de chiffon et de papier et de salive et de sueur ! Et tous, ils me regardent ! Je suis l'aurore boréale !

BROCK. Ma fille ?

AUGUSTE. Papa ! Tu as vu comme c'est beau !

BROCK. Oui, Auguste, c'est beau ! C'est très beau !

Tous les citoyens de la ville entrent dans le théâtre avec leurs flambeaux. Étoile, Bélise et le Président sont au premier plan.

AUGUSTE. Papa ! Je suis l'aurore boréale. Je sais qu'ils me regardent. Tous autant qu'ils sont ! Tu as vu ! Et je danse !

BROCK. Oui !

AUGUSTE. Je danse, papa !

BROCK. C'est magnifique.

AUGUSTE. Tu ne m'en veux pas de m'être échappée de la maison.

BROCK. Pas du tout.

AUGUSTE. Faut pas pleurer !

BROCK. Je ne pleure pas.

AUGUSTE. Tu es heureux ?

BROCK. Je n'ai jamais été aussi heureux.

La musique s'intensifie jusqu'à faire vibrer les murs du théâtre. La foule s'approche d'Auguste qui danse, le sourire plein le visage.

ANNE. Mon amour, tu m'entends ?

GABRIEL. Oui, je t'entends.

ANNE. Tu es là ?

GABRIEL. Je suis là.

ANNE. Tu me l'avais promis.

GABRIEL. Quoi ?

ANNE. Sauver tout le monde.

GABRIEL. Oui.

ANNE. Et tous sont sauvés.

GABRIEL. Oui.

ANNE. Depuis combien de temps sommes-nous là ?

GABRIEL. Une éternité.

ANNE. Je suis heureuse.

GABRIEL. Moi aussi.

ANNE. J'aimerais que l'éternité ne finisse jamais.

“Il faut croire que nous croyons… Et nous avancerons.”

On écrit toujours pour quelqu’un. *Le Nid de cendres* n’a pas dérogé à cette règle. *Le Nid de cendres* fut une aventure de sept ans. Sept ans de vie de troupe, de déboires, de joies, de peines, de rebondissements. Sept ans de vie professionnelle et de vie intime mêlées. Sept ans de compagnonnage. Comme la princesse veut que l’on se souvienne de ses frères, je dois inscrire sur ce papier tous les noms sans lesquels rien n’aurait été possible.

Ainsi je pense à toutes les comédiennes et tous les comédiens qui ont fait la création. La petite famille : John Arnold, Antonin Chalon, Mathilde Charbonneaux, Camille Constantin, Frédéric Dockès, Élise Douyère, Anne Duverneuil, Charlie Fabert, Charly Fournier, Victoire Goupil, Pia Lagrange, Lorenzo Lefebvre, Charlaine Nezan, Stanislas Perrin, Manon Rey, Mathias Zakhar. À l’équipe des créateurs et de la technique : mon frère de théâtre Léandre Gans pour les lumières, Alice Delarue pour les accessoires, Emmanuel Clolus pour la scénographie, Clotilde Lerendu et Lucile Charvet pour les costumes, Valentin Portron et Charlotte Notter pour le son, Guillaume Rollinde pour le plateau, Clémentine Bollée pour la régie générale, Ludovic Lacroix pour l’assistanat, Julie Peigné pour la dramaturgie, Martin Kergourlay et Justyne Leguy-Genest pour l’administration.

Un équipage de trente femmes et hommes qui y ont cru.

Ainsi je pense aux théâtres qui ont soutenu cette aventure au long cours. À Christophe Rauck, Anne-Marie Peigné et Nathalie Pousset d’abord au Théâtre du Nord puis à Nanterre-Amandiers. Aux théâtres normands : la Comédie de Caen, le CDN de Rouen, Le Préau-CDN de Vire, Le Tangram-Scène nationale Évreux-Louviers, Le Trident-Scène nationale de Cherbourg-en-Cotentin, Dieppe Scène nationale, la Scène nationale 61. À cette région tout entière, la Normandie, qui accompagne le chemin de la troupe à bout de bras. À Christian Mousseau-Fernandez qui a été le premier. À Laurence et Bertrand Lagrange qui nous ont ouvert leur jardin deux étés de suite pour jouer notre épopée sous les étoiles à Magnac-sur-Touvre. À Emma Lagrange. À Marielle Rouiller-Luinati. À Jean-Pierre

Garnier. À Olivier Py et tout le Festival d'Avignon qui me permet de finir. À toutes celles et tous ceux qui ont mis une pierre à cet édifice.

Avec l'édition de ce texte, l'aventure arrive à une première fin. Comme dit Œrine à la princesse : "Courage. Ça va être très dur, rien n'est jamais… Tout est commencement, toujours. Adieu, mon amour."

TABLE

DU MÊME AUTEUR

Les Étoiles, Actes Sud-Papiers, 2020.
Poucet, L'École des loisirs, 2020.

OUVRAGE RÉALISÉ
PAR L'ATELIER GRAPHIQUE ACTES SUD
REPRODUIT ET ACHEVÉ D'IMPRIMER
EN MARS 2022
PAR CORLET IMPRIMEUR
À CONDÉ-EN-NORMANDIE
POUR LE COMPTE DES ÉDITIONS
ACTES SUD
LE MÉJAN
PLACE NINA-BERBEROVA
13200 ARLES

DÉPÔT LÉGAL
1re ÉDITION : AVRIL 2022
N° impr. : 21120535
Imprimé en France